KRIMINALGESCHICHTEN

im Emons Verlag

Handlungen und Personen der Geschichten in diesem Buch sind frei erfunden. Ähnlichkeiten mit lebenden oder toten Personen sind rein zufällig.

Umschlaggestaltung: Atelier Schaller, Köln
Umschlagzeichnung: Heribert Stragholz
Umschlaglithografie: Media Cologne GmbH, Köln
Druck und Bindung: Clausen & Bosse GmbH, Leck
Printed in Germany 2001
ISBN 3-89705-213-X

www.emons-verlag.de

Tödliche Beziehungen

herausgegeben von
Ina Coelen und Ingrid Schmitz

mit Texten von
Barbara Ahrens · Mischa Bach · Anke Cibach
Carola Clasen · Ina Coelen · Sabine Dillner
Eva Dörpinghaus · Karin Ebeling · Monika Fischer
Gabriele Keiser · Gisa Klönne · Angelika Koch
Anneli von Könemann · Tatjana Kruse · Michaela Küpper
Monika Misko · Renate Müller-Piper · Kirsten Nutto
Billie Rubin · Ulrike Rudolph · Ingrid Schmitz
Gesine Schulz · Kirsti Senftleben · Johanna Spreitler
Petra Stangier · Sabine Thomas · Gabriele Valerius
Patricia Vohwinkel · Kirstin Warschau
Annelie Werner · Renate Wirth

Emons Verlag Köln

Inhalt

Johanna Spreitler

Geh aus, mein Herz

Einzeln springen die Perlen über die Terrakottakacheln, hierhin und dorthin, unter das Rattantischchen, den Schaukelstuhl, von der Veranda hinunter in den groben Kies, der sie verschluckt.

Die Frau steht da und schaut über den Rand des Fächers hinweg auf den Mann, der eben mit schnellem Griff die Kette, die abzulegen sie sich stets geweigert, für immer zerstört hat und damit die Erinnerung an das Vorher, das Früher, das weit Zurückliegende, für ihn nie Erreichbare. Nie würde sie die Perlen wiederfinden.

Ihre dunklen Augen sind ruhig auf ihn gerichtet, keine Regung kann er in ihnen erkennen – kein Erstaunen, keinen Zorn, keine Trauer, nichts von dem, was er erwartet hätte. Sie steht da und sieht ihn an, über die japanischen Schriftzeichen hinweg – schwarz auf gebrochen weißem Seidenpapier. Ihre schmale Hand mit den langen Fingern hält den Fächer, ohne zu zittern.

Ihr Blick ruht auf ihm, sucht nicht die Spur der mattschimmernden Perlen. Das Lächeln hinter dem zarten Papier kann er nicht sehen.

Leiser Triumph stiehlt sich in seine Augen – er atmet tief durch und lässt sich in den Schaukelstuhl sinken, den Blick auf die sternförmig angelegten Kieswege gerichtet, die sich im Dunkel des dicht bewachsenen Parks verlieren. Er hat ihn endgültig vernichtet, nichts bleibt mehr von ihm, nicht einmal Perlen. Er streckt die Beine aus, dehnt sich und holt noch einmal tief Atem.

Die Frau steht jetzt ein Stück hinter ihm, sieht seinen Haaransatz, den kräftigen, sonnengebräunten Hals, die Schultern, die Arme, die Hände, nach deren Berührung sie sich sehnt, auch jetzt, trotz allem, immer noch. Ihr weißes Musselinkleid leuchtet in der Dämmerung, die sich langsam auf den Rasen, das Gesträuch und die Veranda senkt.

Sie geht näher heran, den zusammengeklappten Fächer lässt sie auf dem Tischchen liegen, sie streicht über seine Schulter, sein Haar, er legt den Kopf in den Nacken und sieht zu ihr auf, sie beugt sich über ihn, er riecht ihr Parfum – White Linen – so frisch, so zart, wie längst vergangene Laken. Er schließt die Augen, sie küsst die Träne weg, die er selbst nicht bemerkt, ihre Hände gleiten über seine Wangen zu seinem Hals, öffnen die Perlmuttknöpfe seines Hemdes, langsam, einen nach dem anderen, sie atmet seinen Geruch ein, den Duft, der sie hinübergleiten lässt vom Tag in den Abend, der hier, in diesem Haus, auf dieser Veranda nur ihnen gehört. Ihre Finger streifen über seine Brust, die Haare.

Der Mann lehnt sich weiter zurück, entspannt sich, lächelt ihr entgegen. Ein plötzliches Blitzen, ein Zucken, tiefrot rinnt es zwischen den Perlmuttknöpfen, breitet sich aus auf dem weißen Leinen.

Die Frau richtet sich auf, ihre Finger lösen sich vom Elfenbeingriff des Rasiermessers, sie wischt es ab am Saum ihres Kleides, achtet nicht auf die Spuren, klappt es zu, lässt es in die Tasche gleiten. Sie nimmt die hauchzarte Porzellanschale, geht die Stufen hinunter und sammelt Perle für Perle aus dem Kies.

Gisa Klönne

Anna

Wenn ich an Anna denke, dann sehe ich immer zuallererst Regen. Ein Sommergewitter, als wir gerade fünfzehn sind, der Himmel brombeerviolett, sie und ich, unsere Espandrilles in der Hand, um die Strohsohlen zu schützen, laufen durch menschenleere Straßen. Wir tragen indische Baumwollkleider – ihres ist blaugeblümt, meins aubergine –, die sich bei jedem Schritt um unsere Waden wickeln, nass und schwer. Es ist kurz nach Mitternacht, wir haben Bier getrunken, unsere Köpfe sind leicht und irgendwo in unseren Bäuchen gluckert Gelächter. Wir haben die letzte Straßenbahn verpasst, aber das macht nichts, weil dies ein Abenteuer ist und Zeit etwas Relatives, das uns nicht betrifft. Wir hüpfen über Rinnsteine und platschen durch Pfützen, plötzlich nimmt Anna meine Hand und ich weiß in diesem Moment, dass mir nichts mehr etwas anhaben kann, weil es sie gibt an meiner Seite.

An dem Wochenende, an dem ich Anna verloren habe, zwanzig Jahre später, hat es nicht geregnet. Die Sonne schien und plötzlich war da ein Schatten. Ihr Schatten. Lautlos. Von hinten. Ich fuhr herum und sie stand vor mir. »Anna«, rief ich. »Hey, Anna. Jetzt hast du mir richtig Angst gemacht.« Seit sie in Hamburg lebte und ich wieder nach Wiesheim gezogen war, sahen wir uns nur noch selten.

»Sorry«, sagte sie, als wir uns umarmten. »Die Klingel hast du hier hinten im Garten natürlich nicht gehört. Ich wollte dich anrufen, aber das Handy war im Kofferraum und davor war auch keine Zeit.«

»Ist was passiert?«

»Ach, eigentlich nicht. Aber weil du doch wieder hier wohnst und ich gerade in Frankfurt war und –«

»Und was?«

»Ich musste einfach mal raus. Bin direkt vom letzten Meeting hierher gefahren. Ich wollte euch doch sowieso längst mal wieder besuchen. Sag, Luise, kann ich übers Wochenende bleiben?«

»Natürlich kannst du das. Jederzeit. Immer. Ich freu mich und Hannah wird total begeistert sein.«

»Schön«, sagte Anna und lehnte sich an meinen Apfelbaum.

Heute denke ich, dass ich es hätte wissen können. Gleich als sie so unverhofft vor mir stand, spätestens jedoch in dem Moment, als ich sie richtig ansah. Unter den Augen war ihre Haut ganz weiß, ein typisches Anna-Symptom für Erschöpfung. Auch das sorgfältige Make-up hatte nie Annas helle Ringe unter den Augen übertünchen können, wenn sie sich übernommen hatte. Ihre grauen Augen wirkten müde und stumpf, zerbrochene Flusskiesel. Etwas stimmt nicht, dachte ich und das machte mir Angst. Ich wollte ihren Blick einfangen, doch dann fegte ihr ein Windstoß das Haar um den Kopf, eine feine goldene Wolke, die Anna so energisch hinter die Ohren strich, dass der Schatten verflog.

»Was schaust du mich so an?«

»Du siehst müde aus«, sagte ich. Sagte das, weil ich feige war und drückte ihr den Beutel mit Wäscheklammern in die Hand. »Da, hilf mir schnell, dann trinken wir erst mal einen Tee.« Wortlos griff sie zu und für Minuten tanzten wir auf der Wiese einen routinierten Pas de deux: zwei Frauen unter Frühlingswäscheleinen.

Natürlich hätte ich in sie dringen können, aber ich wollte die Augen vor Annas Schatten verschließen, weil sie von Verlust kündeten. Verlust für mich. Verlust von ihr. Nie zuvor hatte Anna mich belogen. Nun aber trug sie Jeans, Turnschuhe und Pulli – gepflegt natürlich, aber Beweis dafür, dass sie auf keinen Fall von einem Geschäftstermin kam. Anna war Unternehmensberaterin. Niemals wäre sie in Jeans und Turnschuhen zu einem Kundentermin gefahren.

Drinnen in der Küche spielte das Radio Nachrichten. »Ich mach das mal aus«, sagte Anna. »Ja«, sagte ich erstaunt und natürlich hörte sie, was ich nicht fragte. »Wundere du dich nur«, sie ließ sich mit einem wohligen Seufzer auf einen Stuhl sinken. »Ich bin halt auch nicht mehr die Jüngste. So wichtig sind mir die Nachrichten nicht mehr und die letzte Woche *war* die Hölle. Dieser neue Kunde bringt mich noch um. Egal – wie geht's denn dir? Und was macht Hannah?« Natürlich hätte ich nachfragen sollen, aber mir lag so viel auf der Seele, weil Martin mich verlassen hatte und Hannah ihn so vermisste und mir das Geld knapp wurde, ohne festen Job. Also schenkte ich uns Tee ein und ließ mich in unser Vertrauen fallen, so wie es immer war, wenn wir zu reden begannen. Ich ignorierte das Telefon, ich ließ es geschehen, dass sich die Zeit auflöste, bis es plötzlich Nachmittag war und ich Hannah vom Kindergarten abholen musste.

»Da wird sie aber Augen machen, dass ihre Patentante da ist!«, sagte ich und dachte, warum, verflucht noch mal, sieht Anna jetzt wieder so traurig aus. Ich legte den Arm um sie. »Was ist los?«, flüsterte ich ihr ins Ohr.

»Lass mir ein bisschen Zeit, ja?« Sie sah mich nicht an, lief einfach voraus in den Vorgarten und ich folgte ihr, holte sie ein, hakte sie unter.

Ich war ein einsames Kind gewesen, bis zu jenem Sommer vor zwanzig Jahren, als Anna meine Freundin wurde. Ich war zu ernsthaft, zu intelligent, zu schüchtern, um bei meinen Schulkameraden freundliche Gefühle zu wecken. Als wir in die Pubertät kamen und ich mich weiterhin mehr für meine Bücher als für Zungenküsse, Stehblues und die Bay City Rollers interessierte, war ich ein leichtes Opfer. Tag für Tag drückte mich der Hass meiner Mitschülerinnen dichter an die schmuddelweißen Wände der Schulkorridore. Ich versuchte zu schleichen. Ich entkam ihnen nicht. Sie raubten mir den Atem, diese Backfischprinzesschen mit ihrem unerbittlichen Verhaltenscodex, mit ihren Taschenspiegeln, Lippenstiften und den hastig hinter den Mülltonnen des Schulhofs inhalierten Marlboros.

Anna war anders. Merkwürdig intakt. Eigen. Ein Mädchen, das trotzdem nicht gequält wurde, weil es zurückquälen würde, wenn es denn sein musste. Ein Mädchen, dass sich nicht darum bemühte zu gefallen. Bevor wir uns angefreundet haben, hatte ich Anna manchmal von fern auf dem Schulhof beobachtet. Mit ihren bunten Billigklamotten von Flohmärkten und indischen Bazaren, den langen blonden Haaren, den steingrauen klugen Augen und dieser Selbstvergessenheit, die ich nie erreichen würde. Wenn das Wetter gut war, schritt sie einfach zu ihrem Lieblingsplatz an der Kastanie, kramte Tabak aus der Umhängetasche und hielt ihr Gesicht in die Sonne – eine Hippie-Königin in Pausenstimmung. Unwiderstehlich. Nie lange allein. Immer kam irgendjemand zu ihr, um ihr Feuer zu geben, eine Zigarette zu schnorren oder einfach mit ihr zu plaudern.

Ich habe ein paar Monate gebraucht, bis ich wirklich glauben konnte, dass Anna mich mochte. Sie ging in meine Parallelklasse, aber einmal in der Woche besuchten wir beide die Kunst-AG. Eines Tages setzte Anna sich neben mich. »Ich möchte dich gern malen«, sagte sie einfach. »Ich glaube, du hast genau dieselbe Augenfarbe wie ich – und rote Haare fand ich schon immer toll.« Das Schweigen, das sich im Werkraum ausbreitete, kann ich noch heute hören. Es dröhnte und rauschte in meinen Ohren. Aber weil Anna Anna ist, wagte niemand, etwas zu sagen.

»Okay«, flüsterte ich mühsam. Und Anna griff nach einem Bleistift und begann. »So geht das nicht«, sagte sie schließlich, als die Schulstunde vorüber war. »Du schaust mich gar nicht richtig an. Außerdem ist das hier eine Scheiß-Atmosphäre. Lass uns das lieber zu Hause bei mir machen, ja.« Mein Herz schlug bis zum Hals. »Okay.« Warum fiel mir nicht irgendetwas Kluges, Witziges ein? Später haben wir darüber oft gelacht. »Ich hatte echt Schiss, dass du mich nicht mochtest«, sagte Anna dann immer. »Du warst so einsilbig, zurückhaltend, irgendwie cool.« – »Oh, doch, ich mochte dich – aber ich dachte ja, du fändest mich doof«, erwiderte ich. Und dann grinsten wir uns immer an, geborgen in unserem Vertrauen, dessen Verrat undenkbar schien.

Anna und ich sind in einem Frankfurter Vorort zur Schule gegangen. Wiesheim, dieses Dorf in dem Hannah und ich nun wieder leben, weil meine Eltern uns ihr Haus vermacht haben, liegt nur fünfzehn Kilometer entfernt. Damals, als unsere Freundschaft begann, haben wir uns meistens bei Anna getroffen, weil sie mit ihren Eltern und ihrem Bruder in einer Villa nahe der Schule wohnte. Aber natürlich hatte Anna auch manchmal mich besucht, und so fühlte es sich an jenem Tag, als wir Hannah vom Kindergarten abholten, wunderbar vertraut an, mit ihr durch die alten Straßen zu laufen. Wiesheim ist ein unaufregendes Dorf, ringsherum Spargel- und Erdbeerenland, in dessen flache sandige Böden sich ein paar Kiefern- und Birkenhaine festkrallen, nicht die tiefen, wilden Wälder, die ich so liebe. Seit ich wieder hier lebe, habe ich mich oft nach Berlin zurückgesehnt, wo Anna und ich nach dem Abitur in einer WG lebten und studierten, bis das Leben uns einholte und woandershin verschlug. Sie nach London, später nach Hamburg. Mich in eine Redaktion nach Köln, dann in Martins Arme, den ich geliebt habe, der mich verlassen hat, als Hannah zwei Jahre alt war und ich am Nur-Mutter-Sein verzweifelte. Ich war lange unglücklich gewesen in Wiesheim, aber an jenem Wochenende, als Anna mich so überraschend besuchte, war endlich der Frühling da. Er blühte und duftete und wehte uns an, und als wir am Kindergarten ankamen, stürzte Hannah mit einem Jubelschrei in Annas Arme.

»Wir müssen noch einkaufen«, sagte ich, als wir über den Marktplatz schlenderten, zwei Generationen Wohlwollen und Zuneigung, Hand in Hand in Hand.

»Meinst du, das schaffst du allein?« Anna zwinkerte mir zu. »Ich glaube, ich kann nämlich nicht einkaufen und auch nicht nach Hause laufen, wenn ich nicht gleich ein Eis bekomme, und dieser jungen Frau hier an meiner Hand geht es ganz ähnlich, hm?« Hannah lachte selig und hielt Annas Hand ganz fest. »Lauft, ihr zwei«, sagte ich und gab Anna meinen Hausschlüssel, »dann geh ich auch gleich noch zur Bank. Wir sehen uns zu Hause.«

Ich sah ihnen nach, wie sie Richtung Eisdiele liefen. Ich weiß noch genau, wie sich das anfühlte. Meine Familie, habe ich gedacht.

Als ich vom Einkaufen zurückkam, spielten Anna und Hannah Boccia im Garten. »Mama«, Hannah rannte mir entgegen, sie hatte rote Backen, ihre Zöpfe waren im Begriff sich aufzulösen, in ihren Mundwinkeln klebten Schokoladeneisreste. Sie strahlte über das ganze Gesicht. »Stell dir vor, Tante Anna hat alle deine Nachrichten kaputt gemacht. Sie hat ›gottverdammte Scheiße‹ geschrien, ich hab's genau gehört. Bist du ihr jetzt böse?«

»Ich habe telefoniert, dabei hab ich aus Versehen die Nachrichten auf deinem Anrufbeantworter gelöscht«, erklärte Anna, noch bevor ich etwas sagen konnte. »Es tut mir furchtbar Leid. Hoffentlich hast du keinen wichtigen Anruf erwartet?«

»Du hast die Nachrichten nicht zufällig gehört, bevor du sie gelöscht hast?«

»Natürlich nicht, ich hab einfach auf den falschen Knopf gedrückt.«

Ihre Finger spielten mit Hannahs Zöpfen. Irgendwo in meinem Bauch zog etwas, ein beinahe unmerkbares Zittern. Sie lügt, sagte es. Niemand löscht aus Versehen Nachrichten, wenn er telefonieren will. Ich ignorierte mein Unbehagen.

»Keine Ahnung, ob ich jetzt was verpasse«, sagte ich. »Aber wenn es was Wichtiges war, wird sich derjenige schon noch mal melden.«

Ich sah Hannah in die runden braunen Augen. »Ich bin Tante Anna nicht böse«, versicherte ich ihr. »Sie hat das ja nicht mit Absicht gemacht.«

»Spielst du dann jetzt mit uns Boccia?«, fragte meine Tochter.

»Ich will die grünen Kugeln«, ich zwang mich, das Telefon zu vergessen. Natürlich war das ein Fehler.

»Hast du eigentlich mal wieder was von Tim gehört? Bei mir hat er sich seit Monaten nicht gemeldet«, fragte ich Anna, als wir später in der Küche das Abendessen vorbereiteten. Hannah lag nebenan auf dem Wohnzimmerteppich und guckte das Pippi-Langstrumpf-Video, das Anna ihr mitgebracht hatte. Anna warf eine Hand voll Basilikumblätter in die Pfanne und rührte. Sie kochte leidenschaftlich gern, meist ohne Rezept und ohne nachzudenken, nebenbei, aus dem Handgelenk. Jetzt aber musterte sie die Gewürze mit angestrengter Konzentration. »Tim?«, fragte sie. Es klang merkwürdig lahm. »Tim«, wiederholte ich und versuchte ein Lachen. »Du erinnerst dich. Der einzige Mann, den wir uns je geteilt haben.«

»Tim, ja. – Hast du Kurkuma? – Nein, ich hab auch nichts von ihm gehört.«

Warum habe ich ihr das geglaubt? Anna, Tim und ich waren schließlich auf vielfache Weise miteinander verbandelt, und nie zuvor war Anna gewillt gewesen, den Kontakt mit jemandem aufzugeben, den sie einmal in ihr Herz geschlossen hatte. Ihre Familie hatte sie früh im Stich gelassen. Der Bruder war eine Weile Surflehrer auf Teneriffa gewesen. Irgendwann hatte er dann genug von Sonne und Palmen gehabt. Er hatte eine Amerikanerin geheiratet und war mit ihr nach Anchorage gezogen, wo sie Schlittenhunde züchteten und offenbar glücklich waren. Annas Eltern waren nach Brasilien ausgewandert, nachdem Anna, die Jüngere, das Abitur bestanden hatte. »Träume jagen, sich nützlich machen«, erklärte Anna das immer. Ihre Eltern seien nun einmal Botaniker und es sei verständlich, dass sie zumindest dokumentieren wollten, wie viele Arten mit dem Regenwald starben, wenn sie ihn schon nicht retten konnten.

Anna hatte festgehalten an dem, was sie aus ihrer Kindheit retten konnte. An mir natürlich. An Tim. Nachdem er uns ein paarmal in Berlin besucht hatte – und sich sogar für seine Jugendsünden entschuldigt hatte –, war es uns irgendwie gelungen, zu dritt befreundet zu sein. Tim war ein Abenteurer. Wenn er uns besuchte, wurden Anna und ich leicht, albern, außer Rand und Band, wie damals, in jener Gewitternacht, als wir fünfzehn waren und uns zum ersten Mal vollkommen vertrauten. Immer hat Tim uns dem Alltag entrissen. Ich erinnere mich noch so gut an ein Open-Air-Konzert, zu dem er Anna und mich einmal spontan eingeladen hatte. Ich war damals noch mit Martin verheiratet, und Anna war übers Wochenende bei uns zu Besuch. Tim stand unangemeldet vor der Tür: »Ich hab drei Karten für Michael Jackson – habt ihr Lust?«, fragte er bloß. Natürlich wollten wir.

Es wurde ein »moment in time«. Ein heißer Juliabend, Martin fuhr uns zum Stadion, neben sich auf dem Vordersitz Hannah in ihrem Maxi-Cosy, gerade erst abgestillt. Anna, Tim und ich flegelten uns auf der

Rückbank, tranken Sekt. Ich fühlte mich endlich wieder sexy, ausgezehrt nach der langen Stillzeit, befreit. Tim saß in der Mitte, die Arme um unsere Schultern geworfen. »Ihr meine beiden Hauptfrauen«, schnarrte er und Anna und ich gurrten mit Schulmädchenstimmen: »Jaaa.« Ein Abend im Rausch, zeitlos, schwebend, nur im Rückspiegel fragten mich Martins Augen: Bist du so glücklich? Geht es dir jetzt wieder gut?

Drei Jahre später hatten wir uns getrennt, noch ein Jahr später war ich nach Wiesheim gezogen. Seitdem hatte ich nichts mehr von Tim gehört und war zu beschäftigt, mich darüber zu wundern. Doch Anna hatte festgehalten. An mir. An Tim.

Beim Essen sprachen wir von Leichtigkeiten. Was schön war, hier in Wiesheim. Was Hannah besonders gut gefiel, im Kindergarten. Was sie vermisste. Wie ich meine Artikel besser verkaufen könnte. Dass Anna jetzt als Bereichsleiterin so viel Geld verdiente wie nie. »Ich könnte euch glatt in den Urlaub einladen, richtig mit allem drum und dran, das Dumme ist nur, dass ich zur Zeit unmöglich Urlaub nehmen kann.«

»Komm, Schatz, iss deine Nudeln auf«, sagte ich zu Hannah, die Anna mit begeisterten Augen musterte.

»Aber wir könnten morgen wenigstens einen Ausflug machen, ich lade euch ein, wie wär das?« Anna legte ihr Besteck beiseite. »In den Freizeitpark mit Karussells, Elfen, Zwergen und Ruderbooten«, erklärte sie Hannah.

»Eigentlich müsste ich arbeiten«, sagte ich. »Ach, was soll's, man lebt nur einmal.« Hannah jubelte.

»Also abgemacht«, bekräftigte Anna. Trotzdem sahen ihre Augen plötzlich wieder traurig aus.

Später, als ich die Küche fertig aufgeräumt und das Geschirr gespült hatte, als Anna Hannah gebadet, ins Bett gebracht und mit mindestens drei Gutenachtgeschichten verwöhnt hatte, trugen wir Wein, Wasser und Windlichter zum Tisch im Garten. »Sie ist einfach wunderbar, deine Tochter«, Anna entkorkte den Wein. »Einfach wunderbar. Ich wünschte, ich könnte sie immer vor allem Bösen beschützen.«

»Ich auch«, antwortete ich leise und hob mein Glas. Ich fragte nicht: Was meinst du?

Wir prosteten uns zu: »Auf Hannah!«, und dann schwiegen wir und sahen den Mauerseglern und dem Abendrot zu. Es war ein gutes, intimes, geborgenes Schweigen.

Ich habe immer gedacht, dass es nicht fair ist, dass Anna keine eigene Familie gründen konnte. Ausgerechnet sie, die Hannah so sehr liebte, konnte selbst keine Kinder bekommen. »Ich weiß nicht, ob es wegen der Abtreibungen ist, die ich als junges Mädchen hatte, niemand weiß das«, hatte Anna mir eines Tages erzählt. »Es ist einfach so, dass es nicht klappt.« Kurz darauf hatte ihr langjähriger Freund sich von ihr getrennt und nach einer Odyssee durch diverse Selbsterfahrungs- und Therapiegruppen hatte sich Anna damit arrangiert, dass sie nicht schwanger wurde.

Ich glaube, es war schon in der Schulzeit Annas Dilemma, dass sie so stark wirkte und eigentlich Schutz brauchte. Anna und ihr Bruder Markus hatten damals im Parterre gewohnt, mit separatem Eingang. Nie gab es böse Worte von den Eltern, wenn morgens noch ein paar fremde Jugendliche mit am Frühstückstisch saßen. Zu Anfang, als Anna und ich uns schon mochten, aber noch nicht ganz und gar vertrauten – vor der Sache mit Tim –, übernachtete ich im Gästezimmer. Es war gerade groß genug für Bett, Nachttisch und Schrank, eine Art verschließbare Nische, in der ich tief und traumlos schlief; glücklich, in Annas Nähe zu sein. Wäre ich nicht eines Nachts hinüber zu Anna gegangen, um mir ein Buch zu holen – vielleicht wäre alles anders gekommen. So aber verwoben ein paar Minuten unsere Leben für immer. Ich war schon ein paar Schritte in ihr Zimmer geschlichen, als ich das Geräusch hörte. Fein und regelmäßig. Eine Art Rascheln. Unwillkürlich ging ich in die Hocke. Dann sah ich es. Zuerst nur die Schachteln und Vasen in dem Regal vor dem Kopfende von Annas Bett, die Fotos und Kalenderblätter, die sie dazwischen gesteckt hatte. Ich weiß nicht, wie lange ich in der Dunkelheit kauerte und starrte. Dann plötzlich erkannte ich Annas Hand im Regal, über den Kopf geworfen, und noch immer höre ich mehr als dass ich es tatsächlich sah, wie ihre Fingernägel die Bilder berühren, berühren, berühren – im Takt mit der Gestalt, die auf ihr kniete und Stoß und Stoß auf sie niederfuhr, während ich dort auf dem Boden nicht zu atmen wagte.

»Anna, irgendwas bedrückt dich doch. Ich fühle es. Willst du nicht sagen, was passiert ist?« Die Mauersegler flogen längst nicht mehr. Ich betrachtete Anna. Im Dämmerlicht sahen ihre Züge weich aus, mädchenhaft, wie damals. Anna knibbelte an ihrer Nagelhaut. »Komm schon, Anna«, drängte ich sie.

»Ich weiß nicht, wie ich dir das erzählen soll«, begann sie schließlich.

»Ich war mit einem Mann zusammen, im letzten Jahr, richtig zusammen, weißt du, nicht nur im Bett. Wir waren ein Paar. Ich dachte, er liebt mich. Aber das war ein Irrtum. Er hat mich verlassen. Hat einer anderen Frau ein Kind gemacht.«

»Oh, Anna«, sagte ich und nahm sie in den Arm.

»Ich habe alles kaputt gemacht, weißt du.« Sie begann zu weinen.

»Unsinn«, widersprach ich. »Gut, dass du hier bist. Wir schlafen jetzt und morgen machen wir einen Ausflug und –«

»Nichts wird gut«, flüsterte sie. »Der Mann war Tim.«

Warum habe ich sie allein gelassen? Sie wollte es so. Trotzdem konnte ich nicht einschlafen nach diesem Gespräch. Tim, dachte ich immer wieder. Ausgerechnet Tim. Darum also hatte ich in den letzten Monaten so wenig von Anna und nichts mehr von Tim gehört. Heute denke ich: Ohne Tim wären Anna und ich uns niemals wirklich nahe gekommen. Vielleicht war es also nur folgerichtig, dass unsere Freundschaft durch ihn auch endete. Doch als ich mich in der Nacht nach Annas Geständnis schlaflos hin und her wälzte, sah ich nur, wie alles begonnen hatte. Ursprünglich war Tim ein Freund von Annas Bruder gewesen. Anna und ich hatten ihn bewundert, weil er hübsch war, mit seinen glatten, halblangen, dunklen Haaren und den Lederhosen, weil er reich war, souverän und immer etwas zu erzählen wusste, weil wir ihn aufregend männlich fanden, mit seinen achtzehn Jahren. Wir sprachen manchmal davon, wie es wäre, ihn zu küssen. »Er schmeckt bestimmt wie Sahnejoghurt«, sagte Anna zum Beispiel. Zuerst widersprach ich ihr nicht. Wagte nicht, sie auf jene Nacht anzusprechen, in der ich sie beim Sex belauscht hatte. Kam mir einfach klein und unerfahren vor.

Eines Nachts, als ich wieder einmal bei Anna schlief, weckte mich der Geruch von Schweiß. »Ich bin's«, flüsterte Tim und kroch zu mir unter die Decke. »Das hat dir doch gefallen neulich, mh?«

»Ich bin nicht Anna«, meine Stimme versagte fast.

»Ich weiß«, murmelte er.

Unter der Bettdecke kroch seine Hand über meinen Bauch, ein schweres, warmes, neugieriges Tier, das meine Haut porös machte, wie Gefrierbrand. »Komm, Luise«, murmelte er an meinem Hals. Sein Atem ging schwer, als er seine Hand unter das Gummiband meiner Unterhose schob. »Ich kann nicht, Tim, ich –« Ich habe das noch nie gemacht, ich habe Angst, warum gehst du nicht wieder zu Anna, wollte ich sagen, traute mich aber nicht. Das Licht der Straßenlaterne malte Linien an die

Wand, Fensterkreuze, das Kabel der Deckenlampe. Tim stöhnte und zerrte sich die Hose von der Hüfte. Ich presste die Beine aneinander, wollte dieses schnobernde fremde Handtier nicht auf meiner Haut, konnte es nicht verjagen. »Hey, hast du keine Lust?«, raunte er mir ins Ohr. »Bist du frigide?«

»Es ist nur, ich meine nur – ich nehm nicht die Pille, weißt du.« Ich war froh, dass er nicht böse war. Das Handtier kroch fort, setzte sich nach einer Weile auf meinen Kopf. »Dann machen wir was anderes«, flüsterte er und drückte mich unter die Decke, immer tiefer, bis zu seinem Penis, den ich nicht sehen konnte, nur riechen, salzig und heiß. Das Handtier drückte und drückte, und von weither hörte ich Tims Stimme, die forderte: »Los Luise, nimm ihn in den Mund, komm schon, ja.« Und ich tat es. »Schluck es einfach runter«, sagte er schließlich, und weil ich unbedingt Luft holen musste, tat ich auch das. Dann lagen wir einen Moment nebeneinander, und das Handtier kroch wieder über meinen Körper, doch diesmal fing ich es ein. »Du, ich bin ziemlich müde«, flüsterte ich und war erleichtert, dass er mich bald darauf in Ruhe ließ und zurück in das Zimmer von Annas Bruder ging.

Ich wachte davon auf, dass Hannah zu mir ins Bett kroch. Es war noch sehr früh, ich hatte gerade erst das Klatschen gehört, mit dem die schwere Samstagszeitung auf den Eingangsstufen landete. »Tante Anna hat ganz viele schmutzige KLeider in ihrem Koffer«, erzählte Hannah mir aufgeregt ins Ohr. »Die sind ganz voller Farbe.«

»Voller Farbe? Warst du an Annas Sachen, das sollst du nicht.«

»Ich wollte mit ihr kuscheln, aber sie war gar nicht da.«

»Deshalb darfst du trotzdem nicht in ihrem Koffer rumwühlen. Sie ist bestimmt joggen.« Ich hob die Bettdecke an. »Komm her, Töchterlein«, sagte ich, »lass uns noch ein bisschen schlafen.«

»Voller brauner Farbe«, murmelte Hannah, kuschelte sich an mich und tatsächlich schliefen wir noch mal ein.

»Das Frühstück ist fertig, ich hab Brötchen geholt«, Annas Traurigkeit hatte sich über Nacht verflüchtigt. Aus meiner Stereoanlage klang Al Jarreau. »Kein Radio, okay? Der Tag ist zu schön für Werbeblocks, Nachrichten und Verkehrsfunk«, verkündete meine Freundin und schenkte mir Tee ein. Ich sah mich suchend um. »Hast du die Zeitung mit reingebracht?«

»Zeitung? Hab ich nicht gesehen.«

Ich ging zur Haustür. »Ich könnte schwören, ich hab gehört, wie sie ausgetragen wurde.«

»Vielleicht hat sie jemand geklaut?«, schlug Anna vor. »Ist doch auch egal, wir fahren ja sowieso gleich.«

Niemand in Wiesheim klaut eine Zeitung. Ich aber ließ mich von Anna betören. Ohne dass wir es aussprachen, widmeten wir diesen Tag im Freizeitpark Hannah. So war es immer mit Anna und mir: Egal, wie verschieden unsere Leben auch verlaufen mochten, egal, wie lange wir uns nicht gesehen hatten – wir verwandelten uns stets mit Leichtigkeit zurück in ein eingespieltes Team.

»Weißt du noch, damals vor dem Gewitter im Biergarten, als wir uns über Tims nächtliche Besuche endlich die Wahrheit gestanden haben?«, fragte ich am Abend, nachdem wir eine glückliche und von den Abenteuern des Tages erschöpfte Hannah ins Bett gebracht hatten. Ich fühlte mich leicht, wie lange nicht mehr. Zu Hause und doch meilenweit entfernt, was vielleicht daran lag, dass mir weder Post noch Telefon, weder Radio noch Zeitung Nachrichten vom Alltag gebracht hatten. Anna und ich lümmelten auf einer Decke auf dem Rasen.

»Natürlich weiß ich das noch«, Anna füllte unsere Sektgläser wieder auf.

»Du hast gesagt, so toll fändest du Sex eigentlich auch wieder nicht, vor allem nicht den mit Tim«, erinnerte ich mich.

»Und dann hast du ganz leise gesagt ›Ich auch nicht‹.«

Wir grinsten uns an. »Wenn wir uns das nicht gestanden hätten, dann säßen wir heute nicht hier«, sagte Anna. »Wir hätten uns wahrscheinlich aus den Augen verloren.«

»Es war so gut, bei dir alle Masken fallen lassen zu können. Ich hatte so lange gedacht, mit mir stimme was nicht, weil ich es nicht schön fand, wenn Tim zu mir ins Zimmer kam.«

»Er hat einen echten Schock gekriegt, als er das nächste Mal zu mir ins Zimmer schlich, und da lagen wir plötzlich beide im Bett. Und dann haben wir auch noch gelacht. – Eigentlich irre, dass er sich später sogar entschuldigt hat.«

»Er hat kein schlechtes Herz, aber er ist nun mal ein notorischer Frauenheld«, ich fühlte, wie Anna sich versteifte. »Das weißt du doch auch, Anna«, fügte ich schnell hinzu. »Wart mal ab, als Freund verlierst du ihn nicht.«

Aber es war schon zu spät, die Leichtigkeit verflogen.

»Für die Abtreibung hat er sich nie entschuldigt. Lass uns schlafen gehen«, sagte Anna.

Irgendwann in jener Nacht schreckte mich das Tuckern eines Automotors aus dem Schlaf. Als es hell wurde, stand Hannah wieder an meinem Bett. »Tante Anna ist weg«, wisperte sie mir ins Ohr. »Ihr Koffer auch.«

»Was sagst du da?« Ich lief zum Fenster – Annas Mercedes war tatsächlich fort. Ich lief ins Gästezimmer – leer, das Bett ordentlich gemacht. Unten, auf dem Küchentisch, lag ein Brief. »Ich hab deinen Pass genommen. Ruf bei Tim an – dann wirst du verstehen. Das Halstuch ist für Hannah, der Ring für dich. Zur Erinnerung. Danke für alles. Es tut mir leid. A.«

»Mami, wo ist Tante Anna?« Die Enttäuschung in Hannahs Stimme zwang mich, ruhig zu bleiben.

»Sie musste früher abreisen«, sagte ich und gab ihr schnell Annas Halstuch. »Schau, das hat sie dir dagelassen, damit du nicht vergisst, dass sie dich lieb hat.«

Prüfend ließ meine Tochter die Finger über den Stoff gleiten. »Wo ist sie?«, bohrte sie weiter.

»Nach Hause, nehme ich an«, ich bemühte mich, unbeschwert zu klingen, auch wenn mir das Herz zu einem harten Klumpen gefror. Der Rest meines Körpers tat, als ginge das Leben weiter und machte für Hannah Frühstück.

Nach und nach, als ich versucht hatte, zu telefonieren, aber die Leitung tot war, als ich an die verschwundene Zeitung dachte, an Annas ungewohnte Abneigung gegen die Radionachrichten, die Schatten unter ihren Augen und ihre Traurigkeit, wenn wir von Tim oder Hannah sprachen, begann ich zu verstehen. »Hannah«, sagte ich, »die Farbe an Tante Annas Kleidern, wie sah die noch mal aus?«

»Braun. Und ein bisschen rot.«

»War sie an allen Kleidern?«

»Nur an ein paar. Und an dem Stein.«

»Dem Stein?«

»Ja, sie hatte einen Stein im Koffer, der war ganz schwer.«

Ich setzte Hannah mit ihren Frühstücksbroten vor den Fernseher. Ganz hinten in meiner Schreibtischschublade fand ich mein Handy. Meine Hände zitterten so sehr, dass ich kaum die Tasten drücken konnte. Tim, Tim, Tim – bitte geh ans Telefon, flehte ich.

»Bei Baumann«, meldete sich eine Männerstimme.

»Ich wollte Tim sprechen«, sagte ich heiser.

»Das geht nicht, mit wem spreche ich?«

»Meiering, Luise Meiering. Ich bin eine Freundin.«

»Frau Meiering, mein Name ist Harald Post. Ich bin Kriminalkommissar. Ich muss Ihnen leider mitteilen, dass Tim Baumann tot ist. Waren Sie eine gute Freundin? Wann kann ich mit Ihnen sprechen?«

Während ich auf die Kripo wartete, stand ich am Küchenfenster und zog mir mit Daumen und Zeigefinger den Ring von der Hand, den Anna mir geschenkt hatte. Steckte ihn wieder an, zog ihn wieder ab. Sein Stein blitzte in der Mittagssonne, ein kaltes rotes Auge. Zeit verging, kaugummizäh. Was sollte ich sagen? Mord schlägt saubere Wunden: brutal zwar, aber endlich. Verrat eitert, ein giftiges Gefresse, das nicht aufhört, dem man nicht entkommen kann. War Tim ein Verräter? Und wer war Anna, wenn nicht die, für die ich sie in all den Jahren hielt? Wer hat wen verraten, Tim sie, sie mich – und ich, verriet ich sie, weil ich ihr Schweigen duldete?

Ich wünsche mir so sehr, dass ich mutiger gewesen wäre, dass ich ihrem Schatten nicht ausgewichen wäre. Zuletzt habe ich Anna eine Chance gegeben. Die Sache mit dem Pass erzählte ich dem Kripobeamten nicht. Behielt auch für mich, dass das leere Päckchen Hennarot in meinem Badezimmermülleimer nicht mir gehörte.

Manchmal hoffe ich, dass Anna nach Brasilien geflogen ist, dass ihre Eltern sie endlich beschützen. Dass sie durch den Regenwald läuft und glücklich ist. Dann wieder wünsche ich einfach, sie käme zurück, damit dieses Loch in meinem Leben nicht immer weiter fressen kann. Diese Sehnsucht nach einem Sommergewitter und ihrer Hand in meiner Hand und diesem Gefühl, dass mir nichts mehr etwas anhaben kann, weil es sie gibt, an meiner Seite.

Irgendwo auf dieser Welt lebt Anna jetzt als ich. Sie haben sie bis heute nicht gefunden.

Monika Fischer

Montag Marie

»Bei dir ist ja ständig besetzt!«, sagt Marie. »Erst habe ich den Müll runtergebracht, besetzt! dann die Küche geputzt, besetzt! und schließlich einen Film geguckt, der mich gar nicht interessiert!«

Ich freue mich, dass sie anruft und dass sie sich aufregt, und sage ihr nicht, dass ich nur mal wieder den Hörer nicht richtig aufgelegt habe. Soll sie glauben, dass ich außer ihr noch andere Leute kenne.

»Hast du Lust, dich mit mir zu treffen?«, fragt sie.

Ich denke sofort an mein Lieblingscafé am Erkelenzdamm, den einzig angemessenen Ort für ein Treffen mit einer Frau wie Marie, denke, dass es aber gerade den Besitzer und die Atmosphäre gewechselt hat und dass als Alternative nur Maries Wohnung in Frage kommt, die ich noch nicht kenne, die aber der zweitangemessene Ort für eine interessante Frau wie Marie sein muss.

»Wie wär's bei dir?«, frage ich.

Marie zögert. »Gut, Montagabend bei mir, ich koch uns was.«

Montag Marie. Ich bin pünktlich. Die Neualtbaufassade ist betongrau, balkonfrei. Ein Fensterrechteck neben dem nächsten. Leer. Ohne Gardinen, ohne Pflanzen. Nur im dritten Stock wuchern Begonien in Terrakotta-Trögen vor doppelten Fenstern.

Maries Klingelschild finde ich neben der Tür im dritten Stock. Marie öffnet, steht im Türrahmen, klein, schmal, sie lächelt schwach, als hätte sie mich nicht erwartet. Ich schwenke die Weinflasche als Berechtigung für mein Hiersein und drücke ihre gewichtslose Hand. Neben ihr komme ich mir sehr groß vor. Marie zögert und tritt zurück. Dielenboden.

»Schuhe an oder aus?«, frage ich.

»An«, sagt sie.

Ich folge ihr in die Küche.

»Das Gratin braucht noch eine halbe Stunde. Wie wär's mit einem Glas Wein vorab?«

»Gern. Kann ich noch was helfen?«

»Ja, mach schon mal die Flasche auf.«

Sie wäscht Tomaten und schneidet sie. Quälend langsam. Als lähme sie mein Zuschauen. Dann schabt sie die Scheiben in eine Schüssel und gießt eine halbe Flasche Olivenöl darüber. Aus dem Ofen riecht es fettig.

»Kann ich das Fenster öffnen?«, frage ich.

»Ja, heiß hier drin, nicht?«

Ich räume eine Grünlilie und eine Flasche Dünger zur Seite und lege den Hebel um. Ein frischer Luftzug umspült uns, formt Schlaufen, Schlingen, zieht uns zueinander, verbindet, verknüpft.

»Magst du so kräftige dunkle Weine?«, frage ich und gebe dem erdigen Nachgeschmack im Rachen Raum.

Marie leert ihr Glas in einem Zug und zuckt mit gespitzten Lippen die Achseln.

Die Kacheln sind weiß, auch die Fliesen, die Hängeschränke, der Herd, der Kühlschrank, der kleine Kunststofftisch. Nur die beiden Klappstühle sind transparent. An der Wand neben dem Bügelbrett hängt ein Quadrat aus Packpapier, abstrakte Malerei, gelb-grün mit schwarzen Klecksen.

»Von dir?«, frage ich.

Marie nickt. Durch die offene Tür entdecke ich im Flur ein weiteres Quadrat: brandrote Figuren in einem wütenden Wirbel.

»Ich dachte, du schreibst nur!«

»Hast du eine Zigarette?«, fragt sie.

»Nee, ich rauche nicht.«

»Komisch, irgendwie hatte ich dich rauchend in Erinnerung.« Bedächtig rührt sie den Tomatensalat um.

»Ich habe noch nie geraucht. Aber wenn du willst, besorge ich dir welche.«

»Der Edeka um die Ecke hat noch auf«, sagt sie. »Ach nein, lass mal!«

»Ich bin gleich wieder da, kein Problem.«

»Nein, nein, es muss auch mal ohne gehn.«

Sie trinkt ihr zweites Glas aus und schenkt sich nach.

»Deine Bilder sind echt toll«, sage ich. »Sehr dekorativ. Könntest du glatt Geld für nehmen.«

»Ach, die sind nur so dahingerotzt. Wenn ich nachts nicht schlafen kann. Mit Dispersionsfarbe aus dem Baumarkt, die ist nicht so teuer.«

»Schreibst du denn noch?«, frage ich.

»Nein, dazu habe ich momentan keine Zeit.«

»Ist bei dir im Büro denn so viel los? Eigentlich müsstest du da gar nicht mehr arbeiten. Du könntest Preise und Stipendien gewinnen – bei deinem Talent!«

Marie schweigt, ihre Augenbrauen kräuseln sich, eine Falte kerbt ihre Stirn.

»Wie geht's deinem Freund?«, frage ich. »Ist er noch in Bogotá?«

Marie lässt den Salatlöffel in die Schüssel klirren und streicht sich die Augenbrauen glatt.

»Du fragst, fragst, fragst! Das ist mir schon beim letzten Mal aufgefallen. Und ich habe dir Sachen erzählt, die ich gar nicht erzählen wollte.«

Ich schweige verblüfft.

»Und deine Anteilnahme – Druck, Druck, Druck. Ich habe das Gefühl, keine Luft mehr zu bekommen! Ich sag dir mal was: behalt deine Ratschläge für dich! Und ich sag dir noch was: ich weiß nicht, ob ich überhaupt zu einer Freundschaft fähig bin, schon gar nicht mit einer Frau!«

Ich sage nichts, weiß nicht, was. Der Luftzug zwängt sich zwischen uns, drängt uns auseinander, vereinzelt, isoliert. Ich lasse das Fenster, wie es ist.

»Du könntest mich ja auch was fragen«, sage ich.

»Dann antwortest du nur kurz, blockst ab und fragst wieder was!«

»Aha«, sage ich. »Es interessiert mich eben, *du* interessierst mich.«

Marie sucht ihre Taschen ab. »Ich dachte, ich hätte vielleicht doch noch irgendwo ...«

»Dann hol dir endlich welche!«, fauche ich.

Marie öffnet die Ofenklappe und nimmt eine verkrustete Auflaufform heraus.

»Kannst du mal mit den Tellern kommen?«

Ich halte sie ihr nacheinander hin, und sie legt je ein Viertel Kartoffelgratin darauf. Bevor ich die Tomatenschnitze zum Mund führe, lasse ich sie unauffällig abtropfen.

»Ich gebe immer Essig dazu«, sage ich, »Balsamico. Aber es schmeckt prima so.«

Das Öl bildet gelbe Lachen auf dem weißen Porzellan.

»Morgen treffe ich mich mit einer Kollegin«, sagt Marie. »Dienstlich. Übermorgen ist die Konferenz, und überübermorgen findet schon wieder ein Meeting statt.« Sie seufzt. »Ich glaube, ich sage einen Termin ab.«

»Du hättest unser Treffen doch verschieben können«, sage ich.

Sie zuckt mit den Schultern. »Möchtest du noch ein Stück?«

Ich sehe auf die Uhr. Knapp anderthalb Stunden. Für einen Freundschaftsbesuch eigentlich zu kurz.

Ich muss los, will ich sagen. »Nein danke, ich werd dich jetzt in Ruhe lassen«, sage ich und ärgere mich im selben Augenblick.

»Ja, so langsam«, sagt Marie prompt und tupft sich mit der Serviette den Mund ab. Sie lässt ihr halbvolles Glas stehen, rückt ihren Stuhl zurück und steht auf. Mir bleibt nichts anderes übrig, als ebenfalls aufzustehen.

Warum hat sie mich überhaupt angerufen? Ist ihr nicht bewusst, wie wichtig Freunde sind, eine Freund*in*, eine beste. Eine, die für sie da ist, wenn es ihr schlecht geht.

Mein Blick bleibt an dem Flüssigdünger hängen.

So richtig schlecht geht.

»Ich bring dich noch runter«, ruft Marie aus dem Flur, »wahrscheinlich ist schon abgeschlossen.«

Das Weinglas klirrt, als würde ich noch rasch austrinken, aber es ist Maries, und das, was ich in der anderen Hand halte, ist die Flasche mit den blühenden Pflanzen auf dem Etikett. Nicht allzu viel, ein kleiner Schuss nur, es soll ihr ja nur ein bisschen schlecht werden, so dass sie mich noch mal anruft, anrufen muss, vielleicht aus dem Krankenhaus, vielleicht danach, aber meine Hand bebt und die Flasche ist voll, es schwappt zu viel heraus, und das bei Maries Fliegengewicht. Hastig stelle ich die Flasche zurück, will das Glas auskippen, aber da ist sie schon neben mir, sagt: »Kommst du?«, und ich lasse das Glas stehen, schlendere an ihr vorbei, die zitternden Hände in die Hosentasche gerammt. Soll ich ihr sagen, trink nicht? Fühlt sie sich dann nicht kritisiert, sie und ihr Weinkonsum? Marie ist zäh, zäher als ich dachte, unabhängig vor allem, sie wird es verkraften, sie wird es schon schaffen. Ich sag es ihr nicht.

»Dann kannst du ja gleich noch Zigaretten ziehen«, sage ich im Treppenhaus.

»Meine Marke gibt's nicht im Automaten, und Edeka hat jetzt zu. Ich müsste zur Tankstelle fahren, aber ich weiß nicht, wo mein Autoschlüssel ist.«

Ich biete ihr nicht an, sie zu fahren.

»Danke fürs Essen«, sage ich, als sie das Hoftor aufschließt.

»Danke für den Wein.«

Ich stehe vor ihr, eine Stufe tiefer auf dem Gehsteig, wir sind gleich groß jetzt.

»Alles Gute«, sage ich. »Und wenn was ist …«

»*Alles Gute*«, äfft sie mich nach und schnaubt. »Ich bring dich noch um die Ecke!«

Ich bin überrascht. Und plötzlich hängt sie sich bei mir ein. Ich drücke ihren Arm mit meinem Ellbogen, bin gerührt. Obwohl ich nicht will. Schon stehen wir vor meinem Haus, vor meiner Tür. Ich blicke auf sie hinab, eine Steinstufe höher.

»Meld du dich, ja?«, sagt sie.

»Schlaf gut«, sage ich und drücke vorsichtig ihre Vogelhand.

Patricia Vohwinkel

Ein Fenster nach Westen

Sie haben es mir versprochen, wenn ich ja sage.

Nach Westen. Es war nicht einmal eine Lüge. Am westlichen Ende der Stadt, wo man noch immer bemooste Überreste der mittelalterlichen Wehrmauer finden kann, lag meine Wohnung. Ich habe dort lieber gelebt als an dem Ort, an dem ich jetzt bin, aber manchmal kann man sich nicht aussuchen, wohin das Schicksal einen trägt. Niemand kann das. Das habe ich auch immer gewusst. Immer gesagt. Auch ihm. Es gibt größere Zusammenhänge, höhere Pläne als die endlichen Vorstellungen. Das ist Bestimmung, und es ist gut.

Nach Westen, wo die Sonne untergeht. Ich habe es immer gern gesehen, wenn der Tag sein Licht auslöscht. Wenn sich die letzten dunklen Wolkenfetzen gegen das diffuse, bereits verblassende Abendrot absetzen, bis ihre Konturen sich im tiefen Schwarz des Nachthimmels verlieren. Nachts ist der Himmel tiefer als am Tage. Man denkt, man könne eintauchen, ganz ohne Widerstand, ganz ohne Strafe, aber das ist trügerisch. Jetzt habe ich ein Nordfenster. Und es ist hoch und schmal. Das ist nicht gut.

Ich bin nach Westen gegangen. Sucht mich nicht. Das war wirklich eine gute Idee. Niemand würde nach mir suchen. Niemand würde einen Menschen mit einem solchen Ziel suchen. Natürlich nicht. Da konnte ich doch sicher sein.

Es war einer jener spätsommerlichen Abende, an denen man die Überreife der Natur riechen kann. Spätsommer. Ich hasse das Wort Frühherbst.

Vielleicht hat er gewusst, dass ich an diesem Freitagabend zu ihm kommen würde. Vielleicht hat er es eher gewusst als ich. Das geht mir manchmal so; dass ich erst weiß, wo ich hinwollte, wenn ich angekommen bin.

Vielleicht ist mir der Weg aber auch so schwer gefallen, weil ich gen Osten laufen musste. Sei ruhig, habe ich mir gesagt, ruhig. Manchmal muss man in die entgegengesetzte Richtung losgehen, um im Westen anzukommen. Aber es führt dorthin. Alles führt dorthin; manchmal sogar früher, wenn man es nur will.

Ich hörte meine Schritte auf dem Asphalt. Schritt. Herzschlag. Immer abwechselnd; im Gegenrhythmus. In dieser Nacht würde ich es wagen. Schritt. Seine Haut berühren. Herzschlag. Seine Hände würden an meinem Körper hinabgleiten. Schritt. Widerstandslos. Herzschlag. Ich würde seine halb geschlossenen Lider küssen. Schritt. Er würde mir gehören. Herzschlag.

Laute Geräusche stören mich. Irritieren meine Stille. Man kann sie körperlich fühlen. Das macht mich wütend. Die Klingel an seiner Wohnungstür machte mich wütend. Wie sie in die Stille hineinschnitt. So wie das Licht mich wütend machte. Helligkeit. Laute Helligkeit mit scharfen Umrissen. Aber ich kontrollierte mich gut. Kalter Schweiß lief zwischen meinen Brüsten herab. Wenn ich mich gut kontrolliere, vergesse ich manchmal, wo ich bin. Es ist dann, als ob eine gewisse Zeit gar nicht stattfindet. Ich kontrollierte mich sehr gut, um nicht noch wütender zu werden. Kontrolle und Erwartung. Seine widerspenstige Locke würde ihm ins Gesicht fallen, wie ich es schon so oft beobachtet hatte. Von weitem. Und diesmal würde er sie nicht zurückstreichen. In zwei Spiralwindungen würde sie ihm bis zu seinem linken Mundwinkel reichen. Ich kontrollierte mich wirklich sehr gut und war gar nicht so wütend. Ich bin kein impulsiver Mensch. Ich mache immer alles ganz planvoll. Niemals spontan. Das kann man an mir lieben. Ich bin niemals laut. Ich schreie nie. Oh ja, das würde er an mir lieben. Meine Langsamkeit. Meine Beharrlichkeit. Langsam und stetig würde ich sein weißes Fleisch streicheln. Kontrolle.

Mit heißen Händen umfasste ich das Glas. Wasser. Nur Wasser, hatte ich gesagt und ihn damit hinausgeschickt. Das war klug, denn schließlich weiß ich, was all diese Zusätze, die man Getränken beimischen kann, im Körper bewirken. Nur Wasser.

Ganz ruhig ging ich um den Tisch herum und setzte mich in den Sessel, der dem Fenster zugewandt war. Ein Westfenster. Das wusste ich natürlich, obwohl es längst dunkel war. Ich habe ein Gespür für Himmelsrichtungen. Auch in geschlossenen Räumen.

Manchmal verging die Zeit wirklich sehr schnell, ohne dass ich es merkte. Als das Glas auf dem Steinboden zerbrach, zuckte ich unwillkürlich zusammen. Ich mag es nicht, wenn etwas kaputt geht, in Stücke bricht. Alles muss ganz sein. Keine Spuren von Zerstörung. Kontrolle. Erwartung.

»Ich hole ein Tuch«, hörte ich mich sagen. In der Küche war es warm.

Hier konnte ich solange bleiben. Erwartung. Verlangen. Nun durfte ich mir erlauben, dass mein Atem schneller ging. Ich öffnete die Knöpfe meiner Bluse, bevor ich zu ihm ins Zimmer zurückkehrte. Ich nahm mir Zeit, um für die Blumen, die ich mitgebracht hatte, eine Vase zu suchen. Weißes Porzellan. Ich liebe es, wenn Dinge, die man zusammenstellt, Ton in Ton zueinander passen. Ineinander zerfließen. Die schweren Lilienkelche hingen über den Rand des Gefäßes, als wollte der Nektar jeden Moment heraustropfen und die Blüten leer zurücklassen.

Seine Umarmung nahm mir den Atem. Ich konnte nicht aufhören, mit meiner Zunge seine kühlen, weichen Lippen zu lecken, bis sich sein Mund öffnete, und ich ihn tiefer küssen konnte. Ich fühlte seine ebenmäßigen Zähne, deren Perlenreihen ich auseinander drängte, während er schwer auf mir lag. Verlangen. Wie sehr hatte ich mich immer danach gesehnt, seine Haut auf meinem Körper zu spüren. Ihn schwach werden zu wissen. Seinen Widerstand zu brechen, bis endgültig ich alle Kontrolle besaß. Wollust. Seinen Blick ins Leere zu genießen, wenn ich auf ihm war. Die bleiche Haut seiner Taille zu küssen. Mein Körper gebärdete sich wie wahnsinnig, während er ganz atemlos dalag. Niemals sollte das hier vergehen. Kein Morgen.

Ich legte seine Hände auf meine Brüste und fühlte begierig, wie sich meine Brustwarzen unter dem sanften Druck des Gewichts aufrichteten. Natürlich wusste ich, wie man das machen konnte. Ich weiß mit ungewöhnlichen Situationen umzugehen. Jemand wie ich muss wissen, wie man sich hilft. Mit Geschick und der Gewissheit von endgültigem Besitz.

Ich schrie nicht, als der Lustschmerz meinen Körper erfüllte. Ein wenig stöhnte ich vielleicht. Aber nicht laut. So lange hatte ich mir diese Nacht gewünscht, mir diesen Augenblick vorgestellt, in dem er mir endlich ganz gehörte.

Die Bilder meiner Träume verblassten bereits gegen das, was ich fühlte. Als ich kam, war es mir, als sähe ich ein Lächeln auf seinen Lippen. Ich stöhnte noch einmal, presste ihn an mich und fühlte seinen Atem entweichen. Nicht viel. Gerade so viel Atem, wie es bedarf, um eine Kerze auszuhauchen.

»Ja, ich habe es getan. Er hat gleich getrunken, gierig und tief wie der Himmel in der Nacht. Kaum fünf Minuten, nachdem er mich in seine Wohnung gebeten hatte.«

Ein Fenster nach Westen. Sie haben es mir versprochen, wenn ich gestehe.

Mischa Bach

Filmriss

Selbst durch die geschlossenen Augen tat das Licht weh. Wieso hatte ich Trottel gestern vergessen, die Jalousien zu schließen? Ich blinzelte mürrisch zum Fenster, wollte mich gerade wieder umdrehen, als ich schlagartig erwachte: Wo waren meine Jalousien hin? Und was war mit meinen Topfpflanzen, mit meiner Fensterbank passiert?! Abrupt setzte ich mich auf und stieß mit dem Kopf gegen die Decke. Gegen die Decke? Um Himmels willen, was ging hier vor?!

Benommen saß ich auf meinem Bett – doch, das war eindeutig mein Bett, das gute Stück von Tante Bea, das ich liebevoll wieder aufgemöbelt hatte, obwohl niemand verstand, was ich mit einem Doppelbett wollte – und ließ vorsichtig den Blick durchs Zimmer gleiten. Zwischen Pflanzen und Kisten erkannte ich meinen Schaukelstuhl. Am Garderobenschrank, einem ebenfalls eigenhändig restaurierten Sperrmüllobjekt, fehlten die Türen. Ich spähte über den Rand des Bettes: Unterhalb des Fußendes lagen diese herum. Ein Kratzen machte sich in meiner Kehle bemerkbar. Automatisch tastete ich nach der Wasserflasche auf dem Nachttisch. Ich stieß mir erneut den Kopf und fiel beinahe aus dem Bett, schon wieder diese unerklärliche Dachschräge. Der Nachttisch war da, von der Flasche keine Spur, dafür lagen neben dem überquellenden Aschenbecher Zigaretten, und, halleluja, ein Feuerzeug. Eigentlich rauche ich nicht im Bett, aber da Nikotin angeblich die Hirntätigkeit beschleunigt und ich nicht die geringste Ahnung hatte, wo ich war und was hier los war.

Der Erfolg kam prompt – mir wurde kotzübel. Diesmal den Kontakt mit der Dachschräge vermeidend, sprang ich auf und stürzte zur näheren der beiden Türen. Wie praktisch, dass dahinter statt dem gewohnten Flur gleich ein Badezimmer lag! Heftig hustend übergab ich mich – ins Waschbecken, immerhin. Und plötzlich wusste ich, wo ich war.

Dennoch, als das Telefon schrillte, half mir die Erkenntnis, dass dies meine neue Wohnung in meiner alten Heimatstadt war, wenig bis gar nicht. Auf der Suche nach dem Störenfried tapste ich barfuß durch das

Chaos. Ich schwor mir, nie wieder eine Einweihungsfeier nach der Renovierung zu geben, als ich auf einem herumliegenden Herrenjackett ausrutschte, den Flur hinunter schlitterte und unsanft unter dem neuen Telefonregal auf meinem Allerwertesten landete. Diesmal machte es wenigstens Sinn, sich den Kopf zu stoßen, denn dadurch krachte das Regal von der Wand und das Telefon war endlich in Reichweite.

»Geza Frenze«, meldete ich mich.

»Habe ich dich geweckt?«, es war Ellen, die niemals müde oder kaputt aussah, nicht mal nach unserer Abifeier vor fünfzehn Jahren hatte sie das getan. Unerträglich munter sprudelte sie los: »Ich bin schon seit Stunden wach. Mach dir einen Kaffee, ich komm gleich rüber. Das Durcheinander muss furchtbar sein. Wie ungezogen, dir wird schlecht, die Gäste hauen ab und hinterlassen dir ein Schlachtfeld.«

Sinnlos, sie zu bremsen, besser, sie als Stichwortgeberin zu nutzen: Kaffee, genau das brauchte ich jetzt! Nachdem ich zuerst die falsche Tür öffnete – reif für die Abstellkammer war ich noch nicht –, fand ich im zweiten Anlauf meine neue Küche. Von der aufgearbeiteten Gründerzeitanrichte war unter Spülbergen und leeren Flaschen kaum etwas zu sehen, aber ich erspähte dennoch die Kaffeemaschine, das Objekt meiner Begierde. Und, oh Wunder, die Dose Kaffeepulver stand direkt daneben. Ich klemmte den Hörer zwischen Schulter und Ohr, murmelte ein paar »hms« und machte mich an die Arbeit. Schließlich wollte ich meinen Kaffee sitzend trinken.

»Sag mal, wie fandest du Martin? Ist er nicht mal wieder typisch Maria?«, wollte Ellen wissen, als ich mich gerade fragte, wer neben Unmengen Prosecco die Flasche Wodka leer gemacht hatte.

»Du«, antwortete Ellen prompt.

»Bitte?!«, schluckte ich. Ich gehöre zu den Leuten, die selbst bei gepflegten Sechs-Gänge-Menüs tunlichst bei einem Glas Wein bleiben, weil sonst das Essen nach meinem Tanz auf dem Tisch im Schoß der anderen Gäste landet.

»Deshalb war mir gleich klar, was Kerstin meinte, als sie gegen eins sagte, besser, wir gehen alle, dir sei schlecht geworden«, plapperte Ellen in mein Ohr, »aber ich fürchte, Maria hat sicher nicht wie versprochen gespült, oder?!«

Davon konnte keine Rede sein. Vermutlich hatte sie vor lauter Unordnung das Chaos nicht gesehen – obwohl, Ausreden brauchte meine Freundin Maria noch nie, um Versprechen nicht zu halten. So verdankte ich ihr zwar den neuen Job in Renatas ganzheitlichem Schönheits- und

Gesundheitsberatungssalon nebst Rückkehr in meine geliebt-gehasste Heimatstadt, die versprochene Wohnung durfte ich mir dagegen selbst suchen. Die hatte ich offensichtlich gefunden, was aber war mit meinen Erinnerungen an den gestrigen Abend?! Da ich keine Lust verspürte, dieses Thema mit Ellen zu erörtern, würgte ich sie mit dem Hinweis ab, es sei jemand an der Tür. Seufzend setzte ich mich mit einer großen Tasse Kaffee hin.

Aber, wie sagt meine Mutter immer? »Kleine Sünden bestraft der liebe Gott sofort.« Wahrscheinlich ließ deshalb die Türklingel nur Sekunden später meine Notlüge wahr werden: Kerstin, meine neue Nachbarin und Wohnungsvermittlerin, nicht zu vergessen die neue Flamme meines Freundes Thomas, stand draußen. Anscheinend glaubte alle Welt, ich wünschte mir am frühen Morgen nichts sehnlicher als redselige Heimsuchungen aller Art. Zu müde um mich zu wehren ließ ich sie rein.

»Kannst du mir deinen Schlüssel für die Waschküche leihen? Meiner ist irgendwie verschwunden«, begrüßte sie mich und blickte missbilligend auf das Durcheinander im Flur.

»Ist das Thomas' Jackett«, sie hob den Stolperstein von vorhin auf und hängte ihn an die Garderobe, »oder ist Martin noch mal zurückgekommen?«

»Ich weiß nicht mal, wer dieser Martin sein soll«, brummte ich und zog sie, ihren ungläubigen Blick ignorierend, Richtung Küche. Ohne eine Überdosis Kaffee fühlte ich mich all dem nicht gewachsen.

»Noch so 'n Jeanstyp, halt. Dann hast du ihn also nicht wiedergesehen? Nun ja, er wird sich sicher an dich erinnern – spätestens nach der Szene, die Maria ihm gestern hingelegt hat!«

Ich maß dem keine Bedeutung bei, sondern fischte eine Tasse aus dem Geschirrstapel und spülte sie für Kerstin, die anfing, das Altglas in einen leeren Umzugskarton zu packen. Maria lebte seit Kindergartentagen in dem Wahn, ich hätte nichts Besseres zu tun, als ihr ihre jeweiligen Freunde auszuspannen. Okay, bei Thomas lag sie in der siebten Klasse damit richtig, aber ansonsten – dafür müsste man ja mit dem Tempo mitkommen, in dem sich ihre Gefühle fürs andere Geschlecht ändern!

»Du solltest dir wirklich was anziehen«, sagte Kerstin kopfschüttelnd, als ich ihr zitternd eine Tasse Kaffee reichte. Ich sah an mir runter: Außer dem Slip hatte ich lediglich ein T-Shirt an, das ich dem Geruch nach wohl bereits seit der Party trug. Kerstin bemerkte mein Naserümpfen, schob mich mit sanfter Gewalt Richtung Bad. Da ich nichts gegen ein paar Minuten Alleinsein einzuwenden hatte, ließ ich es geschehen.

Ich drehte die Dusche auf und ging ins Schlafzimmer, um mir etwas zum Anziehen zu holen. Die Kleidung vom Vorabend fand ich sofort – gänzlich untypisch hatte ich sie achtlos auf den Boden geworfen. Ellen hatte wohl Recht, so etwas würde ich nüchtern nie tun. Frische Sachen dagegen waren schwieriger aufzutreiben; anscheinend lagerte das meiste noch in den Kartons. Ich bückte mich, um eine Jeans und ein frisches T-Shirt rauszufischen, da sah ich es: Auf der unbenutzten Seite meines Bettes lugte eine bleiche Männerhand hervor! Vorsichtig schlich ich näher und hob die Tagesdecke an, die die zweite Betthälfte bedeckte. Kein Zweifel, in meinem Bett lag ein gutgebautes Exemplar der Gattung Mann, komplett bekleidet zwar, aber immerhin. Nur, warum bewegte er sich nicht? Konnte man so tief schlafen ohne zu schnarchen? Ich berührte leicht seine Schulter – und schreckte aufschreiend zurück: Seine Haut war eiskalt und an meiner Hand klebte geronnenes Blut! Meinem Magen gefiel die Erkenntnis nicht, dass das vermeintliche, lange, rotbraune Haar Blut war, das aus der hässlichen Wunde an seinem Hinterkopf stammen musste.

»Ist etwas nicht in Ordnung?«, rief Kerstin vom Flur aus. Eine Nachbarin und Freundesfreundin voller Neugier, schoss es mir durch den Kopf.

Hastig warf ich die Tagesdecke über meinen mysteriösen Gast, da kam sie schon vom Flur ins Schlafzimmer: »Gott, wie es hier aussieht!«

»Ich hab ... mir nur den Zeh gestoßen«, trotz Kater und Gedächtnislücke funktionierte mein Hirn noch, »nichts weiter. Ich dusch jetzt und wenn Küche und Wohnzimmer aufgeräumt sind, mach ich hier allein Ordnung.«

Ich schob sie raus und schloss die Schlafzimmertür ab. Dann ging ich ins Bad und vergewisserte mich auch hier, dass alles verrammelt und verriegelt war. Ein Durchgangsbadezimmer mag bei nächtlicher Inkontinenz ja praktisch sein, aber wenn es um Schlafzimmergeheimnisse ging, sah das ganz anders aus. Unter der Dusche heulte ich los. Konnte es sein, dass ich mich gestern Abend bis zum Filmriss besoffen hatte, und dann, einem Spinnenweibchen gleich, nicht nur einen Lover abgeschleppt, sondern diesen nach dem trunkenen Liebesakt entsorgt hatte? Halt, das ergab keinen Sinn. Ich war halbwegs bekleidet erwacht, und der Unbekannte trug sogar noch seine Schuhe. Aber zweifelsohne lag er in meinem Bett und tot war er auch. Bei dem Gedanken übergab ich mich erneut. Am liebsten wäre ich unter der Dusche geblieben, heulend, mich schrubbend, meinetwegen auch mich übergebend, bis entweder nichts mehr von mir oder dem Toten im Zimmer nebenan übrig war. Wie sollte ich nur aus dem Schlamassel rauskommen? Mir kam die Polizei in den Sinn, doch was konnte ich denen schon sagen? Bevor ich grüne Jungs zur Hilfe rief, sollte ich besser wissen, wobei sie mir helfen sollten.

Als ich vorsichtig aus dem Bad in den Flur trat, hörte ich Stimmen aus der Küche. Einen Augenblick lang dachte ich, ich hätte mich getäuscht, und das Schlimmste, was mir bevorstand, sei ein unverschämt gutaussehender Lover, der Kerstin detailliert von unserer Liebesnacht berichtete, an die ich keine Erinnerung hatte. Weit gefehlt. In meiner inzwischen aufgeräumten Küche hockte Kerstin mit Ellen. Stimmt, die hatte kommen wollen. Sollte ich weiter in dieser Wohnung statt in einer Gefängniszelle leben, sollte ich die Türklingel lauter stellen.

»Du siehst aus wie der ausgekotzte Tod«, begrüßte mich Ellen, was mein Magen prompt mit ein paar Umdrehungen quittierte. Diesmal traf es die Spüle.

»Entschuldige, so war das nicht gemeint«, Ellen wollte mir zur Hilfe eilen. Ich wehrte ab und schnappte mir einen Lappen.

»Meine Schuld, oder hat mich etwa gestern jemand gezwungen, eine Flasche Wodka leer zu machen?«

»Gezwungen nicht gerade«, warf Kerstin ein, »aber nachdem Martin drauf bestand, ausgerechnet mit dem Zeug Bruderschaft mit dir zu trinken und sich dann Maria einklinkte …«

»Komm«, unterbrach Ellen mit Seitenblick zu mir, »so, wie Geza auf Martin reagierte, konnte man Marias krankhafte Eifersucht fast verstehen!«

»Moment«, warf ich ein, bevor das in eine Grundsatzdebatte über Eifersucht und Stutenbeißen ausartete, »Martin – Martin ist das dieser Typ – gutaussehend, braune, lockige Haare, dunkle Augen, schlank, mit Händen wie aus Alabaster gemeißelt?«

Die beiden tauschten Blicke, nickten und seufzten. Gut oder vielmehr schlecht – ob ich Maria nun den Freund ausgespannt hatte oder nicht, er lag jedenfalls als Leiche in meinem Bett.

»Hätte mich gewundert, wenn du den Mann vergessen hättest«, fügte Ellen hinzu.

»Nicht ganz«, brummelte ich, »aber … du liebe Güte, ihr wisst, ich vertrag Alkohol nun mal nicht.«

»Das kann man wohl sagen«, seufzte Kerstin, »ich hab dich gar nicht wieder erkannt. Thomas dagegen, na, er musste ganz schön was einstecken für den Versuch, dich zur Besinnung und euch drei auseinander zu kriegen!«

»Hab ich ihm etwa eine ... verpasst?«, wollte ich erschrocken wissen. Oder, ratterte es in meinem Hirn weiter, hatte Martin ihn angegriffen, woraufhin Thomas ihm in meinem Schlafzimmer aufgelauert hatte? Ellen unterbrach den Fluss meiner abstrusen Gedanken.

»Du liebe Güte, nein!«, rief sie lachend aus, »Maria hat ihm eine Ohrfeige verpasst, ganz die Tigerin, die ihr Baby, ähm, ihren Liebsten verteidigt!«

»Du warst schon gar nicht mehr in der Lage, groß was zu machen«, pflichtete ihr Kerstin bei, »du hast dir die Wodkaflasche geschnappt und bist aufs Sofa gekippt. Hast was gemurmelt von wegen, sollen sich die drei Flaschen miteinander beschäftigen, du hältst dich an diese eine ...«

Unwillkürlich musste ich kichern. Thomas hatte es noch nie geschafft, nicht mal zu Schulzeiten, mein strahlender Ritter zu sein. Kein Wunder, er war der netteste Mann, den ich kannte, wenn seine langen Locken blond und nicht braun wären, könnte man ihn glatt für ein Engelchen halten, schweiften meine Gedanken ab. Plötzlich standen meine Freundinnen gleichzeitig auf.

»Wo wollt ihr hin?« Sie durften unter keinen Umständen ins Schlafzimmer!

»Schätzchen, hast du schon mal einen Blick ins Wohnzimmer geworfen?«

Ellen schnappte sich den Putzlappen, Kerstin griff nach einem leeren Karton. Ergeben suchte und fand ich unter der Spüle Handbesen und Kehrblech. Mir blieb die Spucke weg, als ich mein Wohnzimmer sah. Ein Caterpillar wäre sinniger zum Aufräumen gewesen – es war die reinste Müllhalde! Kerstin und Ellen stürzten sich in die Arbeit, als stünde der Fotograf von »Schöner Wohnen« bereits vor meiner Tür und habe sie mit nicht unbeachtlicher Summe bestochen. Sie schwatzten und arbeiteten in einem fort, verdammt, war ich die einzige, die gestern zuviel getrunken hatte? Oder kam mein Brummschädel, in dem die wirren Gedanken wie ein Hornissenschwarm auf Acid tobten, allein von dem Toten im Schlafzimmer, dem überdeutlichen Beweis, dass hier weit mehr nicht stimmte als mein Blutalkohol oder mein Erinnerungsvermögen? Meine Freundinnen hatten zu jedem noch so unscheinbaren Gegenstand Geschichten parat – »schau mal, da ist Renatas Zigarettenspitze; ich hab noch gesagt, schau unterm Sofa nach«, dummerweise bemerkte Ellen dies, nachdem sie das Sofa gekantet hatte, um darunter zu fegen, so dass sie jetzt in einem die zersplitterten Überreste des Nikotinsaugers entfernen konnte. Oder Marias Ohrring, sie verlor dauernd Zeug, aber diesmal schien es ungewöhnlicher zu sein, denn Kerstin triumphierte regelrecht über den Fund des winzigen Kondoms aus Silberhaar: »Da ist ja der fehlende Ohrring! Ich wusste doch, dass sie ein Paar davon trug!«

»Ernsthaft?«, fragte Ellen nach, »als sie sich meine Kappe für den Heimweg lieh, hätte ich wetten können, dass sie weder ein Kondom noch sonstwas am Ohr hatte.«

»Ich hab die Dinger gar nicht bemerkt«, brummelte ich.

Kerstin drehte sich um: »Wie bitte? Noch in der Tür habt ihr zu streiten begonnen, weil du die Ohrringe geschmacklos, aber passend fandest! An was erinnerst du dich überhaupt, wenn man fragen darf?!«

Um weitere Zwischenfälle zu vermeiden, zog ich mich zum Spülen in die Küche zurück. So ein Filmriss ist beunruhigend genug, selbst wenn er nicht von mitfühlenden Freundinnen zerpflückt wird und mit einem Toten im Schlafzimmer garniert ist. Normalerweise bekam ich hinterher nichts als Peinlichkeiten zu hören – einmal hatte ich meinen Chef als lausigen Oberkellner beschimpft, ein andermal mit dem Garderobenständer eines Nobelrestaurants getanzt. Als ich jedoch nach einer Weihnachtsfeier auf der Polizeiwache landete, weil ich auf dem falschen Parkdeck das Auto eines Unbekannten für meines gehalten und aufzubrechen versucht hatte, hatte ich beschlossen, nach einem Anstandsglas ist Schluss für mich. Zumal, damals auf der Wache konnten es die Beamten gar nicht fassen, wie jemand bei gerade mal 0,5 Promille derart die Kontrolle verlieren konnte.

»Wo ist Frau Frenze?«, wollte in diesem Moment eine dröhnende Männerstimme in meinem Flur wissen. Ich drehte den Wasserhahn ab, nahm mir ein Handtuch und schlurfte zur Tür. Dort versuchte Kerstin dem erregten Hausmeister Kaper klarzumachen, dass manchmal Einweihungsfeiern halt etwas lauter würden, aber dafür doch netterweise nur einmal pro *Neumieter* vorkämen. Er hörte gar nicht hin, sondern stürmte gleich auf mich zu, als er mich erblickte. Einen Augenblick lang fürchtete ich, er sei womöglich Martins Bruder und Racheengel, der mich sofort meiner gerechten Strafe zuzuführen gedachte. Er schwenkte ein Bündel Schmutzwäsche.

»Frau Frenze«, regte er sich auf, »vielleicht ist es Ihnen entgangen, aber die Klappe in Ihrem Badezimmer führt nicht etwa zum Müllschlucker sondern in die Waschküche!«

»Entschuldigung, aber wenn Sie das da in Ihrer Hand meinen, das ist doch Schmutzwäsche, oder?« Ich mochte mich nicht daran erinnern, ob es meine war oder wann ich sie möglicherweise in die Waschküche befördert hatte, aber es war nun mal eindeutig schmutziges Bettzeug.

»Und was ist das hier?«, triumphierend zog der Herr der Müllschlucker eine Wasserflasche aus dem Wäschebündel, »meine Frau ist fast aus dem Bett gefallen, als dieses Ding nach Mitternacht durch den Schacht polterte! Wie Sie selbst wissen, sind die Schlafzimmer direkt neben den Bädern. Deshalb ist es ja laut Hausordnung strengstens untersagt, nach zweiundzwanzig Uhr Wäsche durch den Schacht nach unten zu befördern. Aber so was – stellen Sie sich vor, was alles hätte passieren können, wenn das Glas zerbrochen wäre! Ich hätte mich beim Einsammeln verletzen und mit Gottweißwas infizieren können!«

Erbost drückte er mir Wäsche nebst Flasche in die Hand.

»Vielleicht sollten Sie Ihrer Freundin noch einmal die Hausordnung erklären«, sagte er zu Kerstin, die erbleicht nickte, dann war er verschwunden. Kerstin schloss die Tür hinter ihm, dann prustete sie hysterisch los. Im selben Augenblick kam Ellen mit der letzten Ladung Altglas aus dem Wohnzimmer. Sie schaute von Kerstin, die ihre Hysterie nicht in den Griff bekam, zu mir, die ich Schmutzwäsche und Wasserflasche umklammert hielt.

»Was war denn hier los«, wollte Ellen wissen. Ich schaute unglücklich, brachte aber kein Wort heraus. Kerstin lachte. Kopfschüttelnd ging Ellen in die Küche.

»Du ... du erinnerst dich echt nicht? Du ziehst mitten in der Nacht das Bett ab, und weißt nichts?«, wollte Kerstin wissen. Wie konnte sie das komisch finden, ärgerte ich mich, doch ich konnte nur stumm den Kopf schütteln, was Kerstin zu einem weiteren Lachanfall motivierte. Ellen kam aus der Küche zurück, verstimmt, weil wir uns anscheinend amüsierten, ohne dass sie wusste, warum. Sie nahm mir die halbleere Wasserflasche ab und meinte, mit Blick auf einen verräterisch-rostroten Fleck im Wäschebündel: »Du solltest das kalt einweichen. Sonst geht das Blut nie wieder raus.«

Sie brachte die Flasche zum restlichen Altglas. Kerstin verstummte mit einem Mal, wurde ganz ernst.

»Ich ... ich hab meine Tage bekommen, ganz plötzlich, in der Nacht«, log ich unbeholfen, um weitere Fragen abzublocken.

»Naja, Jungfrau wirst du kaum mehr gewesen sein«, meinte Ellen schnippisch, als sie sich ihre Jacke vom Garderobenständer holte, »aber findest du's richtig, Maria zu betrügen und uns zu belügen? Eine Schweinerei ist das.«

Ohne ein weiteres Wort, dafür mit indigniertem Blick verließ sie die Wohnung. Kerstin und ich standen einen Moment schweigend. Was hätte ich auch sagen sollen? Die Wahrheit etwa? Ich kannte sie ja nicht mal, die ominöse, beängstigende Wahrheit.

»Willst du drüber reden?« brach Kerstin das Schweigen. Ich schüttelte den Kopf.

»Thomas hat mir erzählt, dass du von Alkohol leicht einen Filmriss kriegst. Das muss Angst machen, denke ich. Ich muss wieder runter, aber wenn irgendwas ist, egal was, kannst du auf mich zählen. Komm einfach vorbei, okay?« Langsam verstand ich, was Thomas an Kerstin fand.

»Soll ich das da für dich mit runter nehmen?«, fragte sie mit Blick auf die Wäsche in meinem Arm. Ich schüttelte den Kopf. Sie zuckte mit den Achseln.

»Wie du willst. Gibst du mir trotzdem den Waschküchenschlüssel?« Ich deutete zum Schlüsselbrett. Sie seufzte und nahm den Schlüssel. Dann drückte sie mich kurz über die Wäsche hinweg an ihren wogenden Busen.

Kaum hatte sich die Tür hinter ihr geschlossen, ließ ich die Wäsche fallen. Keine Sekunde länger hätte ich das blutverschmierte Zeug festhalten können. Ich stürzte in die Küche, spürte eine weitere Umdrehung meines Magens. Aber nichts tat sich, anscheinend hatte ich meinen Magen bereits komplett entleert. Wurde Zeit, dass ich dasselbe mit meinen wirren Gedanken tat. Also sah ich mich erst mal um, Hilfe bei den Gegenständen suchend.

In der Küche war es blitzblank, wenn man vom letzten Spülberg absah, bei dessen Beseitigung mich der Hausmeister unterbrochen hatte. Ich schaute mir das Altglas an. Mehrere Wein- und Saftflaschen, dazu die verdammte Wodkaflasche und eine Sammlung Proseccobehälter standen in dem Umzugskarton. Daneben ein Kasten Bier, voller leerer Flaschen. Im Wasserkasten dagegen fehlten zwei Flaschen. Die eine fand ich angebrochen im Kühlschrank. Die zweite, die aus dem Wäscheschacht, hatte Ellen auf den Tisch gestellt. Nachdenklich betrachtete ich sie. Unzerbrochen wie sie war, musste sie unmittelbar nach dem Bettzeug ihren steilen, die Hausmeistersgattin weckenden Weg in den Keller genommen haben. Und das Bettzeug war blutig, obwohl ich natürlich nicht meine Tage bekommen hatte. Also war es Martins Blut – bei dem Gedanken erschauderte ich kurz. Ich musste mich zusammenreißen, sagte mir selbst: Betrachte das Ganze als logisches Rätsel, dann geht es vielleicht.

Ich ging in den Flur, hob die Wäsche wieder auf und näherte mich vorsichtig dem Schlafzimmer. Meine Seite des Bettes war zerwühlt wie immer. Und das Bettzeug dort entsprach genau dem Muster der Wäsche, die den Hausmeister so erzürnt hatte. Noch einmal tief ausatmend hob ich die Tagesdecke an. Martin lag auf frischer Bettwäsche, das Muster ganz und gar nicht passend zu der anderen Betthälfte. Ich musste mich zwingen, erst das Bett und dann die Leiche selbst genauer zu betrachten. Nein, ein Unfall war das kaum gewesen, sonst müsste es Blutspuren an einem der Bettpfosten geben. Und die Kopfwunde war halb rund, ein bisschen elliptisch vielleicht, er konnte nicht ausgerutscht und unglücklich zu Boden gegangen sein. Die Flasche also – wer immer Martin so entsorgt hatte, hatte gleich hinterher die Spuren samt Tatwaffe beseitigen wollen. Ich hatte schon das Telefon in der Hand, um die Polizei anzurufen, als mein Höhenflug mit einem unsanften Crash endete. Die verdammte Flasche hatte nicht nur der Mörder in der Hand gehabt, auch Hausmeister Kaper, ich selbst und Ellen hatten uns darauf verewigt. Und schließlich lag der Tote in meinem Bett, das sah immer noch alles andere als gut aus für mich.

Verzweifelt legte ich wieder auf und hockte mich heulend wie ein Schlosshund auf den Boden. Wieso hatte ich auf Maria gehört und war in meine vermaledeite Heimatstadt zurückgekehrt? Wieso hatte ich mich zu der grauenhaften Einweihungsparty hinreißen und von Martin zu Wodka verführen lassen? Wieso, wieso, wieso – kurzum, ich versank in Selbstmitleid. Zwischendrin klingelte noch ein paarmal das Telefon – zuerst meine Mutter, die meine verheulte Stimme mit einem sarkastischen »muss Heimweh schön sein« quittierte, dann Renata, die sich nach ihrer verlorenen Zigarettenspitze erkundigte und mein halb geschluchztes »sie ist kaputt« mit aufmunternden Worten aufzufangen suchte. Aber nichts half. Ich war kurz davor, eine Münze zu werfen. Irgendwie musste ich doch entscheiden, ob ich Kerstins Angebot freundschaftlicher Hilfe in allen Lebenslagen zum Beseitigen der Leiche nutzen oder mich doch lieber der Polizei stellen sollte, als ich die verbogenen Silberfäden auf dem Fußboden entdeckte: Marias ramponierter Kondom-Ohrring lag genau an der Stelle, wo ich zuvor die verräterische Bettwäsche hatte fallen lassen. Plötzlich wusste ich, was passiert war – oder, zumindest ein Bruchstück kam wieder, der Streit in meinem Schlafzimmer, bei dem Martin der vor Eifersucht rasenden Maria im Handgemenge den Ohrring abgerissen hatte! Was davor geschehen war, wusste ich zwar immer noch nicht, aber was danach passiert sein musste, das lag auf der Hand – oder vielmehr, in meinem Bett. Ich griff nun doch zum Telefon.

»Ich habe deinen Ohrring gefunden.«

»Oh«, ob das Schuldbewusstsein Maria verstummen ließ?

»Und Martins Jackett auch«, ich wunderte mich über die kühle, fast kalte Beherrschung meiner Stimme.

»Oh«, dieselbe Silbe, aber plötzlich klang sie sehr viel interessierter.

»Ja.«

»Dann weißt du vielleicht, wo er ist? Ich kann ihn nirgends erreichen, niemand weiß, wo er steckt«, atemlos hörte sie sich an, »ich mach mir solche Sorgen!«

Sorgen, das schlug dem Fass den Boden aus. Darüber regte ich mich noch auf, als ich bereits meinen Ekel überwindend Martins Finger auseinander bog, um dort den fehlenden Teil des winzigen Korpus Delicti zu finden. Wie hatte mir all die Jahre entgehen können, was für eine großartige Schauspielerin Maria war. Nur ihre Eifersucht, dessen war ich mir sicher, die war nicht gespielt. Nicht mal jetzt. Angeschrien hatte sie mich, als ich ihr am Telefon entgegnete, sie wüsste doch so gut wie ich, dass Martin in meinem Bett läge. Und dass wir beide auf sie warteten, auch wenn es in seinem Fall wirklich keine Eile mehr hätte.

Minuten später, viel zu früh, als dass ich meine überstürzte Aktion Racheengel hätte überdenken können, stand sie vor meiner Tür.

»Wo ist er?«

Sie schob mich beiseite und drängte sich gleich ins Schlafzimmer. Ich folgte ihr, den Augenblick wollte ich nicht verpassen. Zuerst erstarrte sie, als sie Martin erblickte, dann warf sie sich auf ihn. Wollte sie so Spuren beseitigen?

»Wenn du das hier suchst ...«, ich wedelte mit den Überresten ihres Ohrrings, um ihre oscarreife Darstellung zu unterbrechen.

»Ich verstehe nicht«, setzte sie an, dann sprang sie plötzlich vom Bett auf, »hast du Martin nach unserem Streit umgebracht und willst das jetzt mir anhängen, du eifersüchtige Schlampe?!«

Ich machte einen Schritt zur Seite, um ihrer Attacke auszuweichen. Sie rutschte auf dem Wäschebündel aus und schlitterte über den Boden.

»Wer ist hier die vor Eifersucht Rasende«, höhnte ich, »ich hätte gleich die Polizei rufen sollen!«

Sie rappelte sich wieder hoch, setzte zu einem erneuten Angriff an. Ich musste sie außer Gefecht setzen, sie war offensichtlich komplett übergeschnappt.

»Sicher war ich sauer, als Martin dir ins Schlafzimmer folgte! Aber deswegen habe ich ihn doch nicht umgebracht!«

»Wer's glaubt, wird selig«, stieß ich atemlos hervor, als es mir gelang, ihre Arme zu packen und festzuhalten. In diesem Moment lachte jemand.

»Frauenfreundschaft ist doch eine ganz tolle Sache.«

Kerstin stand in der Schlafzimmertür, meinen Ersatzschlüsselbund in der einen Hand, in der anderen drohend ein großes Küchenmesser.

»Nach Marias Anruf konnte ich euch beide doch nicht mit ihm und dem da allein lassen.«

Maria und ich folgten ihrem Blick und stießen mit den Köpfen zusammen. Inmitten meiner inzwischen verstreuten Schmutzwäsche lag ein blutverschmiertes T-Shirt, Größe XXL, ein Zelt für halbe Hemden wie Maria und mich, aber gerade richtig, um Kerstins üppige Oberweite zu bekleiden.

»Aber – aber du warst es doch, die mir sagte, Martin sei abgehauen gestern Abend, einfach so und ohne ein Abschiedswort!« Maria starrte Kerstin entgeistert an, doch die zuckte nur mit den Achseln.

»Naja, weg war er ja auch ... irgendwie. Und ihr werdet mir jetzt helfen, ihn ganz verschwinden zu lassen.«

»Das ist nicht dein Ernst«, mehr brachte ich nicht hervor. Ich hatte immer mehr den Verdacht, nach dem Filmriss sei ich nun im ganz falschen Film gelandet.

»Wieso sollten wir dir helfen?!« Wutentbrannt stürzte sich Maria auf Kerstin, heroisch übersehend, dass sie als zierliches Leichtgewicht keine Chance gegen das Vollweib mit dem Messer hatte. Erst als Kerstin sie im Schwitzkasten hatte und sie die Klinge an ihrer Kehle fühlte, begriff sie den Ernst der Lage.

»Ihr habt die Wahl«, antwortete meine mörderische Freundesfreundin nur leicht außer Atem, »seht es mal so: Martin war ein Schwein. Erst macht er Geza besoffen, dann will er das ausnutzen, woran frau ihn doch hindern muss. Und wir stellen also nur gemeinsam den Fehler richtig. Oder ...«.

»Nein.«

Das war Maria, deren Widerspruchsgeist eingeklemmt zwischen Kerstins starkem Arm und dem Küchenmesser ich nur bewundern konnte.

»Oder ...«, fuhr Kerstin fort und blickte mir direkt in die Augen, »Geza hat plötzlich zwei Leichen in ihrem Schlafzimmer – die ihres heimlichen Liebhabers und die ihrer besten Freundin, die bekanntermaßen krankhaft eifersüchtig ist – und was daran Notwehr war, mag die Polizei entscheiden.«

Das Argument hatte etwas für sich. Ich griff mir das schmutzige Bettzeug.

Kerstin nickte wohlgefällig und senkte unwillkürlich das Messer. So bekam sie nicht mit, wie sich plötzlich das Gesicht meiner eingeklemmten Kindergartenfreundin aufhellte. Und Marias Ausruf »Geisterstunde« begriff sie erst, als ich ihr die blutigen Laken über den Kopf warf. Geschickt wie eh und je wand sich Maria aus dem Klammergriff und warf sich dann mit mir auf Kerstin, die wütend aber wehrlos gegen Laken und unser vereintes Gewicht ankämpfte. Mit diesem Trick hatten Maria und ich bereits auf dem Schulhof Grobiane außer Gefecht gesetzt – und ich muss sagen, mit Bettwäsche funktionierte das noch viel besser als mit der Jacke oder dem Turnbeutel. Ob die vom Hausmeister herbeigerufenen grünen Jungs diese »Verhaftungsmethode« jedoch übernehmen würden, schien uns beiden zweifelhaft.

Drei Wochen später zog ich mit Maria und Thomas um. In *der* Wohnung wollte ich nun wirklich nicht bleiben, und auch Maria und Thomas fühlten sich als nunmehr alleinlebende Zwangssingles in ihren jeweiligen vier Wänden nicht mehr wohl. Maria war schnell über ihre Trauer um Martin hinweggekommen, und ich war das erste Mal froh über ihr sprunghaftes Herz. Thomas dagegen hatte noch immer Alpträume. Kein Wunder, hatte doch seine Ex-Freundin Martin erschlagen, weil sie ihn für ihren Thomas hielt. Eifersucht war eindeutig eine weiter verbreitete Eigenschaft, als wir alle bislang angenommen hatten. Und sie machte offensichtlich blind, denn Thomas mochte zwar dem Opfer zum Verwechseln ähnlich sehen, aber etwas mehr Vertrauen sollte frau in ihren Liebsten schon haben, besonders, wenn man – wie Thomas – beim Gang zur Toilette nahezu gezwungen war, mein Schlafzimmer zu betreten. Der Richter fand jedenfalls, dass eifersüchtige Verwirrung nur bedingt als strafmilderndes Motiv für Kerstin gelten sollte. Was Martin nach dem Streit mit Maria in meinem Zimmer gewollt hatte, wusste dagegen niemand genau. Vielleicht war er genauso wenig ein Schwein wie ich die große Verführerin, sondern er hatte womöglich einfach nur nett sein wollen und Marias zweiten Ohrring gesucht.

Ich brachte Tante Beas Bett auf den Sperrmüll und kaufte mir zum ersten Mal ein nagelneues Bett, einen Futon, ohne scharfe Kanten und harte Ecken. Und ich schwor mir endgültig, nie wieder einen Tropfen Alkohol anzurühren. Beim Umzug zu dritt in das kleine Häuschen war das einfach. Schließlich steckten uns allen noch die Folgen der letzten Einweihungsfeier in den Knochen.

Renate Müller-Piper

Fit for Life

Super! Ausgesprochen! zieht Peggy Bilanz. So ist das Leben, das wirkliche! Mein neues, freies Leben. Da lasse ich mir von keinem reinpfuschen.

Triumphierend, wie eine siegreiche Herrscherin nach der Schlacht, thront sie auf bodennaher Matratze des zweischläfrigen Himmelbettes, lässt den Blick über ihr Reich schweifen. Auf der geerbten Kirschbaumkommode bieten Flaschen mit Nobeletiketten alkoholisierende Hochstimmung an, zwischen fürstlich großblättrigen Pflanzen in edlen Übertöpfen. An den Wänden suggerieren flirrende Poster das süße Leben. Palmen. Tausend Sonnen. Strandlandschaften. Schöne Menschen. Liebe. Liebe. Liebe. Himmelhimmelblau.

Discolaut hämmert die Stereoanlage. Vom Bildschirm werfen Videoclip-Helden Kusshände in den Raum, prosten Peggy übermütig mit Champagner zu. Vivons bien! La vie est si courte!

Peggy köpft ein Ei, bestreicht Croissants genüsslich mit Nutella. Und sie probiert, gleichzeitig Milchkaffee und Orangensaft zu schlürfen, was manchmal gelingt.

Sechzehn Uhr, registriert sie, versucht mit Erfolg, gelassen zu sein. Meinen Brief haben sie jetzt ... Und sie kann nicht verhindern, dass ihr alles genau vor Augen steht: das zehn Minuten entfernte Reihenhaus aus weißen Klinkern, ihr sorgenvoller Daddy, Mutter und Peter, Mutters Darling und vier Jahre jünger als Peggy. Für Augenblicke wähnt sie sich in ihrem früheren Zimmer, mit Blick auf den winzigen Garten. Gänseblümchenwiese. Stachelbeerbüsche. Die Blümchen hatten sie zusammen im Harzvorland ausgegraben – wieder so ein ätzender Familienausflug. Gemeinsames Sonntagsvergnügen. Alle fahren mit! Na ja, vorbei. Neunzehneinhalb Jahre sind genug. Überreichlich, aber wirklich. Keine Sentimentalitäten! Peggy schraubt den Kopf höher, streicht die rostroten, schulterlangen Haare auf beiden Seiten hinter die Ohren. Wo ist der Spiegel? Sie pinselt die schmalen Lippen brombeerrot nach, prüft den türkisschwarzen Schatten um die smaragd-grünen Augen, schiebt einen Bissen in den Mund, wechselt das TV-Programm: Mickymaus. Warum nicht, es muss nicht mehr Mutters Auswahl sein. Schiller ist eh veraltet, Tennessee Williams wiederholt sich, Botho Strauß langweilt. Peggy dehnt und reckt sich zwischen den weichen Kissen, füllt sich Champagner nach. Ihre Augen glänzen, als sie den Schlüssel im Schloss der Korridortür hört.

»Muss doch mal sehen, was Sache ist ...« Hartmann füllt den Türrahmen voll und imponierend aus. Nicht etwa, weil er so beleibt wie Bud Spencer wäre, bewahre! Der schlanke, hochgewachsene Hartmann beansprucht eben einfach jede Menge Platz.

Peggy schenkt ihm verschwenderisch lange, schmachtende Blicke. Er lächelt gönnerhaft, schnappt sich ein Glas, wirft es hoch, fängt es auf, füllt es. Kippt dann den Whiskey, presst Peggy an sich: »Na, Schatzi ...?«

»Alles super. Habe alles im Griff!«, trompetet Peggy.

Hartmann dröhnt: »Wurde auch Zeit. Du als letzte Jungfrau an der Uni! Man fasst es nicht, ein Mädchen wie du! Hast schon viel versäumt ... Aber jetzt ... ich mache keine halben Sachen, hast Glück, dass du mir über den Weg gelaufen bist und mit mir Tisch und Bett teilst.«

Auf den an dieser Stelle zu erwartenden Hartmann-Monolog nimmt die Telekom keine Rücksicht, das Telefon schrillt. Peggy hebt ab. Inge! Inge, monatelang Arm in Arm mit Hartmann, im Hörsaal, in der Mensa, überall eben. Heimlich aber auch sie, Peggy, an der Seite des tollen Hartmann, echt cool, Typ Belmondo.

Zuerst fand Peggy ihn zwar reichlich laut, fast ordinär, zu autoritär. Aber hat so was nicht auch seine Reize? Kribbelnd! Von Langeweile keine Spur! Oder von Spießertum. Oh, inzwischen kennt sie seine Qualitäten.

Peggy reicht Hartmann den Hörer, spitzt die Ohren.

»Inge! Wie oft darf ich dir noch wiederholen, dass Schluss ist zwischen uns beiden! Ich mache keine halben Sachen. Müsstest du wissen. Aus ist eben ganz aus, nicht ein bisschen aus. Und Baby hin, Kind her – ist dein Problem, okay? Hättest eben besser aufpassen müssen. Wozu gibt es die Pille? Was heißt, du verträgst sie nicht? Ist das etwa meine Schuld? Überhaupt – noch einer mehr in dieser beknackten Welt – willst du das verantworten? Ohne mich! Ich bin ein freier Mensch, und das gedenke ich auch zu bleiben.«

Hartmann knallt den Hörer auf und fragt Peggy nach dem Brief an ihre Eltern. Sie zieht die Durchschrift, einen leicht zerknitterten Bogen, unter dem Stapel mit Illustrierten hervor. Was er da liest, lässt ihn beifällig nicken.

Minuten später.

»Der Kleine, der Kleine! Was ist er aufgeregt – aber, aber!«, provoziert Hartmann genießerisch Peggys braven Bruder Peter. Der ist gekommen, weil er Hartmann vertreiben will, wie man eine Hornisse abklatscht. Zur Hölle mit ihm! Aber der bleibt. Der hört sich das ungebeten mit an, Peters Leier von Verantwortungsgefühl, von rackerndem Daddy und ach so enttäuschter Frau Mama, von Familiensinn.

Hartmann lässt Peggy nicht aus den Augen, amüsiert, taxierend. Unerbittlich ringeln sich, wie dickleibige Nattern, die neuen Zwänge um Peggy, zurren fest. Und so rattert sie gehorsam die Leitsätze herunter, welche sie in hitzig durchdiskutierten Nächten eingesogen hat. All das eben, das Neue, Unheimliche und zugleich Faszinierende, das früher nur für andere galt, deren Eltern geschieden, deren Familien zerbrochen waren. Eigenes Leben. Müsst ihr akzeptieren. Bin erwachsen. Denke jetzt nur an mich. Auf das Geld habe ich ein Recht.

Nein, auf ihren Renault und auf Auslandsreisen kann sie nicht verzichten. Zurück in ihr Balkonzimmer bei der Familie? Peter macht wohl Witze. Die gefräßigen Raten fürs neue Haus? Ist doch nicht Peggys Problem. Ja, sicher, sie hatte das Haus auch gewollt und war einverstanden, während des Studiums da zu wohnen. Das ist aber Schnee von vorgestern. Ja, ja, alles ist ganz allein ihre Entscheidung, wer sollte ihr was vorschreiben?! Ist sie etwa noch ein Kleinkind? Sie ist erwachsen. Sie weiß, wo's langgeht.

Peggy fühlt sich wie nackt in Nebel und Eisregen. Aber sie spielt ihre Rolle überzeugend. Sie verkneift sich das sonst übliche Küsschen beim Abschied von Peter – auch eine überholte, eine irgendwie lächerliche Gewohnheit unter Geschwistern. Cool ist angesagt, nichts anderes.

Und Familie ist out.

Bedeutsam löst Hartmann sich von seinem Platz, schließt die offen gelassene Korridortür, nickt Peggy anerkennend zu: »Na, hast dir ja wirklich nicht die Butter vom Brot nehmen lassen. Keine halben Sachen. Mit Familie keinen Konsens. Wozu auch? Wenn ich da an meinen alten Herrn denke: Willy-Loman-Typ, große Klappe, nichts dahinter. Alles Betrug.«

Peggy füllt ein todschickes, hochstieliges Champagnerglas bis zum Rand, nickt: »Ich bringe das. Wenn auch – neun Hunderter sind verdammt viel für meine Eltern ...«

Sie macht kleine, unsichere Schritte auf den winzigen, zugigen Balkon zu, tritt hinaus. Hartmann ihr nach. Auf Tuchfühlung. Peggy fixiert ihn aus den Augenwinkeln, pliert nach unten. Tief. Schön tief. Ihr wird schwindelig. Aber das geht vorbei.

Den Abendbummel beginnt das Paar bei »Bella«, an dem großen, runden Tisch im Erker.

»Wir feiern deine Befreiung aus dem Familienkerker, Schatzi!«, raunt Hartmann ihr ins Ohr. Er grinst. Peggy nickt, überfliegt die großformatige, mehrseitige Speisekarte. Was ganz Schnuckeliges wird sie sich zusammenstellen. Vorspeise, Hauptgang, Dessert. Hartmann nimmt ihr die Karte aus der Hand. »Lass mich, Schatzi, ich kann das besser ...« Peggy hebt den Blick. Sollte sie nicht selbst? In diesem Augenblick bemerkt sie drei Tische weiter ihre frühere Schulfreundin Gisela. Mit Eltern und Freund. Gisela winkt ihr zu und Peggy will aufstehen, mal eben rübergehen.

»Auf die können wir nun wirklich verzichten – du bist mit mir hier – das reicht doch, oder?«, zischt Hartmann und schiebt seine rechte Hand unter Peggys Rock.

»Gisela – blöde Gans mit Sippenfimmel«, der flotte Hartmann schnallt sich später im Auto, betont lässig, nicht an, höhnt weiter, »die hängt doch immer noch an Mutters Rockzipfel. Und der idiotische Freund gleich mit. Ist nur eine Frage der Zeit, wann die Tore der Psychiatrie sich hinter denen schließen. Übrigens, Schatzi, wenn deine Alten nicht kapieren wollen, wenn sie das Geld nicht rüberschieben – also, ich kenne da einen sehr cleveren Advokaten, der hat in solchen Sachen reichlich Erfahrung. Er erwartet deinen Anruf morgen früh. Du, der lässt nicht nach. Bis deine Alten weich sind, weicher als Watte.«

Peggys Herz schlägt ihr bis zum Hals. Sie kurbelt das Wagenfenster herunter, hält das Gesicht gegen den Wind, schließt die Augen. Frische Luft. An nichts denken. Einfach raus aus dem Häusermeer! Schneller!

Nach dem Aufprall springt sie alles auf einmal an: Der Baumstamm, in das Auto gerammt. Hartmann in seinem Blut, wie leblos über dem Steuer. Die nach ihnen greifenden gierigen Flammen.

Und viel später, zurück auf ihrem todschicken, kuscheligen Himmelbett, im Arm eine Flasche Veuve Clicquot, empfindet Peggy keine Bestürzung, Panik oder etwa Reue. Alles erscheint ihr einfach, folgerichtig. Sie hat Hartmann den Rücken gekehrt und ist allein zurückgelaufen.

Peggy rollt auf die rechte Seite, erhebt sich, setzt die fast leere Champagner-Flasche an die Lippen. Schwankend tritt sie hinaus auf den Balkon, presst sich gegen das Geländer, als wolle sie es durchbrechen. Sie breitet die Arme weit aus. Frei bin ich, erst jetzt bin ich das wirklich, frei wie ein Vogel!

Gabriele Keiser

Errötende Jungfrau

»Na, wie gefällt er dir?« Sandra wies diskret in Richtung eines großgewachsenen jungen Mannes, der sich angeregt mit ihrem Chef unterhielt. »Sieht er nicht toll aus?« säuselte sie und verdrehte schwärmerisch ihre blauen Puppenaugen.

»Ganz passabel«, ich nickte, »wenigstens von hinten.«

Mit einer leichten Drehung wandte er sich um. Für eine Sekunde setzte mein Herzschlag aus. Das Partygemurmel um uns herum schwoll zu einem bedrohlichen Gesumm an. Ich empfand es wie das Herannahen einer feindlichen Rakete. Er kam direkt auf uns zu. Mein Gott, dachte ich nur, mein Gott, das kann doch gar nicht sein.

»Jonas Moorhöfer.« Wie durch einen Nebel vernahm ich Sandras Stimme, die mir voller Besitzerstolz ihre neueste Eroberung vorstellte. »Jonas, dies ist Verena. Wir kennen uns seit zwei Jahren, haben mal zusammen auf der gleichen Station gearbeitet und sind sehr gute Freundinnen, nicht wahr, Verena?«

Ich nickte mechanisch und starrte unverwandt auf Sandra, die ihre Worte mit hektischen Bewegungen und strahlendem Augenfunkeln untermalte, wobei ich vermied, den Mann direkt anzusehen. Mein Herz schlug einen heftigen Trommelwirbel, und in meinem Hirn stritten sich die wildesten Phantasien. Ob er mich auch erkannte? Ich senkte den Kopf und zuckte zusammen, als ich spürte, wie sich meine Fingernägel schmerzhaft in die Handballen gruben. Schließlich bedachte ich ihn mit einem kurzen Seitenblick, aber seine ganze Aufmerksamkeit galt Sandra. Mich nahm er kaum wahr.

Langsam beruhigte sich mein Herzschlag, und ich fixierte mein Gegenüber genauer. Ich war mir ganz sicher, dass sein flaches Durchschnittsgesicht schon einmal sehr nahe dem meinen gewesen war. Ein Gesicht, dessen einzige Auffälligkeit große, dunkle Augen waren, mit denen er jetzt Sandra förmlich verschlang. Mitsamt dem himbeerroten Seidenkleid und ihrem Lachen, das etwas überdreht wirkte.

»Wollen wir uns nicht setzen?« Sandras Begleiter fasste sie sanft am Arm und geleitete uns beide galant an einen freien Tisch. In dieser Gesellschaft fiel er nicht sonderlich auf. Ein Mann wie jeder andere, so schien es, mit kultiviertem Äußeren und guten Manieren. Sandra begann zu schwärmen. »Jonas arbeitet als Assistenzarzt auf der Inneren. Ziemlich stressiger Job. Aber wir wissen ja, wie das ist, nicht wahr, Verena? Auch Krankenschwestern müssen schließlich Nachtdienst schieben«, kicherte sie ein wenig anzüglich. »Gott sei Dank hat Jonas heute Abend frei«, sie strich ihm mit einer zärtlichen Geste über den Arm. Als sie mir ihr Gesicht zuwandte, stutzte sie einen Moment. »Verena, ist irgendwas?«

Ich schüttelte den Kopf und rang mir ein Lächeln ab. Dass ich die Bekanntschaft dieses Beaus bereits vor fünf Jahren gemacht hatte, konnte Sandra nicht wissen. Freundinnen erzählt man vieles, aber nicht alles. Bei der damaligen Gelegenheit hatte dieser Herr sich mir allerdings nicht mit Namen vorgestellt.

»Wie lange sind Sie denn schon in Krefeld?«, sprach ich ihn nun direkt an. Jetzt sah er mir zum ersten Mal ins Gesicht.

»Noch gar nicht so lange«, meinte er vage. War da nicht ein kurzes Aufflackern in seinen Augen gewesen? Sofort wandte er sich wieder Sandra zu.

»Und wo kommen Sie her?«, fragte ich weiter.

Sandra antwortete für ihn: »Aus Karlsruhe, das habe ich dir doch schon erzählt.«

Ich beobachtete das verliebte Geturtel der beiden. Er streichelte mit seiner Hand über Sandras bloßen Rücken. Sie erschauerte und schmiegte sich an ihn. Er wirkte gelöst und ich war mir nun sicher, dass er mich nicht erkannt hatte. Kein Wunder, er war ja auch ziemlich betrunken gewesen damals.

Die Band begann einen Tango zu spielen. Sandra und ihr Begleiter erhoben sich. Ich ließ sie nicht aus den Augen. Er war ein guter Tänzer. Sandras wadenlanges Seidenkleid flatterte im Wiegeschritt. Er hielt sie fest umfasst, so dass sich ihr Rückendekolletee etwas nach unten verschob und der Rand eines roséfarbenen Spitzenslips sichtbar wurde.

Erhitzt kamen beide zum Tisch zurück. Sandra flüsterte ihrem Lover etwas ins Ohr und sah ihm verschwörerisch in die Augen. Er nickte. Ich räusperte mich. Schließlich besann man sich wieder auf mich.

»Verena, wir wollten eigentlich nicht so lange bleiben. Du bist doch nicht böse, wenn wir schon gehen?« Sandra erhob sich. »Weißt du, wir haben so wenig Zeit füreinander. Die müssen wir effektiv nutzen«, kicherte sie.

Geh nicht mit ihm, wollte ich schreien. Bleib hier, bitte! Aber aus meinem Mund kam kein Ton.

Jonas Moorhöfer reichte mir seine Hand. »War nett, Sie kennen zu lernen. Vielleicht sieht man sich ja mal wieder.«

Schweigend sah ich ihnen nach, als die beiden die Tür hinter sich zuzogen.

Am nächsten Morgen rief ich sie sofort an. Sie meldete sich gähnend.

»Wie geht es dir?«, fragte ich.

»Ach, du bist's, Verena. Du hast mich geweckt.« Den Vorwurf in ihrer Stimme konnte ich verkraften. Ich wollte nur wissen, ob es ihr gut ging. »Tut mir Leid, dafür darfst du mich nächsten Sonntag aus den Federn holen.«

Sie lachte gurrend. »Es war himmlisch«, schwärmte sie. »Meine Güte, ist Jonas ein begnadeter Liebhaber. Könnte man sich glatt dran gewöhnen.« Sie senkte ihre Stimme. »Er ist übrigens noch hier. Ich leg jetzt auf. Mach's gut.«

»Jonas Moorhöfer? Hier ist Verena Bernhard, die Freundin von Sandra, Sie erinnern sich vielleicht?«

»Ja. Was gibt's denn?« Er klang reserviert. »Sandra ist doch auf einer Fortbildung.«

»Ich weiß«, sagte ich und versuchte, meine Stimme ruhig zu halten. »Sie hat mich gebeten, mich ein wenig um Sie zu kümmern.«

»Ach wirklich, das ist aber nett.« Er lachte kurz auf. »Und wie soll dieses Kümmern aussehen?«

»Wie wär's mit einem Essen heute Abend bei mir?«, fragte ich.

»Oh, das tut mir Leid. Heute habe ich Nachtdienst.«

»Und morgen?«

Er schwieg einen Moment. Doch dann sagte er: »Ja, das ginge.« Es klang nicht sonderlich begeistert.

»Also dann, bis morgen. Ich freu mich«, hauchte ich ins Telefon wie einst Marilyn Monroe, als sie ihrem Präsidenten zum Geburtstag gratulierte.

Pünktlich um acht stand er vor meiner Tür.

»Danke für die Einladung.« Er lächelte charmant und überreichte mir einen Strauß lachsfarbener Rosen. »Nett haben Sie's hier«, meinte er anerkennend, während er sich in der Wohung umsah und den stilvoll gedeckten Tisch begutachtete.

Ich hatte das Menü sorgfältig ausgewählt und den passenden Wein kaltgestellt.

»Einen Kir Royal als Aperitif?«

»Gern.«

Als Vorspeise gab es Spargelcremesuppe. Selbstverständlich nicht aus der Tüte, sondern frisch mit dem Stabmixer zubereitet. Dann servierte ich das Pfeffersteak. Außen braun. Innen blutig. Ich beobachtete ihn, wie er sich kleine mundgerechte Stücke davon abschnitt und sie genüsslich zwischen die Zähne schob.

»Sie sind auch Krankenschwester?«, fragte er zwischen zwei Bissen.

»Im Moment leider arbeitslos«, antwortete ich. »Da hat man viel Zeit, zuviel eigentlich für meinen Geschmack.«

»Wo kommen Sie her, wenn ich fragen darf?«

»Aus Mayen in der Eifel.«

»Ach«, er ließ die Gabel sinken. Täuschte ich mich oder sah er mich wirklich mit einem Mal genauer an, ein forschender Blick glitt über mein Gesicht, über meinen Körper zurück zu den Augen.

»Sie kennen Mayen.« Keine Frage, eine Feststellung.

»Nein. Ein ... Bekannter war mal dort stationiert.« Seine Kiefernknochen begannen zu mahlen.

Ich sah ihn eindringlich an. »Sie selbst waren nie in Mayen?«

Er schüttelte den Kopf und widmete sich weiter seinem blutigen Steak.

Lügner, schrie es in mir. Gemeiner Lügner! Du warst in Mayen. Vor exakt fünf Jahren. Äußerlich blieb ich gelassen, stand auf und servierte das Dessert, das ich mit frischen Himbeeren garniert hatte. »Voilà, Errötende Jungfrau.« Auf seinem Schälchen hatte ich eine Himbeere mehr plaziert.

»Heißt das wirklich so?«, lachte er eine Spur zu laut.

Ich lächelte, ein Lächeln, das mich viel Kraft kostete. »Das Rezept stammt von meiner Großmutter. Die kulinarische Spezialität unserer Familie sozusagen.«

»Sie sind eine ausgezeichnete Köchin«, bemerkte er und grub seinen Löffel in die feste rötlich weiße Konsistenz. Dabei warf er einen schnellen Blick auf seine Armbanduhr.

»Aber lange kann ich nicht mehr bleiben. Ich muss morgen früh raus.« Er schob den gefüllten Löffel in den Mund. »Schmeckt interessant.«

»Sandra hat mir erzählt, dass Sie Mayen gut kennen«, startete ich einen erneuten Versuch.

Erstaunt hob er die Augenbrauen. »Da müssen Sie was falsch verstanden haben.«

»Das glaube ich nicht.«

Irritiert schüttelte er den Kopf. Er sah mir offen in die Augen und hielt meinem Blick stand. Ein reiner Unschuldsblick.

Mir wurde plötzlich heiß. Was, wenn er die Wahrheit sagte? Wenn ich ihn verwechselte? Aber nein, ich war mir ganz sicher. So sicher wie noch nie. Das Gesicht seines Vergewaltigers vergisst man ein Leben lang nicht.

»Mit ihrem Heimatort ... verbinde ich nicht gerade die angenehmsten Erinnerungen«, sagte er endlich nach einigem Zögern.

Also doch.

»Mein Bruder hat dort seinen Wehrdienst abgeleistet.«

»Ihr Bruder?«, rief ich aus.

Sein Dessertschälchen war fast leer.

»Wirklich köstlich, diese Errötende Jungfrau.« Er fasste sich unter den Hemdkragen und öffnete den obersten Knopf. »Obwohl wir eineiige Zwillinge sind, sind wir uns nicht sehr ähnlich. Im Wesen, meine ich. Mein Bruder hat einige Dinge getan, auf die unsere Familie nicht gerade stolz ist«, er zuckte mit den Schultern. »Zur Zeit ... sitzt er im Gefängnis.« Er schluckte heftig und zerrte an seinem Kragen. Schweißperlen traten ihm auf die Stirn.

»Nein, das ist nicht wahr«, schrie ich und begann zu zittern. »Kommen Sie!« Ich zerrte an ihm. Wollte ihn hochwuchten und zum Klo schleifen. Kotzen sollte er. Die Errötende Jungfrau wieder auskotzen. Aber es war zu spät. Er öffnete den Mund und schnappte nach Luft. Seine Augen weiteten sich. Sahen mich mit maßlosem Erstaunen an. Dann plumpste er vom Stuhl.

Mein Gott, was hatte ich getan! Ich kniff ihn in den Arm. Keine Reaktion mehr.

Wie sollte ich das bloß Sandra erklären? Meine Gedanken rotierten. Er hat sich ans Herz gefasst und war sofort tot, würde ich sagen. Herzstillstand. In unserem Beruf wissen wir, wie häufig das auch bei jungen Menschen vorkommt, besonders, wenn sie permanent unter Stress stehen. Ja, so würde ich es ihr erklären. Selbst guten Freundinnen kann man manchmal nicht alles erzählen.

Angelika Koch

Blind Date

Cäcilie fragte sich einmal mehr, ob sie nicht doch hätte zur Polizei gehen sollen. Und einmal mehr verwarf sie die Frage sogleich als töricht. Niemand hätte ihr geglaubt. Nicht einmal sie selbst hatte wahrhaben wollen, was sich all die Jahre direkt vor ihren Augen abspielte. Oder vielmehr vor ihrer Nase. Denn riechen konnte sie noch. Zum Beispiel den vanilligen Duft der Sahnetorte auf ihrem Teller und den süßlich-bitteren des starken Kaffees in ihrer Tasse. Seltsam, dachte Cäcilie, dass Kaffee immer besser riecht als er schmeckt. Auch ihr Gehör war völlig in Ordnung. Manchmal war sich Cäcilie sogar sicher, dass sie nun Geräusche registrierte, die sie nie bemerkt hatte, als sie noch sehen konnte.

Zum Beispiel das leise Knirschen der Gummireifen von Charlottes Rollstuhl auf den Waschkiesplatten der Terrasse. Charlotte war immer nervös gewesen. Früher hatte sie mit dem Stuhl gekippelt, eine Angewohnheit, die Cäcilie ihr ganzes gemeinsames Leben lang zur Weißglut gebracht hatte. Heute, Cäcilie brauchte es nicht zu sehen, schaukelte sich Charlotte im Rollstuhl hin und her. Nur Zentimeter, und doch war es, als erfasse die Unruhe wie eine Welle die Menschen, die in der Sonne saßen und sich von adretten Kellnerinnen bedienen ließen.

»Haben die weiße Schürzchen um?«, fragte Cäcilie.

Das leise, rhythmische Quietschen des Rollstuhls brach abrupt ab. »Hä?« Charlottes Stimme war brüchig, man hörte ihr das Alter an. Und die filterlosen Zigaretten, seit dem Krieg jeden Tag eine Packung, bis die neue Adresse, an die niemand schrieb, »Haus Abendglück« hieß.

»Sag mir, wie es hier aussieht. Ich kann nichts sehen.« Als wüsste ihre Freundin das nicht. »Ich war hier noch nie.« Das war gelogen.

Charlotte seufzte. Seit sich Jahr um Jahr das Licht aus Cäcilies Augen verabschiedet hatte, war sie noch empfindsamer. Leicht zu verletzen, immer beleidigt.

»Wie soll es hier schon aussehen? Wie überall. Was glaubst du, wo man uns hinkarrt? Ohne Busladungen voll Greise wär der Schuppen hier vermutlich pleite, der Kurgarten ist halb verwildert, die Wege sind Schlaglochpisten, wie du weißt, und die Schlampe, die uns bedient, hat eine Schnapsnase.«

Cäcilie zuckte zusammen. Seine Nase. Rudolfs großer, stets roter Gesichtserker. Nicht vom Schnaps, sondern vom Vater, Großvater, Urgroßvater. Immer hatte er sich dafür geschämt, und sie hatte diese Nase geliebt wie alles andere an ihm. Er hätte sie haben können, und niemals hätte sie ihn Pinocchio genannt. Wie es Charlotte getan hatte, schon gleich nach ihrer Hochzeit. Brautjungfer, dachte Cäcilie bitter, alles, was ich erreicht habe, war Brautjungfer zu sein.

»Warum bist du immer so grob?«, fragte sie ihre Freundin vorwurfsvoll.

»Wahrscheinlich, weil ich es hasse, ein gelähmtes Wrack zu sein, das sich die Windeln wechseln lassen muss und das zur Ablenkung von all dem Elend zusammen mit anderen Wracks an Orte verfrachtet wird, die ich niemals freiwillig heimsuchen würde.«

Cäcilie fand, Charlotte war undankbar. »Immerhin, du hattest ein schönes Leben.«

Es war, als sei es erst Tage oder nur Wochen her: Charlotte, Rudolf und sie in Ascona. Der Lago Maggiore glitzert in der Ostersonne, es duftet nach Blumen, deren Namen keiner von ihnen kennt, und abends würde es knuspriges Lamm geben und Merlot. Und Rudolf würde mit Charlotte ins Zimmer gehen und Cäcilie würde nebenan das Knarren der Bettfedern hören.

In späteren Jahren verreiste das Paar allein. Cäcilie meinte, für sie wäre der Teutoburger Wald gut genug.

Charlotte schnaubte wie ein Pferd. »Wie man's nimmt. Ich weiß nicht, ob man es schön nennen kann mit jemandem zu leben, der ständig müde ist, der dich jede Nacht zigmal weckt, weil er pissen muss, und der keinen mehr hoch kriegt.« Das nervöse Quietschen der Gummireifen setzte unvermittelt ein.

Cäcilie zählte bis zehn. Nicht wütend werden. Nur nicht wütend werden. »Ihr hattet auch gute Jahre. Denk an Ascona.«

»Ist lange her. Das war doch nur am Anfang.«

»Er war krank.« Mühsam beherrschte Cäcilie ihren Ärger. Außerdem: Welchen Sinn hatte es zu diskutieren? Es war zu spät. Viel zu spät.

»Wem sagst du das. Zucker. Ich habe ihn oft genug vor dem Koma gerettet.« Charlotte klang trotzig.

Und einmal nicht, dachte Cäcilie.

»Ich war die perfekte Krankenschwester«, beharrte Charlotte.

Eben, dachte Cäcilie. Du wusstest genau Bescheid.

»Was ist denn das für ein Leben? Und dann das hier!«

»Du bist ungerecht. Man kümmert sich doch um uns.« Mehr, als du dich um Rudolf gekümmert hast, dachte Cäcilie. Als er Fieber hatte und sich nicht mehr rühren konnte. Die Insulinspritze, die ihn am Leben gehalten hätte, lag für ihn unerrreichbar im Bad. Warum lag sie dort? Und warum warst du so lange einkaufen? Und warum hast du mir jahrelang eine ganz andere Geschichte aufgetischt?

Schritte näherten sich ihrem Tisch. »Wenn Sie noch etwas bestellen möchten ...? Ihr Bus fährt in einer halben Stunde.« Die Stimme klang leise, gepflegt. Bestimmt trug sie doch ein weißes Schürzchen, und die Nase war höchstens vom Heuschnupfen rot. Wenn überhaupt.

Unwirsch wies Charlotte die Kellnerin zurück. »Ich will nichts mehr. Nur noch eine Runde durch den Park. Was ihr hier so Park nennt.«

Sie waren ein eingespieltes Team. Cäcilie würde den Rollstuhl schieben und Charlotte steuern. Die Lahme führt die Blinde. Es ist absurd, dachte Cäcilie.

Sie wusste genau, wo Charlottes Vehikel stand. Das perfekte Gehör. Und wenn sie sich recht erinnerte, gab es eine Rampe von der Terrasse hinunter zu den Wegen, die sich durch den Kurpark schlängelten. Sie würden keinen Pfleger brauchen, der sie die Stufen hinunter hievte. Niemand würde sie fragen, wohin sie wollten, wo doch der Bus in einer halben Stunde losfuhr.

Rhododendren. Früher war hier alles voll riesiger Büsche, erinnerte sich Cäcilie, mehr als mannshoch, übersät mit violetten, dunkelroten und rosa Blüten. Sie spürte den Wechsel von Licht und Schatten auf ihrem Gesicht, die Wärme und die Kühle. Charlotte schwieg.

Die Reifen knirschten ganz leise auf dem sandigen Weg. Ein neuer, intensiver Duft stieg in Cäcilies Nase. »Rosen?«, fragte sie. »Gibt es hier Rosen?« Sie erinnerte sich nicht an Rosensträucher.

Charlotte kicherte. »Flieder. Es ist Flieder. Die Rosen brauchen hier noch was, Schätzchen, du bist im Teutoburger Wald, nicht im Tessin.«

Cäcilie wusste das nur zu gut. »Hast du ihn eigentlich geliebt?«

»Wen?«

Allein die Frage! »Rudolf.«

Charlotte seufzte, ungeduldig wie fast immer. »Na sicher. Sonst hätte ich ihn doch nicht geheiratet.«

Ein Kuckucksruf hallte durch den Park. Cäcilie kam es vor, als verspotte er die beiden Greisinnen, die sich über die Sandwege schleppten. Schon damals, Cäcilie erinnerte sich genau, hatte es hier den betrügerischen Vogel gegeben, der anderen seine Brut unterjubelte. Ihr selbst war es auf ihren einsamen Runden so vorgekommen, als habe man auch ihr das Eigene, das Liebste genommen und es gegen etwas Fremdes eingetauscht. Besonders schlimm war es gewesen, wenn sich – selten genug – ein Kurschatten an ihre Fersen geheftet hatte, und jedes Mal die Überwindung: Komm, Cäcilie, versuch es, vergiss ihn, er will dich nicht, nimm einen anderen. Sie hatte jeden Kuckuck aus dem Nest geworfen.

»Und was heißt schon Liebe. Das nutzt sich ab.« Charlottes Worte kamen knapp, ohne Regung, als würde sie lediglich die Uhrzeit konstatieren. »Das hätte sich auch zwischen dir und ihm abgenutzt.«

Ein heißer Stich des Erschreckens durchfuhr Cäcilie. Eine Sekunde nur schob sie langsamer. Charlotte registrierte es unbarmherzig. »Hast du gedacht, ich habe es nicht gewusst?« Sie klang belustigt.

»Da war nichts«, brachte Cäcilie hervor und hoffte, dass es glaubwürdig klang. Es war die Wahrheit. Da war nichts. Nichts, was man hätte beichten können, kein süßer Augenblick, der ihr ein Leben lang bewiesen hätte, dass Rudolf sie gesehen hatte als Frau, die begehrte und die begehrt werden wollte. Sie war immer nur Charlottes beste Freundin gewesen, die mit den dünnen, aschblonden Haaren, die mit der flachen Brust und dem fliehenden Kinn. Neben ihr kamen Charlottes dunkle Locken, ihr unverschämt breites Lachen und ihre üppige, beinahe schon barocke Figur erst recht zur Geltung.

»Ach Schätzchen«, seufzte Charlotte, diesmal nicht ungeduldig, sondern ganz die fürsorgliche, erfahrene Frau, »von dir aus war eine ganze Menge. Du hast immer rote Flecken am Hals gekriegt vor Aufregung, wenn Rudolf da war.«

Das stimmte. Noch etwas, wofür sie am liebsten vor Scham im Boden versunken wäre. Sie musste ausgesehen haben wie eine gerupfte Pute. Irgendwann war sie auf die Idee mit den Halstüchern gekommen, selbst im Sommer, und zum Geburtstag hatte Rudolf ihr eines geschenkt. Mit Blümchenmuster.

»Du warst so aufgekratzt«, fuhr Charlotte gnadenlos fort, »dass Rudolf immer meinte, wir sollten dich mit irgendeinem Kerl verkuppeln, dass du auf andere Gedanken kommst. Jetzt kann ich es dir ja sagen.«

Cäcilie schwieg und kämpfte mit den Tränen in ihren blinden Augen. Am liebsten hätte sie dem Rollstuhl einen Schubs verpasst, ihn weit von sich gestoßen. Aber dann stünde sie da, nicht wissend, wo sie war. Der

Park war riesig, das hatte sie in Erinnerung: ein Gewirr von schmalen Wegen, dazwischen riesige Rasenflächen, die man nicht betreten durfte, gesäumt von mächtigen Rotbuchen und Azaleen, Rhododendren, der Weiher mit der Fontäne in der Mitte.

Sie hatte auf den Stufen gesessen, die steil zum Wasser führten, gierige, dicke Enten mit trockenem Brot gefüttert und daran gedacht, dass Rudolf nun mit Charlotte auf dem Monte Verità war und auf den Lago Maggiore hinuntersah. Oder dass er mit ihr im Hotelbett lag, die Fensterläden geschlossen zum Schutz vor der Sonne.

Charlotte griff hinter sich und tätschelte Cäcilies Hand. »Ich will ja nur, dass du Rudolf endlich siehst, wie er war. Er war banal. Je älter, desto langweiliger. Er ist es nicht wert, dass du um ihn trauerst. Er war es noch nie wert.«

Cäcilie blieb stehen, ließ den Rollstuhl los, der noch ein bisschen weiterrollte. Sie konnte es hören. »Hast du ihn deshalb umgebracht?«, zischte sie in die Richtung, in der nun Charlotte sitzen musste.

Die Antwort ließ ein Weilchen auf sich warten. »Ich habe ihn nicht umgebracht«, kam sie ganz sachlich. »Wie kommst du darauf?«

Wie ein trotziges, verlorenes Kind stand Cäcilie auf dem Sandweg und hielt die Augen in die Sonne gerichtet. Als hoffte sie, die Strahlen könnten die Dunkelheit durchbrechen, ihre Hilflosigkeit beenden. »Die Spritze mit dem Insulin. Die war im Bad. Nicht auf dem Nachttisch.« Cäcilies Stimme war zittrig, zu ungeheuerlich war der Vorwurf.

Charlotte klang, als würde sie mit den Schultern zucken. »Glaub ich nicht. Die lag normalerweise immer neben ihm auf dem Nachttisch.« Ein leichtes Keuchen, ein schabendes Geräusch, das näher kam. Sie war auf dem Weg zurück zu Cäcilie. »Komm, sonst stehst du da ja dumm rum. Lass uns zurückgehen, der Bus fährt gleich.«

Doch Cäcilie ergriff nicht den Rollstuhl, der sie führen sollte. »Doktor Blasius, er hat es mir gesagt. Dass die Spritze nicht da lag, wo sie hingehörte.«

»Wie bist du denn an den Blasius gekommen?« Als wäre Cäcilie ein kleines Mädchen, das einen belanglosen Streich gespielt hat. »Der setzt sich doch noch selbst den goldenen Schuss, wenn er nicht aufpasst. Der ist doch nicht zurechnungsfähig.«

Es klang so ruhig, so unschuldig, dass Cäcilie nun doch die alte Innigkeit wiederherstellte: Sie ließ sich von Charlottes Augen leiten, Charlotte ließ sich von ihr schieben. Doch ihr Misstrauen blieb wach. Und auch dafür war es gut, die Zügel in der Hand zu halten. Die Rollstuhlgriffe.

»Als er neulich ins »Abendglück« kam, zum Hausbesuch, war er ganz klar«, widersprach sie.

»Was hat er denn erzählt?« Charlottes Stimme klang plötzlich hell und jung.

»Dass ich gegen die Arthrose einfach Murmeltieröl nehmen soll, zum Einreiben.«

»Igitt. Das arme Murmeltier ... ich meine, was hat er über Rudolf erzählt?«

»Dass er überlebt hätte, wenn er das Insulin auf seinem Nachttisch gehabt hätte.«

»Er muss die Spritze selbst ins Bad gelegt haben. Während ich weg war. Vielleicht wusste er nicht mehr, was er tat ... das Fieber. Er hatte vierzig Fieber.«

»Genau. Er hatte vierzig Fieber, und du bist den ganzen Tag lang einkaufen gewesen.« Cäcilie zitterte vor Anstrengung, den Hass, die Anschuldigung zurückzuhalten. Sie konnte nicht sehen, wie weiß ihre Finger wurden, als sie die Rollstuhlgriffe umklammerten. Sie war nur froh darum, sich an irgendetwas festhalten zu können. Und wenn es Charlotte war.

»Halt an.«

»Warum?«

Das Geschnatter von Enten war ganz nah. »Weil es irre ist, was du mir da vorwirfst. Halt an. Lass mich ein paar Minuten allein. Ich will aufs Wasser sehen.«

Cäcilie hielt an. Der Weiher. Die Stufen. Sie ließ die Griffe nicht los. »Ich werfe dir doch nichts vor.« Sie hörte selbst, wie unbeholfen sie klang.

»Doch. Du wirfst mir vor, Rudolf umgebracht zu haben. Zumindest es gewollt zu haben.«

»Nein, ich ...«

»Lüg mich nicht an. Seit Wochen bist du so seltsam. Jetzt weiß ich wenigstens warum.«

Wie erstarrt waren beide alten Frauen: die eine im Rollstuhl, die auf die dunkelgrüne, spiegelglatte Wasserfläche starrte und die Enten, die auf sie zu gewatschelt kamen, nicht beachtete, die andere, die mit leeren Augen ihr Gesicht in die Sonne reckte, mit dünnen, eingefallenen Lippen wie ein Strich, und sich nicht traute, die Biene zu verscheuchen, die ihr in sinnlosem Tanz um den Kopf schwirrte.

Charlotte holte tief Luft. »Ich weiß, du bist immer eifersüchtig auf mich gewesen. Wie alt sind wir jetzt? Achtzig, nicht wahr? Sechzig Jahre, du schleppst sechzig Jahre Eifersucht mit dir rum. Du bist eine arme Sau.«

In Cäcilies Kopf machte sich rasender Schmerz breit. Und sie konnte immer nur das eine denken: Rudolf hat mich nicht gewollt, Rudolf hat mich nicht gewollt. Rudolf ist tot und er wird mich nie wollen. Sie sagte nichts.

»Stimmt, ich bin lange weg gewesen, den ganzen verdammten Tag lang, an dem er da lag und sich nicht rührte und immer nur Wasser wollte.« Charlotte schluckte hart. »Kannst du dir vorstellen, wie das ist, wenn du weißt, bald kannst du nicht mehr laufen, die operieren dich nicht, es lohnt sich nicht, sagen die ... Und es ist vielleicht die letzte Gelegenheit, noch mal zu gehen. Wegzugehen. Und du sollst bei einem Mann bleiben, der dir nichts mehr zu geben hat. Kannst du dir das vorstellen?«

Charlotte klang, als ob sie weinte. Es erreichte Cäcilie nicht. Cäcilie fühlte nichts, alles war wie taub. Kein Wort nahm in ihren Gedanken Gestalt an, kein Bild, nichts. Als sie den Rollstuhl nach vorn stieß, war kein Gefühl in ihr. Nur die nüchterne Erwartung eines holprigen Geräusches, eines Schreis oder eines lauten Platschens, wenn der Rollstuhl ins Wasser fiel.

Doch stattdessen flogen Enten auf, laut protestierend, eine Weile war nichts zu hören. Gar nichts.

Bis auf das Gelächter. Es war weit weg, es war Charlotte. »Sei doch kein Kind!«, rief sie. »Meine Güte, auf unsere alten Tage, wegen einem Kerl, sei doch kein Kind!« Das Lachen hörte nicht auf, es war ohne Wärme, es war schlicht und kühl und nur die Erkenntnis, dass sie beide alte Närrinnen waren.

»Warte, ich komme!«, rief Charlotte. »Wir müssen zum Bus!«

Cäcilie hörte das Schaben der Reifen auf dem Sand und das leichte Keuchen von Charlotte, die zu wenig Kraft in den Armen hatte, um sich selbst anzuschieben. Wo war der Teich? Was war mit den Stufen? Sie musste sich geirrt haben. Oder man hatte umgebaut. Es war ja schon so lange her. Cäcilie tat einen Schritt nach vorn.

»Nun warte doch, ich komme ja schon!« Charlotte war außer Atem.

Noch ein Schritt.

»Pass auf!«

»Ich schaff das selbst.« Ein Fuß vor den nächsten, sicherer, sandiger Grund. Cäcilie ging tastend, ohne ihren weißen Stock, der im Bus war. Sie würde Charlottes Hilfe nicht annehmen, nie mehr. Sie hörte deren rasselnden Atem und das immer hektischer werdende Schaben der Reifen.

Nur noch ein Schritt, und sie würde die Rollstuhlgriffe wieder in der Hand haben.

Sie spürte ein Ziehen im Rückgrat, als sie fiel und keinen Halt fand, die Schläge, die ihr der Aufprall auf den Betonstufen zufügte, rissen ihre Haut auf, doch sie spürte keinen Schmerz, nur maßloses Erstaunen. Und sie hörte nicht das geringste Geräusch.

Charlotte wurde im »Haus Abendglück« mit besonderem Mitgefühl bedacht. Sie redete nie wieder über den Mann, den sie verloren hatte. Auch nicht über ihre Freundin, die vor ihren Augen gestorben war. Niemand wagte es, sie danach zu fragen.

Michaela Küpper

Sein bester Freund

»Ich wusste doch, dass du mitmachen wirst! – Ein Freund, ein guter Freund, das ist das Beste, was es gibt auf der Welt. Ein Freund, ein guter …«

»Halt die Klappe!«

»Mensch Alter, ich mein's ernst! Wenn wir zwei zusammenhalten, kann gar nichts schief gehen.«

»Das kann man nie so genau wissen …«

»Hey, vertrau mir! Oder hat dich der alte Siggi etwa schon mal im Stich gelassen?«

Nein, nie. Kein einziges Mal in über zwanzig Jahren. Nicht bei dem Bruch in die Villa, als Manni in dem verdammten Kellerfenster feststeckte. Die Alarmanlage spielt verrückt, Grün-Weiß ist schon im Anmarsch, aber Siggi springt noch mal zurück über die Mauer und zieht Manni raus aus dem Loch. Seinen besten Kumpel lässt man eben nicht im Stich. Auch nicht, wenn ihm die Frau abhaut mitsamt Kind und Kegel. Manni wollte sich zu Tode zu saufen, aber dann war Siggi da und hat ihn wieder auf die Füße gestellt. Und als Manni die Bullen wegen der Tankstellengeschichte verdammt hart im Genick saßen, war Siggi zur Stelle und schwor Stein auf Bein, sie hätten sich gemeinsam das Pokalendspiel angeguckt.

So ist Siggi eben: immer einen Plan B in der Tasche. Und jetzt das ganz große Ding im Kopf.

»Mensch Manni, denk an Rio, an die Copacabana! Wir zwei mit ein paar netten Mädels am Strand, und dann lassen wir uns die Sonne auf den Bauch brennen, bis wir alt und runzlig sind.«

Der Plan ist wirklich gut. Siggi, der Tüftler, hat seit Monaten daran gefeilt. Es ist sein Meisterstück. Aber ohne Manni läuft gar nichts, das wissen sie beide. Und Manni will kein Spielverderber sein, will endlich auch mal die Speckseite des Lebens genießen. Die Sache ist entschieden, jetzt gibt es kein Zurück mehr.

»Am Donnerstag geht's los. Der Alte kommt nicht vor neun aus dem

Büro, die Putzfrau hat ihren freien Nachmittag, und die Tussi ist allein. Um sechs hat sie ihren Aerobic-Kurs, eine halbe Stunde früher geht sie aus dem Haus, da brauchen wir sie uns nur zu schnappen. Und dann ab auf die Alp!«

Die letzten Wochen hat Siggi auf der Autobahn verbracht. Von Wanne nach Königsstein, das traute Heim des Bankers ausspionieren, von Königsstein in die Schwäbische Alp, um die Hütte zu präparieren, von der Schwäbischen Alp nach Emden, den idealen Ort für die Geldübergabe ausfindig machen. Die Entfernungen gehören zum Plan: keine Anhaltspunkte geben, falsche Fährten legen.

»Odr moinschd etwa, dr Bänker blickt des, dass mer net ausm Ländle kommet?«

Keiner ist so gut wie Siggi darin, Dialekte zu imitieren. Damit hat er die Zechkumpanen schon ganze Nächte lang unterhalten. Er ist eben ein schlauer Kerl, da gibt es gar nichts.

»Wirst sehen Manni, der Geldsack spurt, wenn wir nur mit dem Finger schnipsen.«

Der Opel steht vor der Zufahrt zur Villa, versperrt den Weg. Links und rechts Bäume. Es dämmert. Manni liegt auf der Rücksitzbank und schwitzt Blut und Wasser, trotz der Kälte. Siggi steht draußen und tut so, als würde er sich unter der Motorhaube zu schaffen machen.

Eine fremde Frauenstimme: »Kann ich Ihnen helfen?«

»Ich glaube nicht, vielen Dank. Aber Sie wollten wohl gerade herausfahren.«

»Eigentlich schon.«

»Warten Sie, ich schiebe den Wagen ein Stück vor.«

Schritte, dann ein spitzer Schrei.

»Ich hab sie! Nun mach schon!«

Manni stößt von innen die Tür auf und greift nach dem Fellbündel, das ihm entgegenstürzt. Sieht nur rotbraunes Haar und viel Pelz von derselben Farbe. Als hätte er ein Kaninchen gefangen.

Siggi springt auf den Fahrersitz und braust los.

Mit seinem ganzen Gewicht stemmt sich Manni auf das zappelnde Etwas, versucht, die wild um sich schlagenden Hände zu fassen zu bekommen, tastet gleichzeitig nach dem schreienden Mund. Er fühlt Haare und Kieferknochen, verspürt selbst den Drang zu schreien, als sich die Zähne in seinen Handballen bohren, aber gegen zweihundert Pfund ist dieses Pelztier schließlich machtlos. Die K.-o.-Tropfen tun ihr übriges, und dann ist Ruhe.

Die Fahrt dauert Stunden, verläuft aber ohne Zwischenfälle. Sogar eine Pinkelpause ist drin. Das Pelztier liegt zusammengerollt da, als wäre es in tiefsten Winterschlaf gefallen. Ab und zu beugt Manni sich zu ihm herüber, horcht. Es atmet ruhig und regelmäßig. Er hätte nicht gedacht, dass es so einfach sein würde.

»Ich hab doch gesagt, es ist ein Kinderspiel.« Im Gedankenlesen war Siggi schon immer gut.

Vollmond über der Alp. Der Arsch der Welt. Manni hat keinen Blick für die Schönheiten der Natur. Sie macht ihm Angst, hat ihm immer Angst gemacht. Er ist auf Asphaltstraßen groß geworden.

Als sie in der Hütte sind, fühlt er sich besser. Es gibt einen Ofen, eine Couch, Tisch und Stühle und sogar einen Fernseher mit Zimmerantenne. Und im Kühlschrank zwei Paletten Dosenbier, eine Flasche Korn und Pizza. Wie zu Hause. Siggi hat wirklich an alles gedacht. Jetzt verfrachtet er das schlafende Pelztier auf einen Stuhl und bindet es mit der Wäscheleine fest, grinst. »Wir wollen ja nicht, dass das Häschen runterplumpst und sich weh tut.«

Die Deckenlampe brennt plötzlich durch, aber das macht nichts, im Schrank unter der Spüle findet sich ein Paket Christbaumkerzen. Sie zünden den Ofen an, genehmigen sich einen Schluck Korn gegen die Kälte und ein Bier zum Nachspülen. Der Korn ist gut gegen Muffensausen, gibt ein angenehm warmes Gefühl im Magen und macht Manni redselig. Wie genial der Plan doch war! Auf den Siggi ist wirklich Verlass. Was der sich ausdenkt, hat Hand und Fuß. Bald ist alles überstanden, und dann ab nach Rio. Oder besser Haiti?

Das Pelztier schläft noch immer friedlich mit vornüber geneigtem Kopf und stört sie überhaupt nicht. Schließlich nickt Manni auf der Couch ein. Als er aufwacht, hat er das Gefühl, beobachtet zu werden. Er braucht einen Moment, um sich zu orientieren. Sein Blick wandert durch die Hütte und trifft auf die Frau im Pelz, die ihn anstarrt.

Der Vorhang vor dem Fenster ist nicht ganz zugezogen, und im hereinbrechenden Morgenlicht schimmert ihr langes, glattes Haar rotgolden auf. Die Augen sind hell wie Quellwasser und riesengroß in dem spitzen Gesicht. Das muss ein Traum sein.

Die Klospülung rauscht, und Siggi kommt herein. Ausgeträumt.

»Aha, unsere kleine Frau Großkotz hat genug geschlummert. Einen wunderschönen guten Morgen, gnä' Frau! Und mein Kollege ist auch schon wach, wie ich sehe! Ja, ja, die gute Landluft, da steigt man gern mit den Hühnern aus den Federn.«

Er hat bereits Kaffee aufgesetzt. Die Frau will keinen. Manni schafft es nicht mehr, zu ihr hinüberzusehen, trinkt schweigend aus seiner angeschlagenen Tasse.

»So, liebe Freunde, ich muss jetzt los.« Siggi steht auf und greift nach seiner Jacke. »Schaun mer mal, ob der Herr Großkotz sein Frauchen schon vermisst hat.«

Manni läuft ihm nach wie ein Hund. Sie stehen draußen vor der Tür, weiße Fahnen vor ihren Mündern. Eiskalte Morgenluft.

»Ich werd jetzt bei unserem Bankerheini anrufen, damit er schon mal die Kohle abzählen kann. Wird einige Zeit dauern, bis ich zurück bin, aber du hast ja Gesellschaft.«

Manni lächelt gequält.

»Hey, Kumpel, du wirst doch mit ihr fertig werden?«

»Na klar, mach dir keine Sorgen.«

»Mach ich auch nicht.«

Manni bleibt allein zurück mit der Tierfrau. Geht aufs Klo, stocht den Ofen, riskiert einen Blick zu ihr hinüber. Wundert sich, wie attraktiv sie ist: das seidige Haar, die zarte Haut. Ein paar Falten, gut, aber wir werden alle nicht jünger. Und die Augen so groß und so blau wie die eines Säuglings. Immer noch. Doch wo sind die Sommersprossen hin? Hat sie sie mit irgendeinem Schönheitsmittelchen weggebleicht, oder sind sie ihr mit den Jahren verloren gegangen?

Es kann nicht sein, denkt Manni. Ich darf mir nichts einreden. Nimmt sich noch eine Tasse Kaffee und schenkt ihr auch eine ein.

»Hier, nehmen Sie schon!«

Leicht gesagt, wenn man die Hände nicht bewegen kann. Also muss er zu ihr hin, die Fesseln zumindest so weit lockern, dass sie die Unterarme frei bekommt. Er kann sie jetzt riechen, ein Geruch nach Pelztier und Angstschweiß und einem herbsüßen Parfüm. Keins von der Sorte, die er kennt. Schnell reicht er ihr die Tasse und flüchtet zu seiner Couch zurück. Sie sagt kein Wort, sieht ihn auch nicht mehr an, nimmt aber einen Schluck. Ihre Hände flattern.

»Sie brauchen keine Angst zu haben. Wenn ihr Mann keine Zicken macht, sind Sie bald wieder zu Hause.«

Schweigen.

Gut, dann eben nicht. Er wird einfach so tun, als wär sie nicht da. Nimmt sich einen Berliner aus der Tüte, die Siggi eingepackt hat. Streckt sich auf der Couch aus, versucht sich zu entspannen. Stunden vergehen, zäh wie Kaugummi. Einmal muss sie aufs Klo. Das kann er ihr wohl nicht verbieten. Er ist froh, als sie wieder auf ihrem Stuhl hockt.

Endlich kommt Siggi. Alles in Butter. Übermorgen soll die Geldübergabe sein. Den genauen Ort wird Siggi dem Bankerfuzzi noch mitteilen. »Ond koine Bullen, verschtoasch? Sonscht isch d'Kohle weg ond dei Alde grad au.« Siggi lacht. Sie stehen draußen vor der Hütte im Schneeregen. Die Frau braucht schließlich nicht alles mitzukriegen.

In Gesellschaft ist sie leichter zu ertragen. Fast könnte man sie vergessen. Siggi hat ein paar Döner mitgebracht. Sie essen und trinken und ruhen sich aus. Träumen von der Karibik. Von eisgekühlten Caipirinhas im Sonnenuntergang. Oder doch lieber Mexiko?

Am nächsten Morgen ist Siggi wieder unterwegs. Einer muss sich eben um die Formalitäten kümmern. Manni schaltet den Fernseher ein. Schneetreiben auf der Alp. Er fummelt an der Antenne herum, probiert die Knöpfe, schlägt auf das Gehäuse. Immer noch Schneetreiben.

»Scheiße!«

Er schaut auf die Frau. Sie hat geweint, sich die Augen gerieben. Ihr ganzes Gesicht ist mit Wimperntusche beschmiert. Das Haar hängt strähnig herab, zwei scharfe Falten ziehen sich von der spitzen Nase zu den Mundwinkeln, ihre blutleeren Lippen sind fest aufeinander gepresst.

»Gehn Sie sich waschen, Sie sehen ja furchtbar aus!« Er macht sie los und führt sie zum Klo. Als sie zurückkommt, steuert sie von sich aus auf ihren Stuhl zu. Er schlingt ihr das Seil nur um den Bauch. Was sollen die Hände schon gegen ihn ausrichten?

Ihre Augen wirken seltsam nackt ohne die Schminke. Er mag kaum hinsehen. Glupschauge, so haben sie sie gerufen. Eine Schönheit war sie wirklich nicht. Diese pergamentdünne Haut, über und über gesprenkelt, das fussige Haar in dünnen Rattenzöpfen, die mageren Vogelknochen. Und dann diese wasserhellen Augen.

Merkwürdigerweise hat ihm ihr unschuldiger Neugeborenenblick immer gefallen, dieses fortwährende Staunen über die Welt. Aber diese intime Empfindung hätte er weder in Worte fassen noch laut aussprechen können. Damals, in der vierten Volksschulklasse. Er bereits im zweiten Durchlauf, sie schon auf dem Sprung ins Liebfrauen-Gymnasium.

Der Ofen heizt gut. Trotz der Kälte. Er steht auf, lässt Leitungswasser in ein Glas laufen, nimmt einen Schluck, reicht es ihr. Tigert zurück zum Fenster.

»Eine Affenhitze hier drin.«

Schiebt den Vorhang zurück und reißt das Fenster auf. Sonne flutet herein. Das Licht blendet sie, sie schließt die Augen. Jetzt kann er sie ungeniert anstarren. Und da entdeckt er sie wieder, die Sommersprossen.

Resistent gegen Schönheitsmittelchen und schlechte Erfahrungen. Oder gegen gute?

Auf jeden Fall ist die Zeit gnädiger mit ihr umgegangen als mit ihm: Seine blonden Locken von einst sind passé, und die Stirnglatze reicht schon fast bis zum Hinterkopf. Als Kind war er klein und kräftig, eine Ringerstatur. Ein Riese ist er nie geworden, aber heute hat er einen Stiernacken, und der Bauch schwappt ihm über den Gürtel. Nein, wenn er sich einmal kritisch betrachtet – und das entspricht nicht gerade seinen Angewohnheiten – sie kann ihn nicht wieder erkennen. Und sie hätte nicht diesen leeren Gesichtsausdruck, wenn sie es täte. Würde etwas sagen.

Die Zeit kriecht dahin. Endlich kommt Siggi. Der Bankerfuzzi-Großkotz-Schmierlappen braucht angeblich noch zwei Tage, um die Kohle locker zu machen.

»Nun los, Frau Großkotz! Schreib, dass es bald aus ist mit dir, wenn er nicht zahlt!« Er hält ihr Stift und Papier hin, fuchtelt mit der Knarre vor ihrer Nase herum. »Eigentlich müssten wir dir noch den kleinen Finger abhacken oder ein Ohr abschneiden oder was weiß ich, aber wir sind ja Gentlemen.«

Sie achtet nicht auf sein Gerede, kritzelt schnell ein paar Zeilen.

»Wie soll er das zu lesen kriegen?«, wagt Manni zu fragen. »Wir können doch keine Briefmarke draufkleben.«

»Ach nee, du Schlaukopf! Lass das mal meine Sorge sein!«

Siggi muss wieder los, den Brief im Frankfurter Bahnhof deponieren, anschließend gleich weiter in den Norden, die Geldübergabe vorbereiten. »Bin frühestens morgen Abend zurück. Aber du schaffst das schon hier, hast ja nette Gesellschaft.«

Sie sagt immer noch nichts. Hat ja noch nie viel geredet. Ihr Haar glänzt auch nicht mehr so gülden. Ein Rotschöpfchen mit Glupschaugen, das sich in nervöser Langeweile fettige Haarsträhnen um die Finger dreht. Als Manni vom Örtchen kommt, hat sie sich zwei dünne Zöpfchen geflochten. Rattenschwänze.

Den Fuchsmantel hat sie auch längst abgelegt, wegen der Bullenhitze hier drin. Unter dem dünnen Seidenpullover zeichnen sich ihre mageren Schultern ab. Vogelknochen.

Tja, nun ist der Lack ab, und drunter steckt noch immer das glupschäugige kleine Trudchen, denkt er nicht ohne Häme, aber das Lachen bleibt ihm irgendwie im Hals stecken. Er hat einen fiesen Geschmack im Mund, steht wieder auf, holt sich das letzte Bier aus dem Kühlschrank.

Lässt die Dose zischen. Kriegt auf einmal einen Bärenhunger. Endlich Zeit für die Pizza, die, längst aufgetaut, im Kühlschrank vor sich hin gammelt. »Zwölf Minuten im Ofen erwärmen, bis der Käse geschmolzen ist.«

Aber wo ist der Backofen? Es gibt keinen. Er knallt das labberige Ding auf die Herdplatte. Es stinkt verbrannt. Die letzte Kerze haucht ihr Leben aus, an eine neue Glühbirne hat keiner gedacht, und der Schnaps ist auch alle. Fluchend wirft Manni die Pizza in die Flammen. Verdammt, er will zurück nach Wanne. Sehnt sich nach dem versalzenen Gulasch in Gudi's Plätscherstube. Er versucht mal wieder vergeblich, Siggi übers Handy zu erreichen. Funkloch. Das kommt davon, wenn man am Arsch der Welt hockt.

Die Nacht scheint nicht enden zu wollen. Am Morgen gibt es aufgewärmten Kaffee und den letzten zähen Berliner. Manni reißt ihn in zwei Hälften, reicht ihr die eine mit klebrigen Marmeladenfingern.

»Warum glaubt ihr eigentlich, mein Mann würde für mich bezahlen?« Ihr wasserheller Blick hat plötzlich etwas Verschlagenes an sich.

»Für seine Frau wird er ja wohl ein paar Kröten übrig haben«, knurrt Manni. »Eine Million oder zwei, das sind doch Peanuts in euren Kreisen!« Eine ziemlich dämliche Antwort, das weiß er selbst. Er sollte einfach den Mund halten, so wie sie es lange genug getan hat.

Dafür redet sie jetzt ungefragt weiter. »Mein Mann ist froh, dass er mich los ist. Der hat längst eine Jüngere, wie sich das gehört in unseren Kreisen.« Sie betont das »in unseren Kreisen« reichlich übertrieben, macht sich lustig über ihn.

Manni schnaubt verächtlich. »Trotzdem wird er zahlen! Wirft schließlich kein gutes Licht auf ihn, wenn er seine Frau einfach verschwinden lässt.«

Sie lacht auf. Spöttisch, schadenfroh, zischelt wie eine Schlange: »Der ist zur Polizei gegangen, da könnt ihr Gift drauf nehmen! Und zahlen wird der nie!«

»Halt die Klappe!«, blafft Manni sie an, wühlt in seiner Jacke, die über dem Stuhl hängt, bekommt die Waffe zu fassen.

»Was ist, Manfred Schuster? Willst du mich jetzt erschießen?«

Er verschluckt sich an seiner eigenen Spucke, prustet, ringt nach Luft, starrt sie an mit glasigem Blick.

»Tja, da glotzt du, Manni! Hast wohl nicht damit gerechnet, dass ich dich noch kenne? Sind ja auch einige Jährchen den Bach runtergegangen. Aber manches vergisst man eben nie. Glupschauge habt ihr mich genannt. Das glupschäugige Trudchen. Erinnerst du dich?«

Manni steckt die Waffe zurück, versucht den Hustenreiz zu unterdrücken. »Ich kenn kein glupschäugiges Trudchen«, krächzt er heiser. Natürlich glaubt sie ihm nicht.

»Da soll einer sagen, das Leben sei nicht gerecht! Na also, Manni, jetzt hast du deine Rache! Hätt nur nicht gedacht, dass du so nachtragend bist!«

Wie soll er ihr klarmachen, dass das alles nur ein blöder Zufall war? Dass Siggi die Sache ganz allein ausgeheckt hat. Für Siggi ist sie nur Gertrud von Finkenbach, Gattin des millionenschweren Bankergurus. Er kannte Trudchen Hermanns gar nicht, ist nicht mit ihr auf der Schule gewesen, weiß natürlich nichts von der Sache in der Turnhalle.

Die Turnhalle. Alle anderen sind schon draußen, als Manni sie zufällig trifft vor den Waschbecken. Ihre Wangen haben Farbe bekommen vom Brennballspielen, die Sommersprossen tanzen auf ihrer Nase. Er ist nicht auf die Begegnung gefasst, versucht ein Lächeln, weil er nett sein will. Sie verzieht keine Miene, starrt ihn nur an mit diesem wasserhellen Blick. Und er weiß selbst nicht, was in ihn fährt, aber er packt sie und küsst sie mitten auf den Mund, einfach so. Lässt sie auch schon los und will wegrennen, doch ihre Augen halten ihn fest. Blind greift sie nach der Kernseife, die auf dem Waschbeckenrand liegt, und beißt mitten hinein wie in ein Stück Butterkuchen. Spült mit Wasser nach. Schaum quillt ihr aus dem Mund, als sie seelenruhig sagt: »Lieber fress ich Seife, als einen Asozialen wie dich zu küssen.«

Sie kann doch nicht ernsthaft glauben, dass er sie wegen dieser Seifennummer entführt hat, fast vierzig Jahre später?

Er hebt an zu sprechen, hält inne, zuckt hilflos die Achseln. Sie fixiert ihn noch immer, genau wie damals. Er mag diese nackten Augen nicht mehr, mag nicht die Art, wie sie ihn jetzt ansieht. Überhebliche Frauen hat er nie leiden mögen, solche, die die Kerle zappeln lassen und sich darauf noch was einbilden. Liebfrauen-Gymnasiastinnen. Bankerfuzzi-Gattinnen. Am liebsten würde er ihr ins Gesicht schlagen.

Motorengeräusche. Gott sei Dank, da kommt Siggi! Höchste Zeit, ihm reinen Wein einzuschenken über Frau von und zu Finkenbach.

Der Wagen bremst mit quietschenden Reifen. Die Hüttentür wird aufgerissen.

»Das Schwein hat uns die Bullen auf den Hals gehetzt! Wir müssen weg, Manni!«

»Verdammt, was ist denn los?«

»Was los ist? Die Hölle ist los! Bin bloß noch zurück, um dich hier nicht in der Scheiße sitzen zu lassen. Jetzt komm, mach hinne!«

Manni kommt so schnell nicht mit. »Und die Frau, was ist mit der Frau?«

»Die hat ausgespielt. Geh schon vor, ich erledige das!«

»Aber du kannst doch nicht –«

»Halt's Maul! Der Kerl hat sich nicht an die Abmachung gehalten, und das wird er büßen! Siggi lässt sich von niemandem verarschen. Von niemandem, ist das klar?«

»Aber wir haben doch ausgemacht, dass wir ihr –«

»Hör auf zu heulen, du Weichei, und mach, dass du vor die Tür kommst!« Siggi zieht seine Knarre und drückt sie der Frau an die Schläfe.

»Tu das nicht, Siggi!«

»Verpiss dich endlich!«

»Tu es nicht, *bitte*!«

Sie starren einander an. Manni flehend, Siggi hasserfüllt wie ein tollwütiger Hund. Einen Herzschlag lang steht die Welt still.

»Mach, dass du rauskommst!«

Manni stöhnt leise auf, greift nach seiner Jacke. Der Schuss zerreißt ihm fast das Trommelfell. Ein Schrei, ein dumpfer Aufprall. Kraftlos lässt er die Arme sinken, steht da wie gelähmt. Trudchen hebt den Kopf und schaut ihn an mit ihrem staunenden Säuglingsblick, den er keine Sekunde länger ertragen kann.

Er stürzt hinaus und rennt, rennt ...

Rennt, bis ihm die Luft wegbleibt, rennt, bis ihm die Beine einknicken, doch die Stimme in seinem Kopf hört nicht auf zu trällern: »Ein Freund, ein guter Freund, das ist das Beste ...«

Ina Coelen

Alte Bekannte

Dr. Braun für das Bundesverdienstkreuz vorgeschlagen

Dieser Artikel in der Tageszeitung hat den Ausschlag gegeben. Sicher, über dich gab es jede Menge Zeitungsartikel in den letzten zehn Jahren. Ich habe sie alle ausgeschnitten.

Versteh mich nicht falsch, ich habe diese Artikel nicht gesammelt, weil ich stolz darauf bin, dich zu kennen. Ganz gewiss nicht. Ich habe diese Zeitungsartikel gesammelt, weil ich nicht fassen konnte, wie verlogen die ganze Geschichte ist. Oder sollte ich besser sagen, dein Leben?

Übrigens, du entschuldigst sicher, dass ich dich duze, unsere Generation hat ein bisschen Schwierigkeiten mit dem Duzen. Man siezt die Menschen, um ihnen zu zeigen, dass man Respekt vor ihnen hat. Vor dir habe ich keinen Funken Respekt.

Wahrscheinlich wirst du dich nicht einmal mehr an mich erinnern. Es ist auch schon über zehn Jahre her, als wir uns das letzte Mal begegnet sind. In deinem Krankenhaus. Wahrscheinlich wusstest du damals auch nicht, dass wir uns von früher kannten. Ich erwarte jetzt nicht, dass du dich an mich als deine Patientin erinnerst. Ich werde das nie vergessen können. Mein Fahrrad war von einem rechts abbiegenden Porsche übersehen worden. Verständlich, dass das junge Pärchen etwas anderes zu tun hatte, als auf eine alte Frau zu achten.

Der Oberschenkelhalsbruch ist nicht mehr so richtig zusammengewachsen. Damit konnte ich leben. Aber die Verletzungen im Gesicht, da hättest du dir etwas mehr Mühe geben können.

»Das lohnt sich nicht!«, hast du in einem unbeschreiblich überheblichen Ton zu mir gesagt.

»In Ihrem Alter muss man keinen Schönheitswettbewerb mehr gewinnen.« Das waren deine Worte.

Sachlich gesehen hattest du sicherlich Recht. Aber ich wollte nicht, dass meine Enkelkinder sich vor mir fürchten. Ich bin eine Frau. Frauen sind eitel. Welche Frau möchte eine Nase haben wie eine Hexe?

Vielleicht muss man dir zugute halten, dass du nie etwas von Frauen verstanden hast. Obwohl du dreimal verheiratet warst. Nur nicht mit Dora. Vielleicht erinnerst du dich auch nicht einmal mehr an Dora. Willst dich nicht erinnern.

Sie war meine beste Freundin, wir sind zusammen aufgewachsen. Sie war bildschön und immer fröhlich, ein engelgleiches Wesen mit langen blonden Zöpfen. Wahrscheinlich hast du dich deshalb für sie interessiert. Als ihr euch kennen lerntet, muss sie Anfang zwanzig gewesen sein. Es war kurz vor meiner Hochzeit mit Ludwig. Es war eine glückliche Zeit. Ich erinnere mich noch genau daran, wie wir über euch Jungs getuschelt haben, wie wir uns unser Leben als Ehefrauen und Mütter ausgemalt haben. Dora war aus gutem Hause, wie man so sagt. Nur einen Fehler hatte sie, ihre Eltern hatten nicht genug Geld. Und das war es, worauf es dir schließlich ankam. Du hast sie einfach so fallen lassen. Dabei wusstest du, dass Dora schwanger war. Von dir. Nur wir drei wussten es. Und ich hatte ihr schwören müssen, mit niemandem darüber zu reden.

Du hast überraschend Elisabeth geheiratet. Die arrogante Elisabeth, mit der schon in unserer Schulzeit niemand etwas zu tun haben wollte, weil sie glaubte, man kann sich Freundschaft erkaufen. Elisabeth, die nicht hübsch war, nicht nett, nur reich. Und Dora hast du auf dem Gewissen. Du weißt, dass sie sich wegen dir umgebracht hat. Wegen dir und wegen der Schande. Sie ist nicht ertrunken. Es war kein Unfall. Sie wollte sterben! Du wusstest das und ich wusste das, aber ich konnte ihr nicht helfen. Seit damals hasse ich dich. Du hast mir meine beste Freundin weggenommen. Da lasse ich keine mildernden Umstände gelten, nur weil du gar nicht weißt, was Freundschaft bedeutet.

Mit Elisabeth warst du nur zwei Jahre verheiratet. Über ihren mysteriösen Tod habe ich damals von Ludwig gehört. Wenn ich mich richtig erinnere, wurde gemunkelt, sie hätte jüdische Vorfahren. Und du warst in der Partei. Dir ging es immer um Geld, um Ansehen, um Macht.

Nach dem Krieg ging es dir gut, du hattest wieder geheiratet. Eine reiche Witwe, wenn mich mein Gedächtnis nicht täuscht.

Für ein paar Jahre verlor ich dich aus den Augen. Ludwig war im Krieg gefallen, unser Haus zerbombt und ich hatte genug damit zu tun, meine Kinder großzuziehen. Freunde waren so gut, uns bei sich aufzunehmen. Eine Zeit lang lebte ich mit meinen fünf Kindern in einem Zimmer. Dann starb Manfred, mein Jüngster, an einer Lungenentzündung.

Es war keine leichte Zeit, aber welche Zeit ist das schon? Es war eine besondere Zeit, die ich in keiner schlechten Erinnerung habe. Man hielt zusammen. Wildfremde Menschen schenkten mir Lebensmittel. Meine älteste Tochter Helga bekam eine Stelle und ernährte zwei Jahre die ganze Familie. Als die Zwillinge größer waren, nahm ich eine Stelle als Buchhalterin an. Ursula wurde Sekretärin, die Jungs konnten sogar studieren. Ich bin stolz auf meine Kinder. Aus allen ist etwas Anständiges geworden. Jetzt habe ich sogar acht Enkelkinder.

Vielleicht ist es das, was dir gefehlt hat: Kinder. Vielleicht sind deine Ehen nicht glücklich gewesen. Bist du deshalb immer nur Ruhm und Geld hinterhergejagt? Wolltest du in deinen Taten weiterleben, wenn schon nicht in deinen Kindern? Dabei hättest du ein Kind haben können. Mit Dora. Aber dein Kind hast du auf dem Gewissen – und Dora.

Als ich von den Spendenaufrufen in der Zeitung las, bin ich wieder auf dich aufmerksam geworden: *Dr. Braun sammelt für notleidende Kinder in Afrika.* Warum spendet er nicht selbst, fragte ich mich damals. Schließlich hattest du immer genug Geld. Auch deine dritte Gattin war nicht unbetucht.

Ohne dir etwas unterstellen zu wollen, möchte ich mal bezweifeln, dass wirklich all das Geld, das du für die notleidenden Kinder bekommen hast, bei diesen auch angekommen ist. Und dann erfuhr ich von der Stiftung, die du gegründet hast. Eine Stiftung, die deinen Namen trägt. Natürlich! Da wurde mir einiges klar. Vergiss nicht, bis zu meinem fünfundsechzigsten Lebensjahr habe ich als Buchhalterin gearbeitet. Zuletzt bei einem Steuerberater. Bei deinem Steuerberater. Ich kenne die Tricks.

Dann las ich den Artikel, der dir zum Verhängnis werden sollte. Friede brachte ihn mit zum Kaffeekränzchen: *Dr. Braun für das Bundesverdienstkreuz vorgeschlagen.* Nein, mein Lieber, das ging nun wirklich zu weit. Das konnte ich nicht zulassen, nach allem, was ich über dich weiß. Schon wegen Dora nicht.

Es liegt mir nicht, schmutzige Wäsche zu waschen. Mich an die Presse zu wenden, damit der Öffentlichkeit die Augen über dich geöffnet werden, so wie es heute oft üblich ist, kam für mich nicht in Frage. Versteh mich nicht falsch, es ging mir nicht um Rache. Ich habe wirklich lange darüber nachgedacht, wie ich verhindern könnte, dass du diesen Orden bekommst. In aller Stille, ohne viel Aufhebens. Du solltest nicht lange leiden. Dich nicht in aller Öffentlichkeit mit Schaum vor dem Mund in Krämpfen winden. Sie sollten dich meinetwegen alle in guter Erinnerung behalten. Von mir aus sollten dich die Redner an deinem Grabe mit

Lob überschütten. Das sei dir alles gegönnt, nur eben nicht das Bundesverdienstkreuz. Nicht dem Steuerhinterzieher, nicht dem Betrüger, nicht dem Mörder meiner besten Freundin.

Es war auch wirklich erschreckend einfach. Du musst wissen, mein ältestes Enkelkind studiert Chemie. Voller Stolz ließ Marie sich von mir aushorchen, wobei ich mich sehr geschickt anstellte, wie ich finde. Sie schöpfte keinerlei Verdacht, als ich mich plötzlich so intensiv für ihr Studium interessierte.

Übrigens, das war mein jüngstes Enkelkind, der kleine blondgelockte Junge, der dir nach deiner Rede bei der Eröffnungsfeier den herzförmigen Kuchen überreichte.

»In ewiger Dankbarkeit, eine Patientin« hatte ich mit Zuckerguss darauf geschrieben. Ich wusste, du bist ein eitler Mensch. Das hat man auf all den Pressefotos immer wieder sehen können. Du hast dich überhaupt nicht gefragt, wer diese Patientin sein könnte. Du hast dich vermutlich nicht einmal gewundert, höchstens darüber, dass du nicht öfter solche Dankbarkeitsbekundungen bekommen hast. Dass du nach all den Jahren noch immer eine Vorliebe für Süßigkeiten hast, war reine Spekulation. Und ich wusste, dass du allein lebst, so ging ich kaum ein Risiko ein, dass noch jemand von dem Kuchen essen würde.

Ich war etwas erstaunt, als ich aus der Zeitung erfuhr, du seist an einem Herzinfakt gestorben. Eigentlich hatte ich damit gerechnet, dass sie herausfinden würden, dass man dich vergiftet hat. Nun, mir soll es recht sein. So bleiben mir unangenehme Fragen erspart. Ich hätte auch nur ungern gelogen. Morgen ist deine Beerdigung. Ich werde diesen Brief mitnehmen und mit einem Sträußchen in dein Grab werfen. Du sollst schließlich wissen, warum du sterben musstest und dass es doch noch Gerechtigkeit gibt in dieser Welt.

Anneli von Könemann

Günstige Gelegenheit

»Deine Übersetzung ist, mit Verlaub gesagt, das allerletzte, und ich weiß nicht, wieso man ausgerechnet dich für den Preis ausgewählt hat.«

Die Vögel hörten auf zu zwitschern, der Wind hielt die Luft an.

Caren, ihres Zeichens Krimiautorin und Übersetzerin, spie die Worte förmlich vor der diesjährigen Preisträgerin aus. Ganz ohne Zweifel hatte sie selbst mit dem begehrten Preis gerechnet, der nicht nur mit einer schönen Geldsumme einherging, sondern erfahrungsgemäß auch lukrative Aufträge von renommierten Verlagen folgen ließ.

Obwohl wir sie nur zu gut kannten, verschlug es uns die Sprache. Bislang kannten wir Caren nur als verschlagen und hinterhältig, immer auf ihren eigenen Vorteil bedacht und nach außen hin die liebe Freundin spielend. Fremden gegenüber gab sie sich immer erst mal zuvorkommend, man konnte ja nie wissen, ob man nicht von ihnen profitieren konnte. War dem nicht so, kehrte Caren schnell das Biest heraus, und so nahmen die meisten Leute nach anfänglicher Begeisterung über ihr einnehmendes Wesen bald Abstand von der Vorstellung, Caren könnte eine echte Freundin sein. Seit sie Diät machte, wurde sie noch frecher und ganz bewusst unausstehlich. Beliebter machte sie sich damit nicht.

Es war soweit ein rundum gelungenes Wochenende gewesen – strahlender Sonnenschein, perfekter Service, viele gute Stories –, genau so, wie meine geschätzte Co-Autorin Tamara und ich uns das Treffen der Krimialautorinnen der Vereinigung »Schnüffelschwestern e.V.« vorgestellt hatten. Alljährlich organisierten wir im Rahmen unserer Jahreshauptversammlung nicht nur eine bunte Veranstaltung aus Schreib-Workshops, Krimi-Aufführungen und kriminellem Abend, sondern verliehen auch feierlich die »Agathe« für die beste Krimiübersetzung des Jahres.

Das mittelalterliche Schloss mit seinen Türmchen und dunklen Gängen bot dafür die perfekt sinistre Kulisse.

Dieses Jahr traf es Gudrun. Das freute mich und Tamara auch nicht besonders (wir hatten, ganz ehrlich, auch ein bisschen mit dem Preis geliebäugelt), denn Gudrun war eine blasse, verhuschte Bibliothekarin mit Sendungsbewusstsein: nur ein Leben als Mutter war ihrer Meinung nach erstrebens- und bewundernswert, weswegen Leute wie Tamara, Caren oder ich – allesamt Karrierefrauen – von vornherein unbeliebt bei ihr waren. Caren hatte Gudrun deswegen schon häufiger hinterrücks eins reingewürgt, und jetzt nahm sie getreu ihrer neuen Persona kein Blatt mehr vor den Mund.

»Man sieht an allen Ecken und Enden, dass du nur Bibliothekarin bist. Ohne Diplom hat man einfach nicht den Standard, den man für gute Übersetzungen zugrunde legen muss.« Wütend warf sich Caren in die schmächtige Brust. Sie musste es ja wissen, ließ sie doch keine Gelegenheit aus, darauf hinzuweisen, dass sie an der Universität studiert hatte, im Gegensatz zu uns armen Irren, die glaubten, auch mit einer Ausbildung an einer Privatschule konkurrieren zu können.

Aber Gudrun hielt sich tapfer. Sie war einfach durch nichts aus der Ruhe zu bringen, das mussten wir ihr lassen. Sie nickte einfach nur, zog die Augenbrauen hoch und nippte an ihrer Weinschorle. Je länger sie schwieg, umso mehr redete sich Caren in Rage. Wir anderen konnten nichts weiter tun, als mit der Stirn zu runzeln und uns unseren Teil zu denken.

Tamara und ich hatten ohnehin andere Sorgen. Für die Preisverleihung war ein kleiner Sketch vorgesehen, doch eine der Darstellerinnen hatte uns schnöde in letzter Minute hängen lassen – ihr Mann brauchte sie bei einem Geschäftsessen. Auch hierzu dachten wir uns lediglich unseren Teil und gingen dazu über, die anderen zu befragen und zu beknien, den Part zu übernehmen. Doch keine hatte Lust, denn der Sketch hatte einen entscheidenden Makel: Die Hauptrolle spielte Caren, und niemand wollte mit ihr zusammen auf der Bühne stehen. Schließlich war abzusehen, dass sie hinterher an der Vorstellung wieder irgendetwas auszusetzen haben würde, und keine von uns wollte sich den Abend verderben.

Wir sahen unseren schönen Abschlussabend schon platzen, als sich ausgerechnet die Preisträgerin erbarmte.

»Wisst ihr, ich wollte eigentlich immer Schauspielerin werden«, verriet sie uns und kippte ihren Wein in zwei Zügen hinunter, »und ich trete oft zu Hause bei Gemeindevorstellungen auf.« Sie lächelte bescheiden. »Also bin ich wohl ganz gut dafür geschaffen, oder?«

Tamara lächelte gequält, stieß mich vorsichtig unter dem Tisch an und murmelte scheinheilig ein paar Dankesworte. Der Abend war gerettet, auch wenn uns diese Lösung nicht unbedingt zu glücklichem Jubeln veranlasste.

Langsam zogen sich alle zurück, um noch eine kleine Siesta einzuschieben. Tamara und ich mussten erst noch mal die Ereignisse durchkauen.

»Günstige Gelegenheit geboten.« Tamara kicherte.

»Ganz genau.« Ich kippte den Rest meines Wodka-Martini. Und das am frühen Nachmittag.

»Genial getimt.« Tamara räkelte sich auf ihrem Gartenstuhl, dass die Planken krachten.

»Ge–nau.«

Bald standen wir auf wie eine Frau und marschierten im Gleichschritt zum festlich geschmückten Saal, in dem der Preis übergeben und der Sketch aufgeführt werden sollte. Düster lag er da, die Ritterrüstungen funkelten bedrohlich, niemand störte uns.

Tamara eilte hinter die Bühne und tauschte die Patronen im Revolver aus, der im Sketch eine durchschlagende Rolle spielen würde. Der Unterschied war nicht zu bemerken.

Mein Herz klopfte mir bis sonst wohin, während ich Schmiere stand, aber es lief alles glatt.

Auf dem Weg zu unseren Zimmern begegneten wir der ruhelosen Schnüffelschwester Halma, die uns verschwörerisch angrinste. Halma, ein Urgestein der Übersetzerinnengilde, war auch schon einmal Carens Opfer gewesen: Durch Zufall hatte Halma eine von Carens Studienarbeiten über die Qualität von Übersetzungen aus dem Usbekischen in die Finger gekriegt, in der sie lesen musste, welch grausliche Übersetzerin sie doch sei. Caren machte es uns allen wahrlich nicht leicht.

Der Abend war ein Erfolg mit Knalleffekt. Sozusagen. Gudrun wirkte ziemlich überrascht, als die Kugel sie traf, und Caren sah nicht minder erstaunt aus. Aber es half alles nichts. Im Verlauf der Vernehmungen wurde den zuständigen Kripobeamten bald klar, dass Caren ein missgünstiges Weib war, das niemandem Erfolg gönnte außer sich selbst. Und alle konnten bestätigen, dass Caren sich mal wieder mit Gudrun gezofft hatte. Da half kein Bitten und kein Betteln: Caren wurde abgeführt.

Wir versuchten noch, den Abend ein wenig nett ausklingen zu lassen, aber das gelang uns nicht recht. Zwar konnten wir Caren nicht ausstehen, aber dass sie unsere Farbkugeln, die Tamara von einem befreundeten Kriminalen auf nicht ganz rechtmäßigem Wege erstanden hatte, gegen echte Munition ausgetauscht haben sollte, so viel Durchtriebenheit trauten wir ihr eigentlich nicht zu. Außerdem hatten wir mal wieder andere Sorgen: Halma lächelte nicht nur verschwörerisch, sondern verlangte auch noch eine horrende Summe, damit sie niemandem sagte, was sie zu wissen glaubte. Wir haben keine Ahnung, wie wir uns reinwaschen sollen, denn sie glaubt uns natürlich kein Wort. Und wer wird uns schon glauben, dass wir Gudrun, der Sauberfrau, nur eins auswischen wollten mit den Kugeln, deren Farbe tagelang nicht abgeht?

Vorerst sind wir mal auf Halmas Erpressungsversuch eingegangen, doch Tamara hat da schon so eine Idee … ob vielleicht Halma …? Aber das ist eine andere Geschichte.

Sabine Dillner

Abendfrieden

Woher mag dieses ständige Rauschen kommen? Es schwillt an und ab, wie das Meer. Ach, ich weiß ja, dass ich von hier das Meer unmöglich hören kann. Und doch! Ich überlasse mich dem Rauschen, und ich spüre wie es mich wiegt, auf und ab, auf und ab ... Wie sehr ich das Meer liebe. Ich gebe mir viel Mühe, die Illusion aufrecht zu erhalten. Aber natürlich, schon in dem Moment, wo ich das Wort »Illusion« denke, ist es aus damit. Ich höre nicht das Meer, sondern es ist bloß mein Kreislauf, der meinen Kopf mit diesem Rauschen erfüllt, es ist der zu niedrige Blutdruck, der mir dieses Gefühl des Wiegens und Schwebens vermittelt. Warum nur kann ich meine Vernunft nicht einfach ausschalten? Warum denke ich immer präzise und muss alles analysieren? Das ist doch grässlich! Ich bin sechsundsiebzig Jahre alt. Himmelherrgottnochmal! Da dürfte ich doch wohl wenigstens ein klein wenig senil sein. Warum kann ich nicht wirklich *glauben*, dass ich an Deck eines schaukelnden Schiffes liege, dass es die Crew ist, deren leise Stimmen ich im Hintergrund höre, und dass die Helligkeit, die ich durch die geschlossenen Lider spüre, nicht etwa von einer grellen Lampe, sondern von der warmen Sommersonne herrührt? Aber nein, ich weiß, wo ich jetzt bin. Und ich weiß nur zu gut, wie ich hierher kam.

Es ist fast auf den Tag genau zwei Jahre her, dass ich mich plötzlich auf dem Teppich vor meiner Badezimmertür wiederfand. Verwirrt tastete ich um mich, dann richtete ich mich vorsichtig auf. Meine Schulter schmerzte, aber Gott sei Dank schien nichts gebrochen. Mein erster klarer Gedanke war: Da habe ich aber noch Glück gehabt. Wenn das im Bad passiert wäre, hätte ich mir den Kopf an der Wanne aufschlagen können. Ein bisschen mühsamer als sonst schleppte ich mich in die Küche. Meine Hand zitterte als ich den Tee aufgoss. Bald darauf saß ich in meinem gemütlichen kleinen Wohnzimmer, vor mir die Tasse aus hauchzartem chinesischen Porzellan, durch das der Tee golden schimmerte. Aber ich konnte das köstliche Getränk nicht mit rechtem Genuss schlürfen. Jetzt war es also soweit. Ich blickte mich in meiner hübschen, kleinen Wohnung um, nahm schon ein wenig Abschied im Voraus. Meine alten wertvollen Möbel, die in langen Jahren angesammelten Bücher, meine Schallplatten ... ich würde nur wenig davon behalten können. Das ist es nun also gewesen, das schöne bisschen Leben. Fast schon vorbei.

Einst war ich jung. Einst hatte ich einen Liebsten. Er war Matrose auf einem Kriegsschiff – und er kam nicht zurück, blieb verschollen irgendwo im Meer. Ich habe lange auf ihn gewartet – aber im Laufe der Jahre versiegten die Tränen und verblasste sein Bild. Da war ich längst schon an ein unabhängiges, selbstständiges Leben gewöhnt. Die Jahre gingen dahin und fast ohne es zu merken wurde ich alt.

Da ich schon immer ein nüchterner, praktisch denkender Mensch gewesen bin, habe ich auch beizeiten für meinen Lebensabend vorgesorgt. Wenn es an der Zeit wäre, wollte ich in die Seniorenresidenz »Abendfrieden« übersiedeln und dort meine letzten Jahre friedlich und unbekümmert verleben. Der »Abendfrieden« besteht aus drei hübschen Biedermeierhäusern in einem großen, gepflegten Park. Es gibt Einkaufsmöglichkeiten, Frisör und Kosmetik. Ausschlaggebend aber war für mich, dass meine Großnichte Margitta eine leitende Stellung in diesem Altenheim innehat. Meine Beziehung zu ihr erschöpfte sich zwar darin, dass ich ihr jedes Jahr zu Weihnachten und zum Geburtstag einige Hunderter schenkte, und dass sie berechtigte Hoffnungen hatte, mich eines Tages zu beerben, aber aus ihrer Tätigkeit im »Abendfrieden« gedachte ich doch konkreten Nutzen zu ziehen.

Margitta arbeitet nämlich im, von den übrigen Gebäuden sorgsam abgegrenzten, Pflegebereich, dort wo die hoffnungslosen Fälle ihrem endlichen Tod entgegendämmern.

»Wenn«, habe ich zu Margitta gesagt, »wenn ich je auf deine Pflegestation kommen sollte, wirst du mir einen schnellen, würdevollen Tod ermöglichen. Wehe dir, wenn du mich hilflos an irgendwelchen Geräten dahinvegetieren lässt!«

»Aber das wäre Mord, Tante Herta. Das kannst du nicht von mir verlangen«, hatte Margitta heftig abgewehrt.

»Quatsch!«, wischte ich ihre Einwände beiseite. »Das wäre kein Mord, das wäre eine Gnade. Und wenn du mir das nicht hoch und heilig versprichst, ändere ich augenblicklich mein Testament.«

So unter Druck gesetzt, schwor sie mir, im Fall des Falles meine Leiden nicht unnötig zu verlängern.

»Aber das wird nicht geschehen. Du wirst nie auf meine Station kommen, weil du nämlich bis auf deinen kleinen Herzfehler kerngesund bist. Und der Herztod ist ein schneller, barmherziger. Außerdem wird es bis dahin noch etliche Jahre dauern ...«

»Das will ich hoffen«, sagte ich trocken.

So war also an alles gedacht, und als ich nun schon zum dritten Mal gestürzt war, musste ich wohl der Tatsache ins Auge sehen, dass der Tag gekommen war, mein selbstständiges Leben aufzugeben und in den »Abendfrieden« überzusiedeln.

Es gab da allerdings einen Wermutstropfen: Ich konnte vorerst kein Einzelzimmer bekommen und sollte mir ein Zwei-Zimmer-Apartment mit einer anderen Insassin teilen.

»Nur bis etwas frei wird. Wir möchten Ihren Wunsch nach einer separaten Wohnung gern berücksichtigen, aber im Augenblick ...«

»Nun gut, aber ich will mit keiner Oma zusammen wohnen müssen, die ständig von ihren Enkeln und Urenkeln erzählt«, bat ich mir aus. »Wenn ich denn schon meinen Lebensabend mit einem anderen Menschen verbringen soll, dann bitte mit einer Frau wie ich es bin, kultiviert, ohne Anhang und ohne nennenswerte Gebrechen.«

»Oh, da haben wir genau die richtige Dame für Sie. Sie werden mit Frau Westfahlen zusammen wohnen. Ich bin ganz sicher, dass Sie beide sehr gut zusammenpassen und sich hervorragend ergänzen werden ...«

Was die Heimleiterin unter »einander ergänzen« verstand, wurde mir beim ersten Blick auf meine künftige Gefährtin klar: Was mir an Gewicht und Körpergröße fehlte, wurde von Frau Westfahlen mehr als wettgemacht. Mit überschäumender, meines Erachtens übertriebener Freundlichkeit, stürzte sich diese riesige, korpulente Person auf mich.

»Oh, wie bin ich entzückt! Herzlich, herzlich willkommen, liebe Freundin! Ich darf Sie doch Freundin nennen – wir werden ja die letzte Wegstrecke gemeinsam gehen. Ach, wie ich mich freue! ... Nein, wie zierlich Sie doch sind! Und so schlank! Sie werden wohl nicht viel Platz benötigen ...«

Ich wollte gerade zu einer empörten Erwiderung auf diese letzte Bemerkung ansetzen, da sprudelte sie schon weiter: »Ich habe mich wohl ein wenig zu breit gemacht, aber ich war die letzten drei Monate allein. Die liebe Elfrun – ach, eine so reizende Person, so ruhig und bescheiden – sie ist von uns gegangen. Schade, schade ... Aber nun sind Sie da – und ich hoffe doch, Sie bleiben recht lange. Wir wollen einander gut kennen lernen, nicht wahr?«, mit einer theatralischen Bewegung breitete sie beide Arme aus, als wolle sie mich an ihren umfangreichen Busen ziehen.

Ich trat zwei kleine Schritte zurück und sagte mit meiner unpersönlichsten, kühlsten Stimme: »Guten Tag. Mein Name ist Herta Hansen. Ich hoffe ebenfalls sehr, dass wir zu einem gedeihlichen Miteinander finden ... Ich bin zwar nicht groß, aber ich benötige doch relativ viel Platz für meine Bücher.«

»Aber natürlich, selbstverständlich«, beeilte sich Frau Westfahlen zu versichern. »Sie sind also eine Leseratte. Oh, wie wundervoll! Ich habe auch immer viel gelesen – aber nun wollen die Augen nicht mehr«, sie machte einen kindischen Hopser. »Wir können ganz wunderbare Abende haben. Sie lesen mir vor und als Revanche singe ich für Sie. Ich war Sängerin und Gesangspädagogin, müssen Sie wissen. Leider konnte ich meinen Flügel nicht hierher mitnehmen. Es gibt aber ein ganz ordentliches Instrument im Gesellschaftsraum. Ich habe dort manchmal gesungen, aber bedauerlicherweise verstehen die alten Leute hier nichts von klassischer Musik. Sie wollen immer nur dieses schauderhafte volkstümliche Rum-ta-ta hören. Ich hoffe doch ...«, hier brach ihr Redefluss ab. Sie verstummte verlegen.

Ich ließ sie genüsslich eine Weile zappeln, dann sagte ich: »Ich bevorzuge unbedingt Klassik. Ganz besonders liebe ich die Schubert-Lieder. Ich habe eine gute Plattensammlung; alles von Schubert und Schumann, den kompletten Mozart – ganz hervorragende Aufnahmen. Da Sie sich für gute Musik interessieren, wird es Sie hoffentlich auch nicht stören, wenn ich die Platten abspiele. Ein, zwei Stündchen Musik gehören zu meinem täglichen Abendritual, auf das ich ungern verzichten möchte.«

Nachdem nun die Fronten geklärt waren und wir ganz passable Übereinstimmung feststellen konnten, begann unser Zusammenleben im »Haus Abendfrieden«. Es war für mich ungewohnt, mich auf einen anderen Menschen einstellen zu müssen, zumal Zita Westfahlen es mit der Ordnung nicht allzu genau nahm. Besonders das gemeinsam benutzte Bad bedeutete für mich einen Quell mühsam unterdrückten Ärgers: Zita hielt das Bad zwar ausreichend sauber, aber überall lagen aufgerissene, angebrochene Medikamentenpackungen herum. Natürlich waren das alles harmlose Sachen; Vitaminpräparate, Mittel für Haut, Haare und Fingernägel und ähnliches, das sie wie ein Eichhörnchen seinen Wintervorrat heranschleppte. Sie erhoffte sich davon wohl das Wunder immerwährender Jugend und Schönheit. Ein Blick in den Spiegel hätte sie eigentlich eines Besseren belehren müssen, aber sobald in der Fernsehwerbung ein neues Mittel angepriesen wurde, gab es kein Halten. Zita hatte ganz eindeutig einen Pillentick, manchmal glaubte ich sogar, sie sei schon süchtig nach dem Zeug.

Abgesehen von eher belanglosen Schwierigkeiten dieser Art kamen wir aber bald recht gut miteinander zurecht.

Zita war ein Mensch, der das Herz auf der Zunge trug. Sie schwatzte beinahe ununterbrochen, war oft von schockierender Direktheit, aber verfügte auch über eine gehörige Portion trockenen Humors. Immer, wenn ich mich gerade so richtig über sie ärgern wollte, machte sie irgendeine drollige Bemerkung oder eine liebenswerte Geste, die es mir dann nicht mehr ermöglichten, ihr wirklich böse zu sein. Ihre überschäumende Herzlichkeit und Agilität reichten für uns beide, so dass meine Zurückhaltung kaum auffiel. Natürlich nannten wir einander bald beim Vornamen und duzten uns – alles andere wäre ja tatsächlich albern gewesen.

Im Laufe der Zeit wurden wir sehr gute Freundinnen und natürlich erzählten wir einander auch unsere längst vergangenen Liebesgeschichten. Mit meiner war ich schnell fertig, und Zita wollte gar nicht glauben, dass das alles gewesen sei. Sie selbst hatte ein sehr bewegtes Liebesleben hinter sich – obwohl ich vermute, dass sie manchmal ein wenig zu dick auftrug. Aber ich hatte Spaß an ihren farbigen, recht deftigen Schilderungen. Ihr war, wie sie sagte, nichts Menschliches fremd geblieben und sie gefiel sich tatsächlich noch immer in der Rolle der verruchten Lady.

»Es ist doch nicht auszudenken, dass wir jetzt den Rest unseres Lebens hier jenseits von Gut und Böse verbringen sollen. Das kann einfach noch nicht alles gewesen sein«, lautete ihre Maxime.

Und ob das alles war! Sie tat mir manchmal sogar Leid, mit ihren lächerlichen Erwartungen an die wenigen Jahre, die uns noch blieben.

»Ich möchte nur in Würde altern«, erklärte ich.

»Ja, wenn dir das genügt«, sagte Zita leichthin.

Als ich schon fünf Monate im »Abendfrieden« lebte, wurde mir eine kleine Einzimmerwohnung angeboten.

»Aber das wirst du mir doch nicht antun!«, erschrak Zita. »Willst du wirklich hier ausziehen? Ich hatte nie eine so gute Freundin wie dich«, sie schluckte schwer und in ihren Augen erschien ein verdächtiger Glanz.

»Aber nein«, beeilte ich mich sie zu beruhigen. »Ich wohne sehr gern mir dir zusammen und möchte daran nichts ändern. Die Wohnung kann von mir aus jemand anderes bekommen.«

Wenige Tage später kam Zita mit ungewöhnlich roten Wangen in unser Wohnzimmer gestürzt. »Herta, komm doch mal! Es ist einfach unglaublich – ich bin völlig sprachlos.«

Aber genau das war sie natürlich nicht und so erfuhr ich auch gleich den Grund der Aufregung.

»In die Wohnung, die du haben solltest, ist heute jemand eingezogen, ein Herr Bruno Bär. Ulkiger Name, nicht? Ich bin ihm gerade begegnet. Kannst du dir vorstellen, wie Gérard Philipe mit siebzig ausgesehen hätte, wenn er nicht schon so jung gestorben wäre? Also so, genau so! Man sollte es nicht für möglich halten!«

Grundgütiger Gott! Zita hatte sich doch nicht etwa auf ihre alten Tage verliebt. Ich schüttelte missbilligend den Kopf.

»Sei nicht albern«, sagte ich mit mildem Tadel. »Du führst dich auf wie ein schwärmerischer Teenager.«

Aber das konnte sie nicht bremsen. »Ich habe auch schon mit ihm gesprochen. Stell dir vor, Bruno war Konzertpianist. Ist das nicht ein wunderbarer Zufall? Ach, dem Mann haben sicher die Frauen zu Füßen gelegen ... Er ist Witwer und fühlt sich nun sehr einsam«, fügte sie bedeutungsvoll hinzu.

Bruno! Das sah Zita wiedermal ähnlich. Sie unterhielt sich zwei Minuten mit jemandem und war gleich per du. Ein siebzigjähriger Gérard Philipe – dass ich nicht lache!

»Ich habe Bruno zum Tee eingeladen, er wird gleich hier sein. Was meinst du, ob ich ihm auch ein Likörchen anbieten kann, zur Begrüßung sozusagen?«

Na, das ging ja schnell. Ich überlegte, ob ich, um das junge Glück nicht zu stören, unter irgendeinem Vorwand die Wohnung verlassen sollte. Andererseits war ich natürlich auch neugierig ... Noch bevor ich zu einem Entschluss kam, klopfte dieser Herr Bär schon an die Tür. Mir stockte der Atem. Was für ein Mann! Aber Zita hatte sich geirrt. Hatte Gérard Philipe etwa so helle Augen, Meeraugen, Seemannsaugen, gehabt? Hans Albers, dachte ich. La Paloma, ohe. Ach du dummes, altes, unvernünftiges Herz!

Aber es war ja nicht nur das Äußere. Der schlanke, gut aussehende Mann stellte sich auch noch als ein brillanter Unterhalter heraus – intelligent, hochgebildet, nicht nur an Musik, sondern auch an den anderen schönen Künsten interessiert. Warum nur hatte ich eine so unkleidsame Bluse angezogen? Das zarte Lila ließ meinen ohnehin blassen Teint kränklich wirken. Beim Frisör war ich auch schon lange nicht mehr ...

Zita redete wiedermal wie ein Wasserfall. Sie lachte zu laut, gestikulierte zu viel, benahm sich überhaupt unangenehm auffällig. Sie ließ ihm gar keine Gelegenheit, auch von mir Notiz zu nehmen. Was bildet sie sich denn ein? Sie ist ja fast genau so groß wie er – und doppelt so breit, dachte ich hämisch. Schließlich begann sie auch noch zu singen! Sie hatte eine immer noch gute Altstimme und ich hörte ihr sonst auch gern zu, aber jetzt war das doch geradezu peinlich.

Nachdem Bruno Bär sich eine Stunde später sehr höflich – mit Handkuss sogar – von uns beiden verabschiedet hatte, spülte Zita die Teetassen und Likörgläser und trällerte dazu vor sich hin.

»Nun hör aber endlich auf mit dem Gejaule!«, fuhr ich sie an. »Das ist ja nicht mit anzuhören. Und wie du dich dem Mann an den Hals geworfen hast – du solltest dich schämen!«

Langsam drehte Zita sich zu mir um, musterte mich von oben bis unten und sagte dann gedehnt: »Eifersüchtig?«

Sie lächelte dabei und blinzelte mir zu, aber ich schäumte vor Wut. Ohne etwas zu erwidern, ging ich hinaus und schlug die Tür heftig hinter mir zu.

Von diesem Moment an war die bisherige Harmonie zwischen uns beiden empfindlich gestört. Vorbei waren unsere gemeinsamen Gymnastikstunden, die Leseabende, das Erzählen und auch Zitas Singen. Sie sang zwar, aber nur noch im Gesellschaftsraum, wo Bruno Bär sie auf dem Klavier begleitete. Dafür aber konnte er mit mir über moderne Literatur und Malerei sprechen, wovon wieder Zita so gut wie nichts verstand. Er verteilte seine Gunst gleichmäßig zwischen uns beiden, dennoch war ich zutiefst überzeugt, dass er sich nur aus Höflichkeit um Zita bemühte. Sie takelte sich auf wie eine alte Fregatte, malte ihre Fingernägel knallrot an, erhöhte drastisch den Schönheitspillenkonsum und versagte sich sogar die nachmittäglichen Tortenstückchen. Ich hingegen setzte auf meinen klaren Verstand, auf innere Werte, die einem Mann von seiner Bildung und Intelligenz gewiss mehr bedeuten mussten. Und allmählich glaubte ich an Boden zu gewinnen. Strahlten seine Augen denn nicht geradezu, wenn er mich ansah?

»Ich möchte meinen Lebensabend noch mit einem lieben Menschen teilen«, vertraute mir Bruno eines Tages an. »Es ist nicht gut, dass der Mensch allein sei – siehst du das nicht auch so?«, er blickte mich bedeutungsvoll an.

»Aber natürlich hast du Recht. Für ein bisschen Glück und Liebe ist man nie zu alt. Und im Herzen sind wir doch noch immer jung geblieben …«, meine Stimme versagte. Ich hielt mich an der Tür fest, um nicht zu fallen.

Bruno nickte mir freundlich zu. »Ich wusste, dass du mich verstehst.«

Wie ich damals zurück in unser Zimmer gekommen bin, weiß ich bis heute nicht. So hatte mein Herz nicht mehr geklopft, seit ich zwanzig war. Ich überlegte gerade, ob ich Zita großzügig meine Schubert-Platten schenken sollte – als Entschädigung sozusagen – als sie, so gut sie es bei ihrer Statur vermochte, hereingeschwebt kam.

»Liebste Herta«, säuselte sie, »rate mal, was Bruno gerade zu mir gesagt hat! … Ach, dass mein Leben noch einmal eine solche Wende nehmen würde, hätte ich nie zu träumen gewagt. Ich hoffe doch sehr, dass wir Freundinnen bleiben und dass du uns recht oft besuchst.«

»Wovon sprichst du?«, fragte ich.

Aber noch bevor sie antworten konnte, wusste ich es. Mir wurde schwindlig und ich hielt mich am Schrank fest um nicht zu fallen.

Zita griff nach meinem Arm und führte mich zum Sessel. »Du darfst das nicht so schwer nehmen«, sagte sie. »Ich bin doch dann nur ein Haus weiter und nicht aus der Welt – noch nicht …«, sie kicherte albern. »Jetzt fängt für mich noch mal eine neue Runde auf dem Karussell des Lebens an. Vielleicht wird sie ja nur kurz, aber dafür umso aufregender. Ach, du weißt ja gar nicht, was du alles verpasst hast! Aber du hattest immer so was Altjüngferliches, dir hat das natürlich nicht so sehr gefehlt wie mir.«

Ich brauchte sie nicht zu fragen, was dieses Etwas sei, das sie im Gegensatz zu mir vermisst hatte. Mir wurde übel, und ich musste mich beeilen, noch rechtzeitig ins Bad zu gelangen. Mein Herz holperte und stolperte schmerzhaft in der Brust. Verzweifelt versuchte ich das Fläschchen mit den Herztabletten zu öffnen. Nachdem das endlich gelungen war, entfielen die kleinen, weißen Pillen meinen zitternden Händen und rollten auf den Fliesen umher.

»Ruhig!«, befahl ich mir, »ganz ruhig! Tief atmen, langsam, noch einmal!« Das unangenehme Schwindelgefühl ließ allmählich nach und ich konnte mich bücken, um die Tabletten aufzusammeln. Ich durfte keine übersehen, die Dinger waren immerhin gefährlich, tödlich sogar, wenn man eine zu hohe Dosis nahm. Bei diesem Gedanken wurde mir heiß und ich musste mich rasch auf den Rand der Badewanne setzen. Nachdenklich schüttete ich einige der Tabletten auf meinen Handteller. Nein, sie waren überhaupt nicht mit den Schönheitsdragees zu verwechseln, auf die Zita so schwor. Ob aber jemand, der blind und närrisch ist vor lächerlichem, albernen Liebesglück, noch auf Details achten kann? Zita schluckte ihre Pillen und Dragees schließlich ohne groß hinzusehen nach dem Motto: Viel hilft viel ...

Als ich zwei von meinen hochwirksamen Herztabletten zwischen Zitas Vitaminpräparat mischte, dachte ich: So was kann schließlich passieren. Ein Versehen, durchaus entschuldbar in unserem Alter. Und möglicherweise sind die Pillen ja auch gar nicht so gefährlich. Und wenn doch? Dann wäre das eben Schicksal, göttliche Fügung sozusagen ...

»Sie hat nicht gelitten. Sie hat überhaupt nichts gemerkt. Herzversagen, ein leichter Tod. Den wünschen wir uns doch alle.« Die Schwestern und die anderen Heimbewohner versuchten mich zu trösten. »Es ist natürlich traurig eine Freundin zu verlieren, und so unerwartet. Aber Sie dürfen das nicht so schwer nehmen ...«

Offen gestanden fehlte Zita mir nun plötzlich. Wir hatten ja doch eine gute Zeit zusammen und meine Trauer war echt. Aber Zita hatte immerhin einen schönen Tod, so leicht und schnell. Außerdem habe ich sie durch meinen Freundschaftsdienst (jawohl, ich nenne es so!) davor bewahren können, sich restlos lächerlich zu machen. Denn Bruno war keinesfalls erschüttert oder gar untröstlich.

»Sie war eine sehr unterhaltsame, amüsante Person«, sagte er freundlich-gelassen. »Ich werde sie gewiss manchmal vermissen. Aber was soll's, das Leben geht weiter ...«

Von nun an wartete ich darauf, dass er mir seinen Antrag machte. Ich wartete vergebens.

Es mag jetzt zwei oder drei Tage her sein, dass ich Bruno im Park begegnete. Er war in Begleitung, und ich dachte im ersten Augenblick, dass die höchstens fünfzigjährige Brünette seine Tochter oder eine Nichte sei.

Da hatte er mich aber schon gesehen und stellte voller Eifer und Besitzerstolz vor: »Darf ich bekanntmachen: Das ist Sybille Lehmann, meine künftige Lebensgefährtin. Und das ist Frau Hansen, eine ganz reizende, alte Dame aus dem Seniorenheim ...«

Reizende, alte Dame. Reizende, alte ... alte ...

Mir wurde schwarz vor Augen. Ich erinnere mich noch, dass ich dachte: Ach Zita, warum nur ...?

Als ich wieder zu mir kam, stellte ich voller Entsetzen fest, dass ich weder die Augen öffnen noch mich bewegen konnte. Schlaganfall, dachte ich sofort. Aber ich hatte keine Schmerzen.

Es ist gar nicht mal so übel, hier zu liegen. Jede Verantwortung ist von mir genommen. Ich kann meine Gedanken schweifen lassen, mich erinnern, träumen.

Diese Stimme jetzt erkenne ich: Margitta. Ich habe sie lange nicht mehr gesehen, lange nicht mehr an sie gedacht. Was flüstert sie da? Was soll das Gewisper, ich verstehe kein Wort. Was macht sie denn da? Ich kann nichts sehen, aber es hört sich an, als ob … Um Gottes willen! Wage es ja nicht! Untersteh dich!!! Ich lebe doch. Ich atme. Ich denke. Ich bin. Hilfe! Warum hilft mir denn keiner? Hil–

Eva Dörpinghaus

Hoppe Reiter

Frauenchiemsee, im Dezember

Wie oft habe ich mir schon vorgenommen, dir nicht mehr zu schreiben, Onkel Rolf. Immer sollte es mein letzter Brief an dich sein. Sie haben mich vom Dienst suspendiert. Bis sie mich wieder an meinen Schreibtisch lassen, mache ich Urlaub auf der Insel hier. Das schönste Eiland in Bayern, hast du immer gesagt. In allen Schulferien musste ich dich und Tante Clara hier besuchen, weil Mama keinen Urlaub hatte und meinte, dass ich bei euch gut aufgehoben sei. Mein letzter Fall ereignete sich auch auf der Insel. Psychische Instabilität haben sie am Ende bei mir diagnostiziert und mich nach Hause geschickt, bis das Disziplinarverfahren abgeschlossen ist.

Die Schiffssirene heulte kurz auf, dann rumpelte das Boot gegen die Uferbefestigung. Ich zog den Reißverschluss meiner Daunenjacke zu und klappte den Kragen hoch. Berger, der neben mir auf einem Plastikstuhl hockte, schlürfte den letzten Schluck Cola aus der Dose und warf sie Richtung Papierkorb. »Scheiße«, er wuchtete seine fünfundneunzig Kilo von der Bank, bückte sich und beförderte die Dose in den Abfalleimer.

Die Insel lag in tiefem Nebel. Vom drei Kilometer entfernten Festland waren keine Lichter zu sehen.

»Das Kloster liegt da drüben, zwei Minuten von hier«, erklärte ich Berger. Nach wenigen Schritten ragten die hohen Mauern des Klosters vor uns auf. Eine Nonne, zwei Köpfe kleiner als ich, mit weißen Haaren, die unter ihrer Haube hervorlugten, begrüßte uns.

»Grüß Gott, ich bin Schwester Scholastika. Sind Sie von der Polizei? Ihre Kollegen sind im Musikraum, kommen Sie doch bitte herein.«

Der Raum am Ende des Flures war hell erleuchtet. Franz und Hubert von der Spurensicherung winkten uns kurz zu. Instinktiv steckte ich meine Hände in die Hosentasche, ein Reflex am Tatort, den man mir vor einem Vierteljahrhundert zu Beginn meiner Arbeit bei der Kripo antrainiert hatte. Ich höre heute noch manchmal die schnarrende Stimme meines älteren Kollegen Huber: »Fass so wenig wie möglich an! Und wenn du's doch musst, zieh die Handschuhe an! Am Tatort bewegen wir uns mit den Händen im Hosensack!« Im Verlaufe meiner Dienstjahre hatte ich mich oft über die martialisch-chauvinistischen Sprüche meiner Kollegen geärgert. Ein Vorteil meiner Beförderung zur Kriminalhauptkommissarin war, dass ich mir nicht mehr so viele davon anhören musste, da sie sich inzwischen in meiner Gegenwart zusammenrissen.

Du hattest auch immer solche Sprüche drauf, Onkel Rolf. »Reiß nicht solche Zoten in Gegenwart des Kindes«, sagte Tante Clara oft zu dir.

Der Mann lag bäuchlings vor dem Klavier. Ich schätzte ihn auf Mitte Dreißig. Er trug eine etwas aus der Mode gekommene Cordhose, ein enges T-Shirt und Joggingschuhe. Einige Zentimeter unterhalb seines linken Schulterblattes war deutlich ein blutroter Fleck zu sehen. Ich wandte mich den beiden uniformierten Kollegen neben mir zu.

»Charlotte Schulbach, Kripo Rosenheim«, stellte ich mich vor und hielt ihnen die Hand hin. »Bitte erzählen Sie uns, was hier vorgefallen ist.«

Um dreiundzwanzig Uhr war der Notruf bei der Einsatzzentrale in Prien eingegangen. Eine aufgeregte Nonne hatte gemeldet, dass einer der Teilnehmer des Wochenendseminars tot im Musikzimmer lag. Die Kollegen aus Prien hatten die Kripo in Rosenheim informiert und waren selbst eine halbe Stunde später hier eingetroffen. Im Klavierzimmer hatte sich zu diesem Zeitpunkt außer der Leiche niemand befunden, im großen Aufenthaltsraum saßen noch vier Seminarteilnehmer beim Bier und Schaffkopfen zusammen. Vier weitere schliefen bereits. Der Arzt war kurze Zeit später eingetroffen. »Erstochen, wahrscheinlich mit einem kurzen spitzen Gegenstand«, ergänzte der Priener Kollege seinen Bericht.

»Habt ihr die Waffe gefunden?«, fragte Berger die Kollegen von der Spurensicherung.

»Nein, außer ein paar Fotos von seinen Kindern haben wir bisher nichts entdeckt, was hier wahrscheinlich nicht hergehört.« Hubert griff in seine Aktentasche und zeigte uns die Schnappschüsse von zwei blondgelockten Jungs, die mit recht angestrengtem Blick in die Kamera schauten. Auf fünf oder sechs Jahre taxierte ich den einen, der andere schien ein bisschen älter zu sein.

»Die Staatsanwaltschaft und die Bereitschaftspolizei sind unterwegs?« Der Priener Kollege nickte bestätigend. Berger und ich einigten uns darauf, dass er sich das Musikzimmer und die Leiche vornahm, während ich mit den Kartenspielern redete.

Im Flur saß Schwester Scholastika und blickte mit müdem Blick zu mir auf. »Eine schreckliche Sache, furchtbar, ganz furchtbar«, murmelte sie mir zu. Ich nickte und bat sie, mir den Weg zur Toilette zu zeigen. Erleichtert ließ ich mich aufs Klo fallen und legte den Kopf in die Hände. Der Anruf der Kollegen hatte mich vor einigen Stunden aus dem Tiefschlaf gerissen. Es war nicht das erste Mal in dieser Woche und langsam machte sich der Schlafmangel bemerkbar. Ich atmete ein paarmal gleichmäßig ein und aus und versuchte, mich zu entspannen. In der Kabine neben mir rauschte die Spülung, die Tür ging auf. Im Vorraum wurde der Wasserhahn aufgedreht und plötzlich hörte ich, wie sich draußen jemand erbrach. Ich spülte, zog mich an und verließ die Kabine. Über das Waschbecken gebeugt stand eine Frau. Ich reichte ihr ein Papierhandtuch. Sie wusch sich das Gesicht, trocknete sich ab und blickte zu mir hoch.

»Entschuldigen Sie bitte. Ich habe anscheinend den Kartoffelsalat heute Abend nicht vertragen«, sagte sie. Tränen standen in ihren Augen, sie war blass, ihre roten kinnlangen Haare klebten feucht an ihren Schläfen.

»Nun, bei dem was hier passiert ist, kann einem auch ohne Kartoffelsalat schlecht werden«, antwortete ich.

»Wieso? Wovon sprechen Sie? Wer sind Sie eigentlich?«

»Schulbach, Kripo Rosenheim.« Ich nickte ihr kurz zu. »Wissen Sie denn noch nicht, was passiert ist?«

Sie schüttelte den Kopf.

»Wenn Sie sich wieder besser fühlen, gehen wir in den Aufenthaltsraum zu Ihren Kollegen. Ich möchte mit Ihnen allen sprechen.«

Weißt du eigentlich, dass ich auch immer kotzen musste? Obwohl du ja immer gesagt hast, ich sollte mich nicht so anstellen. Und das habe ich versucht, Onkel Rolf, viele Jahre lang.

Ich öffnete die Tür und ließ sie vorangehen. Schwester Scholastika wartete im Gang und führte uns ins Erdgeschoss.

Drei Männer und eine Frau saßen an einem runden Tisch, die Spielkarten lagen zusammengeworfen in der Mitte. Mit knappen Worten informierte ich sie über den Tod ihres Kollegen und bat die Nonne, uns zwei separate Räume zur Verfügung zu stellen, in denen Berger und ich die Aussagen aufnehmen könnten.

In der Früh um sieben verließ ich das Kloster durch den Haupteingang. Der Nebel vom Vorabend hatte sich gelichtet, doch der Nieselregen, der jetzt fiel, machte es nicht gemütlicher. Ich ging zum Ufer und schaute auf den See hinaus. Im Dunst konnte ich die Umrisse von Herrenchiemsee und das Schloss, das Bayernkönig Ludwig der Zweite als Versailles-Kopie geplant hatte, erkennen.

Du bist mit mir einmal hinübergerudert, Onkel Rolf. Wolltest mir das Schloss zeigen. Das habe ich nie gesehen, denn mitten auf dem See hast du aufgehört zu rudern. Du hast dich umgeschaut, weit und breit war niemand zu sehen.

»Morgen, Carla! Kaffee gefällig?« Berger trat von hinten an mich heran und stellte sich neben mich. »Mistwetter, grässliches. Wir können beim ›Klosterwirt‹ frühstücken, hat mir Schwester Scholastika gesagt. Die übernehmen die Bewirtung für die Klostergäste, seit das Internat geschlossen ist.«

»Wunderbar, Kaffee ohne Ende und vielleicht sogar ein Croissant, ein bisschen Schinken und ein weichgekochtes Ei?« Mir lief das Wasser im Mund zusammen. Letzte Woche hatte ich mich von Knäckebrot und magerem Käse ernährt, um meinen überflüssigen Pfunden mal wieder zu Leibe zu rücken. Nach dieser Nacht stand mir nun jedoch der Sinn nach etwas Deftigerem.

Wir schlenderten zu dem Gasthof, der gegenüber vom Landungssteg lag und suchten uns einen Tisch. Das Lokal war leer. Von den Seminarteilnehmern war niemand zu sehen, Touristen waren bei dem Regenwetter noch keine eingetroffen. Die Speisekarten mit dem Menü des Vorabends lagen noch auf den blau-weiß karierten Tischdecken. Während Berger unser Frühstück bestellte, studierte ich die Köstlichkeiten, die unseren Seminarteilnehmern gestern serviert worden waren: Bayerischer Schweinebraten mit Kartoffelknödel und Salat, Schweizer Wurstsalat und für die Kalorienbewussten Salat mit Putenstreifen.

Zwanzig Minuten später pickte ich genüsslich die letzten Krümel meines Hörnchens auf, bat die Bedienung, uns eine weitere Kanne Kaffee zu bringen und zündete mir eine Zigarette an. Berger klappte sein Notizbuch auf. Seufzend bückte ich mich nach meiner Handtasche und zog meine Kladde heraus.

»Okay, fangen wir an. Was wissen wir über den Toten?«

Berger schob meinen Aschenbecher ein Stückchen von sich weg. Er räusperte sich: »Fritz Augentaler, sechsunddreißig Jahre alt, geschieden, seit drei Jahren Leiter des Sozialamtes in Rosenheim. Wie seine sieben Kollegen vom Landratsamt nahm er dieses Wochenende an einem Führungskräfteseminar teil. Thema: Führen von strukturierten Mitarbeitergesprächen.«

»Seine Kollegen schildern ihn als introvertierten, äußerst korrekten Menschen, der nicht viel Kontakt zu anderen im Haus hatte. Das einzige, was sie über seine Hobbys wussten, war, dass er gern Musik hörte und sogar ein Opernabo fürs Nationaltheater in München hatte«, ergänzte ich.

»Die Rothaarige war aber anscheinend mit ihm befreundet.« Berger blätterte in seinem Notizbuch. »Karin Wild, Sachgebietsleiterin des Ordnungsamtes. Zuständig für den Katastrophenschutz, den Vollzug des Waffen- und Sprengstoffgesetzes und den Brandschutz.«

»Die Frau von heute Nacht.«

Berger sah mich fragend an, und ich erzählte ihm kurz, unter welchen Umständen Karin Wild und ich uns auf dem Damenklo getroffen hatten.

»Sie war befreundet mit Augentaler?«, fragte ich.

»Ja, das hat sie vorhin ausgesagt. Er hatte eine feste Beziehung mit ihrer Freundin Lilo. Mit ihr und deren beiden Kindern wohnt die Wild seit ein paar Jahren zusammen. Dadurch hat sie sich auch mit Augentaler angefreundet. Im Sommer waren sie alle zusammen in Umbrien in einem Ferienhaus.«

In Italien sind wir ein einziges Mal gewesen. In Jesolo. Auf dem Campingplatz. Eines Nachmittags ging Tante Clara fort, um im Supermarkt Bier für dich zu kaufen. Da hast du mich wieder zu dir gerufen.

»Was ist mit der Waffe? Wurde sie inzwischen gefunden?«

Berger schüttelte den Kopf. »Die Bereitschaftspolizei durchkämmt immer noch das Kloster. Seit acht suchen sie auch im Außenbereich. Bisher haben sie nichts gefunden.« Gähnend streckte er seine Beine unter dem Tisch aus und fuhr sich über den Kopf. Ich nahm noch einen Schluck Kaffee und spielte nachdenklich mit der Speisekarte herum.

»Was glaubst du? Der Mörder sitzt doch aller Wahrscheinlichkeit nach gerade im Seminar und lässt sich in Mitarbeiterführung trainieren, oder?« Berger sah fragend zu mir herüber. Ich fummelte eine weitere Zigarette aus der Packung.

»So wird's wohl sein, Herr Kommissar. Oder glaubst du, dass ein wildgewordener Insulaner sich ins Kloster geschlichen hat, um unseren Herrn Sozialamtsleiter umzubringen? Bleiben wir erst mal bei den lieben Kollegen. Ich schlage vor, dass wir sie uns noch mal vorknöpfen. Lass uns tauschen. Du übernimmst die, die ich heute Nacht befragt habe und umgekehrt.«

Karin Wild klopfte kurz an, bevor sie das Zimmer betrat.

Ich schaute sie an: eine mittelgroße Frau um die vierzig, kräftige Statur, aber durchtrainiert. Sie trug eine schwarze Stoffhose und eine graue weit geschnittene Seidenbluse, die locker über die Hose fiel.

»Hallo, geht es Ihnen besser?«, begrüßte ich sie und bat sie mit einer Handbewegung Platz zu nehmen.

»Ja, etwas, danke«, antwortete sie und blickte an mir vorbei aus dem Fenster.

»Wo haben Sie denn eigentlich den Kartoffelsalat gegessen, der Ihnen den Magen verdorben hat?«

»Wir essen immer beim »Klosterwirt«.«

»Beim »Klosterwirt« gab es gestern keinen Kartoffelsalat. Vielleicht war Ihnen von etwas anderem so übel?« Ich blickte sie fragend an.

Sie schaute mir direkt in die Augen: »Vielleicht. Ich habe keine Ahnung.«

Den Trick beherrschte ich bereits als Kind perfekt. Schau den Leuten direkt in die Augen, wenn du sie anlügst. Meistens glauben sie dir dann. Mama zum Beispiel, wenn sie kaputt von der Arbeit heimkam und mich fragte, ob es mir bei euch gefallen hätte.

»Erzählen Sie mir etwas über Ihre Beziehung zu Fritz Augentaler. Mein Kollege, mit dem Sie heute Nacht gesprochen haben, sagte mir, Sie seien befreundet gewesen.«

»Ja, das waren wir.« Sie machte eine Pause und zwirbelte eine ihrer roten Haarsträhnen um ihren Zeigefinger. »Seit ein paar Jahren.«

»Er ist der Partner Ihrer Freundin?«

»Ja, Lilo und er sind seit vier Jahren ein Paar. Sie leben aber nicht zusammen. Ich wohne seit drei Jahren mit Lilo und ihren Kindern zusammen. Wir sind beide geschieden. Da habe ich natürlich auch Fritz kennen gelernt.«

»Was war er für ein Mensch?«

Karin Wild schaute kurz zu mir auf und atmete tief durch.

»Finden Sie es nicht auch schwierig, einen anderen Menschen zu beurteilen? Man kennt sich jahrelang, macht sich ein Bild von jemandem und am Ende stellt sich heraus, dass er ein ganz anderer ist als der, für den man ihn gehalten hat.«

Ich holte tief Luft und fragte verblüfft: »Sprechen Sie von Fritz Augentaler?«

Sie senkte den Kopf. »Nein, natürlich nicht. Ich meine das ganz allgemein.«

»So, so«, erwiderte ich und versuchte, die Zweifel aus meiner Stimme herauszuhalten.

»Wir haben viel zusammen unternommen«, fuhr Karin nach kurzem Zögern fort. »Sind zum Baden gegangen, haben Radtouren gemacht, Fußball gespielt, gemeinsam gekocht, am See gepicknickt, Karten gespielt«, sie brach ab.

»Sie und er?«

Verwirrt schaute Karin Wild mich an. »Nein. Wir alle. Lilo, die Kinder, Fritz und ich.« Tränen standen jetzt in ihren Augen.

»Ihre Kollegen haben Augentaler als zurückgezogenen Menschen geschildert, der mit kaum einem in der Arbeit Kontakt hatte und nichts über sein Privatleben rausließ. Sie scheinen ein anderes Verhältnis zu ihm gehabt zu haben?«

»Mit Erwachsenen konnte Fritz nicht gut umgehen. Wenn die Kinder dabei waren, ging er ganz aus sich heraus. Er war lustig, tobte mit ihnen herum, war zärtlich.« Sie vergrub ihr Gesicht in ihren Händen.

Ich konnte das Wort »zärtlich« jahrelang nicht mehr aussprechen. Es war zu deinem Wort geworden. Mit dem ich nichts mehr zu tun haben wollte.

»Welches Verhältnis hatte Augentaler denn zu seinen eigenen Kindern? Waren sie oft bei ihm?«

»Wie? Was meinen Sie? Er hat keine Kinder.«

Ich erklärte ihr, dass wir Kinderfotos neben der Leiche gefunden hatten und beschrieb ihr die Jungen, die darauf zu sehen waren.

»Das sind Timo und Olli. Lilos Kinder«, sagte sie leise.

Es klopfte, Berger steckte den Kopf zur Tür rein und signalisierte mir, dass er mich sprechen wollte.

»Was ist los?«, fragte ich ihn draußen unwirsch.

»Wir haben die Waffe gefunden! Ein teuflischer kleiner Brieföffner, spitz wie ein Degen.«

»Wo war er?«

»In einem der Spülkästen im Damenklo im ersten Stock. Der Täter hat einfach den Deckel hochgehoben und ihn reingeschmissen. Kein besonders originelles Versteck. Trotzdem haben die Kollegen eine halbe Ewigkeit gebraucht, um ihn zu finden.«

Ich lehnte mich an die Wand und steckte mir eine Zigarette an. Berger wedelte mit der Hand vor seinem Gesicht herum.

»Da habe ich Karin Wild gestern Nacht getroffen.«

»Sind die Schlafräume für Frauen nicht im zweiten Stock? Wieso benutzt sie dann die Toiletten im ersten?«

»Tja, das würde ich auch gern wissen. Übrigens, Augentaler hat keine Kinder. Die Buben auf den Fotos sind die Kinder seiner Freundin.«

»Lass uns reingehen und gemeinsam mit ihr reden«, sagte er langsam.

»Nein, lass nur«, wehrte ich ab, »ich mache allein weiter. Wenn es etwas Besonderes gibt, rufe ich dich.«

Karin Wild stand mit dem Rücken zu mir, als ich den Raum wieder betrat. Ihre Schultern zuckten. Sie weinte.

»Frau Wild, ich möchte noch mehr über Ihr Verhältnis zu Fritz Augentaler wissen«, sagte ich etwas zu laut und sie fuhr erschreckt zu mir herum. »Waren Sie nur befreundet oder war da noch mehr zwischen Ihnen?«

Sie schüttelte den Kopf und sah mich starr an. »Nein«, flüsterte sie. »Ich hatte kein Verhältnis mit Fritz, wenn Sie das meinen.«

»Aber? Irgendwas verschweigen Sie mir doch? Seit gestern Abend rennen Sie rum wie das Leiden Christi persönlich. Brechen sich den Magen aus dem Leib und ...«, ich legte eine Kunstpause ein, »das ausgerechnet an dem Ort, an dem wir dann die Mordwaffe finden.«

»Sie haben die Waffe gefunden?«

»Ja, sie wird gerade nach Rosenheim gebracht und auf Fingerabdrücke untersucht. Frau Wild, sagen Sie mir, was los ist!«

Karin Wild setzte sich wieder auf den Stuhl, auf dem sie vorher gesessen hatte. Sie schien jetzt um zwei Köpfe kleiner zu sein. Die Haare fielen ihr vors Gesicht, sie knetete ihre Finger so heftig, dass sie knackten.

»Haben Sie ihn getötet?«

Sie nickte kaum merklich.

»Aus Eifersucht?«

Karin schüttelte heftig mit dem Kopf und schaute zu mir hoch.

»Ich habe Ihnen doch gesagt, dass ich kein Verhältnis mit ihm hatte«, sagte sie müde. Sie biss die Zähne zusammen. Ich konnte ihre Wangenknochen sehen, die deutlich hervortraten.

»Timo und Olli«, sie brach ab, fuhr sich noch einmal mit der Hand über die Augen und schaute an mir vorbei wieder aus dem Fenster. »Er hat sich die ganze Zeit nur für die Kinder interessiert.« Ein Schluchzen hinderte sie am Sprechen.

Tante Clara hat hinterher auch geweint. Sie hat mit ihren Fingernägeln ihre Arme rauf und runter gekratzt und immer wieder gesagt: »Wieso habe ich denn nichts gemerkt? Wieso habe ich ihn denn nicht daran gehindert?«

»Wir haben uns gefreut, einen Mann zu kennen, der so väterlich sein konnte, der so viel mit den Kindern unternahm. Vor einiger Zeit ist uns aufgefallen, dass die Kinder sich zurückzogen, dass sie Ausreden erfanden, um nicht mit ihm zusammen zu sein. Sie wollten sich nicht mehr von ihm drücken lassen, ihm kein Gute-Nacht-Bussi mehr geben. Aber wir dachten, sie seien einfach bockig, in der Vorpubertät eben.«

Ich habe mir immer vorgestellt, dass ich gar nicht da wäre, dass ich in Wirklichkeit bei meiner Freundin Ruth wäre, wir Hausaufgaben machten und dann mit unseren Barbies spielten. Dass das gar nicht ich bin, mit der du Hoppe Reiter spieltest, dass das jemand anders ist. Aber manchmal tat es so weh, dann war ich auf einmal wieder da.

»Als wir vor ein paar Wochen in Umbrien waren, ist es noch schlimmer geworden. Wir haben die Kinder gefragt, was los sei. Aber sie druckstent nur herum. Fritz war dabei und lenkte Lilo und mich mit irgendeiner Geschichte ab. Und letzte Woche«, sie brach ab.

»Bitte sprechen Sie weiter«, bat ich sie leise.

»Lilo und ich wollten ins Kino. Fritz hatte sich bereit erklärt, den Babysitter zu machen. Aber der Film war ausverkauft und wir fuhren wieder nach Hause.«

Ich wusste, wie die Geschichte weitergehen würde, Onkel Rolf. Ich wollte sie nicht mehr hören. Genau wie unsere. Ich habe noch Jahre danach davon geträumt. Auch heute noch manchmal.

»Es war dunkel im Haus und wir gingen ganz leise hinein, weil wir dachten, dass alle eingeschlafen wären. Aber im Kinderzimmer ... alle drei waren nackt ... Fritz lag auf Timo. Der Junge starrte uns an, als wir hereinkamen. Wissen Sie, was das Schlimmste war? Dieser Blick des Jungen. Timo ist acht Jahre alt. Und er fühlte sich schuldig! Er!«

»Und heute Abend? Was ist da passiert?«

»Ich wollte noch einmal mit ihm reden. Ich konnte einfach nicht verstehen, was er da gemacht hat. Er war doch unser Freund!«

Das hast du auch immer zu mir gesagt, Onkel Rolf. Ich bin doch dein Freund.

Karin Wild blickte mich an. »Aber er hat mich gar nicht zu Wort kommen lassen. Hat mich als hysterische lesbische Zicke beschimpft, die's doch selbst gern mal mit Jungfleisch versuchen würde.«

Du hast Tante Clara angeschrien, sie sei eine nichtsnutzige dumme Pute, die zu blöd sei, auf ihre Nichte, die dir seit Jahren schöne Augen mache, aufzupassen.

»Und dann habe ich Timos Gesicht gesehen. Und den Brieföffner auf dem Tisch. Fritz wandte sich von mir ab und wollte aus dem Raum gehen. Da habe ich zugestochen.« Erschöpft brach Carla Wild ab. Wir schauten uns an. Sie setzte erneut an:

»Eins will ich Ihnen noch sagen: Ich bin froh, dass ich's getan habe. Wissen Sie, wie hoch die Strafen für Männer, die Kinder vergewaltigen, sind?«

Dasselbe hat Tante Clara damals vor Gericht auch ausgesagt. Doch der Richter hat sie nicht verstanden. Zehn Jahre hat sie bekommen.

Ich nickte, verließ den Raum und teilte Berger mit, dass bei der Befragung von Karin Wild nichts Besonderes herausgekommen sei.

Natürlich ist Berger dahintergekommen, dass ich ihr Geständnis unterschlagen habe. Aber ich wollte nicht, dass sie so lange ins Gefängnis kommt wie Tante Clara.

Sabine Thomas

Mörderische Hitze

»Wir landen in Kürze, bitte schnallen Sie sich jetzt an!« mahnte die Stewardess genervt. Die Strapazen des total ausgebuchten Transatlantik-Fluges waren ihr deutlich anzusehen.

Katja warf der Stewardess ein entschuldigendes Lächeln zu, zog den Gurt fest und blickte aus dem winzigen Bullauge des Charter-Jets, der vor einiger Zeit die Küste Floridas und die Bahamas überflogen hatte und jetzt direkt Kurs auf Barbados nahm. Durch die mächtigen Wolkenbänke, die sich wie phantasievolle Zuckerwatte-Kreationen auftürmten, konnte man im blauglitzernden Meer vereinzelt winzige Robinson-Inseln erkennen. In wenigen Minuten würde die Maschine zur Landung ansetzen, und Katja konnte es kaum erwarten, sich zusammen mit ihrer besten Freundin Eva unter Palmen von dem Stress der vergangenen Monate in der Werbe-Agentur zu erholen. Drei Wochen Sonne, Strand und Meer ...

»Gleich sind wir da«, seufzte Katja erleichtert und versuchte, ihre gefühllos gewordenen Arme und Beine zu strecken.

»Na endlich!« Eva klappte ihre beleuchtete Spiegel-Puderdose auf, um ihr perfektes Make-up nochmals zu kontrollieren. »Ich dachte schon, dieser langweilige Flug würde niemals enden!«

Als die beiden Freundinnen das Flugzeug verließen, schlug ihnen die tropische Hitze wie ein nasser Waschlappen entgegen.

»Ich glaub, ich kipp gleich um«, stöhnte Eva. »Diese schwüle Hitze ist ja mörderisch!«

»Wir werden uns schon daran gewöhnen«, beschwichtigte Katja ihre Freundin, obwohl sie ebenfalls nach Luft rang. »Laut Katalog gibt es gleich nach der Passkontrolle einen erfrischenden Begrüßungs-Drink.«

Eva rümpfte die Nase. »Salmonellen-Cocktail mit Eiswürfeln – nein danke!«

Katja verdrehte die Augen. Manchmal konnte Eva ihr ganz schön auf die Nerven gehen – sie hatte an allem etwas auszusetzen und war geradezu fanatisch in Bezug auf ihre Gesundheit, ihr Gewicht und ihr Aussehen. Sie als eitel zu bezeichnen, wäre eine glatte Untertreibung. Allerdings war sie tatsächlich sehr attraktiv und übte auf Männer eine geradezu hypnotische Wirkung aus. Obwohl Katja nicht gerade unattraktiv war, fühlte sie sich neben Eva manchmal wie eine unscheinbare graue Maus.

»Welcome to Barbados!« Eine Insulanerin in farbenfroher Tracht bot lächelnd saftgefüllte Kokosnusshälften an. Eva machte eine verächtliche Handbewegung und ging einfach weiter.

»We are in a hurry«, sagte Katja entschuldigend, obwohl sie einen unglaublichen Durst verspürte. Sie beeilte sich, die Freundin einzuholen, die bereits ein Taxi herangewinkt hatte und heftig mit dem Fahrer – einem Rasta-Man mit Dreadlocks – flirtete. Typisch Eva eben.

Evas Augenaufschlag an der Rezeption bescherte ihnen ein Zimmer mit atemberaubender Aussicht auf den Pool, den palmengesäumten Sandstrand und das türkisfarbene Meer.

»Wie im Paradies!«, schwärmte Eva.

Katja lachte und intonierte: »*Bacardi-Feeeeeeeling …*«

Eva fiel mit ein: »*I am dreeeeeeeeeeaming …*«

Kichernd fielen sie sich in die Arme.

»Komm, lass uns gleich runter an den Strand gehen«, schlug Katja vor. »Die Koffer können wir später auspacken!«

»Ich muss mich nur noch kurz frisch machen«, flötete Eva und verschwand mit ihrem Beauty-Case im Bad. Katja stöhnte, verdrehte die Augen und ließ sich auf das Bett fallen.

Hoffentlich dauerte es nicht allzu lange! Evas kosmetisch bedingte Verspätungen waren geradezu legendär. Wenn man sie abholen wollte, war sie meist noch im Bademantel, und zu Verabredungen kam sie grundsätzlich zu spät. Aber niemand schien ihr das so richtig übel zu nehmen – außer Katja, die es langsam leid war, immer allein in Kneipen, Bars und Restaurants herumzusitzen und Speisekarten auswendig zu lernen.

Katjas Befürchtungen bestätigten sich mal wieder: Eva duschte ausgiebig, erneuerte ihr Make-up und probierte diverse Frisuren und Outfits aus, bevor sie sich für einen dunkelblauen Badeanzug entschied. Darüber zog sie nach einigem Hin und Her ein hauchdünnes Baumwollkleid, passend zur Ray-Ban-Sonnenbrille. Schließlich drehte sie kokett eine Pirouette vor dem Spiegel. »Fertig!«

»Toll! Wir schaffen es noch vor Sonnenuntergang«, frotzelte Katja genervt und erhob sich betont langsam.

Eva lachte und knuffte Katja freundschaftlich in die Seite. »Ich kann nun mal nicht anders«, sagte sie und setzte ihr strahlendstes Lächeln auf.

Männer mochten bei diesem Lächeln schwach werden – Katja jedenfalls hatte Evas Diva-Gehabe langsam satt. Nun, sie würde sich davon nicht den Urlaub verderben lassen. Vielleicht würde sie am Strand nette Leute kennen lernen, denen sie sich anschließen konnte, während Eva den Großteil ihres Urlaubs im Bad vor dem Spiegel verbrachte.

Sie liefen durch den tropisch angelegten Hotelgarten hinunter zum Strand. Im Schatten einer riesigen Kokospalme, die sich sanft in der leichten Brise wiegte, breitete Katja ihr Badetuch aus. Eva entrollte ihr Badetuch in der prallen Sonne. »Ich bin schließlich hier, um richtig braun zu werden!«, erklärte sie. Und mit einem Seitenblick auf Katjas blassen Teint fügte sie hinzu: »Ein bisschen Farbe könnte dir auch nicht schaden! Du solltest eine selbstbräunende Creme benutzen, damit du nicht gar so ungesund aussiehst.«

Katja verteilte demonstrativ ihre Baby-Sonnenmilch mit Lichtschutzfaktor fünfundzwanzig auf der Haut. »Ich bin lieber vorsichtig mit der karibischen Sonne. Schließlich sind wir in Äquatornähe. Und im Gegensatz zu dir habe ich nicht wochenlang im Solarium trainiert.« Sie reichte Eva die Flasche mit der Sonnenmilch. »Willst du?«

Eva schüttelte den Kopf. »Ich bevorzuge mein Hawaiian Tropic Oil mit Lichtschutzfaktor zwei. Das macht in Nullkommanix knackig braun.«

»Und spätestens morgen hast du einen Sonnenbrand mit Verbrennungsfaktor eins«, erwiderte Katja trocken. Eva ließ sich nicht beirren. Mit langsamen Bewegungen massierte sie das Sonnenöl auf ihre bronzefarbene Haut. Sie zelebrierte diese Tätigkeit geradezu. Es schien, als würde sie sich selbst streicheln. Katja beobachtete sie verstohlen. Wahrscheinlich war das das Geheimnis ihrer Schönheit: Sie liebte sich selbst. Es war geradezu eine Augenweide, ihr zuzusehen, wie sie das Sonnenöl auf ihrem Luxuskörper verteilte. Sie glänzte so sehr, dass Katja eine Sonnenbrille aufsetzen musste, um nicht geblendet zu werden.

»Willkommen im Paradies!«

Katja setzte sich auf, schob die Sonnenbrille hoch und blinzelte in die Sonne. WOW! Der Bacardi-Werbespot wurde Wirklichkeit: Vor ihr standen zwei braungebrannte Typen in Surfshorts. Einer schöner als der andere.

»Hi!«, rief Eva erfreut. »Seid gegrüßt, ihr Wassermänner!«

Katja hatte schon bessere Witze gehört, aber die beiden Beaus lachten lauthals. »Dürfen wir die zwei hübschen Meerjungfrauen zu einem Drink einladen?«

»Klar!« Eva erhob sich langsam und schlang lasziv einen geblümten Sarong um die schlanken Hüften. »Wir sind gerade erst gelandet und könnten gut eine kleine Erfrischung vertragen!«

»Wir wollten eigentlich gerade ins Wasser gehen«, wandte Katja ein. Sie bereute augenblicklich, sich nicht ebenso aufgestylt zu haben wie Eva. »Vielleicht später?«

Eva warf ihr einen vernichtenden Blick zu.

»Das Meer läuft euch nicht davon. Aber wir reisen bald wieder ab!«, sagte der Blonde mit gewinnendem Lächeln.

»Also gut«, seufzte Katja. Sie wollte nicht als Spielverderberin gelten.

»Das ist übrigens meine Freundin Katja«, sagte Eva beinahe entschuldigend. »Ich heiße Eva.«

»Und wer seid ihr?«, fragte Katja, um ihren Fauxpas wieder gut zu machen. *Zurück auf Los!*

»Ich heiße Tom«, sagte der mit den dunklen Haaren und sah Eva tief in die Augen.

»Chris«, fügte der Blonde hinzu, ebenfalls in Evas Richtung.

Katja kam sich langsam überflüssig vor, wie immer, wenn sie zusammen mit Eva Männer kennen lernte. Bisher hatte sie so getan, als würde ihr das nichts ausmachen, aber jetzt störte es sie plötzlich ganz gewaltig. Denn dieser Tom gefiel ihr ausnehmend gut. *Genau so* hatte sie sich immer ihren Traummann vorgestellt.

»Übrigens – Tom ist Arzt, und ich bin Rechtsanwalt«, sagte Chris. »Wenn ihr also irgendwelche Probleme oder Reklamationen habt, wendet euch gleich an uns. Bei medizinischen Beschwerden ist Tom zuständig, für alles andere bin ich da. Wenn der Ventilator nicht funktioniert oder eine Kakerlake durchs Zimmer rennt …«

»Igitt!«, quietschte Eva und tat so, als würde sie in Ohnmacht fallen. »Ich *hasse* Kakerlaken!«

Die beiden Männer lachten. Warum eigentlich? Katja grinste gequält und schlüpfte in ihr langes, sündhaft teures Strandkleid, das plötzlich gar nicht mehr so toll aussah wie im Schaufenster der Boutique. Was sie auch anzog – neben Eva kam sie sich immer vor wie Aschenputtel.

Auf dem Weg zur Beach-Bar nahmen Tom und Chris Eva in ihre Mitte, Katja folgte mit etwas Abstand. Sie fühlte sich so überflüssig wie eine Wärmflasche am Äquator.

Eva nahm natürlich zwischen Tom und Chris Platz, Katja setzte sich neben Tom. Der Bartender servierte vier eisgekühlte Drinks mit tropischen Früchten. Tom hob das Glas. »Auf das Paradies – und Eva!«

Katja wurde schlecht. Ob es an dem giftgrünen Drink lag oder an Evas albernem Gekicher, wusste sie nicht. Plötzlich wandte sich Tom zu Katja.

»Geht's dir nicht gut?«, fragte er und sah sie prüfend an. »Du bist im Gesicht fast genauso grün wie dein Cocktail!«

Eva und Chris prusteten vor Lachen. Tom stand auf und legte fürsorglich seinen Arm um Katjas Schultern.

»Du solltest dich jetzt besser ein bisschen hinlegen. Wahrscheinlich macht dir der Jetlag zu schaffen. Und dann noch diese Hitze und Alkohol. Komm, ich bringe dich auf dein Zimmer.«

Eva sprang so heftig auf, dass ihr Glas überschwappte. »Lass nur, ich mach das schon. Schließlich ist sie *meine* Freundin!«

»Bis zum Abendessen bist du hoffentlich wieder fit«, Tom setzte sich wieder und lächelte. »Das karibische Buffet ist nämlich einsame Spitze!«

Katja war es schwindelig – vor Wut. Kaum kümmerte sich ein Traumtyp um sie, zerstörte Eva diese einmalige Chance durch geheucheltes Mitgefühl und die Beste-Freundin-Masche. Im Aufzug sah Eva Katja prüfend an. »Du siehst wirklich schlecht aus«, sagte sie. Täuschte sie sich, oder vernahm Katja einen hämischen Unterton?

»Danke!«, sagte sie patzig und wandte sich ab, weil sie spürte, dass langsam Tränen in ihr hochstiegen. Tränen der Enttäuschung, der Verzweiflung und der Wut.

»Hey, ich hab's nicht so gemeint!«

Der Lift kam zum Stehen. »Mir ist schlecht«, murmelte Katja und rannte auf die Zimmertür zu.

»Um Gottes willen! Kotz bloß nicht den Teppich voll!«

Katja funkelte Eva wütend an. »Keine Angst, Prinzessin. Ich werde deine Gemächer schon nicht beschmutzen!«

Eva starrte die Freundin fassungslos an. »Was ist eigentlich los mit dir?«, fragte sie irritiert. »Habe ich irgendetwas falsch gemacht?«

Katja schniefte und fuhr sich durch die Haare. »Ach, vergiss es ...« sagte sie, ging auf den Balkon und ließ sich in den Liegestuhl fallen. Von hier oben konnte sie Tom und Chris an der Bar sehen. Die beiden unterhielten sich angeregt. Wahrscheinlich teilten sie gerade ihre »Beute« auf und besprachen weitere Flirt-Strategien. Katja biss sich auf die Lippen. »Hör mal, Eva«, sagte sie und holte tief Luft. »Ich –«

Eva legte ihre Hand auf Katjas Arm. »Schon gut. Der lange Flug, die Hitze ...«

Katja schüttelte energisch den Kopf. »Nein, das ist es nicht. Ich – ich möchte dich um einen großen Gefallen bitten. Sozusagen stellvertretend für Weihnachten und Ostern gleichzeitig.« Sie lächelte etwas gequält.

»Na klar«, sagte Eva betont munter. »Schieß los!«

Katja zögerte. »Es ist wegen Tom. Ich weiß, es klingt blöd – aber – ich glaube, ich habe mich verliebt.«

Eva blickte auf das Meer hinaus. Ihre Pupillen wurden ganz schmal, wie die einer Schlange. Sie zündete sich eine Zigarette an und inhalierte tief. »Du wirst lachen«, sagte sie langsam. »Ich auch.«

Eva belagerte das Bad genau achtunddreißig Minuten. Als sie wieder erschien, sah sie aus wie eine strahlende Göttin. »Beeil dich!«, sagte sie zu Katja. »In genau fünf Minuten beginnt das Abendessen.«

Du Schlange, dachte Katja. Als sie sich im Badezimmerspiegel sah, schlug ihre Wut in Verzweiflung um: der Teint blass und fahl, das Haar strähnig, tiefe Ringe unter den Augen.

Sie öffnete die Tür, lehnte sich resigniert an die Wand und blickte Eva an, die vor dem Spiegel ihren Schmuck anlegte und siegessicher vor sich hinsummte. »Warte nicht auf mich«, sagte Katja müde. »Ich habe keinen Hunger.«

Nachdem Eva gegangen war, setzte Katja sich wieder auf den Balkon und starrte aufs Meer hinaus. Das gleichmäßige Rauschen der Brandung verschmolz mit dem Rauschen der Palmen, die den weitläufigen Strand säumten. Am Horizont versank die blutrote Sonne im Meer, bevor die samtschwarze karibische Nacht mit Millionen von glitzernden Sternen hereinbrach. Wie romantisch wäre ein nächtlicher Strandspaziergang, Hand in Hand mit Tom …

Katja ballte die Fäuste. Von wegen Paradies – drei Wochen Urlaub mit Eva wurden die Hölle werden!

Kurz nach Mitternacht schwirrte Eva ausgelassen-beschwipst ins Zimmer. Sie warf sich aufs Bett und seufzte selig. »Schade, dass du nicht dabei warst! Es war *so* ein netter Abend!« schwärmte sie. »Die zwei Jungs sind total süß!«

Katja antwortete nicht.

»Geht's dir besser?«, fragte Eva nach einer kurzen Pause.

»Hm–m«, machte Katja.

Eva holte Luft, als wollte sie noch etwas sagen. Aber dann stand sie wortlos auf und ging ins Bad. Als sie zurückkam, stellte Katja sich schlafend.

Am nächsten Morgen wachte Katja ziemlich spät auf und blinzelte in gleißendes Sonnenlicht. Das Bett neben ihr war leer. Katja wickelte sich in ein Bettlaken und ging auf den Balkon. Ihr Blick schweifte über das Panorama.

Der Strand war menschenleer – nur drei bunte Badetücher und Evas Strandtasche störten das Bild vom unberührten Paradies.

Katja verbrachte den Tag allein auf dem Balkon. Sie hoffte, dass Tom sich vielleicht nach ihrem Befinden erkundigen würde – vergebens. Wahrscheinlich hatte Eva ihm glaubhaft versichert, dass sie völlig gesund sei. Lustlos blätterte Katja in Evas Lifestyle-Bibel »Vogue«. Ab und zu warf sie einen verstohlenen Blick zum Strand, wo sich Eva mit ihren zwei neuen Bewunderern offenbar königlich amüsierte.

Später ließ sie sich vom Room-Service das Essen aufs Zimmer bringen, obwohl sie keinen sonderlichen Appetit verspürte. Sie fühlte sich irgendwie unwohl und ging früh zu Bett. Von quälenden Fieberträumen geplagt wälzte sie sich unruhig von einer Seite zur anderen. Das Laken klebte an ihrem erhitzten Körper.

Als sie am nächsten Morgen nach einer unruhigen Nacht erwachte, fühlte sie sich wie gerädert. Mit Bestürzung erkannte sie, dass ihre schlimmsten Alpträume Realität geworden waren: Evas Bett war unberührt. Katjas Herz raste. Ob Eva wohl die Nacht mit Tom verbracht hatte?

Zu Katjas größter Überraschung saß Eva allein auf der Frühstücks-Terrasse.

»Guten Morgen, Kati!«, rief Eva gut gelaunt und winkte fröhlich, so als wäre zwischen ihnen nichts vorgefallen. »Geht's dir wieder besser?«

»Guten Morgen«, antwortete Katja reserviert und setzte sich. »Dafür, dass du die ganze Nacht nicht geschlafen hast, siehst du erstaunlich frisch aus«, stichelte sie.

Eva biss unbekümmert in einen Toast mit Orangenmarmelade. »Man döst doch tagsüber so viel am Strand«, entgegnete sie lächelnd.

Katja köpfte ein Ei und schwieg.

»Wie wär's mit einem kleinen Ausflug?«, schlug Eva vor. »Ganz in der Nähe gibt es traumhafte Korallenbänke. Du weißt doch, wie sehr ich Korallenschmuck liebe! Wir könnten uns ein Boot leihen und zum Riff hinausfahren.«

Katja hob erstaunt die Augenbrauen. »Und was ist mit deinen beiden Verehrern?«

Eva tat unschuldig. »Du meinst Tom und Chris? Die sind auf Tauchstation gegangen – im wahrsten Sinne des Wortes. Tiefseetauchen mit Sauerstoff-Flaschen und allem drum und dran. Den ganzen Tag unter Wasser – das ist nichts für mich!«

Katja spielte unentschlossen mit ihrer Serviette. »Von mir aus«, stimmte sie schließlich zögernd zu.

Eva strahlte. »Prima! Ich geh schon mal an den Strand und organisiere ein Boot. Beeil dich!«

Katja sah der Freundin mit gemischten Gefühlen nach. Irgendetwas hatte sich seit der Ankunft auf Barbados zwischen ihnen verändert ...

Als Katja den Strand erreichte, flirtete Eva bereits mit dem Beachboy, der für den Bootsverleih zuständig war. Er beachtete Katja kaum, hatte nur Augen für Eva. Kein Wunder – in ihrem neuen Bikini sah sie einfach hinreißend aus. Katja musterte sie neidvoll. Der Slogan eines Parfum-Werbespots schoss ihr durch den Kopf. *Was hat sie, das ich nicht habe?!*

Der Rastafari schob das Dingi durch den Sand und half den Freundinnen beim Einsteigen in das schaukelnde Boot.

»Have fun!«, rief er und zwinkerte Eva zu.

Eva schenkte ihm ihr Lächeln. »See you later!«, gurrte sie verführerisch. Dann warf sie den Motor an. »Festhalten!«, warnte sie lachend und gab übermütig Gas.

Das kleine Boot schoss los und flog über die Wellen. Katja klammerte sich nervös am Bootsrand fest. Ihr Magen rebellierte.

»Fahr bitte nicht so schnell«, bat sie.

Eva drosselte sofort die Geschwindigkeit. »Spielverderberin«, maulte sie leise.

Schweigend fuhren sie weiter. Nach einer längeren Fahrt entlang der nahezu unberührten Küste erreichten sie das Riff. Geschickt manövrierte Eva das kleine Boot an den scharfkantigen Korallen vorbei und warf den Anker aus. Dann knotete sie lässig ihre langen Haare zusammen und setzte eine Taucherbrille mit Schnorchel auf. Selbst damit sah sie noch umwerfend aus.

Mit einem gekonnten Hechtsprung tauchte sie in das glasklare Wasser ein. »Komm rein! Es ist traumhaft schön!«, rief sie und kraulte ein paar Meter. Sie glitt im Wasser so elegant dahin wie eine Seeschlange. Katja beobachtete sie mit einer Mischung aus Faszination und Abscheu. Eva, die Schlange im Paradies. Es könnte so schön sein – ohne sie.

»Komm schon!«, rief Eva und spritzte übermütig mit Wasser.

Katja blickte zurück zum Ufer und erschrak. Barbados schien unendlich weit weg zu sein. Jedenfalls viel zu weit, um zurück zu schwimmen.

Die Luft flimmerte am Horizont. Es war heiß, höllisch heiß. Die karibische Sonne brannte erbarmungslos vom Himmel.

Katja atmete schwer. Eine Abkühlung wäre jetzt schön. Sie bräuchte nur ins Wasser zu springen. Aber irgendetwas hielt sie davon ab. Ein böser Verdacht stieg in ihr auf. Vielleicht hatte Eva sie mit Absicht aufs offene Meer gelockt? Was, wenn Eva plötzlich ins Boot kletterte und sie zurückließ, um sich der lästigen Spielverderberin zu entledigen und ungestört mit Tom zu flirten? Sie hätte ihr niemals gestehen dürfen, dass sie sich auch in Tom verknallt hatte. Niemals!

Dieser Schlange war alles zuzutrauen. Sie würde natürlich erst nach Sonnenuntergang allein ins Hotel zurückkehren und unter Tränen berichten, dass ihre beste Freundin »plötzlich« ertrunken sei. Währenddessen hätte Katja tatsächlich schon längst den verzweifelten Kampf gegen die starke Strömung verloren und würde am nächsten Morgen als aufgequollene Wasserleiche am Strand angespült werden …

»Nun komm schon ins Wasser, sonst hol ich dich!«, drohte Eva lachend und kraulte langsam auf Katja zu. Katja grinste diabolisch. *Oh nein, Eva, ich falle auf dich nicht herein wie Tom und all die anderen. Ich habe dich durchschaut, du falsche Schlange. Das Spiel ist aus!*

Mit einer blitzschnellen Bewegung löste sie den Anker und startete den Motor.

»Hey!«, schrie Eva. »Was soll das?!«

Katja warf boshaft lachend den Kopf zurück und gab Vollgas. Das Boot bäumte sich auf wie ein wilder Mustang.

»Katja! Bist du verrückt geworden?! Kaaatjaaaaaaa!«

Das Aufheulen des Motors übertönte Evas hysterische Schreie. Katja blickte sich um und sah ungerührt, wie ihre beste Feindin in wilder Panik um sich schlug, dass es nur so spritzte. Dann wandte sie sich wieder nach vorn und konzentrierte sich auf das vor ihr liegende messerscharfe Korallenriff. Spätestens hier würde Eva scheitern. Bei dem Gedanken an Evas Faible für Korallenschmuck musste Katja beinahe lachen.

Kurz vor der Küste schaltete Katja den Motor aus. Einen kurzen Moment verharrte sie in der plötzlichen Stille. Dann atmete sie tief durch, schloss die Augen und lauschte andächtig dem monotonen Rauschen der Wellen, die leise plätschernd gegen das sanft schaukelnde Boot schlugen, während die Sonne ihren Zenit erreichte und sich die mörderische Hitze langsam über die einsame, verschwiegene Bucht legte.

Gabriele Valerius

Liebeswahn

Als das Telefon klingelte, nahm ich sofort ab.

»Ich habe den Job«, sagte Jon, atemlos vor Freude.

»Das ist ja wunderbar«, lächelte ich ins Telefon, »aber ich habe eigentlich nichts anderes erwartet.«

»Ja, du«, sagte er, »du hast immer an mich geglaubt. Dafür liebe ich dich.«

»Ich weiß«, sagte ich. Und fragte mich gleichzeitig, warum mich das alles so wenig berührte. Wahrscheinlich, weil es wochenlang das einzige Thema war: bekam er den Job oder nicht, bei Dana, dem Shooting Star der Fernsehunterhaltung.

»Du hast es geschafft.«

»Ja. Ich kann alles schaffen, das weiß ich jetzt«, flüsterte Jon mit seiner heiseren Stimme. Immer, wenn er erregt war, flüsterte er. Als würde er einem etwas sehr Intimes anvertrauen, eine Liebeserklärung, das Versprechen einer heißen Nacht, dunkle Geheimnisse, die nur wir miteinander teilten. Vielleicht war das ja auch so.

»Lass uns heute Abend ausgehen, ein bisschen feiern«, schlug ich vor. Er räusperte sich.

»Nein«, sagte er dann, »morgen haben wir unsere erste große Konferenz, ausführliche Programmbesprechung.«

»Ja, ich verstehe«, sagte ich automatisch. Wochenlang hatte ich alles verstanden und Rücksicht genommen. Ich konnte nicht so plötzlich damit aufhören.

»Ich liebe dich«, flüsterte er. »Wir machen was fürs Wochenende aus.«

»Versprochen?«

»Versprochen.«

Natürlich hielt er sein Versprechen, das hatte er immer getan in den vier Jahren unserer Ehe. Es war ein sehr schönes Wochenende, unbeschwert und heiter. Wir fuhren hinaus ins Hohe Venn und wanderten zwanzig Kilometer. Später, nach einem Picknick auf einer Wiese in einem

Bachtal, liebten wir uns in der warmen Mittagssonne. Kein Wort über seine Arbeit, ein Opfer, das ich zu würdigen wusste.

Dann war wieder Montag, und es gab für Jon nur noch Dana, seine Chefin, seine Göttin, sie und ihre gemeinsame Arbeit. Sie verdrängte alles, schob alles beiseite.

Ich wusste, er hatte sie schon immer geschätzt. Schon als sie noch das junge, unbedeutende Warming-up-Mädchen war, das die Zuschauer bei Talkshow-Aufzeichnungen mit albernen Späßen und Grimassen locker machte und auf den großen Star des Abends vorbereiten sollte, und Jon seine Sketche und Witze stückweise verkaufte oder direkt für eine dieser verblassenden und verblödenden Lachnummern schrieb.

Jetzt war sie selbst der Star – Dana, mit dem ganz großen D. Wohl präpariert von Jon hatte sie einige nervige Entertainer von der Showbühne gefegt, witzig und schlagfertig.

Jon war zufrieden und glücklich. Voller Energie ging er jeden Morgen ins Produktionsbüro. Er hatte es tatsächlich geschafft, nach all den harten Jahren, all den Demütigungen und Kränkungen, dem Ideenklau und den Zurücksetzungen. Jetzt war er der Regisseur einer großen Fernsehshow. Jetzt konnte er seine Ideen verwirklichen. Mit der schönen, großzügigen, kollegialen Dana.

Jon lächelte zufrieden.

»Sie würde es nie zugeben, aber ich glaube, sie ist ziemlich verliebt in mich.«

Er übertreibt mal wieder, dachte ich. Aber das gehörte dazu, zu seiner Art, sich zu begeistern, entweder ganz oder gar nicht, mein süßer Schwärmer. Und umgekehrt: Er brauchte es sehr, dass alle Welt auch ihn mochte und brauchte.

Sensible, kreative Menschen wie Jon, so dachte ich, neigen nun mal dazu, das Leben ein bisschen zu überhöhen, dramatisch zu vergrößern.

Am Anfang unserer Liebe hatte er mich auch so umschwärmt. Jetzt war ich die Alltagsfrau. Mir war das ganz recht so. Ich mochte unseren Alltag, unser Zusammenleben. Diese Exaltiertheiten, diese Danas kamen und gingen, so glaubte ich, notwendiger Zündstoff für seine kreative Arbeit. Etwas, was von allein nachließ, wenn man nicht weiter dran rührte. Zuweilen irritierend für mich, aber nichts, was uns schaden konnte.

Nur, dass es mit Dana länger dauerte und wohl auch tiefer ging.

Dauernd schickte er ihr Blumen oder andere kleine Aufmerksamkeiten. Ständig war er mit ihrem Verhalten beschäftigt, so, wie ich es sonst nur von Frauen auf der Suche nach Liebesbotschaften kannte: »Was hat sie gemeint, als sie sagte ... was bedeutet es, wenn sie das rote Kleid trägt, das ich so liebe ... sie lackiert sich die Nägel nicht mehr, seit ich ihr gesagt habe, dass französische Maniküre eleganter aussieht.«

Ständig fand er einen Vorwand, um sie auch am Wochenende zu sehen, mit ihr zu telefonieren, wenigstens eine E-Mail zu schicken.

Drei Mal hatte er jetzt das Hemd gewechselt. Er wollte an jenem Abend mit Dana Essen gehen. Unschlüssig stand er vor dem Spiegel, mit nackten Oberkörper und der Hose des tiefblauschwarzen Anzugs, den er ausgewählt hatte.

»Nimm das hier.«

Ich zog ein Hemd aus dem Schrank, dass fast grau wirkte, aber einen rötlichen Unterton hatte.

»Du mit deinem untrüglichen Geschmack.« Er küsste mich flüchtig.

»Haben wir nicht noch ein bisschen Zeit fürs Bett?« Ich strich mit der Hand über seine nackte Brust und spürte seine Brustwarzen wie winzige Knöpfe.

Sanft wehrte er mich ab.

»Komm, Schatz, jetzt nicht.«

Er sah aufregend gut aus und ich war scharf auf ihn und entsprechend frustriert.

Er streifte das Hemd über, strich seine Haare aus der Stirn.

»Sie hat mir was Wichtiges zu sagen.«

Er warf einen prüfenden Blick in den Spiegel.

»Muss ich eifersüchtig sein?«, fragte ich, aber mehr, um ihm eine Freude zu machen. Er hatte es gern, wenn ich mich ein wenig beunruhigt zeigte.

»Nein.« Er umarmte mich fest.

»Wir wollen uns nur mal in Ruhe über alles aussprechen. Es ist so viel angefallen, was wir klären wollen, Dana und ich. Um Mitternacht bin ich wieder zurück.«

Ich verbrachte den Abend bei Freunden. Ich wollte ihn ein bisschen schmoren lassen und kam erst um zwei Uhr nachts nach Hause. Er war noch nicht zurück. Ich weiß nicht, was es war, wohl doch ein Stich von Eifersucht, plötzlich ein Gefühl von Verlassenheit und Angst in der leeren Wohnung – ich holte die Blechdose mit dem Revolver aus der Nachttischschublade.

Ich öffnete die alte Gebäckdose und sofort schlug mir dieser Duft nach Schokolade und Rum entgegen und der bitter-metallische nach

Waffenöl. Meine Mutter hatte in dieser Dose immer die selbstgemachten Trüffel für Weihachten verwahrt.

Den Revolver hatte mein Großvater ihr geschenkt, als sie ein junges Mädchen war. Er hatte ihn aus den USA geschmuggelt; ein niedliches stumpfnasiges Ding, eine Damenwaffe, perlmutt-verziert, wie sie die Ladies in den Saloons im Wilden Westen unterm Strumpfband getragen haben mochten. Als mein Großvater starb, schenkte meine Mutter mir dieses eigenwillige Mitbringsel.

Ich lud die Waffe und legte sie neben mich auf den Nachttisch. Ich schlief unruhig, bis ein Geräusch und Licht mich weckten. Eine dunkle Silhouette schwankte im Türrahmen zum Schlafzimmer. In einem Reflex richtete ich die Waffe darauf und erkannte im selben Moment, dass es Jon war.

»Schieß ruhig. »Er grinste mich an. »Ich bin unverletzlich. Schieß ruhig.«

»Was ist los?«, fragte ich und schob die Waffe in die Nachttischschublade.

»Nichts kann mich verletzen. Nada.«

Ich streckte die Arme nach ihm aus, aber er entzog sich, stolperte auf das Bett zu und lachte dabei weiter, ein unfrohes Lachen, das plötzlich in ein haltloses hysterisches Kichern umschlug.

Tagelang sprach er fast gar nicht mehr von seiner Arbeit. Und er verlor kein Wort über jenen Abend mit Dana. Nada.

An einem Wochentag kam er ungewöhnlich früh nach Hause. Er warf sich aufs Sofa, griff sich eine der herumliegenden Magazine und blätterte lustlos darin herum.

»Was ist passiert?«

»Was ist passiert? Was ist passiert?«, äffte er mich nach. »Nichts ist passiert. Wir sind nur früher fertig geworden.«

»Dann lass uns doch ins Kino gehen. Wir haben so lange nichts mehr zusammen unternommen.«

»Ich hab keine Lust.«

»He«, ich knuffte ihn, »hast du Ärger? Mir kannst du es doch erzählen.«

»Lass mich doch in Ruhe.« Er warf die Zeitschrift durch den Raum. »Du regst mich auf mit deinem fürsorglichen Getue.« Er drehte sich mit dem Gesicht zur Wand.

Ich ging aus dem Zimmer, entschlossen, mir nicht die Laune verderben zu lassen. Ich ließ ein Bad ein und entspannte mich in dem kostbaren Duft des Badeschaums. Eines der vielen Geschenke, die Jon mir in letzter Zeit gemacht hatte. Ich spürte seinen Atem in meinem Nacken. Er tauchte einen Schwamm ins Wasser und rieb damit über meinen Rücken.

Ich griff hinter mich und bekam seine Krawatte zu fassen und zog so fest, dass er die Balance verlor und ins Wasser fiel. Lachend und albernd wie Kinder zogen wir gemeinsam seine nassen Klamotten aus, ein sehr anregendes Spiel, dass mit einem etwas unbequemen aber befriedigenden Liebesgetümmel in der Badewanne endete. Später lagen wir in dicke Badetücher gehüllt auf dem Bett.

»Entschuldigung angenommen«, sagte ich in sein Schweigen.

»Tut mir wirklich leid, das vorhin.«

Er nahm meine Hand und küsste jeden Finger. Was will ich mehr, dachte ich. Solange es mit uns im Bett oder in der Wanne, egal wo, so gut klappt – soll er doch seine Launen haben, ab und zu.

»Wir gehen aus«, sagte er. »Komm, lass uns essen gehen. Ich bestelle einen Tisch bei »Rosati's«.«

»Aber das hast du doch nie gemocht?«

»Aber du magst es doch«, erwiderte er charmant.

Ich sah sie sofort, als wir das Restaurant betraten. Sie trug ein schlichtes, schwarzes Kleid, ihre langen Haare schimmerten im sanften Licht und umrahmten ihr schönes Profil. Sie hatte sich dem Mann an ihrem Tisch zugewandt wie eine Blume sich der Sonne zuwendet. Jon hatte sie wohl nicht gesehen und ich machte ihn nicht auf sie aufmerksam. Ich wollte ihn für mich allein haben.

Der Kellner führte uns an einen Tisch weit weg von Dana und ihrem Begleiter. Jon saß mit dem Rücken zu ihr. Aber wenn er sich ein wenig drehte, konnte er sie in einem der Spiegel an den Wänden sehen. Ich hoffte, er drehte sich nicht.

Wir studierten schweigend die Speisekarte.

»Hab ich doch geahnt, sie ist auf diesen Blender hereingefallen.«

»Ich verstehe nicht …« Ich schaute von der Speisekarte auf und folgte Jons Blick in den Spiegel.

»Dana und dieser Typ, bei dem sie da fast auf dem Schoß sitzt.« Er presste die Worte fast tonlos heraus. Das darf alles nicht wahr sein, dachte ich.

»So einer sabotiert sie doch nur, beutet sie aus, ihre Berühmtheit. Trittbrettfahrer, Frauenheld …«

Das war die Litanei zur Vorspeise. Sie war sicher köstlich, die Vorspeise, aber mir schmeckte sie, als hätte ich inmitten süßer Früchte eine faule erwischt.

»Sie ist so verletzlich, man muss sie beschützen.«

Sie wirkt nicht so, als könnte sie nicht selbst auf sich aufpassen, dachte ich. Sie weiß genau, was sie will. Mit diesem zauberhaften Exemplar von Mann ins Bett gehen. Ich konnte sie gut verstehen.

»Der Kerl ist nicht der richtige für sie.«

Litanei zum Hauptgang. Eigentlich war kein Mann gut genug für sie, allenfalls Jon selbst, aber er war ja gebunden. Er trennte Arbeit und Privatleben, da konnte ich sicher sein. Er brütete vor sich hin und stocherte abwesend in seinem Essen herum.

Der Kellner trug die Teller mit den malträtierten Speisen weg und brachte die Dessertkarte. Vielleicht sollte ich ein Pfund Mousse au chocolat bestellen, dachte ich, und mich an Zucker berauschen, um diesen galligen Geschmack loszuwerden.

Jon warf die Serviette auf den Tisch.

»Ich gehe jetzt dahin.«

»Nein«, zischte ich ihn an, am Ende meiner Geduld. »Auf keinen Fall.«

Ich musste ihn davon abhalten, eine Szene zu machen.

»Das wird sie dir nicht verzeihen. Nicht, wenn du sie öffentlich zur Rede stellst. Bitte.«

Er lenkte ein. Er hatte zu viel zu verlieren und noch war es ihm nicht gleichgültig. Auf den Nachtisch verzichteten wir. Ich konnte nicht widerstehen, aber beim Hinausgehen schaute ich mich um und sah in Danas Gesicht. Sie hatte nur Augen für den Mann ihr gegenüber.

Jon und ich, wir taten beide so, als hätte es die Restaurant-Szene nie gegeben. Unsere jeweilige Arbeit war immer als Entschuldigung für einen Rückzug gut, und Schweigen war zwar bequem, aber auch unheilvoll, das hatte ich inzwischen verstanden.

Nach der ersten Sendung, die himmelstürmende Zuschauerquoten brachte, folgte ein gigantisches Premierenfest. Inmitten all der Prominenz stand Dana und trug das gleiche Kleid wie ich. Jon hatte es mir zu diesem Anlass geschenkt.

»Ach«, sagte ich mühsam beherrscht, »bevor Dana das mitkriegt, fahre ich schnell nach Hause und ziehe mich um.«

»Nein.« Jon krallte meinen Arm so fest, dass es wehtat.

»Ich habe ihr zu diesem Kleid geraten.«

Ich fühlte mich missbraucht. Ich kam mir vor wie die ahnungslose, junge Mrs. de Winter in »Rebecca«, die den niederträchtigen Einflüsterungen der Mrs. Denver erlegen war.

Ich fand es nicht lustig im Gegensatz zu vielen Gästen, die unseren Zwillingslook für einen Gag hielten. Dana machte gute Miene zu Jons bösem Spiel. Ganz Medienprofi zwitscherte sie den professionellen Klatschtanten zu: »Jons Idee, klar, haben wir vorher abgesprochen ...« und hakte sich bei mir und Jon unter und lächelte in die Kameras der Presseleute. Und dann wurden wir in den Strudel der Feier gerissen. Jon versuchte, neben Dana zu bleiben und sie von Tim, ihrem Liebhaber, fernzuhalten. Auch während sie tanzten, ignorierte er ihre sehnsüchtigen Blicke.

Ich hingegen hatte ein amüsantes Gespräch mit Tim, wobei sonnenklar war, dass auch ihn nur Dana wirklich interessierte. Irgendwann forderte er mich zum Tanzen auf, und ich nutzte die Gelegenheit.

»Abgeklatscht«, sagte ich, und mit einem freundlichen Nicken entführte ich Jon und schob Tim in Danas Arme.

Auf der Heimfahrt im Taxi schwieg Jon beharrlich. Kein gutes Zeichen, dachte ich und spürte zum ersten Mal deutliche Ungeduld und so etwas wie Schadenfreude.

»Tim ist sehr in sie verliebt«, sagte ich.

»Er ist ein Blender.«

»Selbst als er mit mir ein bisschen flirtete, hatte er nur Augen für sie.«

Er betrachtete mich von der Seite.

»Na, gegen sie bist du sowieso nur zweite Wahl.«

Ich knallte ihm die Ohrfeige direkt ins Gesicht. Einen Moment sah es so aus, als wollte er zurückschlagen. Er tat es nicht.

»Ich hab's verdient«, murmelte er zerknirscht.

Der Taxifahrer zwinkerte mir im Rückspiegel zu.

»Zieh das an«, sagte Jon und gab mir einen meeresblauen Body, nur feinste Spitze und Seide. Er lag auf dem Bett, verschränkte die Arme hinter dem Kopf und schaute mir zu. Unser kleiner Kampf während der Feier hatte uns stimuliert. Ich zog den Body an, und Jon öffnete mit den Zähnen die kleinen Druckknöpfe im Schritt.

Während wir unseren Rhythmus suchten und fanden, hielt er die Augen geschlossen, die ganze Zeit.

»Jon, schau mich an.«

»Sprich nicht.« Er küsste mich, hielt meinen Mund mit seinem fest verschlossen. Selbst nachdem wir uns voneinander gelöst hatten und träge nebeneinander lagen, sagte er nichts. Sein Schweigen machte mir Angst.

Mitten in der Nacht schreckte ich aus dem Schlaf, hochgejagt von einem grauenvollen Traum. Ich tastete nach Jon, ich wollte mich an ihn schmiegen, aber neben mir das Bett war leer. Ich kämpfte mich aus dem verhedderten Bettzeug und ging ins Wohnzimmer. Er stand da, im Licht der Stehlampe, reglos, den Telefonhörer in der Hand. Seine Augen, verhangen von Tränen und einer dunklen Verzweiflung, blickten ziellos wie die Augen eines Blinden.

Er nahm mich erst wahr, als ich direkt vor ihm stand und ihm den Hörer aus der Hand nahm und auflegte, damit das penetrante Besetztzeichen nicht bis in alle Ewigkeit weitertutete.

»Komm ins Bett«, sagte ich. Ich ergriff seine Hand und er ließ sich widerstandslos führen wie ein schlafwandelndes Kind.

Ich gab ihm eine Schlaftablette, und als ich endlich seine tiefen Atemzüge hörte, stand ich leise auf, ging zurück ins Wohnzimmer und tippte die Wahlwiederholung. Als die Nummer auf dem Display erschien, legte ich auf.

Ein paar Tage später rief Dana mich in meinem Büro an. Sie wollte sich mit mir treffen. Ich war neugierig genug, mich mit ihr für den Nachmittag auf einen Kaffee zu verabreden.

»Aber sagen Sie bitte Jon nichts davon.«

Das Licht umschmeichelte sie wie immer, gab ihr einen unzerstörbaren Glanz. Noch, dachte ich. Denn ich sah auch die Falten, den scharfen Zug um ihren Mund.

»Jon und ich, wir haben Probleme ...«, fing sie an.

»Wollen Sie ihn entlassen?«, fragte ich mit ironischem Unterton.

»Nein«, sagte sie, »er ist der beste in meinem Team. Ohne ihn ... nein, das wäre das Ende der Show. Ich brauche ihn. Aber er soll mein Privatleben respektieren. Ich denke, Sie verstehen, wie ich das meine.«

»Nein«, sagte ich. »Er mag Sie, er verehrt Sie. Er ist gern mit Ihnen zusammen.«

Sie schaute mir in die Augen. »Haben Sie keine Angst um Ihre Ehe?«, fragte sie.

»Warum sollte ich?« Ich war erstaunt über meine Antwort, aber sie stimmte. Ich hielt unsere Liebe für unangreifbar. Warum sollte seine Schwärmerei uns schaden, überhaupt jemandem schaden?

»Er stellt mir nach, er beobachtet mich, wie nennen Sie das?«

»Wie nennen Sie es?«

»Er soll diese ...«, sie suchte nach dem passenden Wort, »diese ... Belästigung lassen. Ich liebe ihn nicht und ich werde ihn nie lieben, Nicht so, wie er sich das vorstellt.«

Ich schwieg.

»Ich habe Angst, dass er etwas Unüberlegtes tut, mir antut.«

»Er ist keine Gefahr für andere«, sagte ich. Nein, das konnte sie mir nicht einreden. »Er tut doch keinem was.«

Wieder dieser eindringliche Blick. »Ich habe ihn nie ermutigt. Bitte glauben Sie mir.«

Ich glaubte ihr nicht.

Wir verließen das Café gemeinsam. Ich roch den Duft ihres Parfums, als ich neben ihr ging – unverkennbar der des Badeöls, das Jon mir geschenkt hatte.

Natürlich hat sie ihm Avancen gemacht. Ich hatte es selbst gesehen. Sie war der Typ, der flirtete, wenn er was wollte, Versprechungen machte …

Ein paar Tage später stand ich in Danas Wohnung und suchte einen blauen Aktenordner. Jon hatte mich darum gebeten. Dana war für ein paar Tage verreist und er brauchte dringend irgendwelche Unterlagen. Da niemand aus der Produktion abkömmlich war, tat ich ihm den Gefallen.

Danas Wohnung gefiel mir, die elegante, großzügige Einrichtung, die lässige Unordnung. Die blaue Mappe lag auf ihrem Schreibtisch. Nicht, dass ich Schubladen geöffnet hätte, ich sah mich nur um, mit ein bisschen Neugierde. Und entdeckte im Papierkorb neben ihrem Schreibtisch eine zerdrückte Schachtel und ein Knäuel seidigen Stoff – ein seidiger Body, ganz Seide und Spitze, meeresblau, mitten durch gerissen. Und eine Karte: »Du kannst deiner Liebe zu mir nicht entkommen.« Jons Schrift.

Ich brachte die blaue Mappe in sein Büro. Er schloss die Türen und umarmte mich. Dann zog er mir das Kleid hoch und hielt es über meinem Kopf zusammen.

»Hier hört uns keiner.« Er küsste meine nackten Schultern und küsste mich auf den Mund, durch den Stoff des Kleides, eine feuchte Membran, dahinter seine Silhouette, erniedrigend, weil er mein Gesicht hinter dem Stoff verbarg, und gleichzeitig seltsam erregend.

»Meine Liebe«, flüsterte er, es klang dumpf durch den Stoff.

Es klopfte an der Tür. Er zog mir das Kleid herunter und strich es liebevoll über meinem Körper glatt.

»Warte. Ich muss der Sekretärin noch was mitgeben.«

Ich ging in seinem Büro auf und ab, betrachtete die Bilder an der Wand, öffnete hier und dort eine Schublade – mehr aus Langeweile als aus Neugierde, redete ich mir ein – und eine Schranktür. Wie in einem

Schrein waren die Gegenstände dort aufgebaut: Fotos von Dana mit Jon, Weingläser mit Lippenstift, vollgekritzelte Zettel, Fotos von Dana ohne Jon, durchs Fenster aufgenommen, von ihr unbemerkt, in ihrer Wohnung, in Lokalen, im Wald, Dana mit Tim, Dana mit anderen Männern, Dana allein – Spannerfotos. Und dazwischen unzählige Fundstücke, sogar ein Slip, eine Serviette, alles versehen mit kleinen Zetteln: »Danas Lippenstift, viel benutzt, 14. April«, »Danas Kugelschreiber, angekaut, 20. Mai«, »Danas Kaffeebecher, mit Sprung und Kaffeesatz, angetrocknet, 3. Juni« – ein obszöner Altar der Besessenheit.

Kalter Schweiß rieselte mir den Rücken hinunter. Ich spürte Jon hinter mir, bevor ich die Schranktür schließen konnte.

»Jon«, sagte ich und kämpfte gegen meine Tränen an. »Du brauchst Hilfe.«

Er lachte. »Dann hilf mir. Befrei mich von ihr.«

»Aber wie denn, Jon? Verrate es mir.«

»Töte sie.« Seine Stimme klang wie ein trockenes Schluchzen.

Ich konnte ihn nicht anschauen, ich konnte nicht auf diesen Schrank schauen. Ich starrte aus dem Fenster in einen Sonnenuntergang mit schmelzenden Farben.

»Dann ist Ruhe.« Er fiel vor mir auf die Knie und hielt mir meinen kleinen Revolver hin, auf der flachen Hand, wie eine Opfergabe.

»Dann gibt es nur noch uns zwei. Für immer.«

Ich schaute auf ihn herunter. Plötzlich hasste ich dieses tonlose Krächzen, diesen flehenden, unterwürfigen Blick aus seinen braunen Augen.

»Verpass ihr wenigstens einen Denkzettel, mach ihr Angst, spiel die eifersüchtige Ehefrau.«

Ich nahm die Waffe. Sie wog so leicht in meiner Hand, sie roch nach Trüffeln, und dann sah ich sein triumphierendes Lächeln.

Ich hielt den Revolver an seine Stirn.

»Du brauchst es nicht zu spielen«, sagte er. »Du bist eifersüchtig!«

Er hatte keine Angst, er war sich meiner so sicher.

Ich warf die Waffe auf den Boden. Sie schlitterte übers Parkett und blieb dann harmlos liegen, wie ein Spielzeug.

»Jetzt nicht mehr.« Ich drehte mich um und verließ den Raum. Draußen schloss ich die schalldichte Tür hinter mir.

Ingrid Schmitz

Ab ins Heim

»Noch ein kleines Stückchen, dann hast du es geschafft, Magda«, sagte Paul.

Geschafft hatte sie gar nichts! Was war das denn für ein Erfolg, sich auf die Toilettenbrille setzen zu können, ein Scheiß-Erfolg! Und dann noch mit Hilfe – mit männlicher Hilfe. Es hatte etwas Entwürdigendes.

Nun kam auch noch seine grobschlächtige Hand und fummelte zittrig mit einem Blatt Toilettenpapier an ihren empfindlichsten Körperstellen herum. Wie sie das hasste, ihn hasste! Sie konnte nicht schreien, sich nicht wehren, brachte nur ein klägliches »Jo« heraus und schüttelte dabei energisch den Kopf.

»Du brauchst dich nicht dafür zu bedanken. Das mache ich doch gern!«, sagte Paul.

Trotz oder wegen seiner siebzig Jahre, glaubte sie es dem alten Lüstling. Seit mehreren Wochen fummelte er an ihr herum, machte Herzmassagen, obwohl kein Bedarf war. Cremte sie seelenruhig und genüsslich am ganzen Körper ein, während er dabei leise stöhnte. Magda hatte nicht einmal die Kraft seine Hand wegzuschlagen, ihn zu verscheuchen oder einfach wegzulaufen. Wie sollte sie sich also verständlich machen? Sie hatte es vorige Woche versucht, aber da drohte er damit, dass aggressive Gelähmte ins Heim kämen, und da wollte sie unter keinen Umständen hin. Das wäre ihr Todesurteil gewesen, zwischen den Alten, in sämtlichen Siechtumsstadien. Und wiederum fragte sie sich, wieso sie an ihrem kleinen bisschen, unwürdigen Leben so hing? Wieso nur?

»Weißt du, ich habe früher schon viel für dich empfunden und da ist es für mich selbstverständlich, dich im Alter zu pflegen. Ich habe sonst ja auch niemanden mehr. Und um dein Haus kümmere ich mich schon.

Ach, übrigens, wir brauchen dringend einen neuen Wasserkran. Wo hast du dein Gespartes versteckt? Ich muss einkaufen gehen und in der Kasse ist nichts mehr«, sagte Paul.

»Jo«, kam es aus Magda heraus. Mehr nicht. Magda hob den gesunden Arm ruckartig in die Höhe. Sie wunderte sich kurz darüber. Es war ein Reflex, den sie immer dann hatte, wenn sie wütend wurde. Sie tippte sich mit dem Zeigefinger an den Mund. Es sollte eigentlich die Stirn werden, aber so weit nach oben kam sie nicht mehr.

»Hast du schon wieder Hunger? Das kann doch nicht sein. Wir haben gerade erst gefrühstückt! Also, wo ist das Geld? Oder meinst du damit ... es ist im Esszimmer? Ja, sicher – im Esszimmer!«, sagte Paul.

Wer hatte Paul eigentlich hier hereingelassen? Sie musste kurz überlegen. Sie nicht! Ihre Tochter Bianca war es, die ihn ihr auf den Hals gehetzt hatte. Bianca hatte sich zu ihrem Nachteil verändert, seitdem sie in ihrem Landhaus in Österreich hockte und sich für ihre minderbemittelte Mutter schämte, die nur in einem heruntergekommenen kleinen Haus wohnte. Auch ihren Vater, einen einfachen Maurer, hatte sie verleugnet. Und Paul – Paul hatte sich sofort angeboten, sich um Magda zu kümmern, als er von ihrem Schicksal hörte und es darum ging, wo sie nach ihrem Schlaganfall bleiben sollte. Er gab vor, ein alter Jugendfreund zu sein, der gern bereit sei, sie in ihrem Haus zu pflegen. Nicht umsonst hatte er sie fast jeden Tag in der Reha besucht – nicht umsonst! Der Ärztin gegenüber hatte er sich sogar als Lebensgefährte ausgegeben, denn Magda war nicht in der Lage zu widersprechen. So war es für ihn ganz einfach die Betreuung zu übernehmen. Ja, und dann kam er immer öfter, ist eines Tages kurzerhand eingezogen – in ihr Haus – und hatte sich dreist in Erwins Bett gelegt. Wenn der das wüsste, er würde sich im Grab umdrehen. Ihrer Tochter war diese Fürsorge nur recht. Sie hätte sogar jemanden von der Straße genommen, Hauptsache man steckte Magda nicht in ein teures Heim, das sie womöglich mitfinanzieren musste. Aber Bianca war ja so naiv, so selbstherrlich, so egoistisch, sie ahnte noch nicht einmal, wie viel Barvermögen Magda im Hause versteckt hatte, sie nicht – Paul etwa?

»Du zeigst mir jetzt sofort, wo dein Gespartes ist! Sonst steck ich dich wirklich ins Heim, hörst du? Dafür werde ich sorgen! Meinst du, ich spiele hier umsonst den Betreuer, mache mir meine alten Knochen kaputt, damit du auf deinem Geld sitzen bleiben kannst? Was? Nein, meine Liebe, ich weiß genau, dass das Geld im Haus versteckt ist. Dein Erwin hat zu Lebzeiten lange genug damit geprahlt, sich damit wichtig gemacht. Zum Schluss hat ihm zwar niemand mehr geglaubt, aber ich habe ihn besser gekannt. Eingemauert hat er's, jawohl! An irgendeiner Stelle, aber wo? Los, zeig sie mir! Und komme mir nicht mit irgendwelchen Ausreden. Dein Langzeitgedächtnis funktioniert! Das hat mir der Arzt ausdrücklich bestätigt, als ich ihn danach gefragt habe«, sagte Paul.

Magda war noch nicht einmal fähig zu weinen. Tränen der Wut sollten es werden und dabei hatte sich so viel davon angestaut. Die Wut musste raus, aber wie? Sie war Paul gnadenlos ausgeliefert, von wegen Nächstenliebe! Das war ihr schon verdächtig vorgekommen, als er den Pflegedienst abbestellt und gemeint hatte, er käme allein mit ihr klar. Sicher kam er klar – fragte sich nur in welcher Beziehung.

Jetzt wollte Magda in ein Heim! Sofort! Sie wollte unter Beobachtung sein. Menschen um sich haben, die sich nichts zu Schulden kommen ließen. Nur dort war sie sicher. Es sei denn, sie servierten ihr salmonellenverseuchten Schokoladenpudding. Na gut, das war dann Schicksal, das musste sie in Kauf nehmen. Aber niemand sollte je an ihr Geld kommen, wenn sie schon nicht in der Lage war, es für ihren Traum auszugeben. Niemand – und schon gar nicht der perverse Paul. Mühsam hatte sie so manche Mark mit Erwin gespart, auf vieles verzichtet, um eines Tages eine Weltreise machen zu können.

Sie sah den wütend dreinblickenden Paul, noch immer Geld fordernd, vor sich stehen. Magda hob ihren Arm etwas an und zeigte auf die gegenüberliegende Wand.

»Na bitte, warum nicht gleich so«, sagte Paul.

Jetzt ging dieser Idiot fort. Wohin nur? Sie hörte die Tür zuschlagen und ihn kurz darauf wiederkommen. Mit einer Bohrmaschine in der Hand sah er aus wie ein Rächer aus dem Fernsehen, aus diesen neumodischen Radaufilmen. Er stellte die Maschine an. Lärm und Dreck breiteten sich im Wohnzimmer aus. Hätte sie jetzt sprechen können, es hätte ihr nichts genützt. Paul arbeitete wie besessen, Schweiß rann sein Gesicht hinunter, tropfte auf das bereits nasse Hemd. Ihm war nicht mehr zu helfen.

»Da ist nichts, du dumme Kuh!« Er bedrohte sie mit der laufenden Bohrmaschine. »Zeig mir, wo! Du weißt es«, sagte Paul.

Magda wusste, wo die Stromleitungen in diesem alten Haus verliefen, kreuz und quer, weil der Elektriker mit Schwarzgebranntem unter Strom stand, als er die Kabel direkt nach dem Krieg in Schwarzarbeit verlegt hatte. Daran konnte sie sich noch erinnern. Seitdem war nichts geändert worden. Es war Erwin immer zu kostspielig gewesen, die elektrischen Leitungen zu erneuern und einen modernen Sicherungskasten einbauen zu lassen – der gute Erwin! Stets hatte er sich davor gehütet, Löcher in die Wand zu bohren.

Paul musste nur die richtige Stelle treffen. Magda zeigte mit ihrem krummen Finger auf eine andere Stelle. Treffer!

»Schei–!«, sagte Paul – mehr nicht.

Magda nickte mit dem Kopf und murmelte: »Jo«

Zufrieden blickte Magda um sich. Ja, das Leben hatte wieder einen Sinn. Freundliche Schwestern und Altenpfleger kümmerten sich liebevoll um sie. Niemand konnte ihr mehr damit drohen, dass sie in ein Heim müsse, und Schokoladenpudding gab es bisher auch nicht.

Die größte Freude überkam sie, wenn sie an ihre Tochter dachte, weil sie endlich einmal etwas für ihre Mutter übrig haben musste, auch wenn es nur Geld war.

Und da wollte Magda noch möglichst lange durchhalten.

Hundert Jahre waren ihr gestecktes Ziel.

Renate Wirth

Böses Wort

Logisch, dass Marie eine Bemerkung fallen lassen würde, aber *so* hätte sie das nicht sagen dürfen. Nicht in diesem Ton und schon gar nicht mit diesem hochnäsigen Gesichtsausdruck. Auch der Zeitpunkt war denkbar schlecht, wo Ilona doch gerade mühsam zwei Kilo abgespeckt hatte.

»Schätzchen, das Teil ist drei klitzekleine Zentimeterchen zu eng für deinen Pferdehintern.«

Der Satz traf gewaltig in Ilonas sowieso schon angesplittertes Herz. Marie schien auch noch zu genießen, wie bei ihrer Freundin schlagartig die Rolllade runterfiel.

Marie stand da, mit ihrem karibischen Wickelrock. Marie, die Rot-Weiß-Blau-Frau, der BAP vor Jahren mal ein Lied gewidmet hat. Die quergestreifte Luxusfrau, die ausgiebig über alles labern kann, jedoch von nichts eine Ahnung hat. Sie war bei weitem nicht so intellektuell angehaucht wie dort besungen und das mit der keuschen Busenhaut traf ebenfalls nicht zu, aber der Rest stimmte auffallend. Ständig auf der Suche nach dem Mittelpunkt oder nach Spiegelflächen zur selbstgefälligen Überprüfung. So viel Gel im Haar, dass selbst ein mittlerer Orkan daran verzweifeln würde. Und heute hatte sie sich noch dieses bunte Stöffchen angetan, um ganz dezent auf das letzte Urlaubsziel hinzuweisen.

»Paolo war ja so aufmerksam. In diesem Rock gefiel ich ihm am besten. In diesem, oder gar keinem …«

Ilona kannte solche Sätze zur Genüge und spulte ihre Entgegnungen mittlerweile automatisch ab. »Oh Marie, du bist also firstclass auf der Sonneninsel abgestiegen.« »Schön, Marie, dass du so schnell eine nette Urlaubsbekanntschaft gefunden hast.« »Ach, Land und Leute, ein bisschen Kultur hat er dir gezeigt.«

Garantiert war das Interessanteste an der Insel die landesübliche Stellung des Mannes. Mehr praktisch als theoretisch. Sexurlaub in Weitweg. Aus dem Bekanntenkreis fand sich schon lange niemand mehr, der mit

Marie verreisen wollte, obwohl sie gelegentlich kleine Angebote in eine Tischrunde warf. »Die Orchideen sind ja ganz entzückend zu den Kerzen arrangiert. Apropos Orchideen, ich fahre im September auf die Seychellen. Hat jemand Lust ...?«

Goldmarie lud freizügig ein und alle liefen weg. Männer, weil sie nach dem Urlaub völlig abgenervt und erholungsbedürftig waren. Frauen sahen Marie vierzehn Tage lang eventuell zum Frühstück, hörten sie nachts stöhnen und mussten tagsüber die diversen Kollegen von Paolo abwimmeln. So hatte sie die Singlereisen in die Tropen entdeckt, zielstrebig ihre Netze ausgelegt und männliche Strandschönheiten mit Rastalocken und einem Lächeln wie Kokosmilch eingefangen. »Eduardo war was ganz Besonderes ... tagelang konnte ich kaum richtig laufen. Du weißt schon ...« Immer diese Prahlerei und die vulgären Anspielungen.

Wochenlang zierten geflochtene Freundschaftsbändchen den Platz neben der Swatchuhr und jeder, der es hören wollte, oder auch nicht, erfuhr detailliert, warum sie bald wieder dorthin müsse.

Ilona schwankte zwischen Neid und Abscheu. Saß da, im kalten Deutschland, mit gelegentlichem Durchschnittssex und ihrer namenlosen Katze für ausgedehnte Schmusestündchen. Einfach nicht Jägerin und Sammlerin wie Marie. Eher hausbacken, keine graue Maus, aber immer auf der Suche nach was Festem.

Ilona war der Schatten ihrer Kollegin, der draufgängerischen Aphrodite aus der Parfümerie im Erdgeschoss. Sie war das unscheinbare Weibchen, an dessen Seite eine attraktive Frau wie Marie noch schöner wird. Ilona, in der Spielwarenabteilung im Untergeschoss beschäftigt, fühlte sich magisch angezogen von Glanz und Verruchtheit und glaubte seit Jahren an die einzig wahre Freundschaft, an Begriffe wie »bedingungslos« und »Vertrauen«. So verschenkte sie Zeit, Aufmerksamkeit, verlieh großherzig Geld, sogar Schmuck an ihre Freundin.

Maries Standardspruch lautete: »Nächste Woche kriegst du es zurück, Schätzchen.« Bei näherer Betrachtung funkelten die goldenen Ohrringe von Ilonas Oma seit Monaten an Maries Ohren, und Luigi aus ihrer Stammpizzeria fragte schon gar nicht mehr, wer zahle, sondern schob den Teller mit der Rechnung automatisch zu Ilona. Kein billiger Spaß, wenn Gnädigste wieder in Cannelloni und Prosecco zu schwelgen geruhte.

Bei genauer Betrachtung erkannte Ilona sich selbst als den einzigen Menschen, der es seit Jahren neben dieser selbstgefälligen Barbiepuppe aushielt. Ein merkwürdiges Gespann, Marie, das schöne, schlanke Biest und sie, Ilona, die kräftig gebaute treue Seele.

Die Treue fand allerdings ein jähes Ende bei einem abendlichen Anruf, einem unerwartet kurzen Gespräch. »Ilona, Schätzchen, ich hab den Alten an der Angel und bei mir sieht's aus wie nach der Orgie, die jetzt erst stattfinden soll. Zu ihm geht nicht, wegen Weib und Blag. Bitte räum dein Nest, schließ den Tiger weg und leg den Schlüssel unter den Blumentopf, ja? Wir sind gegen neun da.«

»Nein.«

Marie starrte völlig perplex auf ihr Handy. War das Ilonas Stimme gewesen? Solch Widerstand gehörte nicht in das Repertoire ihrer Freundin. Das hatte sie noch nie gewagt. Du aufmüpfige Hexe, wirst schon sehen, was du davon hast! Bittere Gedanken rumorten hinter der Jadefassade, bevor sie für das mittelmäßige Abenteuer mit dem Filialleiter das nächstbeste Hotel ansteuerte.

Dieses bemerkenswerte Nein war ein Wort, das Ilonas Bauch formuliert und vertont hatte, bevor ihr Kopf darüber nachdenken konnte. Sie war überrascht. Nein. Das tat gut. Nein! Was bildete Marie sich ein? Der alte Faber und sie auf ihrer neuen Satinbettwäsche. Widerlich! So sauber und schnell konnte sie sich durchsetzen. Tolle Erfahrung, gutes Gefühl. Nach Jahren kümmerlichen Schattendaseins bildete dies den Auftakt zu einer neuen Form zwischenfraulicher Beziehung.

Marie sprach zwei volle Tage kein einziges Wort mit Ilona. Die Cafeteria schien die Ausmaße einer Besenkammer zu haben, der Abstand zwischen Cappuccino und Früchtetee konnte nicht groß genug sein. Das gekränkte Biest gab »Die unglaublich Beleidigte« in mehreren Akten. Ilona taumelte zwischen schwindender Nähe zu der großartigsten Frau des Kaufhauses und Freude über die neu entdeckte Ungebundenheit. Da gab es so viele Kollegen und Kolleginnen, mit denen sich eine Pause durchplaudern ließ. Es war wie ein Flug durch den Kosmos neuer Möglichkeiten.

Am Abend des zweiten Tages blieb doch eine Lücke, wo sich sonst Lebenslust und Frivolität der Freundin niederließen. Ilona zog in Erwägung kurz mal anzurufen. Zwischen ihr und dem Telefon stand ein unüberwindliches Hindernis. »Rosenstolz«.

Marie saß zu Hause vor dem Spiegel, fand ihre neuen Strähnchen einfach krass und konnte sich nicht satt sehen. Blond kam gut zu Haselnuss und beides passte fantastisch zu ihrer gebräunten Haut, dem Goldschmuck und den zinnoberroten Fingernägeln. Ein Gedicht. Das blaue Glitzersteinchen im linken Nasenflügel war ebenfalls neu, der Untergrund noch etwas angeschwollen, die Hautrötung perfekt überschminkt. Sah sexy aus. Hatte ihr noch niemand gesagt. Tat Ilona sonst immer, ganz spontan. Die komplette Mittagspause hindurch war unerträglich gute Laune von Ilonas Tisch zu ihr herübergeweht, während sie neben wortkargen Langweilern saß und erfolglos probierte, die Zeiger der Kantinenuhr telepathisch zu beschleunigen. Auf Ilona zuzugehen kam nicht in Frage, schließlich hatte sie diesen hässlichen Bruch zustande gebracht. Geduldig wartete sie bis dreiundzwanzig Uhr, um ihre gute alte Freundin noch ein wenig aufzuscheuchen.

»Hi Schätzchen, bring doch morgen mein Top mit. Du weißt schon, das schlabberige hellblaue mit dem großen braunen Muster, ja? Ach, und Ilona, bitte frisch gewaschen, ohne deinen Mief.«

Na also, kein böses Widerwort. Soll sie doch ihre Klamotten bis Mitternacht durchwühlen. Stück für Stück wird sie erleben, wohin es führt, eine Marie abblitzen zu lassen. Dies war nur der läppische Anfang.

Der Anruf beschäftigte Ilona exakt eine halbe Stunde lang. Zwar hatte Marie ihr keine Chance gelassen, auch nur einen Ton zu sagen, aber dafür bestünde morgen endlich die Gelegenheit miteinander zu reden. Wo war nur dieses verdammte Top? Im Keller bei der Schmutzwäsche. Also, per Hand durchwaschen, im Handtuch fast trocken wringen und auf den Balkon hängen. Müde, husch ins Körbchen, zusammen mit Katze, die noch immer Katze hieß und diesen Platz im Bett niemals aufgeben würde. Katze siegte bei vielen alltäglichen Kämpfen. Ilona bewunderte ihre eigenwillige Durchsetzungskraft. Mit dem wohligen Schnurren neben der rechten Schulter und Gedanken an das morgige Gespräch mit Marie schlief Ilona ein.

Kurz nach Ladenöffnung, um zehn nach neun, drohte ein älterer Herr Ilona mit einer Beschwerde über ihr patziges Verhalten. In der Tat, ihre gute Laune war ihr bereits wenige Minuten zuvor abhanden gekommen. Sie hatte Marie gleich sagen müssen, wie toll sie mit dem Glitzersteinchen an der Nase aussieht. Und die neuen Strähnchen erst! Doch dann war die Sache mit dem Frisör dazwischen gekommen. Marie hatte ihr seine Karte förmlich aufgedrängt und sich dabei öffentlich über Ilonas Haarschnitt lustig gemacht.

»Was meint ihr, ob unser Kellerkind aus Legoland mal etwas Pepp vertragen könnte? Mit einem neuen Schnitt und Farbe wäre da vielleicht was zu machen. Styling ist dann natürlich Hausaufgabe. Oje, daran wird es scheitern. Sie ist ja so ungeschickt!«

»Behalt deine Ratschläge für dich. Ich hab dich nicht darum gebeten!« Ilona pfefferte die Schnipsel der Visitenkarte in den Müll. Maries Mimik schwankte zwischen Nase gen Himmel und Kinnlade aufs Brustbein.

In der Mittagspause würde Ilona auswärts essen. Nein! Sie würde sich an Maries Tisch setzen. Entweder waren sie Freundinnen und bekamen das hier geregelt, oder Marie konnte ihr endgültig den Buckel runterrutschen.

Marie ihrerseits fand sich nicht nachtragend, sie doch nicht, niemals. Sie war zutiefst gekränkt, kochte, brodelte. Offensichtlich geriet Ilona außer Kontrolle. Maries treueste Verehrerin war tatsächlich dabei, das Transparent einzurollen und auf dem Weg, die Südkurve zu verlassen. Marie brauchte doch diese bewundernden Blicke, die euphorischen Lobgesänge auf ihr Outfit.

Ilona betrat erhobenen Hauptes den Personalbereich und kam mit ungewöhnlich selbstbewussten Schritten direkt auf Marie zu.

Nicht mehr die Alte, eindeutig, schoss es Marie durch den Kopf. Außerdem sehr ungünstig, da sie sich gleich mit Marek aus der Sportabteilung treffen wollte. Dieser unglaublich hübsche Kerl mit den strahlend blauen Augen und dem Grübchen über dem rechten Mundwinkel.

»Hör mal, Marek kommt gleich. Setz dich einfach woanders hin, ja? Ist was nur für Erwachsene, Schätzchen.«

Da war es wieder. Marie, diese egozentrische Schnepfe, zeigte ihr wahres Gesicht. Ilona rauschte davon, landete im Eiscafé nebenan und fühlte sich erst nach einem großen Früchtebecher etwas wohler. Ihre Gefühle seilten sich ab von diesem Luder und ihr Kopf ersann einen fiesen kleinen Abschiedsbrief.

Am nächsten Morgen prangte an Maries Spind eine Botschaft in riesigen Druckbuchstaben: LOOKING FOR BOYS ONLY. Alle Os bestanden aus säuberlich aufgeklebten, fleischfarbenen Kondomen.

Blöder Witz! Außen perfekt und innerlich kochend begab sich Marie in den Arbeitstag. In der Mittagspause traf sie Ilona, die gerade in der Damenoberbekleidung einen peinlich engen Fummel anprobierte. Marie konnte sich einen bissigen Kommentar zu Ilonas Hauptproblemzone nicht verkneifen.

Am Abend rochen die Personalräume nach penetrantem Billigparfüm. Es drang aus Ilonas Spind. Offensichtlich hatte jemand ein ganzes Fläschchen mit viel Geschick durch die Luftschlitze auf ihre Besitztümer gesprüht. Fassungslos stand Ilona vor ihrer Handtasche, der Jacke und dem ganzen anderen Kram. Das Ausmaß des entstandenen Schadens war unabsehbar und es stank zum Himmel.

Zwei Tage später begann Marek einen riesigen Bogen um die wimpernklimpernde Marie zu machen und sprach fortan kein einziges Wort mehr mit ihr. Stattdessen umkreiste er Ilona. Als Blicke getarnte Wurfpfeile sausten durch die Cafeteria.

In Ilonas Kasse fehlten an den nächsten beiden Abenden jeweils zweihundert Mark. Verstärkte Kontrollen und ein Abzug des Betrages vom nächsten Lohn wurden ihr angekündigt. Vierhundert sauerverdiente Mark, einfach futsch! Ilonas Gesichtsausdruck blieb höflich und nett, was sich von ihren Fantasien nicht behaupten ließ. Sie konnte noch fieser sein, und sie wollte.

In Maries Tasche fand sich bei einer abendlichen Generalkontrolle eine große Flasche ihres Lieblingsduftes von Lagerfeld, originalverpackt, für die jeglicher Beleg fehlte. Alle Beteuerungen halfen nicht über die notwendige Erstattung des beträchtlichen Preises und einer Abmahnung hinweg. Zwischen den perfekt gezupften Augenbrauen erschienen zwei unübersehbare Zornfältchen. Ihre langen Fingernägel gruben sich angespannt in die Handflächen.

»Geh mir besser aus dem Weg, Schatz!«, raunte sie durch dunkelrote, verkniffene Lippen in Ilonas Richtung.

Ilona und Marek kamen ihr nicht in die Quere. Sie waren zu beschäftigt, teilten nicht nur lange, gut gelaunte Gespräche, sondern sogar ihren Nachtisch und ganz offensichtlich noch wesentlich Intimeres.

Da schau mal einer an! Sollte unser Mauerblümchen womöglich einen Hauptpreis gewonnen haben? Etwa dieses schnuckelige Überraschungspaket, auf das Marie selbst spekuliert hatte? Etwas Gefährliches lauerte in ihren Augenwinkeln. »Na warte, du kleines Miststück …«

Ungewöhnliche Geräusche beherrschten am Abend die Umkleide, als der Hausmeister seinen neuen Seitenschneider an Ilonas Spindschloss ausprobierte. Kaugummi machte den sachgemäßen Gebrauch des Schlüssels unmöglich.

Jeder Arbeitstag bescherte eine neue Überraschung, miteinander zu sprechen entwickelte sich zu einem Tabu. Es herrschte Funkstille im Krisengebiet. Gedanken und Gefühle arbeiteten im Untergrund und brachen zu einem Sondereinsatz auf, als Ilona den dezent süßlichen Duft von Maries Parfum identifizierte, an Mareks Hals, an seinen Händen. Irrtum ausgeschlossen, immer wieder roch er nach ihr und schleichend verringerten sich die Stunden, die Adonis mit Ilona verbrachte. Schluss! Genug! Marie konnte doch an jedem Finger zehn Kerle haben, warum ließ sie ihre Hände nicht von diesem einen? Nach Tränen folgte eine Leere, nach der Leere begannen ungezähmte Gefühle Ilonas Gedanken zu beherrschen. Sie entwarf den Plan für eine allerletzte Fiesheit. Schritt für Schritt.

Zunächst rief sie unter dem Namen einer Kollegin beim Personalchef an und beklagte sich farbenfroh über die geschäftsschädigenden Marotten in Parfümerie und Spielwarenabteilung. Die Rechnung ging auf, umgehend erhielten beide Frauen einen Termin zum Gespräch. Somit stand der Zeitpunkt fest: danach. Danach würde Marie ansprechbar sein, in greifbare Nähe rücken. Bisher hatte jeder Termin bei Herrn Kokerols ihr im Vorfeld Magenschmerzen beschert und im Anschluss das Mitteilungsbedürfnis beflügelt.

Der nächste Schritt war die Wahl der Ausrüstung. Ilonas Oma hatte ihr nicht nur Ohrringe hinterlassen, sondern noch weitaus nützlichere Dinge. Ein praktisches Kleinod begleitete sie ab sofort in ihrer Handtasche. Auf Gelegenheit lauernd.

Am nächsten Mittwoch, nach Feierabend, fanden sich Ilona und Marie vor dem Büro des Personalchefs wieder. Mit verschränkten Armen und einander zugewandten Rücken schnaubten beide ihren Unmut in den engen Flur. Marie verschwand noch mal schnell zur Toilette.

Herr Kokerols kam ohne Umwege zur Sache. Kollegen hätten sich über ihr infantiles Benehmen beschwert. Diese Auswüchse ihrer Animositäten seien unmöglich und fehl am Platz in diesem Haus. Entweder, oder! Seine erbebende Stimme war äußerst beeindruckend.

»Hui, Schätzchen, da hat er uns aber mal gezeigt, wer hier der Boss ist. War ja auch alles ein bisschen überdreht, aber gleich mit Kündigung drohen, finde ich heftig. Wo haben wir denn ›geschäftsschädigend‹ agiert? Hat doch alles über uns gelacht! Wer von den Spießern sich da bloß beschwert hat? Ist aber auch lächerlich, was großen Mädchen so einfällt, nicht?«, sprudelte es aus Marie heraus.

Ilona ging mit versöhnlicher Geste auf sie zu.

»Irgendwie hat er ja Recht. Wir haben uns unmöglich benommen. Komm, wir gehen auf einen Cappuccino zu Luigi und quatschen uns mal richtig aus. Ich verschwinde noch eben zum Klo. Wir treffen uns gleich auf dem Hof, ja?«

«Okay, Schätzchen, ich werde auf dich warten.«

Marie atmete tief durch. Sie stellte sich in den spärlich beleuchteten Innenhof nahe dem Personalausgang. Alles lief gut für sie – und Marek. Bei Luigi würde sie Ilona von seinen Liebeskünsten und den geheimen Fantasien erzählen, die sie gemeinsam auslebten. Zwar hatte Marek ihr versprochen, heute Abend mit Ilona Schluss zu machen, aber dieses Vorspiel gehörte ihr ganz allein. Niemand hatte es je gewagt, sich an ihrem Spielzeug zu vergreifen. Sie lächelte in die graue Asphaltwüste mit Laderampen, nummerierten Rolltoren und dem rechteckigen Stück Abendhimmel. Eine einzigartig düstere Kulisse.

Ilona verließ das Gebäude mit federnden Schritten, ging lächelnd auf Marie zu. Keine Spur von Anspannung war zu spüren, denn wenn man sich selbst bremst, quietscht die Seele. Konzentration lag in Bewegung und Gesichtsausdruck.

Alles ging blitzschnell. Erstaunen, Fassungslosigkeit. Ungeahnte Kräfte kamen zum Vorschein, Überwältigung. Hinter der Containerreihe, verborgen vor zufälligen Blicken. Ein kleines, außergewöhnliches Taschenmesser mit Horngriff, formvollendet, mit einem grobstilisierten Insekt aus Messing, als Stopper für den Zeigefinger gedacht, vor der arretierten Klinge. Ein einziger Stich, mit der Faust in die Brust gerammt. Als der Wachmann mit dem schnarrenden linken Absatz den Hof durchquerte, lag die Frauenleiche bereits im mittleren Müllbehälter, zwischen den stinkenden Abfällen aus der Küche. Ade, Marie.

Am anderen Ende der Stadt mauzte eine treue Katze gegen die aufkommende Einsamkeit. Mit ausgestrecktem Körper zog sie die Krallen durch den verlockenden Stoff der Sofakante.

»Böses Mädchen!«

Marek war gerade hereingekommen, stellte Einkaufstüten in der Diele ab und scheuchte Katze mit der zusammengerollten Fernsehzeitschrift aus dem Raum. In der Küche verteilte er Tiefkühlpizzen auf zwei Roste und heizte den Backofen an. Nett sollte er werden, dieser Abschiedsabend.

Er horchte auf, als die Tür aufgeschlossen wurde.

»Ciao, Bella! Na, wie war es? Schlimm, oder besonders übel? Es gibt Pizza und der Prosecco steht schon kalt.«

Die Badezimmertür knarrte, das Schloss schnappte zu.

»Du hast fünfzehn Minuten bis zum Essen, zehn Minuten, bis ich die Katze auf dich hetze und vier Minuten, bis ich über dich herfalle. Such dir was aus.«

Die Spülung rauschte, Marek klopfte.

»He, Goldschatz, sag doch was. Geht es dir gut?«

Wasser lief ins Waschbecken, der Gasboiler sprang an. Mareks Ungeduld wurde zunehmend lauter.

»Das Spiel gefällt mir nicht! Mach auf!«

Ruhe hinter der Tür. Schweiß stand auf Mareks Stirn, als das Schloss aufschnappte, unendlich laut in dieser angespannten Stille, und die Tür sich öffnete. Katze schlich an seinen Beinen vorbei ins Bad. Marek erschrak. Blass, zitternd, mit dunklen Ringen unter den Augen stand Ilona da, halb entkleidet, den Bademantel unordentlich zugerafft, die Hände tief in den Taschen vergraben.

»Prosecco ist die Marke von Marie. Ich steh auf Asti, schon vergessen?«

Ilona versuchte Marek in die Augen zu schauen. Er fuhr sich langsam mit den Fingerspitzen durch die Haare, blickte an ihr vorbei ins Leere.

»Alle Achtung vor deinem unglaublichen Mut zur Offenheit. Auch deine Kür in Ehrlichkeit verdient eine glatte sechs Komma null, mein Lieber!«

Verunsichert betrachtete Marek, wie seine Fußspitze die Fransen des Webteppichs durcheinander schob. Er schluckte mehrmals, brachte kein Wort hervor.

»Marek, was hast du dir eigentlich dabei gedacht, als du zwischen Maries und meinem Bett hin und her gependelt bist? Dass ich das nicht merke? Ich bin doch nicht blöd, Mensch. Weißt du, wie ich drauf gekommen bin? Ich hab eine feine Nase. Von oben bis unten hast du nach ihr gerochen. Hast es nicht einmal bemerkt.«

Ilona ging langsam auf Marek zu.

»Wie lange wolltest du dieses Spiel eigentlich noch treiben?«

Marek schaute auf, räusperte sich: »Em, ich wollte heute mit dir reden, ganz gemütlich. Ehrlich. Marie meinte ...«

»Ja, Marie! Marie meinte, ich lass mir alles gefallen. Marie meinte wohl auch, ich sei naiv genug, um dich für meine große Liebe zu halten. Weit gefehlt. Dass ein Adonis wie du kein dauerhaftes Interesse an mir haben kann, darüber habe ich schon oft gegrübelt und seit ich bemerkt habe, wie du den neuen Praktikantinnen nachgaffst, ist mir klar, dass du weiterwandern wirst. Aber ausgerechnet zu Marie, während du noch mit mir zusammen bist, das hat mich getroffen.«

»Ich wollte zuerst auch gar nicht, aber dann ...«

»... dann hat sie dich doch umgarnt und du warst nicht mehr in der Lage, deinen Kopf einzuschalten. Armer Marek! Marie hat immer gekriegt, was sie wollte – immer.« Jetzt schossen Ilona doch die Tränen in die Augen. Verflucht, bloß nicht heulen, nicht vor diesem Scheißkerl. Sie wischte sich mit dem Ärmel des Bademantels durch das Gesicht. In der Küche piepste der Backofentimer.

»So eine bescheuerte Idee, ganz gemütlich bei Pizza und Sekt eine Beziehung zu beenden, kann nur von dir stammen. Nicht nur schön und feige, zusätzlich noch grottendumm.«

Ilona ging in die Diele, nahm seine Jacke vom Haken, ließ unbemerkt das Taschenmesser aus einem Papiertuch in die Innentasche gleiten. Sie hielt Marek das Kleidungsstück mit einer unmissverständlichen Geste entgegen.

»Ilona, ich …«

»Nein! Ich will nichts hören, will dich auch nicht mehr sehen. Leg meinen Schlüssel auf die Kommode. Sei jetzt einfach nur der Rest von einem guten Jungen und verpiss dich. Mit dem Prosecco!«

Die Pizzen, mittlerweile dunkelbraun, landeten umgehend im Müll, wo Katze sich die Meeresfrüchte herausfischte, um anschließend die Nacht hindurch als Knoblauchwölkchen auf der Bettdecke zu schnurren. Ihr Frauchen saß lange im Dunkeln auf dem Balkon, konnte nicht schlafen. Manche Siege haben einen bitteren Nachgeschmack.

Gesine Schulz

Die nackte Wahrheit

»Es ist ja nicht nur, dass ich für ihn putze, Karo. Ich meine, wir gehen auch manchmal zusammen aus. Er lädt mich ins Konzert ein oder ins Theater, weißt du. Neulich erste Reihe bei Stratmann – immer sehr nobel ist er, der Herr Werner. Wir verstehen uns echt gut, ganz freundschaftlich, keine Hintergedanken oder so was. Aber jetzt, wo ich den Ohrring gefunden habe ... Ich sag dir, Karo, es läuft mir nun kalt den Rücken runter, wenn ich ihn ansehe. Ich meine, jeder weiß doch aus dem Fernsehen, wie nett so ein Massenmörder sein kann. Ich hab ja immer gedacht, die hat damals die Flitze gemacht, die Yvonne. Weg von ihrem Spießermann und ab in ein besseres Leben. Aber jetzt – vielleicht hat Herr Werner sie verschwinden lassen. Vielleicht ist er so einer. Und vielleicht soll ich die nächste sein.« Hettas üppiger Busen bebte.

Karo schwieg. Die Schwarze Hetta musste man ausreden lassen. Die war nicht zu bremsen.

»Und schon bin ich nicht mehr entspannt beim Putzen. Ist ihm bereits aufgefallen. ›Was ist los, Hetta‹, fragte er Montag. ›Sie halten den Wedel so verkrampft.‹ Das hat mich erst richtig nervös gemacht. Bin umgeknickt und hab mir den Absatz abgebrochen. Ausgerechnet die roten Lackleder-Sandaletten, die hat er so gern ... Jedenfalls geht's so nicht weiter. Du musst den Fall übernehmen, Karo. Du bist die einzige Privatdetektivin, die ich kenne. Finde raus, was aus der Yvonne geworden ist. Wenn Herr Werner was mit ihrem Verschwinden zu tun hat, dann ist der Ofen aus, auch wenn er mein bester Kunde ist, und ich die Theaterbesuche und das alles wirklich vermissen würde.« Hetta lehnte sich zurück. Der aprikosenfarbene Cocktailsessel, einziger Farbfleck in Karos schäbigem Büro, seufzte. Die Schwarze Hetta hatte die Figur einer Walküre. »Also, was sagste? Das Honorar ist kein Problem. Das Geld hab ich.«

Und kein Wunder. Von einem Stundenlohn wie ihn Hetta kassierte, konnte Karo nur träumen – sowohl in ihrem Zweitjob, oder eigentlich

Erstjob, als hochbezahlte Putzfrau wie auch als aufstrebende Privatdetektivin.

Denn Hetta war Nacktputzfrau. Für zweihundertfünfzig Mark die Stunde setzte sie ihren Staubwedel in Bewegung. Sie stimmte ihn jeweils farblich auf ihre hochhackigen Pumps und die baumelnden Ohrringe ab. Über Buchreihen, Schränke, Tische, Türrahmen und Gardinenleisten wischte und wedelte sie, langsam, gründlich und graziös. Sie war freischaffend und hatte einen festen Kundenstamm. Am liebsten arbeitete sie vormittags. Am Nachmittag lag sie gern zu Hause auf ihrem Sofa, guckte Talkshows oder Naturfilme und sorgte mit Pralinen dafür, dass ihre Figur nicht schmolz.

»Okay«, sagte Karo. »Ich mach's.« Sie zog einen Schreibblock aus der Schublade. »Also, diese Yvonne ist vor zwei Jahren verschwunden? Wann genau?«

»Na, so im April ungefähr. Ich habe im Mai bei Herrn Werner angefangen. Als ihre Nachfolgerin quasi. Sie war ihm von dieser Agentur vermittelt worden, bei der ich auch mal war. Vierzig Prozent kassieren die vom Honorar. Ich habe mich da, sobald ich konnte, abgesetzt. Die Telefonistin gab mir den Tipp, dass die Stelle sozusagen frei war. Yvonne war einfach eines Tages nicht mehr aufgetaucht. Sie hatte immer mal davon geredet, dass sie weg wollte, aus dem Ruhrgebiet und aus ihrer Ehe. Alles hinter sich lassen und ein neues Leben anfangen. Sagt sich so einfach, nicht? Aber dann hat sie es getan. Glaubten wir wenigstens. Na ja, jedem das Seine, dachte ich. Obwohl ich nichts gegen das Ruhrgebiet einzuwenden habe, und ihr Mann war auch ganz nett, ich habe sie mal im Theater zusammen gesehen. Ja, so war das. Sie war weg. Ihr Mann hat sie als vermisst gemeldet, aber keine Spur von ihr. Was ja kein Wunder wäre, wenn Herr Werner sie vielleicht ... na ja, irgendwie um die Ecke gebracht hat.«

Karo notierte Namen und Adressen. Herr Werner, Getränkegroßhändler und Hettas Lieblingskunde, hatte ein Haus in Essen-Haarzopf. Herr Müller, Yvonnes Ehemann, wohnte immer noch im Moltkeviertel. Die »Agentur für Partyspäße«, die nicht nur Bauchtänzerinnen, singende Telegramme und aus Papptorten springende Blondinen vermittelte, sondern eben auch Nacktputzfrauen und -männer, residierte in der Huyssenallee.

»Den Ohrring könnte sie aber doch irgendwann dort verloren haben, oder? Was macht dich so misstrauisch, Hetta?«

»Weil Yvonne drüber gesprochen hätte! Sie hätte rumgefragt, um ihn wiederzukriegen. Hat sie aber nicht, ich habe mich in der Agentur umgehört. Der Ohrring war ihr Talisman. Den hat sie extra anfertigen lassen. Aus Platin. Sie hätte sich nicht abgesetzt, ohne wenigstens zu versuchen, ihn wiederzubekommen.« Hetta langte in ihre Handtasche. »Vorschuss«, sagte sie und legte ein Bündel Hunderter auf Karos Schreibtisch. »Und hier, das ist der Ohrring.«

Karo griff nach dem zierlichen Ohrhänger. Er war etwa zwei Zentimeter lang und einem Staubwedel nachempfunden. Die Platin-Federn schimmerten in zartrosa Emaille. Witzig irgendwie, sicher kostbar und sehr passend für eine Putzfrau. »Hm ...«, sagte sie.

»Nix da«, sagte die Schwarze Hetta. »Wenn wir sie nicht finden, behalte ich das Ding. Wedeln ist schließlich mein Beruf. Du kannst dir ja einen kleinen Schrubber ans Ohr hängen. Hey – und an das andere ein Pistölchen! Wär das nichts?«

Karo lächelte. »Nette Idee, aber 'n bisschen zu teuer für mich. Obwohl, in Silber, vielleicht.« Sie riss sich zusammen. »Okay. Ich nehme ihn erst mal an mich. Für meine Nachforschungen brauche ich ihn. Dann kriegst du ihn wieder. Er war ihr Glücksbringer. Soweit du weißt, hat sie nirgends nach ihm gefragt. Also ist sie wohl verschwunden, kurz nachdem sie ihn verloren hat. Wo hast du ihn denn gefunden, Hetta?«

»Bei Herrn Werner in so einer Art Gästezimmer. Am Freitag war das. Ich zog mich dort vor der Arbeit um. Als ich mich kämmte, legte ich die Haarspange auf die Frisierkommode. So eine altmodische, mit einer Glasplatte und einem Stoffröckchen drumrum. Stammt, glaube ich, noch von seiner Mutter. Und dann war sie weg, die Spange. Bin vielleicht drangestoßen, als ich den Lippenstift aus der Handtasche nahm, ich weiß es nicht. Ich sofort den Fußboden abgesucht. Dann habe ich die Kommode von der Wand abgerückt: nix, außer Staubflocken. Es war zum Verrücktwerden. Und wo war sie dann?«

Karo zuckte mit den Schultern.

»Hängengeblieben zwischen der Glasplatte und den Stoffrüschen. Und da fand ich auch den Ohrring.«

»Hast du was zu Herrn Werner gesagt?«

»Nee, hab ich nicht. Ich versuchte nachzudenken. Es war mir irgendwie unheimlich. Und dann klopfte er an und fragte, ob irgendwas nicht stimmte. Weil ich doch so lange brauchte. Da habe ich den Ohrring vor Schreck wieder fallen lassen. Ist doch klar, dass ich dann beim Putzen ganz verkrampft war, oder?«

»Was weißt du denn über Herrn Werner? Hat er eigentlich auch einen Nachnamen?«

»Das ist sein Nachname. Mit Vornamen heißt er Bertold. Tja, er ist so Mitte fünfzig, unverheiratet, Geschäftsmann. Und sehr nett eben. Ruhig, unauffällig, höflich. Ist Mitglied in einem Schachklub. Fährt im Sommer immer kneippen, früher mit seiner Mutter, jetzt allein. Ja, und geht gern mal ins Theater oder in ein Konzert.«

»Und leistet sich eine Nacktputzfrau.«

»Ja. Aber er hat auch noch eine normale. Die aber nicht sehr gründlich ist, was in diesem Fall ja nicht schlecht ist. Da findest du vielleicht noch andere Spuren, wenn du das Zimmer gründlich untersuchst. Übermorgen habe ich meinen nächsten Termin bei ihm, und ich hab mir gedacht, du kommst mit und guckst dich in dem Zimmer um.«

»Ich komme mit dir mit? Wie stellst du dir das denn vor? Sagen wir Herrn Werner, ich bin deine Kusine aus Zwickau und will im Gästezimmer warten, während du wedelst?«

»Natürlich nicht! Wir sagen, du bist neu in der Branche und machst bei mir ein Praktikum! Er hat bestimmt nichts dagegen. Zwei für den Preis von einer … Und nach einer Weile wedelst du dich unauffällig aus dem Zimmer. Oder sagst, du musst mal oder so was. Na, ist das eine gute Idee oder was?«

»Du meinst, ich soll als Nacktputzfrau …?«

»Genau! Stell dich nicht so an. Als Privatdetektivin musst du doch bestimmt öfter undercover arbeiten und dich dafür verkleiden. Kenn ich doch alles aus dem Fernsehen.«

»Hm«, sagte Karo. Unter Verkleiden stellte sie sich eigentlich was anderes vor. »Könnte ich nicht einen Bikini tragen?«

»Nee!« sagte Hetta. »Wenn du ein Mann wärst, könntest du dir ein Servierschürzchen umhängen. Aber so: nix als hochhackige Pumps. Na ja, und Ohrhänger, wenn du möchtest. So sind nunmal die Regeln. Tut mir Leid.«

»Pumps«, schrieb Karo auf ihren Notizblock. Oder hießen sie seit der Rechtschreibreform Pömmpps? »Ich habe gar keine Pumps«, sagte sie.

»Das«, sagte Hetta, »habe ich mir schon gedacht.« Sie griff in ihre Handtasche, die Karo immer mehr wie eine Alptraumversion von Mary Poppins' Reisetasche vorkam, und holte ein Paar giftgrüne Pumps mit wolkenkratzerhohen Bleistiftabsätzen hervor. »Die sind mir ein bisschen knapp. Sie werden dir wie angegossen passen.«

Karo wusste, wann sie geschlagen war. Sie zog ihre Turnschuhe und Socken aus und schlüpfte in die Undercover-Dienstschuhe. Sie kam sich einen halben Meter größer vor, kein unangenehmes Gefühl. Nur gehen konnte sie nicht. Sie schwankte, knickte, stolperte und wäre gefallen, wenn ihr Büro nicht so klein gewesen wäre.

Hetta schnalzte mit der Zunge und schüttelte den Kopf. »Da musste mächtig üben, Mädchen, wenn das bis übermorgen klappen soll.«

»Schaff ich«, sagte Karo. Regel Nummer eins aus dem Fernkurs »In sechs Wochen zum erfolgreichen Privatdetektiv« lautete: ›Vor dem Kunden immer Zuversicht ausstrahlen.‹ – »Schaff ich, Hetta. Kein Problem.«

Ans Treppengeländer geklammert, erreichte Karo die unter ihrem Büro liegende Film-Bar der »Lichtburg« und übte laufen. Abends mischte sie sich im Erdgeschoss unter die Kinobesucher, um Navigieren zu üben. Sie stieß mit einigen Leuten zusammen, bekam zwei unsittliche Anträge und zog mit den giftgrünen Stöckelschuhen und ihrem absatzbedingten Hüftschwung viele Blicke auf sich.

Alles vergebens.

Am nächsten Tag teilte Hetta Karo telefonisch mit, dass Herr Werner keinen Wert auf ein Putzfrauen-Duo legte. »Er war einfach nicht zu überreden. So starrköpfig kenne ich ihn gar nicht. Was machen wir jetzt?«

»Kein Problem«, sagte Karo. »Kein Problem.« Und es war auch keins, denn das Gästezimmer lag im Parterre. Karo schlich sich durch den Garten an und kletterte durch das von Hetta geöffnete Fenster. In den fünfzig Minuten, in denen Hetta und Herr Werner im Wohnzimmer beschäftigt waren, durchsuchte Karo nicht nur das Gästezimmer samt Schrank und Frisierkommode, sondern auch die zwei Wandschränke im Bad sowie die Abstellkammer. Der einzige relevante Fund war ein silberblondes langes Haar, das vermutlich von Yvonne stammte, aber gar nichts bewies, außer dass die Putzfrau nicht sehr gründlich war.

»Und das wussten wir ja schon«, sagte Hetta, als sie sich in Karos Büro wiedertrafen. Nichts wies darauf hin, dass Herr Werner etwas mit Yvonnes Verschwinden zu tun hatte. Trotzdem blieb Hetta beunruhigt. »Such weiter, Karo. Der Verdacht hängt über ihm, und so kann ich da nicht weiter arbeiten, und mit ihm ausgehen schon gar nicht. Ich hab ihm gesagt, ich fahre drei Wochen an die Ostsee.«

»Dann werde ich mir mal Yvonnes privates Umfeld ansehen«, sagte Karo. »Ein Ehemann ist immer verdächtig, wenn seiner Frau etwas passiert. Oder vielleicht hat er ja inzwischen von ihr gehört.«

»Ja, frag ihn. Vielleicht lebt sie ja ganz mondän in Monte Carlo. Dass er sie umgebracht hat, kann ich mir nicht vorstellen. Bei seinen Prinzipien.«

»Er hat Prinzipien?«

»Natürlich! Du musst doch auch von ihm gelesen haben. Und erst neulich war er im Fernsehen, er wurde in ›Hier und Heute‹ interviewt, wegen des Straßenstrichs an der Münchener Straße. Die ›Moral-Apostel‹ hatten dort eine Protest-Nachtwache abgehalten, die ganze Nacht, mit Kerzen.«

»Yvonnes Mann ist Clemens Müller? Der Vorsitzende der ›Moral-Apostel‹?« Karo hielt es nicht in ihrem Schreibtischstuhl. »Und das erwähnst du erst jetzt?« Sie legte beide Hände auf Hettas Schultern und versuchte, sie zu schütteln. Ohne Erfolg.

»Hey, was soll das? Verknüll nicht meine Bluse. Was regst du dich so auf?« Hetta war ehrlich erstaunt.

Karo ließ sich in ihren Schreibtischstuhl sinken. Sie öffnete eine Schublade nach der anderen, auf der Suche nach Nervennahrung. In einer alten Pralinenschachtel fand sie neben Büroklammern und schlaffen Gummiringen zwei Spekulatius, die Weihnachten überlebt hatten. Sie schmeckten wie süße Pappe.

»Aber Hetta! Er ist der Vorsitzende einer Organisation, die sich für Sitte, Moral und Anstand einsetzt! Hat er von der Nebentätigkeit seiner Frau gewusst? Wie reagierte er, als er davon erfuhr? Für einen Mann in seiner Position wäre das doch wohl ein wenig peinlich gewesen, oder? Wieso ist das eigentlich nicht durch die Presse gegangen, als Yvonne verschwand? ›Moral-Apostel-Gattin jobbt als Nacktputzfrau. Vorsitzender diskreditiert‹ oder so. Da hätte die ganze Organisation dran zu knabbern gehabt.«

»Das stimmt«, sagte Hetta. »In der Zeitung stand damals nichts, außer einer kleinen Vermisstenmeldung, wie man sie fast jede Woche liest. Und du meinst ...«

»Na klar! Ein erstklassiges Motiv! Ich meine, der Mann hat wegen einer Helmut Newton-Ausstellung eine Boykott-Kampagne gegen das Folkwang Museum aufgebaut! Wegen ein paar Nacktfotos. Der glaubt doch, er hat die Moral gepachtet. Was meinst du denn, sagt so einer zu seiner Frau, wenn er mitkriegt, was sie tut?«

»Verbietet es ihr? Obwohl – Yvonne war keine Frau, die sich etwas verbieten ließ. Es gebe ihr einen Kick, sagte sie, und den brauche sie, um die Langeweile ihres hochanständigen Lebens zu ertragen. Ich finde, nach einer Weile ist es ein Job wie jeder andere – aber na ja ... Ich hab's! Er hat es entdeckt, schlägt Krach und sie haut einfach ab. Hatte sie ja schon länger vor. Und er hat kein Problem mit einer Scheidung oder so was. Da ist er nämlich gegen. Eine praktische Lösung für beide Seiten. Na? Wär doch möglich?« Hetta holte eine Tüte Katjes aus ihrer Tasche, riss sie auf und hielt sie Karo hin.

Karo kippte sich eine Hand voll der schwarzen Kätzchen in den Mund und nickte. »Möglisch wärsch.« Sie schob das Lakritz in eine Backe. »Aber was, wenn sie eines Tages wiederkommt? Oder pleite ist und anfängt, ihn zu erpressen? Wenn er sie aber umbringt, ist er auch nicht geschieden und muss nicht fürchten, dass sie eines Tages wieder auf der Matte steht.«

»Stimmt«, sagte Hetta. »Leuchtet ein. Dabei sah er so nett aus ...«

Karo rief bei der Kripo an und verlangte Lutz Berner. Inzwischen brauchte sie kaum noch erpresserische Andeutungen zu machen oder an sein schlechtes Gewissen zu appellieren. Meist rückte er widerstandslos mit den gewünschten Informationen heraus. Er wusste, dass sie am längeren Hebel saß. Lutz war Karos Ex-Freund. Nicht nur hatte er sie kurzfristig wegen einer ehewilligen Elektroingenieurin verlassen, er hatte auch noch kurz – sehr kurz! – vor seiner Hochzeit mit Karo geschlafen und fürchtete nun nichts mehr, als dass Karo seiner Frau dies verraten könnte. Karo tat nichts, um ihm seine Furcht zu nehmen. Ein guter Kontakt bei der Kripo war für eine Privatdetektivin schließlich Gold wert.

Sie brauchte keine Stunde zu warten, bis Lutz zurückrief und ihr die wesentlichen Einzelheiten aus der dünnen Akte »Vermisstenmeldung Yvonne Müller« mitteilte.

Clemens Müller hatte seine Frau am 22. April als vermisst gemeldet, nachdem sie am Vorabend nicht nach Hause gekommen war. Widerstrebend, aber um Aufrichtigkeit bemüht, hatte er auch ihr »Hobby« erwähnt, von dem er erst zwei Wochen zuvor erfahren haben wollte. Der Sohn eines Bekannten hatte bei der selben Agentur als singendes Telegramm gejobbt (immer in einem Kostüm, wie er beteuerte) und Yvonne dort mal gesehen. Er hatte sich seinem Vater anvertraut, der es wiederum als seine Pflicht ansah, Clemens Müller davon in Kenntnis zu setzen. Clemens Müller hatte der Polizei gegenüber nicht seine tiefe Enttäuschung verhehlt, die er als Ehemann, Mensch und Bundesvorsitzender der »Moral-Apostel« empfand. Auch die Auseinandersetzungen mit Yvonne hatte er erwähnt, die dieser Enthüllung folgten. Er hatte sich zur Vergebung bereit erklärt, sollte sie von ihrer halbseidenen Tätigkeit ablassen. Aber Yvonne, deren Klagen über die Enge und Langeweile ihres Lebens in letzter Zeit zugenommen hatten, hatte es offensichtlich vorgezogen, ihn zu verlassen. Die Nachforschungen der Polizei hatten nichts ergeben. Die Gattin des damaligen Polizeipräsidenten war ein Mitglied der »Moral-Apostel«, und ihr Mann hatte dafür gesorgt, dass der Fall bei der Polizei so diskret behandelt wurde, dass die Presse keinen Wind von den Zusammenhängen bekam.

»Eine schöne Frau«, sagte Lutz, der die Fotos aus der Akte vor sich hatte. »So eine kühle Blonde, weißt du? Wenn ich mir vorstelle, wie –«

»Danke, Lutz«, sagte Karo, die weder kühl noch blond war. »Das hilft mir schon weiter.« Sie legte auf.

Filz! Überall Filz. Hätte Yvonne ein anderes Hobby gehabt, Golfen oder Weißstickerei zum Beispiel, hätte die Polizei bestimmt intensiver gesucht und sie sicher längst gefunden. Möglicherweise auf der Jacht eines griechischen Millionärs oder bei den Reichen und Schönen von Miami Beach. Vielleicht auch tot gefunden. Ermordet. Vom Ehemann?

Karo tippte auf den Ehemann. Die Schwarze Hetta war überzeugt davon, dass Yvonne nicht ohne ihren Talisman in ein neues Leben aufgebrochen wäre. Zumindest nicht, ohne vorher den Versuch zu unternehmen, den Ohrring wiederzufinden. Am Morgen war sie bei Herrn Werner gewesen und hatte den Ohrring verloren. Am Abend war sie nicht mehr nach Hause gekommen. Plötzliche Abreise? Plötzlicher Tod?

Karo steckte den Ohrring ein. Es war an der Zeit, sich den Hauptverdächtigen anzusehen. Sie fuhr ins Moltkeviertel. Clemens Müller öffnete ihr die Tür der gediegenen kleinen Villa. Auf den Zeitungsbildern wirkte er größer.

»Herr Müller? Guten Tag. Mein Name ist Karola Rutkowsky. Dürfte ich Sie kurz sprechen?«

»Guten Tag. Worum geht es denn? Ich bin sehr beschäftigt. Am besten machen Sie mit meinem Büro einen Termin aus. Ich gebe Ihnen die Nummer, einen Mo –«

»Es handelt sich um eine private Angelegenheit. Es geht um Ihre Frau.«

Er trat einen Schritt vor und fasste Karos Arm. »Meine Frau? Haben Sie Nachricht von ihr?« Sein Gesicht wurde lebendig, sein Haar blonder, seine Haltung aufrechter. Mit so viel plötzlicher Hoffnung sah er Karo an, dass ihr Zweifel an ihrem Verdacht kamen.

Sie schüttelte den Kopf. »Nein.«

Er nickte. »Hm. Ja. Worum geht es denn? Wollen Sie nicht hereinkommen?«

Er führte Karo in sein Arbeitszimmer. »Nehmen Sie bitte Platz. Wenn Sie mir erklären würden, was Sie zu mir führt.«

»Ich bin Privatdetektivin und bin gebeten worden, die näheren Umstände des Verschwindens Ihrer Frau zu untersuchen.«

»Privatdetektivin? Dann muss ich nicht mit Ihnen reden, nicht wahr? Wie ich schon sagte, ich habe viel zu tun, und wenn Sie mir nichts Neues mitzuteilen haben, möchte ich Sie bitten –«

»Sie weigern sich also, mir bei den Nachforschungen behilflich zu sein? Das finde ich interessant.« Karo erhob sich.

»Weigern? Was heißt hier weigern? Wer hat Sie überhaupt beauftragt?«

Karo setzte sich wieder. »Eine Freundin Ihrer Frau. Oder vielleicht ist Kollegin der bessere Ausdruck. Eine Kollegin, die sich nicht vorstellen kann, dass Ihre Frau ohne ihren Talisman abgereist wäre.« Karo legte den Platin-Ohrhänger auf den Schreibtisch.

Herr Müller sah aus wie ein hypnotisierter Rotbarsch. »Wo ... wo haben Sie den her? Nehmen Sie ihn weg!« Er fegte das Schmuckstück vom Schreibtisch. »Nicht zu fassen, dass ich ihn auch noch bezahlt habe! Und bewundert, als sie ihn vom Goldschmied abholte! Ich ahnte ja nicht, dass es sich um das Symbol ihrer ... ihrer Tätigkeit – oh Gott.« Er stützte seinen Kopf in beide Hände. »Sagten Sie, eine Kollegin? Wie meinen Sie das? Etwa auch eine ... so eine ... unglückliche Person?«

»Keine unglückliche Person«, sagte Karo. »Aber auch eine Nacktputzfrau. Ja.«

Herr Müller stöhnte auf und schüttelte den Kopf.

Die Tür öffnete sich, und eine Frau kam herein. »Clemens, ich habe den Text für die Broschüre – oh Verzeihung. Ich wusste nicht, dass du Besuch hast.« Sie lächelte Karo zu und ging wieder hinaus.

»Ihre neue Lebenspartnerin?«, fragte Karo.

»Frau Walthausen ist meine rechte Hand. Bei den ›Moral-Aposteln‹. Sie wissen, ich bin –«

Karo nickte. »Vorsitzender.«

»Ja. Ich wüsste nicht, was ich ohne Frau Walthausen machen würde. Eine treue Seele, und so effizient.«

»Treue Seele. Ah ja. Das ist wirklich ... Ja.«

Gottchen. Sollte sie jemand je so beschreiben, würde Karo sich umgehend erschießen. Sich, oder vielleicht lieber denjenigen, der es gesagt hatte. Jedenfalls würde Blut fließen.

»Das lernt man schätzen, wenn man in einer Notlage ist. Glauben sie mir«, sagte Herr Müller, als habe er Karos Gedanken gelesen. »Sie war wunderbar damals. Hat sich um alles gekümmert. Ich war wie gelähmt. Und sie war ein Bollwerk gegen all die wohlmeinenden Damen, die mich plötzlich wie einen Witwer behandelten.« Herr Müller wagte ein kleines

Lächeln. »Wussten Sie, dass Witwer Freiwild sind? Man brachte mir Suppen und Kuchen, lud mich zum Mittagessen ein und wollte meine Hemden bügeln. Damen aus der Organisation und aus der Gemeinde. Es war erstaunlich. Und überwältigend. Bis Ria das in die Hand genommen hat. Wir sind ein gutes Team. Aber ich schweife ab. Entschuldigen Sie. Ich kann Ihnen nicht helfen. Ich habe damals der Polizei alles gesagt. Bitte gehen Sie.«

Karo ging. Sie fuhr zur Stadtbibliothek und tauchte in die Heimatkunde-Abteilung ab. Herr Peter, deren Leiter, musste gar nicht erst nachschlagen. »Ria Walthausen? ›Moral-Apostel‹ und Gärten, nicht?«

Karo nickte.

»Warten Sie, ich bin sicher, ich habe da etwas in der Zeitungsdokumentation – hier!«

Er überreichte Karo nach kurzer Suche eine Mappe. Ein Artikel aus dem Hochglanz-Magazin »Ruhr Society« befasste sich in erster Linie mit Gärten und Anlagen, die von der Garten- und Landschaftsgestalterin Ria Walthausen angelegt worden waren. Ihr Stil wurde als klassisch und konservativ beschrieben. Sie hatte eine Vorliebe für Eibenhecken und Kletterrosen, eine Abneigung gegen ornamentale Gräser und Springbrunnen und lehnte Aufträge für Dachgärten ab. Ganz ohne Humor schien die Dame allerdings nicht zu sein: Sie integrierte gern Pflanzen, deren Name einen Bezug zum Besitzer des Gartens herstellte. Dies hatte sich zu einer Art Markenzeichen entwickelt. Ein paar Dichternarzissen im Vorgarten einer Lyrikerin, Trompetenblumen an der Terrasse eines Posaunisten, ein Dutzend Netzhaut-Iris im Staudenbeet eines Augenarztes.

Die anderen Artikel stammten aus der NRZ und WAZ. Sie befassten sich mit Ria Walthausens Engagement bei den »Moral-Aposteln«. Sie hatte anscheinend keine bestimmte Position, aber mehrmals wurde ihr starker Einfluss erwähnt und sie als enge Vertraute des Vorsitzenden bezeichnet. Wie weit würde so jemand gehen, um den Ruf des Vorsitzenden und den der Organisation zu schützen? Weit, vermutete Karo. Möglicherweise sogar sehr weit. Ein Gespräch, um nicht zu sagen Verhör, mit ihrer neuen Hauptverdächtigen war fällig.

Am nächsten Morgen um elf saß Karo in Essen-Heisingen im Wohnzimmer von Frau Walthausen, mit Blick auf den Garten, der sich zum Waldrand hin senkte. Ein kleiner Teetisch war gedeckt. Die Rosen auf den Servietten harmonierten mit den Kletterrosen, die sich über einen Bogen hinter einer Gartenbank rankten. Die Lachsschnittchen waren köstlich. Karo verzehrte eins nach dem anderen, während Frau Walthausen, die dieses »Gespräch von Frau zu Frau«, wie sie es nannte, an sich gerissen hatte, Karo freundlich, aber bestimmt eintrichterte, dass Herr Müller keinesfalls durch erneute Fragen beunruhigt werden dürfe, dass man ohne Frau Müller viel besser dran sei, dass sicher auch Frau Müller viel besser dran sei, da ihr das Leben hier ja nicht mehr behagt habe.

Draußen wehte ein leichter Juniwind durch das Pampasgras, drinnen ließ Karo Frau Walthausens Geplauder über sich hinwegwehen. Diese Frau würde Karo durch ihre Fragen nicht erschüttern können, so viel hatte sie begriffen. Ganz zu schweigen davon, dass sie seit einer halben Stunde kaum zu Wort kam und gar keine Gelegenheit fand, *ihre* Fragen zu stellen. Karo schob sich das letzte Schnittchen in den Mund und stand auf.

»Ich danke Ihnen für das Gespräch«, sagte sie und reichte Frau Walthausen die Hand. »Es war sehr aufschlussreich, aber jetzt muss ich leider gehen.«

Frau Walthausen lächelte und begleitete Karo hinaus.

»Das war wohl nichts«, sagte Karo zu sich selbst und stieg in ihr Auto. Sie fuhr über die Heisinger Straße zurück in Richtung Innenstadt. Auf der Höhe der »Schwarzen Lene«, deren legendäre erste Wirtin sie sich immer wie Hetta vorstellte, verursachte Karo durch ihre Vollbremsung fast eine Massenkarambolage. Hinter ihr quietschten Bremsen, ertönte Hupen. Autofahrer drohten und zeigten ihr den Vogel. Karo nahm es kaum wahr. Wieso war es ihr nicht gleich aufgefallen? Der Bruch im Muster. Das untypische Handeln.

Karo gab Gas und fuhr zu Hetta nach Holsterhausen.

»Nee! Echt, Karo. Glaubst du wirklich? Hier, bedien dich.« Hetta nahm den Deckel von einer Pralinenschachtel. »Versuch die dunklen, mit Cointreau. Das wär ja 'n Ding!«

»Ich weiß«, sagte Karo. »Mhm, lecker. Aber es passt so, weißt du? Und in dem Artikel stand mehr oder weniger, dass sie Gräser nicht ausstehen kann. Und dann in ihrem eigenen Garten! Ergibt doch keinen Sinn. Und das Schärfste ist: Weißt du, wie die Blüten, oder was es ist, aussehen?«

Hettas dunkle Augen wurden noch größer. Sie nickte langsam. »Wie Wedel ... Das ist doch dieses Gras mit den Wedeln, nicht? Ein bisschen wie die Staubwedel, ja. Und du meinst, sie ...«

»Absolut«, sagte Karo. »Und in ihrem eigenen Garten kann sie sicher sein, dass nicht jemand sie zufällig ausgräbt. Ist doch ideal. Ich bin sicher, es bereitet ihr täglich Vergnügen, dass nur noch das Gras über Yvonne wedelt und Yvonne keinen Schaden mehr anrichten kann. Ich muss unbedingt Lutz anrufen.«

»Vergiss es, Karo.« Lutz lachte nur. »Wir werden bestimmt nicht im Garten einer angesehenen Geschäftsfrau rumgraben, nur weil du es verdächtig findest, dass sie Pampasgras gepflanzt hat. Du willst nicht zufällig, dass wir in allen Essener Gärten unter Pampasgras nach Leichen suchen, nein?«

Karo schmiss den Hörer auf die Gabel. Blödmann. Selbst ist die Frau. Darauf lief es immer wieder hinaus.

Hetta war willig. »Klar mach ich mit«, sagte sie. »Aber die Schaufel musst du besorgen.«

Gegen Mitternacht schlichen Karo und Hetta durch den Heisinger Wald auf das Grundstück von Frau Walthausen zu. Das heißt, Karo schlich. Hetta brach mit der Zielstrebigkeit eines Zwölfenders durchs Unterholz. Was ihr im Wege war, machte sie mit der Schaufel platt. »Mann ey«, sagte sie. »Hier könnte auch jemand mal aufräumen.«

Der Hang hoch zum Garten erwies sich als schwierig. Schnaufend und schwitzend standen sie schließlich vor dem Pampasgras, das in den Sternenhimmel ragte. Der Mond war fast voll, so dass sie ihre Taschenlampen kaum brauchten. Karo fing an zu graben, zumindest versuchte sie es. Der Boden war hart und trocken. »Und hier, eine blöde Baumwurzel.«

»Gib her.« Hetta grub verbissen, fluchend und mit aller Kraft. »Mann, was bin ich froh, dass ich keinen Garten hab. Da muss man ja echt malochen.« Sie zog ihre Windjacke aus, wenig später ihr T-Shirt.

Karo lenkte den Strahl der Taschenlampe vom Loch auf Hettas fliederfarbenen Spitzen-BH, Körbchengröße F.

»Mööönsch, Hetta! Wenn das Herr Werner sehen könnte!«

»Was ist das denn hier?«, kreischte Hetta und ließ die Schaufel fallen. Karo leuchtete nach unten. Ein blonder Zopf war deutlich zu erkennen unter den Erdkrumen. Karo schluckte.

»Weiter grab ich nicht«, schrie Hetta. »Lass uns abhauen.«

»Schschh«, machte Karo. »Nicht so laut.« Sie nestelte ihr Mobiltelefon aus dem Rucksack. »Ich ruf die –«

»Nichts da! Hände hoch!«, schnitt ihr Frau Walthausen das Wort ab. Sie trug ein bodenlanges Nachthemd und hatte keine Schuhe an.

Karo riss ihre Arme hoch und schleuderte das Handy gegen Frau Walthausens Stirn. Die schrie auf und griff sich an den Kopf. Mit einem tigerähnlichen Grollen warf sich Hetta auf sie und begrub sie unter sich. Karo entwand der unter Hettas Hüfte hervorragenden Hand die kleine Pistole. »Ein damenhaftes Ding«, bemerkte sie und steckte die Waffe in ihren Rucksack. Es dauerte eine Weile, bis sie die Taschenlampe wiederfand, die sie brauchte, um nach ihrem Handy zu suchen.

»Wo ist das verfluchte Ding? Liegt es vielleicht unter dir, Hetta?«

»Ich rühr mich nicht vom Fleck«, grunzte Hetta. Von Frau Walthausen waren nur erstickte Laute zu hören.

Karo wollte gerade über die Terrasse ins Haus gehen, um von dort die Polizei anzurufen, als mehrere Martinshörner ertönten und immer näher kamen. Aus ihrer Nachtruhe aufgeschreckte Nachbarn hatten die Polizei längst alarmiert.

Annelie Werner

Beziehungsweisen

Endlich! Den ganzen Tag hatte Annette sich schon auf den Feierabend gefreut. Heute war in der Apotheke besonders viel zu tun gewesen. Nasenspray, Mittel gegen Fieber und Kopfschmerzen, Hustensaft – seit die Grippe in der Stadt grassierte, hatte Annette keine Zeit mehr für eine Kaffeepause. Aber für heute war Schluss. Endlich konnte sie die Füße hochlegen und in aller Ruhe mit Monika telefonieren. Diesem Gespräch fieberte sie seit Stunden entgegen, und gegen dieses Fieber halfen ihre Mittel nicht.

Annette prüfte noch einmal, ob sie auf ein längeres, vermutlich angenehmes Gespräch vorbereitet war: Die Kerze brannte, der griechische Cognac, den sie nur an besonderen Tagen trank, schimmerte im Glas. In der Gebäckschale lagen drei Sahnetrüffel. Alles stimmte.

Mit zitternden Fingern wählte Annette die Nummer. Es klingelte nur drei Mal, dann hörte sie die vertraute Stimme.

»Hallo, Monika, wie geht es dir? Wie war dein Tag? Alles gut gelaufen? – Gott sei Dank! Wie war die Beerdigung? Waren viele Leute da? Es war sicher voll, schließlich war Udo doch wenigstens bei einigen beliebt.« Annette lachte leise und griff mit der freien Hand nach dem Cognacglas.

»Seine Freunde und ein paar Kollegen waren doch sicher da, oder? – Was, die waren auch da? Na, sieh mal an. Hätte ich nicht gedacht.«

Annette trank einen Schluck. Der Metaxa schmeckte nach Sonne, blauem Meer und warmem Wind.

»Was? Natürlich, du kannst jederzeit zu mir kommen. Das weißt du doch. Ich bin immer für dich da. Komm so schnell wie möglich. Ich freu mich schon auf dich.«

Annette trank noch einen Schluck.

»Was sagst du? Du willst erst einmal ein paar Wochen in Urlaub fahren? Ach! Aber ich kann doch nicht mitkommen, das weißt du doch. Wie – allein? Na ja, wenn du meinst. Ist vielleicht besser. Trotzdem schade, ich hatte gedacht …«

Annette zog die Flasche näher heran und schenkte das Glas voll.

»Monika? Warte mal, ich muss eben noch etwas trinken. Nein, mach dir keine Sorgen. Ich trinke nur einen Metaxa, weil ich mich so auf dich freue und weil alles gut gegangen ist. Wir haben uns so lange nicht gesehen. Sag schnell, wann du kommst. Bitte! – Was? Wieso kannst du mich in der nächsten Zeit nicht sehen? Du bist doch meine Freundin, und alle Leute wissen, dass wir schon seit Jahren ... Warum ich nicht auf der Beerdigung war? Na, weißt du ... Ich muss doch arbeiten. Außerdem hätte ich nicht so gut heucheln können. Ach, komm, Monika, du weißt doch selbst, dass Udo mich nicht ... Vielleicht hat er geahnt, dass du und ich ... Was? Du hast ihn geliebt? Seit wann denn das? Aber du hast mir doch selbst gesagt ... Ja, das weiß ich genau. Immer wieder hast du gejammert, wie sehr er dir auf die Nerven geht. Das stimmt nicht? Na, hör mal! Er wollte doch sogar, dass du mich nicht mehr sehen solltest! Das hast du mir doch immer wieder erzählt. Und dass er so viel getrunken hat und dass er dich geschlagen hat.«

Annette trank einen großen Schluck, hustete und nahm gleich noch einen Schluck hinterher.

»Monika, jetzt hör doch auf. Du machst dir doch nur was vor, jetzt, wo Udo endlich tot ist. Ich sehe dich noch vor mir mit dem blauen Auge und der Beule an der Stirn. Und wie du geweint hast! Weißt du nicht mehr, dass das die erste Nacht war, die wir zusammen ... Oh, ich erinnere mich noch genau. Und dass du gesagt hast, du würdest am liebsten immer bei mir bleiben und wir sollten zusammenziehen. Nur Udo müsste erst ...«

Annette musste schlucken. Doch die Tränen stiegen immer höher. Sie wischte ihre schweißnassen Hände an der Hose ab, umklammerte den rutschigen Hörer und presste ihn fest gegen ihr Ohr.

»Monika, wie kannst du das behaupten? Ich habe selbst erlebt, wie brutal Udo war, vor allem in den letzten Monaten. Ja, das hast du mir erzählt – und auch, dass du das alles nicht mehr aushältst. Dass du froh bist, dass du mich kennen gelernt hast. Dass du nie gedacht hättest, dass du mit einer Frau ... Monika?«

Annette wischte den Hörer ab.

»Monika, bist du noch da? Ich versteh dich nicht. Was du erzählt hast und wie du manchmal zu mir gekommen bist ... Doch, völlig aufgelöst! Mit blauen Flecken an den Armen. Ich seh dich noch vor mir. Im Mai, kurz nach dem Muttertag. Und ich weiß noch genau, was du alles erzählt hast. Deswegen habe ich Udo doch ... Natürlich war das kein normaler

Tod! Udo war doch erst fünfundvierzig, da stirbt man nicht einfach so. Natürlich habe ich eingegriffen! Meinst du denn, ich hätte noch länger mit ansehen können, wie er dich behandelt hat? Ich habe immer noch im Ohr, wie du mir gesagt hast, dass du mich liebst. Du wolltest dich von Udo trennen. O ja, das hast du gesagt. Und du wolltest einfach nicht warten, bis er sich vielleicht irgendwann scheiden lässt. Du wolltest doch die Trennung. Du hattest doch nur Angst vor seinen Schulden, die hättest du ja zur Hälfte übernehmen müssen. Ich habe dir doch immer wieder mit Geld ausgeholfen.«

Das Glas war schon wieder leer. Annette schluchzte.

»Nein, das will ich nicht zurückhaben. Ich will, dass du zu mir kommst und dass wir endlich zusammenleben können. Wie – die Leute? Was kümmern uns die Leute? Außerdem gibt es inzwischen viele Frauen, die zusammenleben. Natürlich ziehst du zu mir. In deinem Dorf können wir nicht – Monika, bitte! Du hast es versprochen! Du hast immer gesagt, wenn Udo eines Tages nicht mehr ist ... Und jetzt ist er nicht mehr. Ja, ich habe dafür gesorgt. Besser, du fragst nicht, wie, sonst verplapperst du dich noch. Es gibt Medikamente, die bei Gesunden so einiges anrichten. Aber glaub mir, niemand kann auf den Gedanken kommen, dass Udos Uhr angehalten wurde. Jeder glaubt doch, sie ist von allein stehen geblieben. Ha! Aber keine Angst, ich sage nichts. Wie könnte ich auch, ich liebe dich doch.

Monika! Monika, sag so was nicht! Es ist sicher besser, du fährst erst einmal ein paar Tage weg, und dann sehen wir weiter. Ich werde schon mal die Wohnung machen lassen. Monika, ich bitte dich! Du kannst doch nicht ... Monika???«

Monika legte lächelnd den Hörer auf. Sie holte den Champagner, den sie vor drei Tagen gekauft hatte, und goss das neue teure Kristallglas voll. Nach dem ersten Schluck nahm sie wieder den Hörer auf, wählte und sagte:

»Hallo, Klaus! Ja, mir geht es gut. Was heißt gut, es geht mir hervorragend! Ach, Schatz, ich bin so froh! Endlich! Wann kann ich zu dir kommen? Ja. Eben war die Beerdigung. Es war so furchtbar und so komisch. All die Freunde und Kollegen! Und niemand konnte verstehen, wieso ausgerechnet Udo einfach so gestorben ist. Wenn die wüssten ... Wie? Annette? Nein, die war zum Glück nicht da. Sie sagte, sie müsse arbeiten. Ich glaube, wenn sie da gewesen wäre, hätte ich nicht die trauernde Witwe spielen können. Ich hätte sicher dauernd lachen müssen. Dass es so einfach werden würde, hätte ich nicht gedacht. Stell dir vor, sie glaubt allen Ernstes, ich würde zu ihr ziehen! Nur weil ich mal mit ihr geschlafen habe! Und sie glaubt tatsächlich die Geschichte mit Udos Schulden. Wenn sie wüsste, dass ich erbe und wie viel! Dass Annette sich aber auch so schnell einwickeln lassen würde! – Nein, eben hat sie angerufen. Ich habe es ihr in aller Deutlichkeit gesagt. Natürlich wird sie heulen. – Was ich zu ihr gesagt habe? Na, dass ich erst mal wegfahren will. Natürlich habe ich nichts von dir erzählt. Wozu? Und außerdem, Klaus, weißt du, bei Mord hört die Freundschaft auf!«

Billie Rubin

Jan und ich

Ich bin immer noch von meiner Unschuld überzeugt, auch wenn alle sagen, nur ich käme als Täter in Frage. Ich weiß, dass Jan es getan hat. Ich muss es wissen, ich war schließlich neben ihm, als es passierte.

Jan war mein Freund. Er war etwas größer als ich, ein knappes Jahr älter, und er sah ziemlich gut aus. Der Stimmbruch war bei ihm schon vorüber, während sich bei mir immer noch hie und da hohe Kiekser einschlichen, was alle zum Lachen brachte. Aber sie lachten sowieso über mich, weil ich stotterte, ziemlich klein war, ein Außenseiter. Das verband mich sofort mit Jan, denn er galt als Freak. Er war zwei Jahre vorher mit seinen Eltern in die Gegend gezogen, aber keiner wusste etwas von ihnen. Oder besser gesagt: Sie wurden einfach ignoriert. Die anderen Jugendlichen kümmerten sich nicht um Jan, lachten mich aus, wenn ich sagte: Jan und ich haben das und das gemacht.

Du und dein Freund, spotteten sie dann.

Ich war stolz, Jan zum Freund zu haben. Wir hätten unterschiedlicher nicht sein können, aber vielleicht war es gerade das, was uns verband. Er lachte mich nie aus, wenn ich etwas sagte, auch wenn es länger dauerte, bis ich den Satz zu Ende hatte, er hörte mir geduldig zu. Anfangs konnte ich es ja kaum glauben, dass er sich tatsächlich mit mir abgab, erwartete immer einen bösen Scherz der anderen. Aber da kam nichts, und allmählich wurde ich sicherer im Umgang mit ihm. Er gab mir auch Mut, wenn ich mit den anderen zusammen war, obwohl er selten dabei war.

Lass nur, sagte er zu mir, die können mich nicht leiden, geh du mal allein.

Deshalb war es auch so schwer, ihnen begreiflich zu machen, dass Jan wirklich mein Freund war.

Ich wäre mit ihm durch dick und dünn gegangen, hätte alles für ihn getan. Doch dann erlitt unsere Freundschaft einen schweren Schlag. Wie jedes Jahr sollte auch in diesem Sommer ein großes Fest stattfinden, das unser Dorf zusammen mit den Nachbarortschaften veranstaltete. Schon

Wochen vorher herrschte helle Aufregung, natürlich besonders bei uns Jugendlichen, denn das Fest war die beste Gelegenheit, erste zarte Bande zum anderen Geschlecht zu knüpfen. Jan hatte mir Mut gemacht, er war mir da weit voraus.

Du musst so tun, als wolltest du nichts von ihnen, dann machen sie alles, was du willst, riet er mir. Natürlich glaubte ich ihm. Warum auch nicht, er war ja mein Freund. Mein bester, mein einziger Freund.

Auch küssen? wollte ich wissen.

Küssen und noch viel mehr, grinste er und machte eine obszöne Geste. Ich wurde rot, grinste aber zurück.

Es gab da dieses Mädchen, in das ich seit Wochen verliebt war, heimlich, aus der Ferne. Ich hatte keinem davon erzählt, nicht einmal Jan, obwohl ich ihm sonst alles erzählte. Aber das Mädchen war so schön, dass ich selbst in meinen kühnsten Träumen nicht wagte, an sie zu denken. Doch ich hatte mich vom allgemeinen Pläneschmieden anstecken lassen – wer mit wem, wann, wie und wo – und mir fest vorgenommen, das Mädchen auf dem Sommerfest anzusprechen.

Zwei Wochen vor dem Fest sagte Jan plötzlich zu mir, ich hätte mich verändert in den letzten Wochen, sei immer so still und nachdenklich. Ich sagte ihm, ich hätte Probleme in der Schule, aber er glaubte mir nicht.

Ich bin dein Freund, erinnerte er mich, du kannst mir alles sagen. Es klang eher wie: Du *musst* mir alles sagen. Ich weigerte mich, doch er drang so sehr in mich, dass ich schließlich nachgab und ihm von meinen Gefühlen erzählte.

Aber das ist doch großartig, freute er sich mit mir. Ich dachte schon, du entdeckst die Mädchen nie.

Zugegeben, bis dahin hatte ich kaum an das weibliche Geschlecht gedacht, und wenn, dann nur nachts, unter der Decke, wenn das Stöhnen meines Vaters aus dem Schlafzimmer endlich verklungen war. Ich stellte mir immer vor, wie sie es trieben, meine Eltern.

Jan nannte mich oft Muttersöhnchen, was mich ziemlich wütend machte. So kriegst du nie eine ab, sagte er warnend. Umso mehr freute er sich über meine Verliebtheit. Natürlich wollte er wissen, wer die Auserwählte sei, doch ich schwieg beharrlich. Ich würde sie ihm beim Sommerfest zeigen, versprach ich. So sehr er auch bohrte, ich sagte nichts. Ich war mir sicher, dass Jan mir auch nicht alles erzählte, obwohl er immer wieder betonte, gute Freunde würden sich alles sagen.

Das Sommerfest rückte näher, und meine Aufregung wuchs von Tag zu Tag. Endlich war es so weit. Mit einem dicken Klumpen im Magen vor Aufregung, aber auch voller Vorfreude, ging ich zusammen mit Jan auf das Fest. Auf der großen Wiese vor unserem Dorf standen ein paar Buden, ein Karussell für Kinder und ein kleines Zelt mit Tischen und Bänken. Ich wollte am Freitagabend nur mal schauen, mir Appetit holen. Samstag würde ich mich dann allmählich ranpirschen und – wenn sich die Gelegenheit ergäbe – Kontakt aufnehmen. Sonntag sollte der Höhepunkt werden, da wollte ich ans Ziel kommen. Ich hätte sturmfreie Bude, meine Eltern waren auf dem Fest immer die Ersten, die kamen, und die Letzten, die gingen. Ich hatte extra aufgeräumt. Alles war bestens geplant und von Jan abgesegnet, den ich schließlich doch noch eingeweiht hatte. Immerhin war er der Experte, auch wenn ich ihn noch nie mit einem Mädchen gesehen hatte.

Alles lief besser, als ich dachte: Ich sah das Mädchen mit anderen Jugendlichen an einer der Schießbuden. Sie stand neben einem Jungen. Und wenn schon. Ich würde kommen, sie würde mich sehen, ich würde sie gewinnen. Zumindest war das in meinen Träumen so gewesen. Ich gesellte mich unauffällig dazu. Sie wollte einen ganz bestimmten Bären, doch keiner der Jungs schoss gut genug. Es war meine Chance, und das bereits am ersten Abend!

Ohne die anderen zu beachten, zahlte ich und nahm ein Gewehr. Es war eine Kleinigkeit, den Bären zu schießen. Ich gab ihn ihr gleichgültig und machte Anstalten zu gehen.

He, warte, rief sie mir hinterher, wie ich erhofft hatte. Ich drehte mich um. Sie war so wunderschön, dass mir fast das Herz stehen blieb.

Wer bist *du* denn? fragte sie und sah mich an.

Wie sehr ich mich vor diesem Augenblick gefürchtet hatte! Würde ich es schaffen, meinen Namen ohne Verzögerung, ohne Stottern zu sagen?

Herbert, sagte ich, und siehe da, es ging problemlos. Ganz wie Jan gesagt hatte. Wo war er überhaupt? Ich hatte ihn vollkommen vergessen. Ich sah mich kurz um, aber er war nirgends zu sehen. Egal, ich hatte jetzt sowieso keine Zeit für ihn.

Danke, Herbert, sagte das Mädchen und reichte mir die Hand. Ich bin Rosi.

Rosi! Das klang wie Rose, und sie erschien mir auch so schön wie eine Rose. Es ergab sich einfach, dass wir nebeneinander her schlenderten. Und es war wie ein Wunder, dass ich kaum stotterte. Zwar hielt ich meine Sätze so kurz wie möglich, aber das schien Rosi nicht weiter zu stören. Immer mal wieder schaute ich mich um, aber Jan war nirgends zu sehen. Einerseits war ich besorgt, andererseits dachte ich, er hat mich wahrscheinlich mit dem Mädchen gesehen und wollte nicht stören. Er war halt ein echter Freund.

Ich kaufte uns ein Bier, und als das alle war, schlug Rosi vor, vom Rummel weg an den nahen Weiher zu gehen. Angeheitert vom Alkohol, nahmen wir den Bären in die Mitte und spielten »Engelchen flieg« mit ihm, um unsere Scheu zu überwinden. Je näher wir dem Weiher kamen, desto panischer wurde ich. Vergeblich versuchte ich, mich an die guten Ratschläge von Jan zu erinnern. Leg sie flach, war das Einzige, was übrig geblieben war. Hatte er mir das wirklich geraten?

Rosi gehörte nicht zur schüchternen Sorte Mädchen; sie zog mich zu sich und küsste mich. Obwohl mir alles zu schnell ging, wehrte ich mich nicht. Einerseits gefiel es mir, andererseits fand ich ihre Zunge, die plötzlich in meinem Mund herumwühlte, abstoßend.

Und plötzlich war Jan da. Ich weiß nicht, wie er uns gefunden hatte.

Leg sie flach, sagte er laut, und ich wunderte mich, dass Rosi ihn nicht zu hören schien.

Verschwinde, flüsterte ich und machte eine wedelnde Handbewegung hinter meinem Rücken. Hau ab!

Aber Jan hörte nicht auf mich. Leg sie endlich flach, du Idiot. Das ist deine Chance, sagte er pausenlos. Nimm sie dir! Sie gehört dir!

Ich wollte nicht auf ihn hören, doch seine Stimme schien meinen ganzen Körper zu durchdringen. Ich würde sie nur los werden, wenn ich ihr gehorchte. Also drückte ich Rosi auf den Boden und legte mich auf sie, wie ich es im Fernsehen gesehen hatte.

He, nicht so stürmisch, lachte sie und schob mich von sich. Ich lag auf dem Rücken und japste nach Luft. Irgendwas lief hier nicht nach Plan.

Überrumpel sie nicht, hörte ich Jan neben mir sagen. Kuschle dich an sie, küsse sie, streichle sie, der Rest geht wie von allein, du wirst sehen.

Ich folgte der Stimme. Ich drückte Rosi an mich, küsste sie, streichelte sie. Sie ließ es widerstandslos geschehen. Das machte mir Mut, und ich grapschte nach ihren Brüsten. Immer noch kein Widerstand.

Siehst du? sagte Jan. Es geht alles ganz einfach. Du musst dir nur ein bisschen Zeit lassen.

Ich hatte mich an ihre Zunge gewöhnt, fand es mittlerweile sogar erregend – als wenn ich das nötig gehabt hätte. Rosis Küsse wurden stürmischer, meine Hand rutschte von ihrem Busen zwischen ihre Beine. Sie gab einen Laut von sich, der wie N-n klang, doch meine Küsse verschlossen ihren Mund und so ging unter, was sie sagen wollte.

Jetzt! gab Jan plötzlich das Kommando. Jetzt hast du sie so weit.

Ich schob ihren Rock hoch, machte meine Hose auf, ohne mit dem Küssen aufzuhören, und legte mich auf sie. Sie wehrte sich, doch ich hielt sie fest. Sie begann zu zappeln und um sich zu schlagen. Als sie für einen Moment den Kopf zur Seite drehen konnte, rief sie: Du verdammter Idiot, lass mich los. Ich versuchte sie festzuhalten.

Und plötzlich war da Jan mit dem Stein. Er hatte ihn in der rechten Hand und hielt ihn mir hin.

Mach sie fertig, sagte er.

Spinnst du? schrie ich. Ich war mir nicht sicher, ob ich ihn oder das Mädchen meinte, das begonnen hatte, wie eine Wahnsinnige auf meinem Rücken herum zu trommeln. Ich hatte die Lust an allem verloren.

Lasst mich doch alle in Frieden! rief ich und rollte von Rosi herunter. Los, komm, sagte ich zu ihr, während ich mir den Staub von der Hose klopfte. Rosi rührte sich nicht.

Ich sah die klaffende Wunde auf ihrer Stirn und den Stein neben ihrem Kopf, blutverschmiert. Den Stein, den Jan in der Hand gehalten hatte. Jan war nirgends zu sehen.

Plötzlich war überall Polizei. Sie führten mich ab, beschuldigten mich des Mordes an Rosi. So oft ich ihnen auch erzählte, was passiert war, sie schenkten mir keinen Glauben.

Wo ist denn dieser Jan? Keiner kennt ihn. Es gibt keinen Jan! sagten sie mir immer und immer wieder.

Ich wollte es nicht glauben. Jan, mein Freund, hatte mich tatsächlich im Stich gelassen. Der Psychiater in der Jugendstrafanstalt wollte mir weismachen, dass ich mir Jan nur eingebildet hatte, dass er nur in meiner Fantasie existierte. Auf dem Stein seien nur meine Fingerabdrücke gefunden worden, das beweise alles. Er faselte etwas von Persönlichkeitsspaltung bei Menschen, die sich ausgeschlossen, zurückgesetzt fühlen.

So ein Quatsch! Ich weiß, dass Jan existiert, er war schließlich mein Freund. Ich kann verstehen, dass er nicht in diese Mordgeschichte hineingezogen werden wollte. Obwohl er natürlich der Täter war. Aber das wissen nur Jan und ich.

Ulrike Rudolph

Bratenduft

Wieder wischte Petra sich mit ihrem durchnässten Schweißband über die Stirn. Ihr Blick klebte an dem Großmonitor, auf dem ein herbstlicher Waldweg mit waberndem Frühnebel abrollte.

Vor ihrem geistigen Auge stiegen Dämpfe von einem knusprigbraunen, glänzenden Gänsebraten auf. Sie fragte sich, ob es auch eine geistige Nase gäbe, denn der Duft umschmeichelte förmlich ihre Schleimhäute. Ihr Magen begann erneut zu rebellieren, sie löste eine Hand vom Griff des Laufbandes und zog ihren Gurt enger um die Taille.

Dabei schaute sie zum Tresen, ob Claudia schon gekommen war, ihre Kollegin aus dem Büro. Nein, noch nicht. Petra war erleichtert und enttäuscht zugleich. Das Bild einer goldbraunen Claudia mit weißen Papierrosettchen um die Fußknöchel huschte durch ihr Bewusstsein. Petra verkniff sich ein Kichern und stellte das Band noch einen Tick schneller. Das Kilo von der Weihnachtsfeier am Freitag musste sie unbedingt wieder runterkriegen.

Die gemeinsam begonnene FdH-Diät war bei der Kollegin entschieden erfolgreicher als bei ihr. Scheinbar hatte Claudia keine Probleme, sich zu beherrschen. Aber das sah nur so aus. Heimlich ging sie zu den Weight Watchers, die Liste mit den roten, gelben und grünen Punkten hatte Petra genau gesehen, obwohl Claudia sich in der Kantine an einen anderen Tisch gesetzt hatte. Erst fünf Minuten später hatte sie ihr zugenickt, gerade so, als hätte sie sie eben erst entdeckt.

Petra geriet aus dem Tritt und drohte zu stolpern. Die Maschine war einfach schneller als ihre Beine. Mit Gewalt zog sie sich nach vorn und schaltete das Laufband etwas herunter. Auffallen wollte sie um keinen Preis, gerade heute nicht. Der Typ neben ihr schaute schon mitleidig zu ihr rüber. Petra fragte sich, ob er sie wohl wegen ihres fetten Bauches bedauerte – oder nur wegen des Stolperns. Bei Claudia würde er vermutlich gierig gucken – wie Wolfgang am Freitag. Ihr Wolfgang.

Sie rannte bereits seit dreißig Minuten, das war ein Energieverbrauch von nicht mal sechshundert Kalorien, lächerlich bei dem Ausrutscher vom Freitag. Gänsebraten mit Rotkohl, Klößen und Soße, das machte zweitausend Kalorien, wenn nicht mehr, das Tiramisu nachher ... Petra wurde schwindelig, das konnte sie heute nicht schaffen, nicht, bevor Claudia mit ihrem herablassenden Grinsen kam, heute überhaupt nicht – oder sie musste die halbe Nacht trainieren. Aber dann wäre sie morgen ungenießbar, und da hatte sie die Wartung im »Californian Beauty« vor der Brust, für die Sonnyboys dort brauchte sie gute Nerven.

Sie schaltete das Band ab und schleppte sich Richtung Rudermaschine, als sie Claudia hereinstolzieren sah. Richtig klapperig sah sie aus – wenn die inzwischen nicht magersüchtig geworden war!

Petra warf sich ihr Handtuch um die Schultern und steuerte auf die Kollegin zu. Die grinste ihr übliches Grinsen – perfekt gestylt, makellos, keimfrei, kein Wunder bei ihrer Bakterienphobie, vermutlich sprühte sie sich Sagrotan als Finish übers Gesicht.

»Na? Musst du die kleinen Sünden vom Wochenende abstrampeln?«, fragte sie in einem Tonfall, der Petra an ihren ehemaligen Mathelehrer erinnerte. Wie damals zwang sie sich zu einem Lächeln.

»Ach, du, so schlimm ist es nicht. Neuerdings kann ich essen, was ich will, ich halte mein Gewicht! Aber jetzt brauch ich erst mal einen Isodrink, magst du auch?«

Claudia nickte, sie hatte es wie üblich nicht eilig. »Na, ich bin ja froh, dass du nicht sauer bist wegen Wolfgang. Der hat mich ja vielleicht angebaggert am Freitag, also da konnte ich nichts gegen tun, tat mir ja richtig Leid für dich, aber der hatte halt auch viel getrunken, nicht?«

Petra nickte mit einem Kloß im Hals. Wer auf der Feier wen elektrisiert hatte, das war ihr im Gehirn eingebrannt wie Pflaumensaft im Backofen, klebrig und schwer zu entfernen. Dieser Anblick, als sie ihre Serviette unter dem Tisch hervorangelte. Erst da war ihr restlos klar geworden, dass Wolfgangs verklärter Blick nicht ihr gegolten hatte.

Karl kam zur Tür rein, der Pächter des Fitnesscenters. Sofort sprang Claudia auf und fiel ihm um den Hals. Darauf hatte Petra schon gewartet, dieses übertriebene Gehabe, alle Typen musste die anmachen. Als sie zurückkam, schob Petra ihr den Drink zu und sagte beiläufig: »So, ich mach jetzt erst mal Pause, geh auch mal auf die Sonnenbank.«

Claudia riss die Augen auf. »Was? Du gehst auf die Sonnenbank? Was ist denn mit dir los? Fängst du etwa ein neues Leben an?«

Petra wischte sich übers Gesicht. »Ach, heute ist mir einfach danach, unvernünftig zu sein! Und ich hab mein eigenes Desinfektionsmittel dabei, da brauch ich keine Angst zu haben, Pilze oder so. Willst du auch …?«

Claudia nickte.

»Ach, weißt du was?«, fuhr Petra fort, »ich mach meine Liege für dich parat, wenn ich fertig bin, dann brauchst du dich nur reinzulegen.«

Claudias Gesicht leuchtete, wie immer, wenn sie es schaffte, jemandem ihre Arbeit aufzuhalsen: »Das ist lieb. Dann warte ich hier, bis du fertig bist. Lass einfach dein Handtuch in der Kabine, damit sie mir niemand wegschnappt, ja?«

»Worauf du dich verlassen kannst.«

Drei Saunagänge später nutzte Petra die Zeit bis zum Aerobic-Kurs für das Training ihrer Brustmuskulatur. Dabei konnte man wenigstens sitzen, die Gefahr, vor Hunger umzukippen, war so erheblich geringer.

Das leise Quietschen der Gewichte und die Musik aus den Lautsprechern über ihr übertönten die übrigen Geräusche. Den immer strenger werdenden Geruch vermochten sie nicht zu überdecken. Petras Bewegungen wurden langsamer. Sie hörte, wie jemand rief: »Feuer, hier brennt was!« Sie stand auf und folgte den anderen, die auf den Ausgang zustürzten.

Kreidebleich wankte Karl um die Ecke, die Hände vor dem Mund. Er war kaum zu verstehen. »Ein Arzt … Notarzt … Krankenwagen rufen. Die Claudia – mein Gott, wie schrecklich! Die … muss eingeschlafen sein, liegt da …«

Petra umschloss das Glasröhrchen in der Tasche ihrer Jogginghose und blinzelte zum Tresen. Die Gläser waren längst in der Spülmaschine.

Kirstin Warschau

Vorsaison

Kaja hatte die Frau schon seit Tagen beobachtet. Jeden Morgen, wenn sie mit Kevin zum Frühstücken herüberkam und auf der überdachten Terrasse in der Nähe des Pools Platz nahm, saß sie schon da. Und Kaja beobachtete sie, während Kevin mit dem Rücken zu ihr saß und sie so nicht sehen konnte, sich aber sicher auch nicht für sie interessiert hätte. Er war viel zu sehr damit beschäftigt, seinen vollgehäuften Teller leer zu essen, einen absurd überladenen Teller, den er so sehr mit Beilagen englischen Frühstücks bepackt hatte, dass es aussah, als hätte er tagelang gehungert. »Mir wird übel, wenn ich dich so essen sehe«, sagte Kaja am zweiten Tag, aber Kevin verzog nur sein Gesicht, schob sich ein weiteres Stück Speck in den Mund und kaute langsam. »Kostet nichts, alles inklusive«, murmelte er und ging später ein zweites und drittes Mal an das Buffet, um sich noch Brötchen, Käse und Obst zu holen, und noch mehr Kaffee.

»Wir haben doch dafür bezahlt«, sagte er und sah sie nur erstaunt an, als sie leise sagte: »Das ist ja peinlich mit dir.«

Er aß, und Kaja saß gelangweilt an ihrem Platz, weil sie ihr Frühstück längst beendet hatte. Kaja schaute zu ihr herüber. Die Frau saß allein an einem der Nachbartische. Sie war um die fünfzig, hatte kurze rote Haare und war sehr blass. Vor ihr stand noch das Frühstücksgeschirr, sie saß da, las in einem Buch und rauchte. Eine Alleinreisende, dachte Kaja, eine Alleinreisende in diesem Ferienclub für winterflüchtige Rentnerpaare. Sie musste plötzlich an frühere Reisen denken, abenteuerliche, unkomfortable Reisen, mit Nächten in billigen Gästehäusern, auf Parkbänken, in Zügen oder auf Busbahnhöfen, die sie allein verbracht hatte, allein, aber selten einsam. Immer hatte es Mitreisende gegeben, Rucksacktouristen wie sie, bereit, nach kurzer Bekanntschaft etwas zu erzählen, Reisegeschichten, Lebensgeschichten.

Sie schaute auf den schweigend kauenden Kevin und sehnte sich nach einem Gespräch, einer Geschichte, einer Erzählung, die beginnt wie »Als ich in New York war und den Hudson rauf nach Norden fuhr«, oder

»Westlich von Auckland, da gibt's eine Düne ...« So was in der Art, wie es braungebrannte Studenten erzählten, oder reisende Großmütter, die sie zufällig unterwegs getroffen, kennen gelernt, gesprochen und bald wieder vergessen hatte.

Als der Kellner an den Tisch der rothaarigen Frau trat, um das Geschirr abzuräumen, nickte sie ihm zu. Es war eine scheue Bewegung. Sie ist schüchtern, dachte Kaja und sah zu, wie die Frau nervös ihre Sonnenbrille zurechtrückte, sich eine weitere Zigarette anzündete und sich wieder in ihr Buch vertiefte.

»Alles in Ordnung?«, fragte Kevin, der seine letzte Tasse Kaffee geleert hatte. »Ja«, sagte Kaja und schaute über den Pool.

Die ersten Tage ihres Urlaubs verbrachten sie am Strand. Kaja wanderte am Spülsaum entlang, sammelte Muscheln und badete, während Kevin auf seinem Badelaken im Schatten eines Felsvorsprungs lag und die meiste Zeit schlief. Er hatte viel gearbeitet in den letzten Monaten, die neue Aufgabe als Abteilungsleiter war sehr hektisch. Es hatte an ein Wunder gegrenzt, dass er überhaupt Urlaub bekommen hatte in diesem Frühjahr. Am Strand sahen sie gelegentlich einige der anderen Gäste aus ihrem Club, alle waren um Jahre älter als Kaja und Kevin. Sie saßen nebeneinander auf ihren Strandmatten, rieben sich die Rücken mit Sonnenmilch ein, aßen Eis oder wanderten die Küste entlang. Einige grüßten flüchtig, und die Gesprächigeren unter ihnen sagten gelegentlich Dinge wie »wunderbares Wetter, nach dem Regen in den letzten Wochen, wunderbares Wetter«.

Die Rothaarige sah Kaja nie am Strand. Sie saß jeden Morgen an demselben Tisch auf der Terrasse, immer allein, obwohl der Tisch immer für vier Personen gedeckt war. Sie saß da, hatte ihre Mahlzeit meist beendet, wenn Kaja und Kevin aus ihrem Apartment zum Essen herüberkamen, rauchte und las. Ihre Haut war auch nach Tagen noch sehr blass.

Dann kam der Morgen, an dem ein starker Wind vom Meer herüberblies und dunkle Wolken vor sich hertrieb. Die Frühstücksgäste mussten drinnen bleiben, die Tischdecken auf der Terrasse flatterten im Wind. Im Frühstücksraum war es finster. So dunkel, dass Kaja ihre Sonnenbrille abnahm und auf einen der gedeckten Tische legte, bevor sie sich am Buffet bediente. Kevin eilte von Tablett zu Tablett und häufte sich wie üblich übertrieben viel Essen auf seinen Teller. Als Kaja zum Tisch zurückkam, auf dem ihre Brille lag, saß dort die Fremde. »Haben Sie etwas dagegen, dass wir uns zu Ihnen setzen?«, fragte Kaja. »Nein«, sagte die Frau und lächelte unsicher.

Kaja winkte Kevin, der sich suchend nach ihr umsah, mit gerunzelter Stirn herantrat und unsanft den Teller auf dem Tisch abstellte. »Morgen«, murmelte er in Richtung der Frau, setzte sich und vertiefte sich in sein Tomatenomelett.

»Schade, dass wir heute nicht draußen sitzen können.« Kaja versuchte, ein Gespräch anzufangen. »Der Wind«, sagte die Frau. Sie blickte Kaja nicht an beim Sprechen. Sie war ungefähr zwanzig Jahre älter als sie und es irritierte Kaja, dass sie so unsicher war. Es ist ihr unangenehm, dass wir bei ihr sitzen, dachte Kaja und fing an, sich über Kevin zu ärgern, der stumm aß und eine demonstrativ verschlossene Miene an den Tag legte. Er wollte seine Ruhe haben. »Sie gehen wohl nicht an den Strand?« Die Frage sollte beiläufig klingen. Kaja wurde aber im selben Moment klar, dass es so klang, als würde sie sich für die andere in unangemessener Weise interessieren, so als würde sie sie beobachten. »Nein«, sagte die Rothaarige und wischte sich mit einer Serviette über das Gesicht. »Ich habe mir ein Auto gemietet und fahre in der Gegend herum, eine schöne Gegend. Felsbuchten und einsame Fischerhäfen, weiter im Norden. Ich dachte daran, heute nach Cap San Joseph rauszufahren, da gibt es bei Wind eine ordentliche Brandung.« Sie hörte so abrupt zu reden auf, wie sie angefangen hatte, zog die Schultern zusammen und räusperte sich. »Ist ja toll«, beeilte sich Kaja zu sagen. Sie hatte das Gefühl, die Frau ermuntern zu müssen, ein übertrieben fürsorgliches Gefühl für jemanden, den sie gar nicht kannte. »Nach San Joseph wollten wir auch noch. Soll hübsch sein.« Kevin schaute sie über seine Kaffeetasse hinweg fragend an. »Vielleicht«, sagte die Frau, »vielleicht hätten Sie Lust, bei mir mitzufahren?« Kaja, erstaunt über die plötzliche Vertrautheit, nickte. »Was meinst du Kevin?«

Kevin dehnte seine Worte. »Lass uns das nach dem Frühstück besprechen, ja Schatz?«

Auf dem Weg in ihr Apartment fuhr Kevin sie an. »Wieso willst du mit dieser langweiligen Schachtel fahren? Findest du die sympathisch? Wir kennen sie doch gar nicht, was soll das?«

»Sie tut mir Leid. Sie ist so allein.«

«Vielleicht will sie genau das. Vielleicht will sie einfach mal ungestört sein.«

Aber dann fuhren sie doch mit, in diesem kleinen, lauten und schlecht gefederten Leihwagen. Die Rothaarige hatte sich als Roswita vorgestellt. Sie rauchte beim Fahren, und Kevin, der neben ihr saß, kurbelte ständig das Fenster auf und ab. Es ging eine befahrene, kurvenreiche Straße entlang, von der aus man an manchen Stellen das Meer sehen konnte. Kaja, die auf der Rückbank kauerte, wurde übel. Sie hörte, dass die beiden anderen angefangen hatten, sich zu unterhalten, verstand aber fast nichts von dem, was gesprochen wurde. Kevin lachte, Roswita schien etwas Lustiges zu erzählen. »Kenne ich«, hörte Kaja sie sagen. »Ich war schon einmal dort.«

Nach einer Zeit, die Kaja ewig vorkam, kamen sie am Kap an. Vor ihnen auf einer Felsklippe stand ein kleiner Leuchtturm, davor befand sich ein Parkplatz. »Here we are«, rief Kevin überschwenglich, »das berühmte Kap!« »Mir ist schlecht«, sagte Kaja, als sie ausstieg. Sie hatte zittrige Knie und schweißnasse Hände. »Ich bleibe noch einen Augenblick auf dieser Mauer hier sitzen, ihr könnt ja vorgehen.«

Kevin und Roswita wanderten den schmalen, steinigen Sandweg auf den Leuchtturm zu. Kevin drehte sich nach einer Weile um und winkte Kaja. Dann wandte er sich wieder Roswita zu.

»Von wegen, langweilige Schachtel, will lieber allein sein«, dachte Kaja, während sie auf der niedrigen Steinmauer saß, die den Parkplatz begrenzte, dort, wo die Felsen steil zum Meer hin abfielen. Die Felswände ragten fast fünfzig Meter hoch aus dem Wasser empor, am Leuchtfeuer schienen sie noch höher zu sein. Sie waren sandsteinfarben, unbewachsen und zerklüftet. Weit unten brach sich die heranrollende Dünung in gischtigen Strudeln. Kaja erschrak fast, als sie die Angler sah. Mehrere Männer hingen in den Felswänden und hielten sich an Tauen fest. Andere hockten auf einem schmalen, unbefestigten Felsplateau und warfen von dort aus Angelschnüre aus. Sie merkte, dass ihr immer noch übel war. Beim Anblick dieser Waghalsigen erfasste sie Schwindel.

Es dauerte lange, bis die beiden anderen zurückkamen. »Wo hast du denn gesteckt?«, fragte Kevin.

Später wanderten sie auf dem Felsrand entlang, durch flache, dichtwachsende Vegetation. Es roch intensiv nach frischem Lorbeer. Kevin blieb zurück und fotografierte Blütenpflanzen, während die beiden Frauen weitergingen.

»Du warst schon einmal in dieser Gegend?«, fragte Kaja nach einer Weile, in der sie stumm nebeneinander hergegangen waren und nur ihr Atmen die Stille durchbrochen hatte.

»Ja«, sagte Roswita, »vor fünfzehn Jahren.«

Die Polizei fragte Kaja später, ob sie Roswitas Geschichte gekannt habe. »Nein«, antwortete sie, »ich kannte sie nicht. Wir waren nur zwei Mal zusammen im Auto unterwegs. Sie hat sich mehr mit Kevin unterhalten.«

Das stimmte. Kevin hatte sie zum Sprechen und zum Lachen gebracht. Auf dem ganzen Weg zum Parkplatz zurück erzählte er ihr vom Abenteuer der Fotografie, von Objektiven, Filtern, Blenden und Belichtungszeiten, von seinen Ausstellungen und Wettbewerbspreisen, und Roswita hörte ihm zu, als sei das, was er sagte, das Interessanteste der Welt.

An diesem Abend fingen sie an, sich sehr laut zu streiten. Kaja ereiferte sich, sie wolle nie wieder in einem Club Urlaub machen, sie wolle überhaupt keinen Urlaub mehr mit Kevin machen, ihr sei langweilig mit ihm. Kevin schien ihr gar nicht zuzuhören und erwiderte mit beißender Stimme, sie hätte keinen Grund, auf Roswita eifersüchtig zu sein. Kaja fing an zu lachen und brüllte, dass es darum überhaupt nicht ginge. Und Kevin schrie zurück, sie solle doch mal über eine Therapie nachdenken, sie sei ja völlig überdreht.

Aber am kommenden Tag fuhren sie wieder zu dritt los. Diesmal war es Kaja, die eigentlich nicht mitgewollt hatte und dann doch mitkam, weil Kevin auch ohne sie gefahren wäre.

Sie fanden eine andere malerische Stelle an der Küste, eine einsame Halbinsel, auf die ein einziger Weg führte, der von Pilgerkreuzen gesäumt war. Staubige Fußpfade führten bis an die Felskanten. Schmale Grate liefen dicht am Abgrund entlang zu steilen Felsnasen, von denen man hinabschauen konnte in tief darunter liegende Buchten mit kleinen, bei Flut überspülten Stränden. Ein feiner, salziger Gischtnebel, der die Haut klebrig machte, stieg empor. »Bizarr«, sagte Kevin, als sie auf einem der Felsvorsprünge auf einer Wolldecke saßen, Brot und Käse aßen, Kevin und Roswita dazu Wein tranken. Später fing Kevin an zu fotografieren. Er fotografierte Kaja, wie sie mit vollgekrümeltem T-Shirt das Käsepapier zusammenknüllte und Roswita, die im Schneidersitz dasaß und mit geschlossenen Augen die Sonne genoss. Dann begann er, Landschaftsfotos zu machen. Er wanderte auf den Klippen umher, die Frauen folgten ihm. Einer der schmalen Wege endete an einer zusammengebrochenen Betonbrücke, die weggesackt war, weil ein Brückenpfeiler zusammen mit dem bröckeligen Felsuntergrund ins Rutschen geraten war. Die Brücke führte auf einen einzeln stehenden Felsen, der aus der Brandung ragte wie ein übriggebliebener Zahn. Es war Kevins Idee, trotz des schlechten Zustands über die Brückenreste auf den Felsen zu klettern. Kaja stieg ihm nach, während Roswita zurückblieb und die Kamera hielt. »Mach doch ein Foto von uns«, rief Kevin und legte seinen Arm um Kaja. Roswita betätigte den Auslöser und schoss das letzte gemeinsame Foto der beiden. Ein Mann ist darauf zu sehen, der eine junge Frau umarmt, beide lachend.

Es dauerte Tage, bis man Kevins Leiche am Fuß der Felsen bergen konnte, denn Strömung und Dünung waren zwischen den Riffen besonders stark.

Die Dolmetscherin hatte Schwierigkeiten, den Wortlaut genau zu übersetzen. Ob Kaja gewusst habe, dass Roswita diese Vorgeschichte gehabt hatte. Die Beamten beharrten auf dieser Frage, doch Kaja schüttelte nur den Kopf und schwieg. Sie wollte nicht daran denken, wie mühsam sie bei ihrem ersten Ausflug Roswita die Worte entlockt hatte, die sie kaum hatte glauben können.

Vor fünfzehn Jahren war Roswitas Mann beim Angeln am Cap San Joseph abgestürzt. Er war den Felsen hinuntergefallen und wie ein schweres Paket auf der Wasseroberfläche aufgeschlagen. Roswita war festgenommen und kurz darauf verurteilt worden. Jemand wollte durch ein Fernglas gesehen haben, wie sie neben ihrem Mann auf dem Felsvorsprung gestanden und ihm einen Stoß versetzt hatte. Die Höhe der Lebensversicherung, die ihr Mann abgeschlossen hatte, war als Beweis gegen Roswita verwendet worden, wie auch die Tatsache, dass man sie in den Nächten vor dem Geschehen im Hotel laut hatte streiten hören.

Nach all den Befragungen wusste Kaja beinahe nicht mehr, wie es wirklich gewesen war. Sie erinnerte sich, dass ihr, als sie neben Kevin auf dem Felsen stand, schwindelig geworden war und sie sich instinktiv an ihn geklammert hatte. Aber er war einen Schritt von ihr abgerückt, so als habe er sie abschütteln wollen. Dabei war er ausgerutscht. Kaja hatte versucht, ihn festzuhalten, aber nur noch ins Leere gegriffen.

Roswitas Aussage vor Gericht war eindeutig. Kevin sei plötzlich gestolpert und Kaja habe alles versucht, ihn vor dem Absturz zu bewahren. Doch entlasten konnte das Kaja nicht. Roswita wollte niemand glauben.

Kirsti Senftleben

(K)alte Freunde

Dass Gunnar ein mieser Kerl war, wusste ich noch von früher. Und was er von mir wollte, war mir nicht erst dann klar, als ich mich in die ledernen Sitze seines teuren Schlittens gleiten lies. Ich kicherte albern, als ich die Champagnerflasche zwischen meine Beine klemmte und sie öffnete. Der Korken knallte und der edle Saft lief an meinen Schenkeln hinab.

Gunnar stierte mich von der Seite an, als ich die Flasche ansetzte, einen Schluck trank, um mir dann ein paar Tropfen von meinen roten Lippen zu lecken.

Sein Blick ließ erahnen, wovon er träumte. Ich reichte ihm die Flasche, und er trank mit der Linken, die rechte Hand am Steuer.

»Das war doch mal ein Klassentreffen nach meinem Geschmack«, säuselte er schon leicht angeheitert.

Ich nickte und hoffte, wir würden nicht in eine Polizeikontrolle geraten.

»War schon ein Spaß, die ganzen alten Freunde wieder zu treffen. Ich hab seit Jahren keinen gesehen. Hast du noch Kontakte?«

»Nicht wirklich. Bin einigen nur zufällig mal begegnet, aber die waren ziemlich kalt.« Ich zog einen Schmollmund und setzte einen Liebmädchenblick auf. Gunnar hatte Mühe, sich aufs Autofahren zu konzentrieren.

»Das Beste ist natürlich, dass wir beide uns wiedersehen. Du bist immer noch genauso aufregend wie früher.«

Ich grinste ihn an und schlug meine Beine übereinander. Mein kurzer Rock rutschte nach oben und legte ein winziges Stück meiner hauchzarten, blutroten Strapse frei. Sie passten hervorragend zu meiner wallenden Lockenmähne.

Gunnars Atem ging schneller, als er seine Hand auf mein Knie legte.

»Du warst schon damals ein ganz raffiniertes Luder«, lallte er und bog in einen schmalen Feldweg ab.

Ich lächelte vielsagend und klappte den Spiegel herunter. Ich zwinkerte mir zu und fuhr mir dann mit meinen krallenlangen Fingernägeln durch die Haare.

»Dass du dich daran noch erinnern kannst.«

»Na sicher, du hast als Mädchen schon mehr Erotik ausgestrahlt als meine Frau es heute tut«, log er. Denn ich wusste, dass er sich nicht an mich erinnerte. Nicht erinnern *konnte.*

Er lachte und stoppte seinen Wagen in einem kleinen Waldstück.

»Und? Bist du auch verheiratet?« Seine Hand lag noch immer auf meinem Knie und wanderte jetzt scheinbar beiläufig höher. Ich ließ ihn gewähren. Noch.

»Mit Walter, ja!«

»Was?«, brüllte Gunnar überrascht. Du hast diesen alten Streber geheiratet. Diese fette Brillenschlange? Ich dachte, der hätte diese hässliche Planschkuh, wie hieß sie doch noch?

»Petra«, half ich aus.

»Ja genau, Petra die Planschkuh! Man, das war vielleicht ein Brecher. Die hätte mit ihrem Gewicht glatt einen Mann erdrücken können.« Er beugte sich zu mir herüber und fingerte an meiner Bluse herum. Sein heißer, alkoholisierter Atem stach mir in die Nase. Ich hielt seine Hand leicht fest, als ich ihn fragte: »Warst du nicht auch einer von denen, die damals mit ihr zu dem alten Steinbruch gefahren sind.«

»Genau! Das war eine Gaudi.« Er schlug sich lachend seine Hände auf die Schenkel.

»War sogar meine Idee. Was haben wir alle gelacht, als sie splitternackt mit all ihrem Speck vor uns stand. Und nachdem ihr Foto auch noch in der Schülerzeitung erschien, hat niemand sie mehr wiedergesehen.«

Ich lachte mit ihm.

»Was hältst du davon, wenn du mir zeigst, wo das gewesen ist. Das würde mich antörnen, wenn wir dort ... na, du weißt schon«, forderte ich ihn auf.

Das ließ Gunnar sich nicht zweimal sagen. Er legte den Gang ein und startete den Motor. Ein erwartungsfrohes Grinsen huschte über sein Gesicht, als ich ihm erneut die fast leere Champagnerflasche reichte, an der ich vorher anzüglich gesogen hatte.

Er steuerte seinen Schlitten über ein paar weitere Feldwege. Hin und wieder griff ich ihm übermütig ins Lenkrad, und wir fuhren die letzten Meter Schlangenlinien über die Felder. Meine Vorfreude steigerte sich ins Unermessliche, und innerlich zitterte ich vor Ungeduld. Als wir an dem

Steinbruch ankamen, fuhr er ganz nah an die Kante heran. Er wollte mir beweisen, wie abenteuerlustig er noch immer war. Wir küssten uns. Meine Hand glitt in sein Hemd. Seine Augen funkelten vor Erregung, als ich seinen Gürtel aus der Schnalle zog.

»Lass es uns draußen treiben«, säuselte ich. »Es ist eine laue Nacht und feurig warme Motorhauben an nackten Körpern sind etwas Wunderbares. Ich liebe diese Hitze.«

Gunnar stieg aus dem Wagen. Seine Hose hing ihm nur noch bis zu den Knien. Darunter trug er einen schwarzen, engen Angeberslip. Völlig unpassend für sein Alter und seine Figur. Er lehnte sich an das Auto und betrachtete mich voller Erwartung. Ich murmelte, wie scharf er aussehe. Dann griff ich in meine Handtasche und fingerte nach dem Fotoapparat. Selbst in völliger Dunkelheit hätte er scharfe Bilder gemacht, aber der Mond leuchtete so schön auf den halbnackten Kerl, dass ich keine Sorge haben brauchte. Gunnars Frau würde ihn schon erkennen.

Gunnar lachte und zog sich auch noch die Unterhose aus. Dann grölte er, wie Petra die Planschkuh vor rund dreißig Jahren dort gestanden hatte und wie köstlich sie sich amüsiert hatten.

»Dafür hast du jetzt Spaß mit mir«, sagte ich über das Autodach hinweg. Ich schoss zwei, drei Fotos. Gunnar bekam es nicht einmal mit. Er war zu beschäftigt, die Szene von damals nachzustellen und sich immer noch über das Mädchen lustig zu machen.

Ich verstaute den Apparat wieder in meiner Tasche und ging um den Wagen herum. Ich legte meine Arme von hinten um seinen nackten Oberkörper. Dann fing ich an, seinen Hals zu kraulen.

»Du hast vorhin gesagt, du hättest ein paar alte Freunde zufällig getroffen. Wer war es denn?«, fragte er.

»Peter, Jens und Thomas, aber ist das jetzt so wichtig?« Meine Hände berührten seinen schwabbeligen Hintern.

»Echt?«, brummte er. »Schade, dass es die drei so früh umgehauen hat.«

Ich pflichtete ihm bei. »Ja, wirklich schade. Aber für meinen Geschmack waren sie einfach zu kalt.«

»Dafür bin ich umso heißer«, säuselte er erregt.

»Noch!«, erwiderte ich. »Du wirst auch noch kalt.«

Als sein Genick unter meinen Händen knackte, spürte er nichts mehr. Zumindest nichts Heißes.

Es fiel mir nicht schwer, seinen leblosen, nackten Körper in das Auto zu zerren. Als Leistungssportlerin bin ich es gewöhnt, Gewichte zu stemmen. Ich löste meine zierlichen Strapse und legte sie ihm als Grabbeilage dazu.

Als ich die Handbremse löste und das Auto über den Abhang stürzte, musste ich lächeln.

Dann drehte ich mich um und joggte nach Hause. Wie gut mir der Sport doch tat. Kein Gramm Fett mehr zuviel.

Das Foto würde ich später zu den anderen in mein Album kleben. Zur Erinnerung an die guten, alten Zeiten.

Barbara Ahrens

Fabrikant sucht Traumfrau

Als Tereza mir das erste Mal begegnete, hatte ich gleich das Gefühl, dass mit ihr etwas nicht stimmte. Ich sah die stämmige, kleine Frau mit dem halblangen, blonden Haar häufig, wenn ich aus El Paso zurückkam – ich glaube, ich war die einzige in der Ferienhaussiedlung, die kein Auto hatte. Tereza ging mit ihrem Cockerspaniel nur die etwa fünfhundert Meter lange Zufahrtsstrasse auf und ab. Nie machte sie einen Spaziergang auf dem Höhenweg nach El Paso, den ich immer für meine Lebensmitteleinkäufe nahm. Später erfuhr ich, dass Tereza diesen Weg gar nicht kannte und nicht den herrlichen Blick auf Tazacorte, das Städtchen an der Westküste. Sie wusste auch nichts vom »Quai der Auswanderer« und dass nahezu jede Familie auf der Insel Verwandte in Südamerika hatte oder auf Kuba. Ausser Paul kannte Tereza hier überhaupt niemanden. Dabei lebte sie schon fast ein Jahr im Millionärsviertel, wie die Einheimischen die Siedlung nannten.

Nur ein Teil der Villen war dauernd bewohnt – überwiegend von Ruheständlern aus Deutschland und der Schweiz –, die meisten standen oft längere Zeit leer. Bekannte hatten mir für drei Monate ein Häuschen am Ende der Strasse vermittelt, das unscheinbarste hier – zwei kleine Zimmer mit Küche. Aber die Miete war billig, und es bot mir die Abgeschiedenheit, die ich brauchte, um endlich mit meinem Buch über das Verhältnis der Geschlechter im einundzwanzigsten Jahrhundert fertig zu werden.

Die meiste Zeit brachte ich auf meiner Terrasse zu, hinter üppig wuchernden Bougainvilleen, deren prachtvolle rosa Blüten in Wahrheit Scheinblüten sind. Ein paar wilde Katzen mit zerfransten Ohren waren zu Anfang meine einzigen Gefährten, und selbst die hielten taktvoll Distanz im Schatten der Agaven, während sie mir beim Essen zusahen.

Später, da hatte ich schon Corinna und Gerd kennen gelernt, die beiden Aussteiger aus Köln, die regelmäßig das Nachbargrundstück wässerten und die mir den Job bei ihrer Putzkolonne besorgt hatten, später sprach ich Tereza einfach an. Ich stellte meinen schweren Rucksack für einen Moment auf die Erde, denn die Maisonne brannte heftig.

Tereza trug wie üblich Bermudashorts und T-Shirt. Ihr kräftiger Unterkörper stand in krassem Gegensatz zu ihren schmächtigen, hängenden Schultern. Sie hatte breite Wangenknochen und die helle Haut der Blonden und Blauäugigen. Ihr Blick war voller Kummer.

»Fühlen Sie sich nicht wohl?«, fragte ich. Von da an waren wir täglich zusammen.

Fabrikant sucht Traumfrau – das hatte in Pauls Anzeige gestanden. Auch in Zgorzelec, dem polnischen Teil von Görlitz, wurde die »Süddeutsche« gelesen. Tereza, die deutsche Großeltern hatte, kaufte regelmäßig die Wochenendausgabe. Es sei wohl Torschlusspanik gewesen, sie habe befürchtet, mit ihren fünfundvierzig Jahren keinen Mann mehr abzukriegen. Dem Endsechziger hatte das Foto der fröhlichen Krankenschwester gefallen, und er schickte ihr ein Flugticket auf die Kanaren.

»Ohne dass ihr euch vorher getroffen habt?«, fragte ich.

»Der kann ja hier nicht weg«, sagte Tereza.

Paul habe beträchtliche Steuerschulden in Deutschland, er halte sich versteckt, bis die Verjährungsfrist abgelaufen sei. Aber das habe sie erst später erfahren.

»Wenn ich gewusst hätte, dass er in Deutschland verheiratet ist, wäre ich doch nicht hergekommen«, sagte sie. Zu Anfang habe sie ihn auch richtig nett gefunden, so aufmerksam und ritterlich.

Als ich ihn dann kennen lernte, sah er Tereza nicht einmal mehr an, wenn er mit ihr sprach. Dass er so harmlos wirkte, erschütterte mich – ein Durchschnittstyp mit Wohlstandsbauch und Halbglatze.

Für seine sexuellen Bedürfnisse schien Zuneigung allerdings nicht nötig zu sein. Denn Tereza hatte mir von Wünschen erzählt, deren Erfüllung der herzkranke alte Mann nach wie vor von ihr forderte.

»Im Liegen bekommt er schnell Rückenschmerzen«, hatte sie gesagt. »Am liebsten ist es ihm im Stehen, aber das hält er oft nicht lange genug durch.« Dann zwinge er sie weiterzumachen, während er sitze. Manchmal endlos. »Du glaubst nicht, wie der stinkt«, klagte Tereza.

»Warum lässt du ihn nicht einfach sitzen?«, fragte ich. »Komm doch mit mir nach Deutschland.«

»Paul will mich ja auch loswerden«, sagte sie. Er habe schon längst wieder Kontakt zu anderen heiratswilligen Frauen – letzten Monat habe er fünfzehn Antwortbriefe in einer Nacht geschrieben. Sie wolle auch gar nicht bleiben, aber das müsse vorbereitet werden. Ohne ihre Hündin würde sie auf keinen Fall gehen. »Wenn Doña nicht wäre«, sagte Tereza, »hätte ich das alles nicht durchgehalten.« Aber die Impfungen für die Ausreise seien noch nicht abgeschlossen.

Ich wusste ja nicht, dass es noch einen anderen Grund gab, weshalb Tereza nicht weg konnte. Ein paar Tage später, ich war noch beim Frühstück, verließ die Katze mit den ausgefransten Ohren plötzlich ihren Stammplatz und verschwand mit einem Satz im Unterholz des Nachbargrundstücks. Gleich darauf hörte ich, wie die Gartentür in den Angeln quietschte. Doñas schöner hellbrauner Kopf erschien zwischen den Bougainvilleen, hinter ihr Tereza. Sie blickte sich ängstlich nach allen Seiten um, dann sagte sie: »Stell dir vor, morgen kommt die Neue!«

Während Paul duschte, hatte Tereza sein Zimmer durchsucht und Brief und Foto von Maria Romanescu gefunden, einer stattlichen Rothaarigen mit blitzenden Zähnen.

»Mit der Nachmittagsmaschine«, flüsterte sie und setzte sich vorsichtig auf die Kante des Korbsessels. Tränen liefen ihr über das blasse Gesicht.

»Hat er dir gegenüber schon was erwähnt?«, fragte ich.

»Mit keinem Ton! Ich glaube, der hat was vor! Entweder Polizei« – er drohe immer, sie anzuzeigen, weil sie ohne Führerschein fahre – »oder«, Tereza senkte den Blick und sprach so leise, dass ich die Worte von ihren Lippen ablesen musste, »oder der will mich umbringen!«

Eigentlich hatte ich mir vorgenommen, noch ein, zwei Stunden an meinem Buch zu arbeiten, bevor ich zum Putzen nach El Paso in die Ferienwohnanlage gehen würde. Das konnte ich wohl vergessen – die Geschlechterbeziehungen mussten warten!

Ich versuchte, Tereza zu beruhigen. »Wenn wir zusammenbleiben«, sagte ich, »kann er gar nichts machen.«

»Aber ich soll ihm doch Essen kochen!«

»Sag ihm einfach, Doña muss zum Tierarzt und du brauchst das Auto.«

Ich begleitete sie die etwa zweihundert Meter bis zu Pauls Grundstück. Er saß im Unterhemd auf der Terrasse. Mit steinerner Miene warf er Tereza den Schlüsselbund zu, nachdem er so etwas wie »verfluchter Köter« gebrummt hatte.

»Sie sorgen mir dafür«, sagte er in einem Tonfall, als sei er mein Vorgesetzter, »dass das Auto spätestens am Nachmittag wieder da ist. Ich muss noch zum Friseur.«

»Bei dieser Hitze?«, fragte ich und betrachtete verstohlen sein lichtes Haar. Ob er ernsthaft glaubte, Maria käme seiner Schönheit wegen?

»Da siehst du, wie er ist«, schluchzte Tereza, als wir im Auto saßen. »Er hat nicht mal gefragt, was Doña fehlt. Und ob ich genug Geld für den Arzt habe.«

Paul hielt Tereza äußerst knapp mit Wirtschaftsgeld, wie sie mir erzählt hatte, Taschengeld bekam sie nicht.

»Willst du nicht auch bei der Putzkolonne arbeiten?«, fragte ich sie, als wir gegen halb elf mit der dritten Ferienwohnung fertig waren und uns noch ein paar Minuten auf dem Balkon ausruhten. »Das ist leicht verdientes Geld, die meisten Leute hinterlassen kaum Dreck!« Tereza hatte jeweils Küche und Bad sauber gemacht, während ich die Zimmer aufräumte, Staub saugte, Betten bezog und Blumen arrangierte.

»Ich möchte schon«, sagte sie. »Aber wo soll ich wohnen?«

Selbst wenn Doña alle Impfungen hinter sich habe, könne sie nicht einfach gehen. »Paul hat mir den Pass weggenommen«, sagte sie leise und senkte den Blick. »Er liegt im Safe, hinter dem Bild im Wohnzimmer.«

»Ich dachte, er will, dass du bei ihm ausziehst!«

»Das schon, aber zu seinen Bedingungen.«

»Und die wären?«

»Entweder zurück nach Hause. Aber was soll ich in Polen?«

Ihr Arbeitsplatz sei futsch, ihre Wohnung auch. Zu ihren Eltern wolle sie auf keinen Fall, die wüssten überhaupt nichts von ihrem Unglück. Und außerdem besitze sie keinen Pfennig. »Eigentlich«, sagte sie, »muss Paul mir eine Abfindung zahlen, findest du nicht auch?«

Ich nickte. »Und was sagt er dazu?«

»Ausgelacht hat er mich, so habe ich ihn noch nie lachen sehen!« Tereza fing an zu weinen. Ich streichelte ihren Arm.

»Und sein anderer Vorschlag?«

»Haushälterin bei Herrn da Silva, einem Bekannten von ihm, der wohnt in El Paso.« Nach der Probezeit bekomme sie auch ihren Pass wieder. Sie habe diesen Mann ein paarmal gesehen – besten Dank!

Auf dem Parkplatz trafen wir Corinna und Gerd, beide in Shorts und T-Shirt, braungebrannt wie aus einem Urlaubsprospekt. Gerd hatte sich den Kopf gestossen und betupfte die kleine Wunde über der Braue mit einem Taschentuch. Der arbeitslose Lehrer, der in Köln jahrelang Taxifahrer gewesen war, und die ehemalige Bankangestellte hatten das schöne Wetter und das geruhsame Leben auf der Insel schätzen gelernt. Zurück? Nie wieder!

»Habt ihr auch Lust auf einen Kaffee im »El Campo«?«, fragte Corinna. Ich erzählte Tereza, dass man dort immer jemand von der Putztruppe traf, nette, unkomplizierte Leute, die meisten aus Deutschland.

Auf der Plaza saßen bereits einige von ihnen. Obschon im gleichen Alter, wirkte die blasse Tereza wie ein Fremdkörper unter diesen sonnengebräunten, entspannten Menschen.

Von Paul hatten sie alle schon gehört. Es sei ja kein Geheimnis, sagte Philip, der Maler war und aus Schwaben kam, dass Pauls Frauen ständig wechselten – Osteuropäerinnen und Thailänderinnen, die von heute auf morgen wieder verschwanden. Keine habe er so lange gehabt wie Tereza, man spekuliere schon, wann es bei ihr so weit sein werde.

Tereza war fassungslos. »Wo sind diese Frauen denn geblieben?«, fragte sie.

Er habe wohl seine Helfershelfer, Schlägertypen wie da Silva. Einer von diesen Männern, die sich an jede Touristin ranmachen.

Ich erzählte kurz die Sache mit ihrem Pass, und sofort hatte Tereza die Leute von der Putztruppe auf ihrer Seite.

Die Nacht brachten wir trotz Hitze bei geschlossenem Fenster in Terezas Zimmer zu. Hier fühlte sie sich vor Paul sicher, er hatte es schon seit langem nicht mehr betreten. »Wenn er Sex will«, sagte sie, »muss ich zu ihm – die Stereoanlage steht neben seinem Bett.« Er höre immer Beethovens Fünfte, während sie sich mit seinem unappetitlichen Körper abmühe. Dadadadaaa – diese Musik sei ihr ein für allemal verleidet.

Aber wir horchten umsonst auf jedes Geräusch, Paul hatte offenbar vor, Tereza erst im letzten Moment verschwinden zu lassen. Zum Glück, denn ob Corinnas Betäubungsspray und ein dicker Knüppel wirklich genügt hätten, Typen wie da Silva abzuwehren?

Am nächsten Morgen passten wir den Moment ab, als Paul unter die Dusche ging. Als ich zwanzig Minuten später wie abgesprochen durch die Gartenpforte kam, angeblich, um Tereza zu ihrem neuen Aushilfsjob bei der Putzkolonne abzuholen, sprang die sonst so scheue Doña schwanzwedelnd an mir hoch.

Vermutlich war Paul froh, Tereza aus dem Haus zu haben, während er sich auf Maria Romanescus Ankunft vorbereitete. »Meinetwegen«, sagte er. Das Auto stehe aber nicht zur Verfügung und gegen zwölf müsse sie spätestens zurück sein, Herr da Silva komme zum Mittagessen.

Tereza sah mich voller Entsetzen an.

»Sie garantieren mir dafür!« Sein Ton war eine Mischung aus Anmaßung und Drohung.

»Selbstverständlich«, log ich ihm ins Gesicht, und wir machten uns mit Doña auf den Weg zur Bushaltestelle.

Die Eingangshalle im Flughafengebäude von La Palma ist übersichtlich wie eine gute Stube und kaum grösser. Deckung bietet allein der Zeitungskiosk. Von dort aus sah Tereza, jetzt mit schwarzer Kurzhaarperücke und Sonnenbrille, immer mal wieder zu der Gruppe der Wartenden herüber, in der ich stand. Sie hatte unbedingt dabei sein wollen, wenn ich die Neue vor Paul warnen würde. Ich hatte kein gutes Gefühl dabei, aber womöglich war sie hier sogar sicherer als irgendwo allein in einem Versteck.

Die Maschine war schon gelandet. Der schwarzhaarige Mann neben mir entnahm seiner Aktentasche ein Schild mit der Aufschrift »Hotel Miramar« und hielt es in die Höhe.

Paul kam erst im letzten Moment. »Wo ist Tereza?«, herrschte er mich an.

So hatte ich ihn noch nie gesehen: Er war ganz in Weiss – Anzug, Hut, Schuhe. Dazu eine rote Krawatte. Sah nach was aus. Nicht wie einer, der den Frauen den Pass wegnimmt.

Ich tat überrascht. »Wieso – ist sie denn nicht zu Hause?«

Aber da öffneten sich schon die Türen der Ankunftshalle. Ich erkannte Maria sofort. Sie schien älter zu sein, als ich nach Terezas Beschreibung angenommen hatte, etwa Mitte Fünfzig, aber die blitzenden Zähne stimmten und die rote Löwenmähne. Ihr schwarzes Kleid war tief ausgeschnitten.

Paul räusperte sich ein paarmal. Er nahm den Hut ab und ordnete mit der freien Hand das spärliche Deckhaar – eine Geste, die er vermutlich im Schlaf beherrschte.

Hinter Maria ging ein vierschrötiger, junger Mann in Jeans und Muskel-Shirt. Er trug einen schwarzen Pilotenkoffer. Maria sagte etwas zu ihm. Sie lächelte dabei. Ich hatte den Eindruck, dass Paul stutzte. Aber dann setzte der Mann mit dem Koffer seinen Weg fort, zielstrebig und ohne sich noch einmal umzudrehen. Ich spürte, wie der alte Mann neben mir sich entspannte.

Maria schob ihren Gepäckwagen in unsere Richtung. Paul trat zwei Schritte zur Seite, vermutlich, damit es nicht so aussah, als gehörte ich zu ihm. Als sie nur noch ein paar Meter von ihm entfernt war, ließ Maria das Gepäck stehen und rief: »Sie müssen Paul sein!« Sie hatte eine kraftvolle Altstimme.

Ich schielte in Richtung Zeitungskiosk. Tereza stand jetzt völlig ungedeckt und beobachtete die Szene.

Maria wusste offenbar, was Männer schätzten. Pauls gieriger Blick saugte sich an ihren üppigen Brüsten fest. Wahrscheinlich brauste in seinem Kopf bereits wieder Beethovens Fünfte. Aber ob eine Frau wie Maria auch auf die Knie gehen würde? Da hatte ich doch meine Zweifel.

Noch jedenfalls riss Paul sich zusammen. »Maria, meine Liebe!«, säuselte er. »Wie schön, dass Sie da sind!« Er griff nach ihrer kleinen gepolsterten Hand, die mit mehreren Ringen geschmückt war, und küsste sie.

Auf dem Weg zum Parkplatz holte ich die beiden ein. Sie hatte ihn schon untergehakt. »Meine Freundin«, behauptete ich, »muss das Flugzeug verpasst haben. Ob ich wohl mit Ihnen zurückfahren kann?«

Paul sah mich feindselig an. »Eine Nachbarin«, sagte er zu Maria gewandt.

Kurz bevor wir sein Auto erreichten, traten uns zwei Männer in den Weg. Einer von ihnen hatte eine Schramme auf der Stirn. »Steuerfahndung der Bundesrepublik Deutschland«, sagte er und hielt Paul einen Ausweis unter die Nase. »Ich muss Sie bitten, uns zu begleiten.« Ohne die verspiegelten Sonnenbrillen hätten die beiden in ihren grauen gebügelten Hosen und den dunkelblauen Blazern ausgesehen wie harmlose deutsche Beamte.

Maria hatte ihren Arm von Paul weggezogen. Der abschätzige Blick, mit dem sie ihn jetzt betrachtete, muss ihm durch und durch gegangen sein. Sie würde eine gute Donna Elvira abgeben – die hatte auch kein Blatt vor den Mund genommen, als sie dem treulosen Don Giovanni die Leviten las!

Doch zunächst war es an Paul, Krach zu machen. »Unverschämtheit«, zischelte er mit schneidender Stimme. Das gäbe noch ein Nachspiel, und er wolle sofort den Botschafter sprechen.

Die beiden Gorillas blieben höflich. Es sei doch sicherlich auch in seinem Interesse, beschwichtigte der eine, wenn man jedes Aufsehen vermeide. »Reine Routinesache«, fügte der andere hinzu. »Je weniger Schwierigkeiten Sie machen, umso schneller geht es.«

Schließlich warf Paul Maria einen Blick zu, der soviel hieß wie: Was soll ich machen? Ich beuge mich der Gewalt. Doch sie sah ihn nicht an. Daraufhin wandte er sich an mich: »Würden Sie so lange ...?«

»Ich kümmere mich um Ihren Besuch«, versprach ich eilig.

Er nahm seine Brieftasche heraus und gab mir einen Geldschein. »Fürs Taxi.«

»Viel Glück!«, rief ich ihm zu, während er mit den beiden Männern wegging. Maria sagte kein Wort.

Gemeinsam schoben wir den Gepäckwagen zurück zum Flughafengebäude und bestellten uns erst einmal etwas zu trinken. Der muskulöse junge Mann in Jeans saß auch im Café. Unter seinem Stuhl stand der schwarze Pilotenkoffer.

Fünf Minuten später holte ich Tereza und Doña an unseren Tisch, und nach weiteren zehn Minuten winkte Maria den jungen Mann heran. »Keine Sorge«, sagte sie zu Tereza, »deinen Pass kriegst du wieder. Bodo ist Spezialist für so was.«

Bodo lächelte geschmeichelt. »Von mir aus kann's gleich losgehen«, sagte er. »Wo steht denn das gute Stück?«

Kurz bevor unser Taxi in die Ferienhaus-Siedlung einbog, sahen wir einen dunkelblauen staubigen Opel, der im Begriff war herauszufahren.

»Kopf runter!«, schrie ich. Hoffentlich hatte Herr da Silva uns nicht erkannt. Er musste die ganze Zeit auf Tereza gewartet haben.

Die Haustür war nur angelehnt. Wollte er noch mal zurückkommen? Wir würden uns beeilen müssen.

Während Tereza ihre Sachen packte, machte Bodo sich an die Arbeit. In seinem Köfferchen war alles, was er brauchte, um den Safe ohne Spuren zu öffnen. Maria und ich sahen ihm dabei zu. Sie hatte nicht zu viel versprochen, der Junge war begabt.

Als er es geschafft hatte, musste Tereza sich erst durch einen ganzen Stapel Briefe durcharbeiten, um an ihren Pass zu gelangen. Wir fanden auch einen Brief von Paul, allerdings ohne Anrede und Datum. Sein Standardtext, Tereza und Maria erkannten ihn gleich wieder.

»Na, der kann was erleben!«, rief Maria nun schon zum dritten Mal.

Ihre Stimmung besserte sich, als wir die vielen gebündelten Banknoten entdeckten. »Das sind doch nur Peseten!«, sagte Maria, denn Tereza hatte zunächst Hemmungen, einen grösseren Packen davon einzustecken.

Auch Maria und Bodo nahmen ein paar Scheine. Mir war nicht so recht wohl dabei, aber schließlich hatten sie ja Auslagen gehabt.

Der Rest ist schnell erzählt.

Als wir gegen halb sieben Pauls Auto in die Strasse einbiegen sahen, versteckten Tereza und Bodo sich in meiner Küche. Maria eilte Paul entgegen. Ihr Plan, ihn von seinem Safe abzulenken, war simpel. Aber er wirkte.

Heute vormittag am Stammtisch erfuhr ich, dass Gerd und Philip von der Putztruppe mit Paul ins Geschäft gekommen waren – ihre Rollen als Steuerfahnder müssen sie überzeugend gespielt haben.

Wie verabredet, erwähnten sie Paul gegenüber ein Detail, das Tereza herausgefunden hatte: Beim Verkauf des gemeinsamen Hauses in Deutschland hatte Pauls Frau ihn übers Ohr gehauen. Statt der Hälfte des Erlöses erhielt er keinen einzigen Pfennig. Was konnte er von seinem Exil aus schon dagegen tun! In dieser Sache, so hatten die falschen Steuerfahnder angedeutet, lasse sich sicherlich etwas zu seinen Gunsten machen – vorausgesetzt, er sei zu Zugeständnissen bereit. Paul muss davon sehr angetan gewesen sein, denn er gab den beiden eine mittlere Schmiergeld-Anzahlung. Sie hatten mit ihm einen Umweg über den Süden der Insel gemacht, damit wir genügend Zeit hatten, die Neue aufzuklären. Wir konnten ja nicht ahnen, dass Maria und Bodo Profis waren! Maria kam übrigens nicht aus Rumänien, sondern aus Niederbayern. Aber Ostblock, sagte sie, klinge besser, darauf seien diese Typen regelrecht scharf.

Das Schmiergeld hat jetzt Tereza. Sie braucht es dringend, um sich komplett neu einzukleiden. Als erstes müssten diese grässlichen Bermudashorts weg, wetterte Maria. Für eine Frau mit ihrem Körperbau seien Kleider das einzig Wahre – viel verhüllen und nur das Beste zeigen. Sie werde sich wundern, wie die Männer darauf anspringen würden.Tereza wird nun doch nicht mit mir nach Deutschland fliegen. Sie bleibt mit Maria und Bodo zusammen. Jedenfalls vorerst. Noch heute Abend wollen sie weiter nach Teneriffa.

Das polizeiliche Verhör war eine reine Formsache. Maria hat nichts anderes erwartet – Paul sei schließlich ein kranker Mann gewesen. Die Kanarischen Inseln seien ideal. Jede Menge herzkranke alte Knacker, sie bräuchten nur zuzugreifen. Herzkrank ist für Maria Bedingung. Wenn man so einen noch mal richtig in Fahrt bringe, dann gehe es ganz schnell. Wie bei Paul.

Mitleid? Habe ich nicht. Im Gegenteil: Beethovens Fünfte und dazu ein Prachtweib wie Maria – was für ein Abgang!

Einen Augenblick lang hatte ich erwogen, mich den Dreien anzuschließen. Zumindest für ein paar Tage. Aber ich habe ja gar keine Zeit, denn mein Buch werde ich gründlich überarbeiten müssen. Im Verhältnis der Geschlechter hat sich wohl doch einiges geändert.

Petra Stangier

Tödliche Freundschaft

»Wir hätten glatt als Zwillinge durchgehen können, meinst du nicht? Wie wir der alten Hellmann weisgemacht haben, man habe uns sofort nach der Geburt unseren Rabeneltern weggenommen, dann aber leider keine Adoptiveltern gefunden, die uns beide wollten, das war schon Klasse. Und der Gipfel unserer Lüge war die Behauptung, das gütige Schicksal habe uns wieder zusammengeführt, als unsere Familien zufällig in dasselbe Haus zogen! Jedes Mal hat sie uns Süßigkeiten geschenkt, diese dumme, alte Kuh, wir mussten nur auf die Tränendrüse drücken. Ach, Zeiten waren das ... Und Regine stand immer auf der anderen Straßenseite, wollte unbedingt die Dritte im Bunde sein. Aber Fehlanzeige, die hatte bei uns keine Chance.

Und dann diese blöden Karl-May-Bücher, die du ständig verschlungen hast, weißt du noch? Wie du darauf bestanden hast, dass wir wie Winnetou und Old Shatterhand Blutsbrüder wurden? Heutzutage würde jedes noch so kleine Mädchen der Emanzipation gehorchend natürlich Blutsschwestern sagen, aber sei's drum ... Mal ehrlich, auch wenn ich nie viel um dieses Indianer-Tamtam gegeben hab, ist mir unser Schwur nicht heute noch tausendmal wichtiger als dir? Erinnere dich! Skrupellos hast du mich verpetzt, als wir unsere ersten Zigaretten pafften, uns dein Vater erwischte und dich solange einzusperren drohte, bis er wusste, wer von uns beiden die Glimmstängel besorgt hat? Brauchst gar nicht zu heulen, hab dir ja längst verziehen.

Zufall, dass wir beide dieses dicke, störrische, blonde Haar und diese endlos langen, schlanken Beine haben? Vielleicht. Und außerdem. Ich wollte dich nicht verletzen, deshalb hab ich bis heute nichts gesagt, aber meine Beine sind um Klassen besser als deine. Aristokratisch, wenn du verstehst, was gemeint ist: schmale Fesseln, wunderschöne Waden, die Knie nicht zu spitz, aber auch nicht rund. Und diese muskulösen, festen Oberschenkel. Aristokratisch eben. Keinen Widerspruch, meine Liebe, deine Beine sind einfach nur dünn, weiter nichts! Dünn und staksig von oben bis unten. Wie bei Twiggy, ohne jeden Charme, ohne Sexappeal.

Du würdest gern von mir wissen, warum dann ausgerechnet du immer die tollsten Jungs abgeschleppt hast? Ich kann die Frage in deinen Augen lesen, du brauchst also gar nicht so mit dem Kopf wackeln, meine Liebe. Ganz einfach: Hätte ich mir auch von jedem Idioten die Bluse aufknöpfen lassen und den Slip ohnehin gleich zu Hause gelassen, dann hätte ich jeden Einzelnen deiner Bubis haben können. Igitt, ich konnte mich immer nur schütteln vor Ekel, hatte nie Lust auf diese pickeligen Jünglinge, die nicht wissen, wohin mit ihren Fingern und ihren – na, du weißt schon. Hauptsache, du behauptest jetzt nicht auch noch, jemals auf deine Kosten gekommen zu sein! Du bist entsetzt? Meinst du etwa, ich hätte nie ihr geiles Keuchen mitgekriegt, kaum dass ihre Hände unter deinem Rock verschwunden waren? Grüne Jungs, nicht einmal geschenkt hätte ich sie genommen, nicht einen von ihnen. Dass ich im Kino immer neben dir saß, hat dich nicht davon abgehalten zu tun, was du glaubtest tun zu müssen. Manchmal war ich so wütend über die läppischen Bemühungen dieser Grünschnäbel, dass ich ihnen am liebsten gezeigt hätte, wie man eine Frau wirklich scharf macht. Ich sagte mir immer: Strafe muss sein. Soll sie doch zusehen, wie sie ihren ersten Orgasmus kriegt. Während du noch herumrätseltest, worin der Unterschied zwischen vaginalem und klitoralem Orgasmus bestehen könnte – in der BRAVO war damals ständig die Rede davon –, kannte ich bereits meinen G-Punkt. Schlapplachen können hätte ich mich über die größte Verführerin der 9c!

Also gut, Schwamm drüber, ist alles schon so lang her, nicht wahr, mein Schatz? Sind beide älter geworden. Und erfahrener. Habe es fast nicht mehr für möglich gehalten, als sich all unsere Zukunftspläne als Phrasen, hohle Worte, Sprechblasen entpuppten. Du hast mich so was von enttäuscht!!

Ich könnte dich ohrfeigen!! Wollten wir nicht die erfolgreichsten Schauspielerinnen aller Zeiten werden, wir zwei, du und ich? Oder ganz große Sängerinnen? Und wer von uns beiden hat es dann knallhart durchgezogen, du oder ich? Meinst du, es war leicht, dieses jahrelange Tingeln durch die Provinz? Glaubst du, mir hat das Spaß gemacht? Aber am Ende war ich es, die es geschafft hat, meine Liebe! Ich! Würde mich nicht wundern, wenn man jetzt einen Platz oder eine Straße nach mir benennt. Nach mir, meine Süße, nach dir wird nämlich kein Hahn mehr krähen. Lustige Metapher, meinst du nicht auch? Überanstrenge dich nicht, es reicht vollkommen, wenn du nickst. Wo war ich noch stehen geblieben?

Ach ja, richtig. Die Provinz. Alles wäre besser gewesen als eine zweite Florence Nightingale zu werden und sich einen Stall voller Blagen anzuschaffen. Sicher hast du das inzwischen auch erkennen müssen. Sieh mich nicht so wütend an, ich weiß, wovon ich rede. Oh, du bist die gottverdammteste Lügnerin, die ich je kennen gelernt habe. Die größte Lügnerin, die je auf Erden gewandelt ist. Ich zitiere, siebzehn warst du damals: ›Ich? Ich werde nicht heiraten, niemals. Und schon gar nicht werde ich Kinder in diese übervölkerte, atombedrohte Welt setzen. Make love, not war!! Freie Liebe? Super, aber bitte ohne Babys, klar?‹

Hat man ja gesehen, wie ernst du deine Vorsätze, deine Versprechen nimmst. Schade, dass ich dir nicht eher verraten habe, welcher Tatsache du deinen verehrten Supergatten eigentlich verdankst. Nämlich der, dass ich ihn nicht wollte! Aber ist es nicht an der Zeit, die Wahrheit, die ganze Wahrheit und nichts als die Wahrheit zu erfahren? Wo ihr doch so tapfer beinahe euren fünfundzwanzigsten Hochzeitstag geschafft hättet. Pech, dass die Silberbraut leider verhindert ist. Glotz mich nicht so an! Dieser mit einem permanenten Tränenflor durchwebte Blick erinnert verdammt stark an eine Kuh, deren Euter entzündet sind. Was wollte ich eigentlich gerade sagen? Meine Konzentration lässt mich neuerdings dauernd im Stich!

Ach, bei deinem Supergatten waren wir stehen geblieben, richtig? Er sei der beste Höhlenforscher weit und breit, hieß es. Du hast mir sogar noch selbst den Termin bei ihm reserviert, man beachte diese Raffinesse, hatte ich doch von je her ein Faible für Gynäkologen. Und dein Chef war wirklich spitze. Dieser Tastsinn, einfach grandios. Aber als ich mir den Typ mal genauer angesehen habe, stand mein Entschluss fest: der nicht! Warum? Nun, dein Gatte gehört zu den Rechtsträgern, du weißt schon, in diesen dünnen weißen Hosen bleibt so etwas nicht verborgen. Und Rechtsträger sind allesamt Schlappschwänze, darüber gibt es Statistiken. Hab doch Recht, nicht wahr? Zum Kindermachen mag es ja gerade noch reichen, aber mehr ist nicht drin. Ich könnte einen Lachkrampf kriegen, all die Jahre wirktest du auf mich wie eine unbefriedigte Frau, frustriert und säuerlich wie der Magen eines Mannequins, der auch nie zu seinem Recht kommt.

Ich bin übrigens sehr, sehr enttäuscht von meiner so genannten besten Freundin. Mir hättest du all das doch nun wirklich erzählen können. Aber in puncto Sex waren deine Lippen wie mit Patex versiegelt. Trotzdem stimmt es, was ich sage. Und ebenso hätte ich darauf wetten können, dass er alles daran setzen wird, dich ins Bett zu kriegen. Gynäkologen sind grundsätzlich scharf auf ihre Arzthelferinnen und deine Minis fielen schon immer unter das Genfer Waffenschutz-Abkommen. Schade, zu gern hätte ich Mäuschen gespielt, als er dich endlich auf dem Behandlungsstuhl vernaschen durfte. Und jetzt sag bloß nicht, ich phantasiere. Alle Höhlenforscher treiben es gern an ihrem Arbeitsplatz.

Verdammt, dieser ständige Schwindel!! Er macht mich rasend! Statt sich an der Überbevölkerung der Welt zu beteiligen, hätte dein Medizinmann besser Forschung betrieben, dann erginge es mir heute vielleicht anders. Egoist. Aber ist ein Arzt nicht wie der andere, sind sie nicht allesamt verlogene Blutsauger? Was hatte ich nur sagen wollen? – Ach ja, zwar hat es fast zehn Jahre gedauert, aber dann wurde unsere liebe Florance Nightingale doch schwanger. Die Frau, die freie Liebe predigte und Verhütung nach Knaus Ogino befolgte. Und dabei natürlich voll auf die Schnauze gefallen war. Ich hätte mich kringeln können vor Lachen, wäre ich nicht so wütend auf dich gewesen. Wasser predigen, aber Wein saufen, das sind mir die Richtigen. Natürlich hätte ich heimlich nachhelfen und eine von diesen phantastischen Pillen, die mir noch jedes Mal aus einer solchen Klemme geholfen haben, in deinen über alles geliebten Orangensaft fallen lassen können. Ein paar Stunden später wäre der ganze Spuk vorbei gewesen. Abort. Aber ich wollte unbedingt sehen, wie du aus diesem Schlamassel, in den du dich selbst reingeritten hast, wieder rauskommst.

Kai hat mich übrigens durchschaut. Ich hab immer genau gewusst, dass er dahinter steckt, wenn du mich wieder einmal versetzt und als Grund deine Kinder vorgeschoben hast. Deine lieben Kleinen. Einmal – gut, verziehen. Zweimal – immer noch nichts dazugelernt. Dreimal ist Vorsatz. Aber viermal – viermal ist Verrat! Verrat, jawohl!! Zusammen wollten wir die Bretter der Welt erobern und verdammt, zusammen hätten wir es auch geschafft! Du hast ja keine Ahnung, wie es ist als Frau auf sich selbst gestellt in dieser von Männern dominierten Scheinwelt! Es ist die Hölle, das darfst du mir glauben! Aber zusammen hätten wir sie alle in den Sack gesteckt und kräftig durchgehauen. So aber durfte ich allein zusehen, wie ich klar kam. Vielen Dank, teure Blutsschwester. Aber!! Natürlich!! Habe!! Ich!! Es!! Geschafft!! Was dachtest du denn? Heute bin ich eine hoch bezahlte, hoch dekorierte Schauspielerin, alle Männer liegen mir zu Füßen. Alles ist ganz genau so, wie ich es wollte, nicht wahr? Bullshit! Keine Ahnung hast du! Nie hatte ich etwas ganz für mich allein!! Niemals! Never!

Weißt du noch, wie ich es mir damals in den Kopf gesetzt hatte, mir einen Hund anzuschaffen? Du hast es mir ausgeredet. Es wäre eine Schnapsidee, einfach unverantwortlich. Und wie ich einem Tier nur zumuten könnte, jeden Tag in einem anderen Hotelzimmer zu leben. Und jetzt raten wir mal, wer am Ende einen Hund hatte? Richtig! Du! ›Die Kinder wollten unbedingt einen Hund jetzt, wo wir endlich in unserem eigenen Haus wohnen!‹

Ich hör dich noch genau deinen verlogenen Spruch aufsagen. Gnädigerweise durfte ich dann die Patentante von Spike werden. Ihr habt euch nicht einmal geschämt, euch den gleichen Hund auszusuchen wie ich, einen Golden Retriever. Du wunderst dich, warum ich plötzlich so lachen muss? Weil ich ihn bei jedem Besuch mit Hundekeksen gefüttert habe, die mir als liebevolle Patin gnädigst mitzubringen erlaubt wurden. Allesamt waren sie mit einem Kotzmittel präpariert. Und du warst wie immer viel zu dämlich um zu bemerken, dass mir Spike inzwischen tunlichst aus dem Wege geht, mich meidet wie der Teufel das Weihwasser. Ach, wenn du jetzt nur deine weit aufgerissenen Glupschaugen sehen könntest! Göttlich! Endlich begreifst du, was für eine gute Schauspielerin ich bin.

Apropos sehen. Mich sehen könntest du es ja nur, wenn ich die Taschenlampe auf mich richtete. Oder wenn ich eine Deckenlampe hätte anbringen lassen, aber der Aufwand erschien mir zu groß. Bevor jedoch Panik aufkommt, fahre ich lieber fort mit meiner allerletzten Gute-Nacht-Geschichte, mein Schatz. Die ganze Zeit über wurde ich also von dem Gefühl aufgefressen, nichts zu besitzen, nichts von Wert. Nichts, was mich in den Arm nimmt und tröstet. Schon gar nicht eine wahre Freundin. Oder würdest du so eine wie dich als wahre Freundin bezeichnen? Du erlaubst, dass ich lache, ja. Aber Regine, die hat mir all die Jahre geschrieben, ellenlange Briefe. Und nur aus Treue zu dir habe ich mich nie bei ihr gemeldet. Erst kürzlich habe ich Kontakt zu ihr aufgenommen, doch darauf komme ich später. Ich war also ganz allein, nichts von Belang war mein und dann ... Schon komisch, plötzlich etwas so Gigantisches zu besitzen, zum allerersten Mal in meinem Leben etwas mein Eigen nennen zu dürfen, etwas, das mir keiner wegnehmen kann. Niemand. Niemals. Verrückt, nicht wahr? C'est la vie.

Und da kommst du daher und machst einen frommen Spruch nach dem anderen. ›Alles wird gut. Lass nur den Kopf nicht hängen. Du musst kämpfen.‹ Ich weiß genau, was du jetzt sagen würdest, wenn du könntest. ›Meine Liebe, ich will dir doch bloß helfen!‹

Aber darauf pfeife ich, kapiert? Ich pfeife drauf! Es ist mein Karzinom!! Meines! Glaubst du wirklich, ich würde es hergeben, selbst wenn es ginge? Für nichts auf der Welt, hörst du? Für nichts auf der Welt! Endlich ist etwas ganz das meine, ist etwas meinem Herzen ganz nahe, sogar in doppelter Bedeutung. Ich kann es spüren, lege ich meine Hand auf meine Brust, auf meinen Leib so wie du, als du viermal deine Brut in dir herumgeschleppt hast. Ich spüre *es.* Für mich hat es einen eigenen, einen zärtlichen Namen. »Mein Lieb«, nenne ich es. Seinen widerlichen medizinischen Namen habe ich längst verdrängt. Inoperabel umschließt mein Lieb mein Herz, mein Lieb durchdringt sogar mein Gehirn, mein Lieb ist einfach überall, wo es warm ist in mir, in meinem Leib, meinem Schoß, meiner Brust. Ihr alle aber habt nichts Besseres zu tun, als euch Gedanken darüber zu machen, wie ich es loswerden kann. Wenn ich es könnte, denn das ist reine Spekulation, wie euch mein Onkologe gern erläutern wird!

Ich werde wütend, wenn ich nur daran denke, wie herzlos ihr seid, nennt mein Lieb einfach ›dieses Krebsgeschwür‹. Wie ein Schimpfwort werft ihr es mir an den Kopf! Jedes Mal komme ich mir vor wie ein Blumenkohl, von außen noch ganz ansehnlich, von innen aber bereits von Ungeziefer zerfressen. Aber natürlich wollen mir alle immer nur helfen! Vor allem dein Super-Kai!! Der Herr Mediziner hat ja den totalen Durchblick, klar. Kürzlich meinte er sogar, schon bald wäre ich nicht mehr Herrin meiner Sinne und müsse daher unbedingt für diesen Fall Vorsorge treffen. Also was ich unter Vorsorge verstehe, das siehst du ja jetzt, meine Liebe. Ruhig, ruhig, die Fesseln schneiden doch sonst nur noch fester in deine zarte Haut. Sag, hab ich mir nicht die allergrößte Mühe gegeben, um besonders raue Sisalstricke zu finden? Es ist mir gelungen, nicht wahr? Gib es ruhig zu: Es ist mir gelungen. Für dich, my dear, ist mir nämlich keine Mühe zuviel, wir beide wissen doch: Indianer kennen keinen Schmerz. Und weil du jetzt wieder so schön brav bist, verrate ich dir auch endlich das ganz, ganz große Geheimnis: Dein Mann wird des Mordes an dir verdächtigt werden, ist das nicht toll?

Hör auf zu flennen, sonst sollst du mich kennen lernen!! Es gibt zwar keine Leiche, dafür aber reichlich Indizien. Und genügend Indizienprozesse, die sich als Präzedenzfälle heranziehen lassen. Erst kürzlich wurde wieder ein Mann zu fünfzehn Jahren Freiheitsstrafe verurteilt, obwohl seine Frau angeblich mit ihrem Liebhaber auf und davon ist, wie er sagt. Nur beweisen kann er es nicht. Tja, so ist das Leben, auch im Fall von Kai sprechen die Indizien gegen ihn. Alles ist exakt geplant. Natürlich wird es auch ein paar magere Beweise geben! Erinnerst du dich, wie wir vor ein paar Monaten aus Spaß alle zusammen dies kurze Theaterstück schrieben? Du hattest den Part der betrogenen Ehefrau und entsetzten Mutter übernommen. ›Ich hasse dich! Ich werde mich von dir trennen, werde deinen Leumund zerstören, ein für allemal. Ein Mann, der seine Kinder missbraucht, hat es nicht verdient, verschont zu bleiben.‹ So in etwa lautet der Brief, den du auf meinen besonderen Wunsch hin mit der Hand geschrieben hast, es sollte ja identisch wirken. Genau wie der Brief von Kai an dich, der in etwa so geht: ›Wage ja nicht, mir zu drohen! Bin ich erst fertig mit dir, wird nichts mehr darauf hinweisen, dass du je auf dieser Welt weiltest, du miese Schlampe!‹

Habt ihr euch wirklich eingebildet, auf der ganzen weiten Welt gäbe es auch nur einen Regisseur, der solchen Schund seinem Publikum zumuten würde? Aber als Eintrittskarte ins Zuchthaus machen sich die Zeilen super. Ach, da fällt mir noch eine Frage ein. Was glaubst du wohl, wird mit euren entzückenden Kinderchen passieren? Du kannst nicht reden? Trotzdem richtig geraten, meine Liebe. Sie kommen ins Heim! Wohin auch sonst? Wo die armen Kleinen jetzt doch niemanden mehr haben auf dieser Welt. Nicht einmal mehr mich, ihre liebe Tante Vicky, die wie ihre arme liebe Mutti wie vom Erdboden verschluckt ist. Ich gebe zu, die scharfsinnige Doppeldeutigkeit meiner Formulierung selbst ein wenig zu bewundern! Grandios, nicht wahr, einfach grandios. Doch weiter mit meiner geheimen Beichte, die nur du allein vernehmen wirst. Im Zuge der Ermittlungen wird die Polizei einem anonymen Hinweis nachgehen und in meinem Haus nicht nur doppeldeutige Krakeleien eurer Kinder, sondern auch mein angebliches Tagebuch finden und feststellen müssen, dass der mutmaßliche Kinderschänder und ich ein Verhältnis hatten, man mag es kaum glauben. Ein sehr animalisches übrigens, das er partout nicht aufgeben wollte, sosehr ich ihn auch anflehte, konnte ich doch mit der Schande, dich zu betrügen, nicht länger leben. Und mit seiner pädophilen Abartigkeit, der ich mir inzwischen bewusst war. Warum soll ein Star wie ich, wenn er keinen Ausweg mehr sieht, eigentlich nicht mit dem Gedanken spielen, ins Kloster zu gehen, in die Anonymität zu flüchten? Aber genauso gut kann Kai mich auch aus dem Weg geräumt haben. So wie dich. Denn ich bin wie du plötzlich verschwunden, ohne Hinweis, ohne Abschiedsbrief, einfach so.

Sag, hättest du mir so viel Sinn fürs Detail zugetraut? Keine Sorge, meine Liebe, aber ich hab an alles gedacht, wirklich an alles. Ich liebe subtile Details. Aber wenn du jetzt nicht endlich Ruhe gibst, bleibt mir nichts übrig als dich zu bestrafen. Hör endlich auf, dich wie wild zu gebärden, dich hin und her zu werfen, du tust mir doch weh. Übrigens, du hast unseren bezaubernden Doppelsarg noch gar nicht richtig gewürdigt. Ein Zufallskauf übrigens, denn bei meinem Dreh in Spanien erfuhr ich von zwei gramgebeugten Schwestern, die versehentlich beide einen Sarg für ihre Eltern in Auftrag gegeben hatten. Einen Doppelsarg, weil die bizarren Alten nicht nur im Leben, sondern selbst im Tode unzertrennlich waren. Was mich im Übrigen auf diese entzückende Idee brachte, in deren Genuss du gerade kommst, liebste Freundin. Oder sollte ich nicht besser sagen: du falsche Schlange?

Schon komisch, dass sich am Ende ausgerechnet Regine als die wahre Freundin entpuppt hat. Aber wer sollte uns auch sonst begraben, wenn nicht sie? Hier, wo uns niemand finden wird. Und wo wir der Unsterblichkeit so nahe sind wie sonst nirgends auf der Welt, mitten in der Einöde, aber mit diesem grandiosen Blick ins Uferlose, in eine über dem Meer untergehende Sonne. Schade, dass ich nicht wie bei einem U-Boot ein Periskop einbauen lassen konnte, aber das wäre selbst Regine merkwürdig vorgekommen. Das mit dem Doppelsarg war ihr übrigens leicht zu erklären. Ich hab Regine einfach meinen Kummer erklärt, hab ihr gestanden, dass ich auf gar keinen Fall meinen alten, treuen Golden Retriever allein zurücklassen werde, nur damit er dann womöglich ins Tierheim kommt. Ich wusste natürlich von ihrer Hunde- und Katzenhaarallergie. Und da Regine nun um die Unheilbarkeit meiner Krebserkrankung weiß und sie meinen Entschluss, als Mythos, als unerklärlich von der Bildfläche verschwundener Star und nicht als eine von Maden zerfressene Exschauspielerin abzugehen, bewundert, hat sie mir ihre Hilfe geschworen.

Geschworen!! Und *sie* hat ihren Schwur gehalten! Du warst betäubt, hast von alledem nichts mitbekommen. Aber wir beiden Hübschen liegen gut zwei Meter tief in der Erde. Regine hat sich wirklich nicht geschont, das muss ich ihr lassen. Ich habe die Grube zwar eigenhändig ausgehoben, aber uns zuschütten musste sie. Natürlich kam sie erst her, nachdem ich zu dir in die Kiste gestiegen war, meine schriftlichen Instruktionen waren eindeutig und der Zeitplan perfekt kalkuliert. Ein Schnappschloss ohne Schlüssel stellte übrigens sicher, dass sie nicht noch einmal von mir Abschied nehmen konnte. Nur schade, dass sie der Tee, den ich ihr zusammen mit meinem Lieblingsring, aber selbstredend ohne Brief zum Dank gab, umbringen wird.

Doch wieder zurück zu dir. Glaubst du, ich hab mir die Entscheidung leicht gemacht? Lange überlegte ich, ob ich mich über deinen Verrat hinwegsetzen, dich dennoch derart reich belohnen könne, dich an diesem einmaligen Erlebnis teilhaben lassen sollte. Doch mein Lieb riet mir, dir zu verzeihen. Meinem Lieb verdankst du es, gemeinsam mit mir zum großen Manitu gehen zu dürfen. Obwohl ich fast glaube, dass deine Karl-May-Verehrung inzwischen ein wenig abgeflaut ist. Es hat keinen Zweck, sich gegen die Einmaligkeit, die Endgültigkeit dieser Situation zu wehren.

Sei dankbar. Nie wieder werden unsere Seelen einander so nahe sein wie in diesem Augenblick!! Und nun stelle ich dir eine simple Frage. Du kannst sie beantworten, indem du mit dem Kopf verneinend oder bejahend nickst. Ich mache dafür extra noch einmal kurz die Taschenlampe an. Hör mir gut zu, ich frage nicht noch einmal. Eine zweite Chance gibt es für dich nicht, denn später wird es mir unmöglich sein zu handeln. Sieh, in meiner Hand halte ich zwei Zyankalikapseln. Keine Sorge, sie töten rasch und schmerzlos. Es war nicht leicht, sie zu bekommen, aber es ist mir gelungen. Glaubst du, ich hätte Lust zu ersticken? Keine Ahnung, wie lange der Sauerstoffvorrat in einem einsfünfzig mal zwei Meter großen Sarg reicht. Doch sei ohne Sorge, ich bin ja bei dir. Als Zeichen ewiger Freundschaft besiegeln wir hier und jetzt noch einmal unseren Schwur. Schwestern für immer und ewig. Deine Lippen sind ja eiskalt und zittern! Schmecke ich da etwa Tränen? Warum vertraust du mir nicht? Warte, ich nehme dir den Knebel aus dem Mund, lege dir als letzten Beweis unserer schwesterlichen Liebe die erlösende Kapsel auf die Lippen.

Moment, nicht so hastig, wir werden sie beide im selben Moment schlucken, werden in inniger Umarmung sterben als die unzertrennlichen Freundinnen, die sich einst den Blutsschwur gaben.

Natürlich bleibt es dir unbenommen zu sterben wie mein Feind. Dann wirst du neben meinem faulenden Fleisch daliegen und während du langsam verrückt wirst oder erstickst, musst du den ekelhaften Odem der Verwesung ertragen.

Ach, ich wusste, du würdest vernünftig sein. Fühlst du meine Hand, liebste Freundin? Wir sind auf immer und ewig miteinander verbunden! Ich danke dir, danke dir aus ganzem Herzen für deine Treue bis zum allerletzten Atemzug. Treue weit über den Tod hinaus, genau so, wie wir es uns als Kinder schworen. Und nun öffne sacht die Lippen. Empfange den Kuss des ewigen Schlafes. Heilige, geliebte Schwester, im Angesicht der Ewigkeit verspreche ich, dich zu lieben und zu ehren, jetzt und immerdar, bis dass der Tod uns scheidet. Amen.«

Monika Misko

Ein sehr guter Bekannter

Auf der Beerdigung sehe ich ihn zum ersten Mal. Antony Eulger. Eine auffällige Erscheinung. Mitte fünfzig. Leicht angegraute Schläfen rahmen seine scharf geschnittenen Gesichtszüge. Er hat das gewisse Etwas, keine Frage. Passend zum milchig trüben Septembertag trägt er lässig einen Burberry über seinem schwarzen Anzug aus feinem Tuch. Ich stehe neben ihm vor dem offenen Grab, blicke auf den Sarg, in dem meine Mutter liegt, gerade achtundvierzig Jahre alt. Ich schiele zu ihm hinüber. Er trägt eine Brille, wie man sie auf dem Flohmarkt findet. Sein Gesicht zeigt keine Regung, als er mit der kleinen Schaufel lockere Erde in die Gruft wirft. Wütend stelle ich fest – ein kalter Abschied, keine Spur von Trauer. Du feiner Herr in deinem Burberry. Für Sekunden blickt er mich an. Als hätte er meine Gedanken erraten, dreht er sich abrupt ab und geht strammen Schrittes auf den Friedhofsausgang zu. Ich eile ihm nach. Er steht vor einem schwarzen Alfa Romeo. Will gerade den Schlüssel ins Schloss stecken.

»Sind Sie ein Bekannter der Toten?«, nähere ich mich ihm. Er sieht mich überrascht an, ein smartes Lächeln auf seinen Lippen.

»Ich bin ein *sehr guter* Bekannter.«

»Aha.« Schweigend stehen wir uns gegenüber. Er spielt nervös mit seinem Autoschlüssel.

«Wir verbrachten einige Monate gemeinsam«, fährt er behutsam fort. Er schaut mich an, den Kopf leicht geneigt. »Und Sie?«

»Ich?!«

Oh, verflixt, durchjagt es mich.

»Ich bin eine entfernte Bekannte, hörte von ihrem tragischen Tod.«

»Ja, tragisch«, murmelt er. Sein Kopf fährt in die Höhe. Er sieht mich direkt an. »Ich dachte für einen Moment, Sie wären vielleicht die Tochter. Leider habe ich sie nie kennen gelernt.«

Erst stockt mir der Atem, dann durchströmt mich eine heiße Welle der Erleichterung.

»Können Sie mich mitnehmen in die Stadt?«, frage ich, obwohl mein Mietwagen nur ein paar Meter entfernt parkt. Er nickt und weist mit der Hand über das Autodach auf die Beifahrertür.

Während der Fahrt gebe ich mich aus den Augenwinkeln seinem beeindruckenden Profil hin. Ein wirklich guter Typ. Ich ahne, wie verfallen meine Mutter ihm gewesen sein muss. Könnte mir auch passieren, denke ich, obwohl ich gut dreißig Jahre jünger bin als er und nicht auf ältere Herren stehe. Dieser Mann jedoch erweckt auf seltsame Weise mein Interesse.

»Antony Eulger, mein Name«, sagt er plötzlich in meine Gedanken.

»Sandra Schubert.« Blöder Name, denke ich, doch was Besseres war mir auf die Schnelle nicht eingefallen.

»Trinken wir noch einen Kaffee zusammen?«

Er räuspert sich. »Gern.«

In dem kleinen Bistro kann ich mir endlich die heiß ersehnte Zigarette anstecken, woraufhin er aus einem edlen Designer-Nappaledertäschchen nach seiner nicht minder wertvollen Pfeife greift. Er stopft sie mit Hingabe, als würde er ein Ritual ausüben und gleichermaßen pafft er sie, wobei sich bei jedem Zug für Sekunden seine Augen schließen. Was für ein Mann, denke ich. Für einen Moment bin ich hingerissen, spüre seine Wirkung auf mich, aber unvermittelt darauf sehe ich vor meinem geistigen Auge den Sarg mit dem Menschen, der mir am meisten bedeutet hat. Ein krampfartiger Schmerz durchfährt meine Brust, ich kämpfe gegen Tränen. Er lächelt mich durch eine Rauchwolke an, betrachtet mich. Ich ziehe versonnen an meiner Zigarette, bin sicher, dass ich ihm gefalle. Meine rabenschwarzen Haare habe ich zu einem dicken, langen Zopf geflochten. Große, tiefbraune Augen beherrschen mein Gesicht. Obwohl ich seit Jahren in Spanien lebe, achte ich darauf, dass die Sonne meine Haut nie dunkler bräunt als Milch mit einem subtil dosierten Schuss Kakao. Ich lächele zurück, fahre mir mit der Zunge über die Lippen, hebe aufreizend meinen Kopf, schließe kurz meine Augen, denke an sie und weiß, dass ich mich für sie prostituiere, ihn kriegen werde, genau dahin, wo ich ihn hin haben will.

Am Abend bin ich in seiner Wohnung. Sehe mich um. Wie vielen Frauen neben meiner Mutter er wohl noch das Bankkonto geplündert hat, überlege ich beim Anblick der vielen kostbaren Antiquitäten.

Mein Magen droht, sich zu verknoten. Ich unterdrücke die aufkommende Wut.

»Man nennt mich auch den Flohmarkt-Antony«, sagt er in meine gespielte Bewunderung.

Nach einigen Gläsern Wein versinken wir in dem samtgrünen antiquarischen Sofa. Seine Hände streicheln meinen Rücken. Verwirren mich. Erkunden drängend meinen Körper. Legen sich den Weg durch meine Kleidung frei. Ersticken den Laut, der gerade meiner Kehle entweichen will. Ich vergrabe mich an seiner Brust, atme die Hitze, die ihr entströmt. Meine Empfindungen für ihn bündeln sich zu einer gewaltigen Explosion, die mein Vorhaben sprengt. Für den Augenblick vergesse ich alles und ertrinke in den überschlagenden Wellen unserer Körper, die sich spannen und biegen. In meiner sich steigenden Erregung denke ich plötzlich an sie. Wie oft mag es ihr hier ebenso ergangen sein? Der Gedanke an sie lenkt mich ab, bin erschrocken über das, was ich tue. Die Nacht bleibe ich bei ihm. Schlafe unruhig. Er säuselt beim Ein- und Ausatmen. Es stört mich.

»Ich wohne im ›Astoria‹«, sage ich ihm am nächsten Morgen, wäre nur kurz in Deutschland. Tagsüber bin ich damit beschäftigt, den geschrumpften Nachlass meiner Mutter zu regeln und in den ruhigen Zeiten dazwischen gegen meine entflammten Gefühle für ihn zu kämpfen. Sein Charisma hält meine Gedanken besetzt. Aber ich habe mein Ziel wieder vor Augen.

»Bald muss ich abreisen«, eröffne ich ihm eines Abends, »doch ich habe eine Idee, wie wir uns die letzten Tage versüßen können. Ich kenne ein kleines idyllisches Hotel hoch über dem Gardasee.«

»Gardasee«, wiederholt er, sein Gesicht verfinstert sich, wird verhangen und angespannt. »Gardasee«, murmelt er, »da ist es passiert mit …«

Ich halte den Atem an. »Du meinst, mit Paula?«

Er nickt flüchtig. »Weißt du, wo?«, forsche ich mit belegter Zunge weiter. Er schüttelt den Kopf. »Irgendein Dorf oberhalb des Gardasees.«

Ich atme wieder. »Das soll uns doch alles nicht stören«, schmeichele ich ihm, »du bist eingeladen, ich habe Geld genug.«

Ein zufriedenes Lächeln huscht über seine Lippen. Er betrachtet mich offenbar schon als sein nächstes Opfer. Sanft tätschelt er mir die Wange. Seine Augen blitzen mich an.

Am nächsten Tag erreichen wir spät nachmittags Pregasina. Vor dem Hoteleingang verharre ich einen Moment, schiele hinüber zu dem Felsen, von dem sie sich in den See gestürzt hat. Ein empfindlicher Augenblick. Ich unterdrücke meine aufkommende Erregung.

»Lass uns einen kleinen Spaziergang machen«, schlage ich am nächsten Morgen nach dem Frühstück vor. Von der ausgebleichten Bank auf dem Kirchplatz zeige ich ihm zuerst den herrlichen Ausblick auf den See. Plötzlich, gar nicht passend für diesen Augenblick, stellt er eine Frage, die mich zusammenzucken lässt.

»Was machst du denn so mit deinem vielen Geld? Wenn du Interesse an Antiquitäten hast, dann …«

»Im Moment geht gar nichts, mein Geld liegt fest, noch bis Ende des Jahres«, antworte ich etwas zu schroff. Er starrt auf die kleinen Kieselsteinchen unter unseren Füßen. Ich springe auf.

»Komm, lass uns hinüberwandern auf die Bergspitze dort.« Ich nicke einlenkend in die Richtung. »Der Ausblick ist einmalig. Wir haben eine wunderbare Sicht hinunter auf den See, dass einem ganz schwindelig werden kann.«

Er zögert, sieht mich sonderbar an. Schnell schlinge ich meine Arme um seinen Hals, küsse ihn übermütig. Sein Unmut verflüchtigt sich. Wir gehen los. Kriechen durch Weinstöcke, überqueren eine große Wiese. Immer wieder zeige ich mit ausgebreiteten Armen auf die traumhafte Umgebung. Ein verzweifelter Versuch, meine gar nicht mal nur vorgetäuschte Begeisterung auf ihn zu übertragen, der lustlos neben mir herläuft. Wir betreten den kleinen, unebenen, von Geröll übersäten Bergweg, der immer steiler hinaufführt. Je näher wir dem Ziel kommen, umso begeisterter gebe ich mich. Innerlich zittere ich. Er sieht aus, als würden ihn schwere Gedanken plagen. Dann stehen wir oben, genau an der Stelle, von der sie sich hundertachtzig Meter tief in den See gestürzt hatte. Ich starre in den Abgrund, vergesse für einen Moment die Wirklichkeit, sehe sie hier stehen. Ihr Herz zerfressen vor Liebeskummer, ihr sanftes Gesicht verzerrt vor Demütigung und Scham, den Spott und die Vorwürfe ihrer Mitmenschen gewiss.

»Sandra?!« Mein Kopf fährt herum. Ausgenutzt von dir, denke ich. Er hält die Lippen zusammengekniffen, es scheint als würden sie lächeln. »Was ist mit dir, Sandra?« Der eigentümliche Klang seiner Stimme, wie er meinen Namen nennt, warnt mich und reißt mich aus meinem Schmerz. Ich lächele gezwungen.

»Ist es nicht wunderschön hier?«, sage ich leise und hoffe, dass er meine Ergriffenheit der eindrucksvollen Landschaft zuschreibt. Unerwartet ändert sich sein Gesichtsausdruck. Er mustert mich, fremd und abweisend mit einem Blick, der mich frieren lässt, all meine Sinne mobilisiert. Ich spüre ein spannungsgeladenes Kribbeln in meinem Körper. Seine eisige Stimme sticht wie ein Pfeil in meiner Brust.

»Du heißt nicht Sandra, bist keine entfernte Bekannte, du bist Laura, ihre Tochter.«

Plötzlich fühle ich mich nackt und zerbrechlich. Mein Herz klopft wild. Meine Muskeln verspannen sich. Trotz meiner weichen Knie sehe ich ihn fest an. Er verzieht den Mund, räuspert sich, seine Tonlage wird tiefer, bedrohlicher.

»Der Leberfleck oberhalb deines Bauchnabels hat dich verraten, ich habe ihn auch bei deiner Mutter oft geküsst.« Für einen Moment erhellt sich sein Gesicht, als er fortfährt: »Lachend hat sie mir dabei einmal erzählt, dass sie ihn an dich weiter vererbt hat.«

Ich schlucke, bringe die Worte kaum hervor. »Und wieso hast du nichts ges–?«

Er lacht gedehnt auf. »Du bist ein reizendes Geschöpf, warst mir ein körperlicher Hochgenuss. Außerdem, liebe Laura, war ich sehr gespannt auf das, was du vorhattest, ich ahnte es, aber jetzt weiß ich es.« Für Sekunden wendet er den Kopf ab, blickt hinunter in die Tiefe, als wolle er das Gesagte damit unterstreichen. In dem Moment vollzieht sich eine Wandlung in mir. Ich spüre einen Stich in der Brust, schäme mich der Nächte mit ihm, suche vergebens nach meinen entflammten Gefühlen für ihn. Mein Schwächeanfall geht in einen stummen Schrei über. Er breitet sich in meiner Brust aus, in meinen Armen und Beinen. Liebevolle Bilder meiner Kindheit, Mutter und ich, kreisen in meinem Kopf. Ich glaube, die Spannung nicht mehr aushalten zu können, den Knoten im Magen, die Faust mitten auf der Brust, das Gefühl des Ertrinkens. Aufgebracht sehe ich ihn an. Wut, gepaart mit panischer Angst, packt mich. »Du hast sie gedemütigt und gebrochen«, schreie ich los, »sie ausgenutzt, ruiniert und dann abgelegt wie ein nasses Handtuch! Du bist *ihr* Mörder, *ihr* Mörder!«

Er weicht zurück, sieht mich mitleidig an. Scheint mich nicht ernst zu nehmen. Mit geballten Fäusten hämmere ich gegen seine Brust, schlage ihm blitzschnell ins Gesicht. Seine Brille segelt in die Tiefe. Doch noch immer trägt er dieses überlegene Lächeln, das mich anstachelt, mir ungeahnte Kräfte verleiht. Ihm scheint mulmig zu werden. Er versucht mich abzuwehren. Verblüffung und Angst spiegeln sich jetzt in seinem Gesicht. Ich bin nicht zu bremsen. Wie von Sinnen prügele ich weiter auf ihn ein. Er bekommt meine Fäuste nicht zu packen. Ich dränge ihn an den nahen Rand des Abgrundes. Er strauchelt, seine Schritte verlieren sich im Nichts. Verzweifelt schnappt er nach meinen Beinen. Wie eine Eisenklemme spüre ich seinen Griff. Die Angst ergießt sich frei in mein

Blut, strömt durch meinen gesamten Körper. Wie ein Netz, das sich zusammenzieht, bis ich nichts mehr fühle. Er reißt mich mit in den Abgrund. Unsere entsetzten Todeslaute hallen wider. Während des Falls verlieren seine Arme meinen Körper.

Ich wache in einem kahlen, weiß getünchten Zimmer auf. Nebelumwoben kehrt die Erinnerung zurück. Mein Körper ist ein einziger Schmerz. Es klopft an der Tür. Zwei Männer betreten das Zimmer, in ihrem Rücken eine Krankenschwester. Eine Woge der Anspannung überschwemmt mich. Nervös und wachsam schlägt mein Herz. Sie stehen vor meinem Bett und blicken freundlich auf mich herab. Mir wird wohler.

»Sie haben Glück gehabt, Signora, man hat Sie bewusstlos gefunden. Der Felsvorsprung hat Sie aufgefangen«, sagt der größere der beiden Männer. Sein Gesicht wird ernst. »Ihren Freund aber – es tut mir Leid für Sie – ihren Freund leider nicht.«

Ich schließe die Augen und verliere mich in einer konfusen Mischung aus Lachen und Weinen, danke ihr, meinem Schutzengel.

Tatjana Kruse

Adios, Amiga!

Sie war der personifizierte Blondinenwitz.

Tamara Krause hatte es ja weiß Gott nicht nötig, auf ein unterentwickeltes Blondchen mit dem IQ einer minderbemittelten Amöbe neidisch zu sein, aber wenn sie sah, wie dieses Herrenmagazin-Häschen auf der Karriereleiter emporhoppelte, packte sie die pure Mordlust.

Und dabei war Anna Gross noch vor kurzem ihre beste Freundin gewesen.

Fünf Jahre lang hatte Tamara die Buchhaltung für »Schröppke & Co.« und nebenbei das Sekretariat für Oberbuchhalter Marbach gemacht. An ihrer Arbeit war nie etwas auszusetzen: pünktlich, korrekt, zuverlässig.

Doch dann schneite Anna herein – unkonventionell, respektlos, flapsig. Fortan verwandelte sich der schröppkesche Tempel der Ödnis und Langeweile in einen Ort, an dem man echt Spaß haben konnte.

Tamara und Anna freundeten sich auch privat schnell an. Die beiden Singlefrauen lästerten stundenlang in Szenekneipen ab, durchlebten gemeinsame Grenzerfahrungen wie den Besuch eines Scorpions-Konzerts oder einen Yogakurs an der Volkshochschule bei Swami Kowalski und gingen nicht zuletzt an den Wochenenden gemeinsam auf Männerfang. Anna brachte Tamara die Geheimnisse der Schminkkunst nahe und überredete sie, ihr erstes rückenfreies Ausgehkleid mitsamt High-Heels zu kaufen.

Auch im Büro lief alles prächtig. Okay, Anna war ein fauler Sack, aber sie brachte Leben in die Bude, und da war es Tamara egal, dass sie die ganzen Strunzarbeiten machen musste, während Anna in der Kaffeeküche mit Antonio, dem knackigen Fahrradkurier, flirtete.

Tamara war rundherum glücklich.

Doch das Schicksal hatte noch eine Überraschung in petto: »Schröppke & Co.« schrieb plötzlich schwarze Zahlen. So nachtschwarze Zahlen, dass Begehrlichkeiten geweckt wurden. Prompt kaufte der Marktführer die kleine Familienklitsche auf und benannte sie in »Schröppke International« um.

Der neue Leiter der Buchhaltung war ein junger Schnösel namens Köllemann, der seinen Porsche als »Tortenmagnet« bezeichnete. Mehr muss hinsichtlich seines Charakters wohl nicht gesagt werden.

Drei Tage später rief Köllemann Tamara Krause in sein Büro.

»Liebe Frau Krause, Sie wissen, wie sehr Ihre Arbeit hier im Unternehmen geschätzt wird. Der gute Marbach hat immer in höchsten Tönen von Ihnen geschwärmt.«

Das muss wohl in den drei Sekunden gewesen sein, die Marbach noch geblieben waren, um seinen Schreibtisch zu räumen, nachdem Köllemann als strahlender Held die Buchhaltung annektiert hatte.

Ein kleiner Schweißtropfen bahnte sich seinen Weg an Köllemanns Schläfe entlang, hinunter in den Designerhemdkragen. »Durch die Fusionierung wird der Umfang der Arbeit in der Buchhaltung so sehr zunehmen, dass wir Sie ein wenig entlasten wollen.«

»Entlasten?« Tamara faltete ihre Hände auf dem roten Schottenrock. Anna hatte ihr beim letzten allabendlichen Telefonklön noch zu einem schicken Mini geraten, aber Tamara wollte kompetent wirken.

Köllemann lächelte väterlich. Oder versuchte es zumindest. Da er kaum fünf Monate älter war als sie, scheiterte der Versuch kläglich. »Liebe Frau Krause, wir meinen es nur gut mit Ihnen. Wir wollen doch nicht, dass Sie eines Tages unter der Arbeitslast zusammenklappen. Daher wird ab sofort Frau Gross mein Sekretariat übernehmen. Sie können sich dann ausschließlich der Buchhaltung widmen.«

Als Tamara an ihren Platz zurückging, musste sie an Anna vorbei, die mitten in einer nach Zimt riechenden Parfümwolke die Eingangspost sortierte. »Na, was wollte der Boss von dir?«, erkundigte sie sich.

»Ich bin degradiert worden. Und dir gratuliere ich zur Beförderung.«

Anna biss sich auf die Unterlippe. »Tut mir echt Leid. Aber ich kann das zusätzliche Geld wirklich gut brauchen. Ich muss mir meine hundert Quadratmeter schließlich mühsam finanzieren und wohne nicht wie du im geerbten Luxus.«

Tamara schürzte die Lippen. Eine Reihenhaushälfte im Vorort hätte sie nicht gerade als Luxus bezeichnet.

»Außerdem habe ich durchgesetzt, dass du weiterhin dasselbe Gehalt beziehst«, fuhr Anna fort. »He, als Herr Köllemann vorschlug, dich zu meiner Assistentin zu machen, habe ich das gleich abgeschmettert und gesagt, dass für mich nur partnerschaftliches Arbeiten in Frage kommt.«

Aha, Anna hatte also von dem Komplott gewusst und es ihr nicht gesagt. »Qualifikation: Oberweite« hatte es auf die Pole-Position im Büro geschafft. Tamara zwang sich ein Lächeln auf die Lippen. Der Rest des Arbeitstages verlief in frostiger Atmosphäre.

Arbeitsentlastung? Lachhaft! Schon am nächsten Tag hörte Tamara rein zufällig durch die angelehnte Bürotür des Chefs, wie er Anna zärtlich »Elflein« zuflüsterte!

Seitdem war Tamaras Berufsleben die Hölle. Sie musste sich von einer, die ihr, wie sich herausgestellt hatte, nicht mal andeutungsweise das Wasser reichen konnte und die ihr Sekretärinnendiplom zweifelsohne aus dem Versandhaus hatte, sagen lassen, dass »Herr Köllemann die Zahlen aber noch bis heute Abend braucht, egal wie« oder »Die Aufstellung musst du aber noch mal tippen, da sind Fehler drin, das können wir Theo so nicht vorlegen.«

Das »Theo«-Stadium war also schon erreicht.

Was Tamara besonders schmerzte, war nicht der Umstand, übergangen worden zu sein. Viel schlimmer war, dass Anna, die sie einst für ihren Seelenzwilling gehalten hatte, ihr nun den Dolch in den Rücken rammte. Was hatte sie Anna nicht alles anvertraut: Dass sie bei ihrem ersten Mal schon über zwanzig gewesen war, dass sie insgeheim für den deutschen Schlager schwärmte und Autogrammkarten von Costa Cordalis und Patrick Lindner besaß und dass ihre Joop-Tasche gar nicht echt war, sondern ein Imitat aus Taiwan. Und sie hatte Anna sogar geglaubt, dass sie ihre Oberweite Mutter Natur und nicht Vater Chirurgie verdankte.

»Das musst du doch verstehen«, hatte Anna ihr an dem letzten gemeinsamen Abend in ihrer Lieblingskneipe gesagt, bevor sie ihre Freizeit gänzlich mit Theo Köllemann teilte. »Uns hat es erwischt. Das ist eine Naturgewalt. Da kann man einfach nicht anders. Ach, jetzt sei doch nicht so – Männer kommen und gehen, das ändert doch an unserer Freundschaft nichts.«

Tamara hatte mit kalkweißem Gesicht nur genickt.

Und da war ihr die Garage ihres Vaters eingefallen und die Blechdose mit dem Rattengift.

»Spätzelchen, die Ratten müssen nicht leiden, wenn sie das fressen. Die sterben einfach, während sie noch kauen. Schau, die hier lächelt doch sogar!«

Klein-Tamara hatte sich damals über die tote Ratte gebeugt und nach dem Lächeln gesucht. Aber aus so einem Rattengesicht lässt sich nicht leicht lesen. Bald darauf war ihr Vater gestorben.

An dem schicksalsträchtigen Tag ihrer Erleuchtung machte sich Tamara auf die Suche nach der Blechdose. Und tatsächlich, sie war nicht nur da, sie war auch noch halb voll. Tamara roch vorsichtig hinein. Hm, ganz schwach moderig, eher geruchsneutral. Vielleicht wirkte es ja nach all den Jahren gar nicht mehr. Gab es bei Rattengift ein Verfallsdatum?

Sie musste es wohl einfach ausprobieren. Tamara wählte ein Keksrezept, das geradezu nach Zimt schrie. Als sie die Zimtstange zerbrach und in die Mühle gab, visualisierte sie ihre güldene Zukunft: »Aber bitte, Anna, greif doch zu. Jemand mit deiner Figur muss doch nicht vorsichtig sein.« Sie beißt hinein, lächelt, ihr Lächeln wird zur Fratze, sie greift sich an den Hals, röchelt Unzusammenhängendes, fällt vom ergonomischen Bürostuhl, windet sich auf dem Teppichboden, ihr Rock rutscht hoch, gelber Schleim quillt ihr aus dem Mund, sie gurgelt – und ist tot.

Die Kekse gelangen Tamara gut. Vom Geruch her nicht allzu zimtig, vom Geschmack her wollte sie es lieber nicht testen. Sie versuchte, dem Köter von Bollingers aus dem Nachbarhaus einen Keks anzudrehen, aber der doofe Hund mochte wohl keine Zimtkekse. Schnupperte nur kurz daran und lief dann weg. Egal. Sie nahm die Kekse mit ins Büro.

Am nächsten Tag drapierte sie ihr Backwerk augenfällig auf einem Teller, holte tief Luft und eilte zu Anna.

»Ich habe gebacken. Betrachte es als Friedensangebot. Weil ich in letzter Zeit so angemifft war. Greif doch bitte zu. Auf deine Beförderung. Und auf dein Glück mit Theo.«

Anna lächelte blöde. »Ach, das ist aber nett. Nur leider bin ich auf Diät.«

»Ich bitte dich, jemand mit deiner Figur muss doch nicht vorsichtig sein.«

Anna wackelte mit ihrem Köpfchen. Sollte wohl kokett sein. »Na, einer kann ja nicht schaden. Dann bin ich so frei.«

Als sie sich das Ding gerade in den blutrot bemalten Kussmund schieben wollte, ging die Tür auf.

»Frau Gross, bitte zum Diktat.«

Prompt ließ Anna den Keks fallen und griff sich einen Schreibblock. »Ich komme schon«, flötete sie. Sie schenkte Tamara ein zuckersüßes Lächeln. »Vielleicht später. Auf jeden Fall recht herzlichen Dank. Du bist ein Schatz.«

»Ja, dann vielleicht später. Ich lasse den Teller hier stehen.«

Als Tamara an ihren Schreibtisch zurückkehrte, war es zehn Uhr. Alle zwei Minuten sah sie auf ihre Armbanduhr. Um zehn Uhr dreißig schlich sie sich wieder in Annas Büro. Der Teller stand noch unberührt auf dem Schreibtisch, mit allen dreizehn Keksen, und hinter der Tür von Köllemann konnte sie hohes und tiefes Kichern hören. Während der Arbeitszeit! Tamara grollte.

Um elf war es ebenso, und um halb zwölf auch. Aber um zwölf war der Teller weg, und in Köllemanns Büro herrschte tiefe Stille. Hm, auch gut, wenn sie ihrem Theo einen Keks angeboten hatte. Um diesen degenerierten Sabberling war es nicht schade. Köllemann war stolz auf seinen Waschbrettbauch, aber dafür wuchsen ihm die Haare büschelweise aus den Nasenlöchern.

Als Tamara von der Mittagspause zurückkam, sah sie noch mal in Annas Büro. Beinahe hätte sie der Schlag getroffen. Die Möchtegernsekretärin und Ex-Freundin saß mit gerunzelter Stirn an ihrer Schreibmaschine und ließ wie ein Geier ihren Zeigefinger über der Tastatur kreisen. Wohl auf der Suche nach einem Buchstaben. Tamara hatte sich ja schon immer gefragt, ob dieses blonde Fräuleinwunder des Lesens und Schreibens überhaupt mächtig war. Im Vergleich zu Annas Arbeitstempo verschoben sich die Kontinentalplatten geradezu mit Lichtgeschwindigkeit. Bevor Tamara nach den Keksen fragen konnte, ging schon wieder die Tür zu Köllemanns Büro auf. Tamara enteilte.

Sie wusste nicht, was aus ihren Keksen geworden war. Als sie abends nach Hause ging, standen Köllemann und Anna allerdings am Empfang und plauderten mit dem Geschäftsführer. Tamara murmelte »Schönen Abend noch« und verzog sich.

Als sie die beiden auch am nächsten Morgen quicklebendig vorfand, beugte sie sich der Erkenntnis, dass Rattengift allem Anschein nach doch nicht unendlich haltbar war. Das war ärgerlich, aber es befriedigte sie der Gedanke, dass beide möglicherweise die Nacht mit Darmkrämpfen auf der Toilette verbracht hatten.

Sie musste sich eben etwas Neues ausdenken. Doch vor den weihnachtlichen Betriebsferien war da nichts mehr drin. Nur noch zwei Tage.

Der Gipfel der Geschmacklosigkeit war die Weihnachtsfeier. Anna hatte den Firmenweihnachtsbaum über und über mit rosa Schleifchen geschmückt. Nicht nur, dass der Baum hatte sterben müssen, man erniedrigte ihn auch noch. Zur Krönung sang Anna Karaoke auf der Empfangstheke »I'm dreaming of a white Christmas«. Köllemann und der Geschäftsführer klatschten dazu im Takt. Dann aß man gemeinschaftlich den Weihnachtsstollen, der nur wenig appetitanregender schmeckte als dröges Hamsterfutter, trank ein Glas Rumpunsch und stieß auf ein erfolgreiches neues Arbeitsjahr an.

Tamara wollte nicht bis zum Ende bleiben, verabschiedete sich und ging aufs Klo, um sich die Hände zu waschen. Das tat sie neuerdings immer, wenn Anna ihr die Hand gereicht hatte. Prompt ging die Tür auf, und das Büro-Playmate kam herein. Das idiotische Dauerlächeln musste ihr von einem Schönheitschirurgen ins Gesicht eingemeißelt worden sein, dachte Tamara.

»Ach, was für eine schöne Feier. In meiner früheren Firma war es nie so lustig«, flötete Anna.

Ihre Blicke trafen sich in der Spiegelwand über dem Waschbecken. Tamara zwang sich ein Lächeln aufs Gesicht.

»Ich hoffe, der Stollen hat dir geschmeckt. Stell dir vor, *ich* habe ihn gebacken. Nach einem alten Rezept meiner Mutter. Theo meinte, das wäre kostensparend und noch dazu eine schöne Geste.« Anna zupfte unsichtbare Fussel von ihrem Paillettenpulli, der mindestens zwei Nummern zu klein war, und zog ihre Lippen nach. »Ich persönlich mache mir ja nichts aus Stollen. Außerdem bin ich noch auf Diät. Theo auch. Aber das Backen hat mir großen Spaß gemacht. Und jetzt rate mal! Ich habe deine Kekse zermahlen und sie mit in den Stollenteig vermischt. Das hat meine Mutter auch immer so gemacht. ›Nach Weihnachten will kein Mensch mehr Kekse essen, Kind, also führe sie einem guten Zweck zu.‹ Das hat sie immer gesagt.« Anna packte den Lippenstift in ihre Handtasche. »Geht's dir gut, altes Haus, du bist so blass. Na, jetzt sind ja erst mal Ferien, da kannst du dich erholen. In deinem Alter fällt einem die Arbeit sicher nicht mehr so leicht, wie?« Anna knuffte Tamara in die Rippen. »Jetzt lach doch mal – das war ein Scherz!«

Anna schenkte ihr noch ein letztes Augenzwinkern, das seltsam verschwommen wirkte, dann rauschte sie aus dem Damenklo.

Tamara sah ihr nach. Sie meinte noch, von fern lautes Röcheln zu hören, aber da brach sie auch schon bewusstlos zusammen.

Ob ihr in den letzten Minuten der Gedanke, dass mit ihr die gesamte Belegschaft von »Schröppke International« – mit Ausnahme des Busenwunders und ihres Theo – auf einen Schlag ausgelöscht wurde, als Trost dienen konnte, wissen wir nicht …

Carola Clasen

Ich und er oder sie

Wir waren Nachbarn.

Sie wusste nicht, dass sie mehr für mich war als eine Nachbarin, ich habe es ihr nie gesagt. Aber sie war meine beste Freundin und meine einzige.

Wir hatten unsere Wohnungsschlüssel ausgetauscht. Für Notfälle. Ich goss ihre Blumen, wenn sie auf Reisen war, und sie fütterte meinen Kater. Früher, das ist erst ein paar Wochen her, obwohl es mir heute wie Jahre vorkommt, ließ ich die ganze Nacht das Licht im Flur an, das durch die Wohnungstür scheinen und ihr sagen konnte, ich bin da. Früher klingelte sie an meiner Tür, wenn ihr Kühlschrank leer war und ihre Seele auch. Wir konnten zusammen im Fernsehen traurige Filme ansehen und gemeinsam weinen. Bisweilen gingen wir auch in den Park.

Meist aber waren wir in meiner Wohnung.

»Bei dir ist es immer so ordentlich«, sagte sie voller Bewunderung. Ich tröstete sie und sagte, dass es in ihrer Wohnung auch so sein könnte, wenn sie nur meine Ratschläge befolgen würde.

Manchmal war mir zwar der Gedanke gekommen, dass sie mich nur dann brauchte, wenn es ihr schlecht ging und kein anderer zur Verfügung stand. Aber diesen Gedanken wollte ich nicht zu Ende denken. So wie es war, war es gut. Es reichte mir für den Anfang. Eines Tages würde es anders sein. Man kann die Dinge nicht übers Knie brechen.

Ich war – und bin es noch – ein sehr geduldiger und ernsthafter Mensch. Wenn ich etwas nicht leiden kann, dann ist es, nicht ernst genommen zu werden. Das ist vielleicht mein einziger Fehler, wenn man es als einen Fehler betrachtet. Nicht, dass ich zum Lachen in den Keller gehe, aber für die wirklich wichtigen Dinge im Leben nehme ich mir viel Zeit und ich nehme sie sehr ernst. Sie gehörte dazu.

Sie war eher oberflächlich, als ich sie kennen lernte. Aber in meiner Gegenwart wurde sie allmählich weniger sprunghaft. Mein beruhigender Einfluss auf sie und überhaupt der Umgang mit mir schienen ihr gut zu tun.

Ich brachte ihr mit der Zeit ein paar wichtige Regeln des Zusammenlebens bei, die für ein friedliches Miteinander unabdingbar sind. Dass man das Radio nur in Zimmerlautstärke spielte, dass eine Frau nicht rauchen und auf Alkohol verzichten sollte, und wie billig es aussah, wenn sie sich schminkte. Und wie wichtig es war, Ordnung in seiner Wohnung zu halten. Ich machte sie auch auf falsche Freunde aufmerksam, ich habe einen guten Blick dafür. Irgendwann – so dachte ich – werde nur ich übrig sein.

Ich hätte nie gedacht, dass ein Mann unsere Idylle stören könnte. Als sie von ihm erzählte, wurde ich unruhig, aber ich sagte mir, dass nichts daraus werde. Es ist heutzutage schwierig, eine echte und dauerhafte Beziehung aufzubauen, die von gegenseitigem Respekt getragen wird. Als ich sie das erste Mal mit ihm zusammen sah, hatten sie schon etwas gemeinsam, und ich bekam Angst.

Bald ging er in ihrer Wohnung ein und aus. Nachmittags, wenn sie im Laden war, kochte er für sie, und ein fremder Duft zog durchs Haus. Er sang dazu bei geöffnetem Fenster. Ich hörte, wie er die Weinkorken zog. Dann kam sie nach Hause, und ich lauschte ihren Stimmen. Unsere Bäder grenzten aneinander, und wenn ich in der Duschkabine mein Ohr an die Wand presste, konnte ich hören, wie er sie zum Lachen brachte. In der Dunkelheit spiegelten sich in den Fensterscheiben der gegenüberliegenden Häuser ihre Schatten. Wenn sie verschwunden waren, löschte ich das Licht im Flur und lag den Rest der Nacht bewegungslos auf meinem Bett. Ich war ziemlich sicher, dass sie nicht nur nebeneinander schliefen, sondern auch miteinander.

Auch den Nachbarn fiel er unangenehm auf. Die laute Musik, die jetzt immer aus ihrer Wohnung kam, das nächtliche Türenschlagen und die vielen Schritte im Treppenhaus. Wir wohnten in einem sehr ruhigen Haus und in einem gepflegten Viertel.

»Niemand weiß so recht, wer er ist und woher er kommt«, sagte ich zu den Nachbarn. »Er geht keiner Arbeit nach.«

Die Nachbarn nickten.

Seine Freunde besuchten ihn auch, und während wir sie beobachteten und ihnen nachsahen, waren wir alle der Meinung, dass sie finstere Gestalten seien. Wie er.

»Man muss etwas unternehmen«, schoben die Nachbarn es von einem zum anderen, »er passt nicht hierher.«

»Sie kennen sie doch am besten«, sagten sie schließlich zu mir, »sind Sie nicht sogar befreundet?«

»Schon lange nicht mehr«, wies ich sie zurück.

Ich muss zugeben, dass ich nach einem Weg suchte, ihn loszuwerden. Da mir nichts einfallen wollte, setzte ich wie immer auf die Zeit. Er wird ihrer bald überdrüssig sein, sie wird einen Fehler machen, er wird eine andere finden und sie wird wieder an meiner Tür klingeln und mir ihr Herz ausschütten. Ich werde ihr verzeihen, sicher, aber nicht ohne sie auf ihren Fehltritt aufmerksam zu machen. Sie wird mir Recht geben und es bereuen. Und alles wird wie früher sein.

Aber dann hatte ich plötzlich keine Zeit mehr. Als ich sie gestern Morgen im Treppenhaus traf, weil ich die Zeitung holte, sagte sie voller Freude: »Wir ziehen in eine andere Stadt. Er hat Arbeit gefunden.«

Ich sah, wie glücklich sie darüber war und wie weit sie sich schon von mir entfernt hatte.

Ich weiß nicht mehr, wie ich den Rest des Tages verbrachte. Ich kann mich nicht erinnern, was ich bis zum Hereinbrechen der Dunkelheit gemacht habe.

In der Nacht öffnete ich ihre Wohnung. Die Gardinen waren nicht zugezogen und im Schein der Straßenlaternen sah ich, dass auf dem Nachttisch zwei Weingläser und ein voller Aschenbecher standen. Essensgeruch lag in der Luft. Ihre Kleider lagen auf dem Boden verstreut. Die Schuhe standen nicht nebeneinander.

Er lag auf ihr, und als sie mich sah und das Messer in meiner Hand, stand die Bitte in ihren Augen: »Tu ihm nichts.« Ich mochte sie immer noch sehr. Aber ihre Lippen waren dunkelrot geschminkt.

Es war ihr Messer, das sie mir einmal geliehen hatte. Ich hatte nicht vergessen es zurückzubringen, ich hatte es als eine Art Pfand bewahrt. Ehrlich gesagt war es sogar mehr als das. In der letzten Zeit hatte ich es kaum aus der Hand gelegt, es war der einzige Gegenstand, abgesehen von ihrem Wohnungsschlüssel, den ich von ihr besaß. Es erinnerte mich an früher, an unsere gute Zeit. Ja, auch ich hatte für sie gekocht. In meiner Küche, in der alles an seinem Platz liegt, nicht in ihrer und keine fremdartigen Gerichte, sondern gutbürgerliche Kost, wie meine Mutter sie in meiner Kindheit für mich zubereitet hat.

Er hatte mich noch nicht bemerkt. Er schien erschöpft.

Als er mit einem Seufzer neben sie rollte, wollte ich plötzlich wissen, wie es ist, dazuliegen wie sie. Und er. Ich habe noch nie mit jemandem das Bett geteilt. Ich fürchte mich ein wenig vor Berührungen und bin ihnen immer ausgewichen. Sie sind mir fremd. Ich habe gern alles unter

Kontrolle und behalte einen kühlen Kopf. Das kann man am besten, wenn man Abstand hält. Körperlichen Abstand.

Ich weiss nicht mehr, woher ich den Mut nahm, vielleicht weil es fast dunkel war, weil ich nicht allein mit ihr war oder weil ich Angst hatte sie zu verlieren. Aber ich weiss auch, dass ich es nicht gewagt hätte, wenn sie mich nicht dazu aufgefordert hätte.

»Leg dich zu uns«, flüsterte sie und machte mir Platz. Ich schob das Messer unter ihr Kopfkissen und glitt lautlos unter ihr Laken. Sie sorgte dafür, dass ich zwischen ihnen lag. Ich roch ihn und sie, auf eine Art glichen sich ihre Gerüche. Ich begann zu schwitzen, obwohl ich mich nicht bewegte. Ich lag da wie ein Brett. Noch nie war ich einer Frau so nah gewesen. Aber auch nie einem Mann. Und ich wartete ab, was nun geschehen würde.

Endlich wandte er sich mir zu, ohne zu merken, dass ich es war, und gab mir ihren Namen. Im Schein der Straßenlaterne sah ich, dass er die Augen geschlossen hielt. Versteinert ließ ich seine und ihre Hände über meinen Körper gleiten. Als er entdeckte, dass ich es war und nicht sie, lachte er leise auf. Über mich hinweg nannte sie ihm meinen Namen. Er kam ihm nicht fremd vor, sie hatten also über mich gesprochen. Aus den Augenwinkeln sah ich sie, die mir auffordernd zulächelte.

Sie verführten mich, jeder auf seine Weise. Sie wurden so ausgelassen, dass ich das Gefühl hatte, die heiß ersehnte Abwechslung in ihrem bereits ermüdenden Sex-Leben zu sein. Über die Einzelheiten möchte und kann ich immer noch nicht sprechen. Sie spielten mit mir. Aber das Schlimmste war, sie nahmen mich nicht ernst.

Erst in der Morgendämmerung stach ich zu, wischte das blutende Messer sorgfältig am Laken ab, legte es in seine offene Hand und stand auf. Nur mit Mühe widerstand ich der Versuchung, die Wohnung aufzuräumen und die Gardinen zuzuziehen, nahm meinen Schlüssel vom Haken und hängte ihren dorthin. Ich stand noch in der Tür, als er im Schlaf den Kopf hob und murmelte: »Wohin gehst du?« Und wieder gab er mir ihren Namen. Ohne auf eine Antwort zu warten, legte er sich zurück. Er hatte nur geträumt, dass es mich gab.

In meiner Wohnung ging ich zuerst ins Bad und sah in den Spiegel, weil ich wissen wollte, ob man mir ansehen konnte, was geschehen war. Ich wunderte mich, dass ich keinen Lippenstift in meinem Gesicht fand. Dabei war ich sicher, dass sie mich geküsst hatte, ich hatte es deutlich gefühlt. Oder war er es gewesen?

Ich sah aus wie immer, abgesehen davon, dass es höchste Zeit für die morgendliche Rasur war. Ich habe einen sehr starken Bartwuchs. Ich sah auf die Uhr. Sechs Uhr. Um diese Zeit bin ich normalerweise immer schon rasiert.

Danach ging ich in die Küche, setzte Kaffee auf, nahm meinen Kater auf den Arm und sah aus dem Fenster. Es regnete.

Später rief ich sogar die Polizei an und teilte ihr mit, dass es in meiner Nachbarwohnung in der letzten Nacht zu einem heftigen Streit gekommen und es jetzt gefährlich ruhig dort sei.

Der Polizist nahm meinen Hinweis sehr ernst, versprach der Sache sofort nachzugehen und dankte mir: »Es müsste mehr Nachbarn geben wie Sie.«

Ina Coelen

Oh, du fröhliche

Warum werde ich immer Weihnachten so sentimental? Eine dumme Frage, wenn ich es mir recht überlege. Ich schüttelte den Kopf über meine einfältigen Gedanken und zog den Stecker der Lichterkette am Weihnachtsbaum heraus. Die elektrischen Lämpchen hatte ich aus Sicherheitsgründen wegen meines Enkelkindes angebracht. Die Wachskerzen ließ ich noch brennen, schenkte mir ein letztes Glas Eierpunsch ein und machte es mir in meinem Ohrensessel bequem. Auf dem Sofa lag noch jede Menge zerknülltes Weihnachtspapier, und um einen Zweig des Tannenbaumes kräuselte sich rotes Geschenkband. Ich legte die Füße hoch und betrachtete glückselig den stattlichen Baum, der über und über mit kleinen Holzfiguren, Stoffengeln und selbstgebackenen Lebkuchen behängt war. Ein leichter Duft von Orange und frischem Gebäck stieg mir in die Nase. Ich hatte ein wunderschönes Weihnachtsfest verlebt, harmonisch und friedlich im Kreise meiner Lieben.

Als Kind hatte ich Weihnachten gehasst. Alle Kinder, die ich kannte, freuten sich auf dieses Fest und erzählten schon Wochen vorher, was sie sich wünschten. Ich kann mich nur daran erinnern, dass ich am Heiligen Abend meistens allein war. Natürlich habe ich auch Geschenke von meiner Mutter bekommen, eine Mütze und Handschuhe, einen Mantel, eben etwas Nützliches, das sie mir sonst auch gekauft hatte. Irgendwann soll ich zu ihr gesagt haben: »Wenn du sowieso nicht hier bist, brauchst du auch keinen Scheißbaum zu besorgen.« Seitdem hatten wir auch keinen Tannenbaum mehr.

Ich war immer viel allein gewesen. Zu meinen Schulkameraden hatte ich wenig Kontakt, nie kam mich eine Klassenkameradin besuchen. Bis zu meinem vierzehnten Lebensjahr lebte ich mit meiner Mutter zusammen. Sie war selten zu Hause, und eines Tages war sie ganz verschwunden. Mit einer ihrer Männerbekanntschaften soll sie nach Amerika gegangen sein oder vielleicht war es auch Australien. Jedenfalls habe ich nie mehr etwas von ihr gehört.

Weihnachten vor genau dreißig Jahren kam ich zu meiner Großtante.

Ich weiß noch ganz genau, wie sie am Heiligen Abend mit mir in die Christmette ging. Mir war so feierlich und stimmungsvoll zu Mute, bis ich eine ältere Frau hinter mir flüstern hörte: »Da sitzt Anna mit ihrem Weihnachtsgeschenk!«

Jedenfalls lebte ich endlich in so genannten geordneten Verhältnissen. Meine Großtante Anna, eine fromme Frau von fünfundsiebzig Jahren, ließ kein gutes Haar an meiner Mutter, was ich ihr nicht übel nehmen konnte. Allerdings mochte ich es nicht, wenn sie behauptete, ich wäre genau wie meine Mutter. Merkwürdigerweise nannte mich meine Großtante Paula, obwohl ich Anna-Lena hieß. Ich habe nie herausgefunden, was sie gegen meinen richtigen Namen hatte. Sie war mehr als streng, aber ich liebte sie, denn sie kümmerte sich um mich und war immer da. Als ich gerade mit der Schule fertig war und eine Lehre beginnen sollte, erlitt sie einen Schlaganfall. Zeitweise war sie ans Bett gefesselt und musste von mir versorgt werden. Das machte mir nichts aus, denn ich hoffte, wenn ich mich aufopfernd um sie kümmern würde, könnte sie mich eines Tages in ihr Herz schließen.

Sie war meine einzige Verwandte und ich ihre, irgendwie waren wir aufeinander angewiesen – dachte ich zumindest. Ich war sehr naiv und froh, dass ich nicht arbeiten und selbst für meinen Lebensunterhalt aufkommen musste. Meine Großtante schien eine ordentliche Rente zu bekommen und auch sonst noch allerlei auf der hohen Kante zu haben. Ganz im Gegenteil zu meinem früheren Leben gab es geregelte Mahlzeiten und einen streng einzuhaltenden Tagesablauf. Zunächst hatte ich Spaß daran, nach den Anweisungen meiner Großtante den Haushalt zu führen und kam mir, mit meinen fünfzehn Jahren, sehr wichtig und erwachsen vor. Die Wohnung musste stets picobello aufgeräumt sein, und es wurde penibel auf Sauberkeit geachtet.

Nach und nach merkte ich, dass es immer schwieriger wurde, den Ansprüchen der Großtante zu genügen. Schon die kleinste Nachlässigkeit, eine versehentlich gebügelte Falte oder ein unachtsam abgestelltes Glas, hatten zur Folge, dass meine Tante mich beschimpfte und, was das Schlimmste für mich war, tagelang nicht mit mir sprach. Da war es mir schon lieber, sie kommandierte mich herum.

Außer zum Einkaufen verließ ich so gut wie nie das Haus, denn Tante Anna mochte es nicht. Andererseits hatte ich, sobald ich die schützenden Mauern unseres Hauses verließ, das unangenehme Gefühl, dass sich die Leute nach mir umdrehten und über mich tuschelten. Ich war anders als andere junge Mädchen in meinem Alter. Lange Zeit hüllte ich mich in ein und denselben schwarzen Wollmantel. Ich hatte keinen anderen. Darunter trug ich die abgetragenen Kleider und Pullover, die in der Gemeinde für mich gesammelt worden waren. Der Pfarrer, der uns ab und zu aufsuchte, brachte diese Kleidungsstücke für mich mit, denn natürlich durfte ich nicht erwarten, dass meine Großtante mich auch noch einkleidete. Diese Almosen waren mir unangenehm, und deshalb ging ich nie mehr mit in die Kirche. Ich wäre vor Peinlichkeit gestorben, wenn die Gemeindemitglieder ihre alten Pullover und Röcke wiedererkannt hätten. Außer dem Pfarrer kam so gut wie nie Besuch. Nur der Friedhofsgärtner besuchte uns regelmäßig, um mit meiner Großtante zu plaudern und sich das Geld für die Grabpflege meines verstorbenen Großonkels abzuholen. Klaus Holzbaum war ein kräftiger Mann, Mitte vierzig, mit großen starken Händen und einem sonnengebräunten freundlichen Gesicht. Es war etwas ganz Besonderes, wenn er kam, sozusagen der Feiertag eines jeden Monats. Meine Großtante, die immer seltener das Bett verließ, stand an den Besuchstagen schon früh auf und wollte von mir frisiert werden. Ich musste ihr schlohweißes Haar sorgfältig im Nacken zu einem Knoten zusammenstecken und ihr beim Ankleiden helfen. Erst dann machte ich mich selbst zurecht. Meist zog ich etwas Schwarzes an, weil ich fand, dass dies zu meinem blassen Teint und dem schulterlangen, hellblonden Haar besonders dramatisch wirkte. Der Tisch wurde mit dem guten Porzellan gedeckt, und ich backte einen Kuchen. Immer brachte Klaus Holzbaum ein paar Blumen mit. Im Winter Alpenveilchen oder Gerbera, im Frühling bunte Primelchen, Tulpen oder Narzissen und manchmal sogar Rosen. Zuerst hatte er die Blumen stets Tante Anna übergeben, aber später drückte er sie mir in die Hand.

»Für dich, Paula«, sagte er dann, wie mir schien, mit einem mitleidigen Blick. Eines Tages, als ich die Blumen gerade mit Wasser versorgt hatte, hörte ich, wie die beiden stritten.

»Das Mädchen muss unter Menschen, es lebt hier fast wie eingesperrt … in ihrem Alter … Disco oder ins Kino«, schnappte ich einige Wortfetzen auf.

»Was geht es dich an? Es fehlt ihr an nichts!«, entgegnete meine Großtante unwirsch: »Halt dich da raus und bring sie nicht auf dumme Gedanken.« Zögernd betrat ich das Zimmer und tat, als hätte ich nichts gehört. Wie immer war ich ganz der Meinung meiner Großtante, mir fehlte es an nichts. Ich wollte nicht raus unter Menschen, denn ich wusste nicht, was mich dort erwartete. Die nächsten beiden Monate kam der Friedhofsgärtner nicht. Dafür hatte ich den Eindruck, dass Tante Anna mir gegenüber etwas nachsichtiger war.

Dann tauchte Klaus Holzbaum wieder bei uns auf und brachte einen Fernseher mit.

»Das kannst du ihr nicht verbieten. So kann sie wenigstens sehen, was auf der Welt los ist«, sagte er energisch, während er das monströse Gerät anschloss. Wir waren beide erleichtert, dass er wiedergekommen war.

Der Fernseher hat leider nicht sonderlich zu meiner Bildung beigetragen. Was in der Welt vor sich ging, interessierte mich nicht so sehr wie die Liebesfilme, die Arztserien und die Soapoperas, die ich mit Tante Anna zusammen ansehen durfte. Ich gierte geradezu nach Fernsehfilmen von Rosamunde Pilcher, denn ich hatte die Liebe entdeckt, jedenfalls das, was ich für Liebe hielt. So war ich fest davon überzeugt, dass ich Klaus Holzbaum liebte, den einzigen Mann, den ich damals kannte. Die fast dreißig Jahre Altersunterschied spielten für mich keine Rolle, auch nicht, dass er verheiratet war. Ich konnte warten.

Über zehn Jahre lang habe ich meiner launigen Großtante den Haushalt geführt und mich von ihr herum kommandieren lassen. Mein Leben war einfach, und ich muss wohl auch glücklich oder zumindest zufrieden gewesen sein. So wie ein Hund, der immer genug zu fressen hat, nichts anderes tun muss, als seinem Frauchen zu gehorchen, und sich keine Gedanken um seine Zukunft zu machen braucht. Aber jemand anderes machte sich Gedanken um meine Zukunft.

Als ich den Kaffee servieren wollte, hörte ich, wie meine Großtante und Klaus Holzbaum sich wieder einmal stritten. Ich zog mich schnell in die Küche zurück, denn ich hasste ihre Streitereien, weil immer ich der Anlass dazu war. Jedes Mal war ich mit Tante Anna einer Meinung, aber ich liebte Klaus. Für mich gab es keinen Zweifel, dass er mich auch liebte, schließlich hatte er sich inzwischen scheiden lassen. Auf jeden Fall hatte ich irgendwann zufällig mitbekommen, dass seine Frau ihn verlassen hatte. Ängstlich zuckte ich zusammen, als die schwere Wohnzimmertür ins Schloss geworfen wurde und ich Schritte in der Diele hörte. Dann öffnete ich vorsichtig die Küchentür. Klaus stürmte auf mich zu, beugte sich zu mir herunter und umfasste mit seinen kräftigen Händen meine schmalen Schultern.

»Mensch, Mädchen, denk doch mal darüber nach, was aus dir werden soll, wenn die Alte tot ist.« Ein warmes Gefühl der Geborgenheit durchflutete meinen Körper. Verzückt blickte ich ihm tief in die Augen, nie waren wir uns so nahe gekommen. Ich hätte mich ihm am liebsten an den Hals geschmissen.

»Warum soll ich mir Sorgen machen?«, lächelte ich dümmlich. »Ich werde weiter hier wohnen können, und Geld wird auch noch da sein.« Sein Griff wurde fester, dann schüttelte er mich: »Kind, wach endlich auf!«

Jetzt wurde ich ärgerlich, wieso nannte er mich Kind? Ich war sechsundzwanzig Jahre alt, ich war eine Frau, sah er das denn nicht? »Sie wird alles der Kirche vererben, du bekommst überhaupt nichts. Deine Tante glaubt, es sei eine große Gnade, dass sie dich zwölf Jahre lang durchgefüttert hat. Dass du sie gepflegt und versorgt hast, hält sie für selbstverständlich. Diese hartherzige, egoistische alte Frau nutzt dich seit über zehn Jahren nur aus. Hast du das denn nie gemerkt?« Und ich bin eine junge Frau und liebe dich seit über zehn Jahren, hast du das denn nie gemerkt, hätte ich am liebsten erwidert. Es war wohl nicht der richtige Zeitpunkt für eine Liebeserklärung, das merkte sogar ich. Was würde er erwarten, das ich sagen sollte?

»Du meinst, sie hinterlässt mir nichts? Alles bekommt die Kirche?«, fragte ich. Er nickte erleichtert, weil ich den Ernst der Lage begriffen zu haben schien.

»Sie hat ein Sparbuch mit zehntausend Mark für ihre eigene Grabpflege. Das werde ich bekommen. Daran denkt sie, an ihr eigenes Grab, aber was aus dir werden soll …« er brach mitten im Satz ab, als die Stimme meiner Großtante zu uns in die Küche drang.

»Ich muss zu ihr.«

Sein Gesicht verfinsterte sich: »Das musst du nicht.« Ich schob ihn sanft zur Seite: »Aber natürlich muss ich. Außerdem ist bald Weihnachten, das Fest der Liebe, da soll man sich nicht über hässliche Dinge den Kopf zerbrechen.«

Als ich das Wohnzimmer betrat, krachte die Haustür. Meine Großtante betrachtete mich skeptisch: »Was wollte der Kerl von dir? Lass dich nicht auf dumme Gedanken bringen.« Ich ging auf sie zu und wollte sie beschwichtigen, als sie triumphierend fortfuhr: »Es lohnt sich nicht, mich umzubringen, ich hinterlasse dir keinen Pfennig.« Ich bekam eine Gänsehaut. Was dachte sie von mir, nach all den Jahren, die wir miteinander verbracht hatte. Die Tränen stiegen mir hoch. Wie in Trance nahm ich das Sofakissen und presste es Tante Anna auf den Mund. So etwas wollte ich nicht hören. Nicht an Weihnachten.

Zweifelsfrei hatte der Hausarzt bestätigt, dass Tante Anna siebenundachzigjährig eines natürlichen Todes gestorben sei. Mir waren die letzten Zweifel an Klaus Holzbaums Behauptungen genommen worden: Ich musste mir eine neue Bleibe suchen, ohne einen Pfennig zu erben – wie er es vorausgesagt hatte. Hilflos, aber nicht verzweifelt, fragte ich ihn, was ich nun tun solle. Als fühlte er sich für meine Situation verantwortlich, bot er an, dass ich bei ihm wohnen könnte, bis ich etwas gefunden hätte. Ich war unendlich glücklich und brauche sicher nicht zu erwähnen, dass ich nicht im geringsten die Absicht hatte, mir etwas anderes zu suchen. Um nicht in seiner Schuld zu stehen, führte ich nun Klaus den Haushalt und half, so gut ich konnte, in seiner Friedhofsgärtnerei aus. Ich schwebte auf Wolken, hatte immer gute Laune und himmelte Klaus an. Geschickt band ich Kränze und Gestecke, hielt Laden und Wohnung penibel sauber und in Ordnung und versuchte mich unentbehrlich zu machen. Schon bald verstand ich es, das knappe Haushaltsgeld so einzuteilen, dass ich fast jeden Tag zwei warme Mahlzeiten auf den Tisch bringen konnte. Jeden Tag gab es Fleisch, jedenfalls für Klaus. Ich behauptete, Vegetarierin zu sein und aß nur wie ein Vögelchen. Nach fast zwei Jahren, nach einem festlichen Gänseessen, fragte mich Klaus endlich, ob ich ihn heiraten wolle. Ich war keine dreißig Jahre alt und am Ziel meiner Träume angelangt. Zur Vollendung meines Glücks wünschte ich mir nun noch ein Baby. Dann hätte ich zum ersten Mal in meinem Leben eine richtige eigene Familie. Klaus war sichtlich gerührt, als ich ihm meinen Wunsch anvertraute. Er drückte mir einen liebevollen Kuss auf die Stirn: »Ach Mädchen, ich werde bald sechzig, was soll das arme Würmchen mit einem Vater, der sein Opa sein könnte?« Als ich nicht locker ließ, gestand er mir, dass sein Geschäft nicht besonders gut lief und wir uns ein Kind nicht leisten könnten.

Sylvester trat ich meine Stelle als Kellnerin im Dorfkrug an. Dort wollte ich an sechs Abenden der Woche bis Mitternacht servieren, dann hätten wir genug Geld für ein Kind, hatte ich mir ausgerechnet.

Das war natürlich eine Milchmädchenrechnung: Wäre das Baby erst mal da, könnte ich nicht mehr jeden Tag zwölf Stunden arbeiten. Aber mein geliebter Gatte ließ mich gewähren. Vielleicht war er auch erleichtert, dass ich so nur ein mal pro Woche Gelegenheit hatte, ihn zu seinen ehelichen Pflichten zu drängen.

Ich wurde nicht schwanger. Trotzdem waren die Jahre mit Klaus die glücklichsten meines Lebens. Keinen meiner Ehemänner habe ich so geliebt wie ihn. Mit fünfundsechzig Jahren verstarb mein über alles geliebter Mann plötzlich und unerwartet an einem Herzinfarkt.

Da Klaus selbstständig gewesen war und nicht »geklebt« hatte, und es auch keine Lebensversicherung gab, war ich nach kurzer Zeit gezwungen, unser kleines Haus und die Gärtnerei zu verkaufen.

Ich arbeitete weiterhin im Dorfkrug, wo ich mir ein preiswertes Zimmer nahm.

Bei meiner Arbeit in der Gaststätte hatte ich den Immobilienmakler Fritz Hauser, einen Stammgast, kennen gelernt, der mir bei dem Verkauf des Hauses behilflich gewesen war. Dafür musste ich mir ständig seine Lebensbeichte anhören: »Hätt ich doch nur ein fleißiges Mädel wie dich geheiratet«, war sein Lieblingssatz. Wenn man seinen Behauptungen glauben konnte, und daran wollte ich nicht zweifeln, hatte seine Frau ihn nur wegen des Geldes geheiratet. Nachdem sie drei Kinder zur Welt gebracht hatte, die Glückliche, hatte sie keinerlei Interesse mehr an ihrem Gemahl, warf aber sein Geld mit vollen Händen zum Fenster hinaus.

Wenn er genügend getrunken und ich ihn ausreichend bemitleidet hatte, ließ er sich ein Taxi bestellen. Mit dem letzten Schnaps und dem Wirt stieß er meist noch mal auf die »fleißigen Mädels« an. Ich bin mir nicht sicher, ob er damit meinen Chef inspiriert hat, ich jedenfalls war absolut überrascht, als der dicke Heinrich mir eines Tages einen Heiratsantrag machte. Ich bat mir Bedenkzeit aus. Es fiel mir nicht leicht, das Für und Wider abzuwägen. Weder war mir der Freier unsympathisch noch fand ich ihn besonders anziehend. Er schien nicht unbetucht zu sein, denn der Gasthof war stets gut besucht und rühmte sich einer gutbürgerlichen Küche. Mein lieber Klaus machte sich vielleicht auch im Jenseits Gedanken um meine Zukunft. Auch er würde es sicher begrüßen, wenn ich endlich abgesichert wäre. Also tat ich das, was auch die Gattin des Immobilienmaklers getan hatte: Ich heiratete wegen des Geldes.

Heinrich war nur knapp zehn Jahre älter als ich. Das weckte in mir die Hoffnung, dass diese Ehe nicht kinderlos bleiben würde. Dann könnte sich mein sehnlichster Wunsch nach einer richtigen Familie endlich erfüllen. Gern würde ich mindestens drei Kinder gebären und das Geld ihres Vaters ausgeben. Leider hatte ich die Rechnung ohne den Wirt gemacht. Ich musste mehr arbeiten, als mir lieb war und Heinrich trank mehr, als gut für ihn war.

Nach zwei Ehejahren verkündete er mir im Suff, dass er nie hatte Kinder haben wollen. Vor Jahren schon hatte er sich sterilisieren lassen, um nicht in die Verlegenheit zu kommen, Alimente zahlen zu müssen. Ich war wie vor den Kopf gestoßen und fühlte mich betrogen. Plötzlich ekelte ich mich vor meinem Mann, vielleicht hasste ich ihn sogar. Auf jeden Fall gab ich ihm unmissverständlich zu verstehen, dass ich nun keinen Grund mehr sähe, mit ihm das Ehebett zu teilen. Er lachte mich aus und nahm sich, was ich ihm nicht geben wollte. Schon am nächsten Abend stürzte er unglücklich die steile Kellertreppe hinunter.

Der Notarzt hatte keinen Zweifel daran, dass mein beleibter Gatte im Vollrausch die Treppe hinuntergefallen war. Er stellte einen natürlichen Tod fest.

Einzig mein Stammkunde, der gerissene Immobilienhai Fritz Hauser, äußerte mir gegenüber gewisse Bedenken. Ich versuchte mich dumm zu stellen, was mir nicht schwer fiel. Fritz grinste breit: »Mädel, wir sind aus einem Holz geschnitzt. Mir machst du nichts vor. Du bist 'ne reiche Witwe und ich ein armer Schlucker, wir sollten uns zusammentun.«

»Dass du arm bist, möchte ich bezweifeln«, lächelte ich sanft, »aber ich gebe dir gern einen aus.«

»Stille Wasser sind tief«, murmelte Fritz vieldeutig, kippte den Schnaps runter und ging. Mehrere Monate ließ er sich im Gasthof nicht blicken.

Mein Leben war an seinem Tiefpunkt angekommen. Ich war unglücklich. Ich war einsam. Um noch Kinder zu bekommen, wurde ich langsam zu alt. Welchen Sinn sollte mein Leben noch haben? Ich wollte nicht so enden wie meine Großtante. Die Arbeit machte mir keinen Spaß mehr, und es verirrten sich immer weniger Gäste in das Lokal. Nur die stadtbekannten Trunkenbolde blieben mir treu. Ich war todunglücklich. Das Allerschlimmste aber war, dass Weihnachten vor der Tür stand und ich panische Angst davor hatte, den Heiligen Abend wie früher allein verbringen zu müssen.

Da tauchte urplötzlich Fritz Hauser wieder auf. Er war in Begleitung eines adretten jungen Mannes Anfang zwanzig und zweier blasser jüngerer Mädchen. Die Mädchen sahen sich sehr ähnlich, hatten beide glatte, schulterlange dunkle Haare, schwarzumrandete Augen und auch ihre Kleidung war schwarz. Fritz winkte mich aufmunternd an den Tisch: »Tag Paula. Darf ich dir meine Kinder vorstellen? Das ist Nadine«, er deutete auf die Blassere, die wahrscheinlich auch die Jüngste war, »und das sind Nina und Jan.«

»Hallo!«, sagte ich irritiert. »Was kann ich euch bringen?« Ich wusste nicht, was ich sonst hätte sagen sollen. Dann nahm ich die Bestellung auf. Unauffällig beobachtete ich Fritz, seinen gut aussehenden Sohn und die beiden Nachtschattengewächse. Irgendetwas war mir nicht ganz geheuer an dieser Familie. Nachdem sie gegessen hatten und Fritz bezahlt hatte, kam er zu mir an die Theke. »Tja Paula, wir werden jetzt sicher öfter hier essen.« Er zog sein Gesicht zu einer Grimasse und grinste vieldeutig: »Seit einer Woche bin ich Witwer.« Ich schluckte. »Beileid!«, murmelte ich überrascht. Er sah sich um, aber in weitem Umkreis saß sonst niemand, der uns hätte hören können. »Kannst mir gratulieren«, fuhr er fort. »Da putzt sie ein Mal im Leben die Fenster selbst, und schon hat sie diesen tragischen Unfall.« Er zwinkerte mir zu. Ich war schockiert: »Du hast doch nicht etwa …?«, mir fiel das richtige Wort nicht ein. »Nachgeholfen? Aber Paula, auf was für Gedanken du kommst!« Er spielte den Empörten und begab sich wieder zu seinen Kindern, die schon auf ihn warteten.

Tatsächlich erschien Familie Hauser von nun an regelmäßig zum Essen bei mir. Auch das Weihnachtsfest feierten sie bei mir in der Wirtschaft, was mich sehr freute. Die drei Kinder halfen tatkräftig mit, den Tannenbaum, dessen Spitze fast an die Decke stieß, mit glänzenden Kugeln, goldenen Schleifen und Stoffengelchen zu verzieren. Fritz hatte drei Lichterketten mit jeweils einhundert Birnchen um den Baum geschlungen. Ich servierte einen festlichen Braten mit Rotkohl und Klößen, und nach dem Essen gab es »Schneegestöber«, eine Bowle mit Kirschen und Vanilleeis. Jan legte eine weihnachtliche CD auf, und dann wurden Geschenke verteilt. Jedes der Kinder und auch Fritz überreichte mir ein sorgfältig in Weihnachtspapier eingeschlagenes Päckchen, und ich wurde ganz verlegen, weil ich für niemanden ein Weihnachtsgeschenk besorgt hatte. Dies war seit langer Zeit mein schönstes Weihnachtsfest gewesen, und nun kannte ich annähernd das Gefühl, eine richtige Familie zu haben.

In der folgenden Zeit war Fritz täglich bei mir in der Gaststätte, und auch seine Kinder kamen immer häufiger. Bald hatte ich den Eindruck, dass sie mein Gasthaus für ihr Wohnzimmer hielten. Mir war es recht, allerdings fühlten sich andere Gäste vernachlässigt und suchten sich bald eine gastlichere Stätte. Nadine und Nina kamen oft schon nach der Schule zu mir, machten ihre Hausaufgaben im Gastraum oder gingen mir zur Hand, bis ihr Vater zum Essen kam. Auch zum Abendbrot fand sich die Familie bei mir ein, eigentlich gingen sie nur noch zum Schlafen nach Hause. Fritz schlief allerdings immer öfter bei mir. Nur Jan sah ich ausschließlich an den Wochenenden, er studierte Betriebswirtschaft in Köln. Zuerst waren die Schwestern sehr zurückhaltend gewesen, aber es gelang mir nach und nach, ihr Vertrauen zu gewinnen. Eines Tages offenbarte mir Nina, dass sie nach dem Abitur unbedingt studieren wolle, ihr Vater aber dagegen sei. Ich versprach ihr wie selbstverständlich, bei Fritz ein gutes Wort für sie einzulegen, und sie fiel mir dankbar um den Hals. Das war ein ganz neues Gefühl für mich, das musste Mutterglück sein. Ich fühlte, dass sich dieses Kind auf mich verließ, und ich wollte es nicht enttäuschen. Ich konnte es kaum erwarten, mit Fritz allein zu sprechen. Sobald die Kinder weg waren, platzte es schon aus mir heraus. »Nina möchte auch gern studieren, wie ihr Bruder«, begann ich nicht sehr diplomatisch.

»Kommt gar nicht in Frage! Noch einer, der mir auf der Tasche liegt. Die soll eine Lehre machen«, bestimmte Fritz. Damit wollte ich mich nicht zufrieden geben, aber für ihn schien das Thema erledigt zu sein. »Und wenn ich ihr Studium bezahle ...« versuchte ich es noch einmal. »Das ist rausgeschmissenes Geld. Mädchen heiraten ja doch und kriegen Kinder. Dafür braucht man kein Studium!« Dann fügte er hinzu: »Hast du vielleicht studiert ... na also!« Er wollte mich auf seinen Schoß ziehen, aber ich stieß ihn weg. Meine Mission war noch nicht beendet. Fritz lächelte verschwörerisch: »Eigentlich wollte ich etwas viel Wichtigeres mit dir besprechen.«

»Und das wäre?«, fragte ich patzig.

»Wie wäre es, zur Abwechslung mal über meine Zukunftspläne zu reden?«, fragte er hintergründig. Ich zuckte desinteressiert die Achseln. Aber er fuhr unbeirrt fort:

»Ich möchte dich heiraten!«

»Du möchtest mich heiraten?«, wiederholte ich gedehnt. Mein Hirn arbeitete fieberhaft. Er kniete vor mir nieder und lächelte charmant: »Zwei Schlitzohren wie wir gehören doch zusammen. Statt dich hier in der Kneipe abzuschuften, solltest du lieber gemütlich im Büro sitzen und meine Buchhaltung frisieren.« Forschend sah ich ihm in die Augen.

»Und den Gasthof möchtest du für mich verkaufen, denn für euch kochen kann ich auch in deiner Küche.« Fritz sprang auf und kniff mir ins Kinn.

»Du sagst also ja!«

Ich grinste hinterhältig: »Ich sage ja und du sagst ja.« Er verstand nicht sofort, deshalb erklärte ich es ihm: »Ich sage ja zur Hochzeit und du sagst ja zum Studium.«

Kaum hatten wir für das Gasthaus einen geeigneten Käufer gefunden, heirateten wir. So erfüllte sich mein Traum von einer eigenen Familie kurz nach meinem einundvierzigsten Geburtstag. Ich hätte allen Grund gehabt, glücklich zu sein, denn ich wurde von den Kindern anstandslos als neue Mutter akzeptiert und verstand mich ausgesprochen gut mit ihnen. Leider machte Fritz keine Anstalten, sein Versprechen einzulösen. Sobald die Sprache auf das Thema Studium kam, wich er aus oder versuchte seine Zusage als Scherz auszulegen. So erfuhr Nina bei einer unschönen Szene, unter welcher Bedingung ich ihren Vater geheiratet hatte. Sie fiel mir unter Tränen um den Hals:

»Das musstest du nicht für mich tun«, schluchzte sie. »Du hast dich für mich geopfert.«

»Weiber!«, brüllte Fritz dazwischen und verließ wutschnaubend das Zimmer.

»Ganz so dramatisch ist es nicht«, lächelte ich und war ein bißchen stolz.

»Du suchst dir ein Zimmer und ich überweise die Miete von meinem Geld. Dein Vater wird sich an den Gedanken gewöhnen, und eines Tages ist er stolz auf dich.« Es war mir klar, dass es nicht so einfach werden würde, aber ich ahnte auch nicht, dass das Leben noch mehr Probleme bereithielt. Als Jan in den Semesterferien nach Hause kam, erklärte er uns, er wolle sein Studium abbrechen, um Geld zu verdienen. Ausnahmsweise waren Fritz und ich einer Meinung und versuchten den Jungen zu überzeugen, dass dies nicht in Frage käme. Dann rückte Jan endlich mit der Sprache heraus: Seine Freundin war schwanger. Fritz flippte vollkommen aus. Ich versuchte, ruhig und sachlich darüber zu sprechen, was zu tun sei, aber Fritz tobte: Die Schlampe käme ihm nicht ins Haus, und er habe auch nicht die Absicht, den Bastard durchzufüttern. Diese Absicht hatte ich sehr wohl. Ein Baby! jubelte ich innerlich und konnte meine Freude kaum verbergen. Da mein Mann seine Meinung nicht ändern wollte, traf ich mich heimlich mit meinem Stiefsohn und seiner Freundin, einem reizenden Mädchen, das mit Jan zusammen studierte. Wir waren uns sofort sympathisch und machten Pläne für die Zukunft. Die beiden sollten ihren Abschluss machen, und ich würde mich liebend gern um das Baby kümmern. Jan war skeptisch, was sein Vater dazu sagen würde, aber ich war so enthusiastisch und voller Zuversicht, dass ich versprach, alles mit Fritz zu regeln.

Dies stellte sich allerdings als unmöglich heraus.

»Wenn du noch einmal davon anfängst ...«, drohte er jedes Mal, wenn ich mal wieder versuchte, mit ihm zu reden. Dann sprach er oft tagelang nicht mit mir. Kurz vor Weihnachten bat ich Fritz inständig, Jan und seiner hochschwangere Freundin einzuladen. Fritz fluchte und wollte sich auf keine Diskussion einlassen. Als ich nicht locker ließ, schlug er mir wütend ins Gesicht und schrie: »Nur über meine Leiche! Und das ist mein letztes Wort.«

Wie Recht er damit hatte.

Die Kerzen am Weihnachtsbaum waren inzwischen ausgebrannt. Ich trank den letzten Schluck und erhob mich aus dem Sessel. Dann klaubte ich das Geschenkpapier zusammen und knautschte es zu einem großen Ball. Wirklich schade, dass Fritz sein niedliches Enkelkind nie kennen gelernt hat, dachte ich noch, und ging zu Bett.

Karin Ebeling

Voll der Versager

»Ey, und danke, dass ihr mir helft«, wiederholt Mischa zum soundsovielten Mal. »Ich krieg das echt nicht geregelt, allein.« Er stürzt über einen Ast und geht zu Boden.

»Genau. Zu blöd zum Scheißen.« Roger grinst und streckt ihm die Hand entgegen. »Wenn du uns nicht hättest.«

Mischa fasst zu und lässt sich hochziehen. »Voll der Versager«, murmelt er. »Der Alte hat ja so Recht.«

Janine streicht ihm zärtlich die dunklen Haare aus dem Gesicht. Ihre Stimme ist rau. »Ach komm. Du ziehst es doch durch.«

Schweigend gehen sie weiter, immer am Waldrand lang. Die Sonne hängt schon knapp über einer Pappelreihe auf den Feldern. Auf einer Stromleitung singt eine Amsel, und irgendwo hämmert ein Specht. Janine räuspert sich und fragt: »Hätten wir nicht was mitnehmen sollen? Also ...«

»Cola oder so«, träumt Roger vor sich hin. »Hättste auch früher drauf kommen können.« Massig wie er ist, schwitzt er mächtig und wischt sich immer wieder mit dem Ärmel seines roten Karo-Hemds über die Stirn. »Hat wenigstens wer 'ne *E* dabei?«

»Ich meinte eher so was wie ... irgendwas, womit wir's machen können.« Sie mustert Mischa, der wie aufgezogen mit gesenktem Kopf neben ihr herläuft, die tiefen Furchen über dem Schlüsselbein, die dünnen Oberarme. Feinripphemd und Adidashose schlottern an seinem Körper.

»Vertrau mir.« Roger strahlt sie an. »Wir sind fast da-ha.« Er deutet auf einen alten Hochsitz, nicht mehr als eine überdachte Bank mit Leiter. »Und guckt mal, was Papa sonst noch dabei hat!«, brüllt er und macht sich an den Beintaschen seiner Worker-Jeans zu schaffen. In jeder Hand eine eckige Flasche tanzt er um den Ansitz herum.

Janine bleibt in Brombeerranken stecken und reißt sich die Strumpfhose kaputt. »Ja, komm, hol alle her«, krächzt sie.

»Ist das nicht cool?«, schnauft Roger und hält ihnen die Etiketten mit dem Hubertushirsch hin. Janine rümpft die Nase. Mischa schaut woanders hin. Achselzuckend verstaut Roger den Kräuterlikör wieder. »Gehn wir rauf?«

Bald sitzen sie auf der schmalen Holzbank. Roger schraubt eine Flasche auf und reicht sie herum. Wellenbewegungen durchlaufen die Getreidefelder, das Licht ist klar. Irgendwo bellt ein Hund. Janine schaltet das Handy in ihrer Umhängetasche aus. Mischa hängt zusammengesunken zwischen den beiden und blinzelt in die hellen, pulsierenden Lichtflecken zwischen dem Pappellaub.

»Ich hab auch noch was dabei«, bekennt er leise. Umständlich zündet er einen Joint an und bläst eine dicke Rauchwolke in den Himmel. Er umfasst das Panorama mit einer ungelenken Armbewegung. »Ey, das sieht so geil aus, das tut voll weh.«

Roger lehnt die angebotene Tüte erst ab. »Später, Kumpel. Wenn wir's hinter uns haben.« Er fährt sich durch den halben Zentimeter Haare und greift mit einem verlegenen Lächeln dann doch zu.

»Willst du's dir nicht noch mal überlegen?« Janine inhaliert und streicht mit zwei Fingern über ihre Laufmaschen.

Mischa schüttelt langsam den Kopf. »Nen Job krieg ich doch im Leben nicht mehr«, nuschelt er bedrückt. »Und, wo soll ich'n hin, ey, wenn der Alte mich nicht mehr will. Der versteht doch voll nichts von dem Zeug.« Er nimmt den Joint und verstummt.

Roger deutet auf eine sich nähernde Silhouette: »'n Bussard.«

Alle drei beobachten, wie der Vogel auf dem Feldrain unter ihnen landet. »Das ist 'ne Scheiß-Krähe.« Janine wirft die leere Flasche nach dem Tier.

»Ihr zieht das doch durch?«, fragt Mischa und sieht dem auffliegenden Vogel unruhig nach. »Ey, ihr habt's versprochen!«

»Du kannst dich auf uns verlassen«, kiekst Janine.

»Ja, Mann, und hör auf, Scheißstimmung zu machen.« Roger öffnet die zweite Flasche. »Sonst geht das ganz schnell.« Er legt Mischa die Hand auf den Rücken und deutet einen Schubs an. Mischas starre Züge verziehen sich zu einem trübsinnigen Lächeln, und er schnipst die abgebrannte Kippe ins Weizenfeld.

Unsicher steigen sie die Leiter wieder runter und gehen in den Wald. Roger bleibt stehen: »Reicht.« In einiger Entfernung schimmert es hell zwischen den Bäumen durch. Bevor er die Flasche zuschraubt und abstellt, trinkt Roger noch einen hastigen Schluck. Langsam krempelt er die Ärmel hoch. Janine schiebt den Daumen in den Mund und kaut am

Nagelbett. Mischa reibt sich die Arme und blickt stumpf zu Boden. Dann sagt er tonlos: »Na macht schon, ey.« Janine umarmt ihn. Sie tritt beiseite und nimmt seine Hand.

»Jetzt? Echt?« Roger lässt die Fingergelenke knacken. Mischa nickt und schließt die Augen. »Okay, Kumpel. Mach dich klein«, befiehlt Roger, legt die Hände um Mischas Hals und drückt zu.

Mischa zittert. Seine Lider flattern, öffnen sich wieder. Überrascht und furchtsam sieht er auf. Er zieht Janine die Hand weg. Seine Finger krampfen sich um die Daumen an seiner Kehle.

»Scheiße, was soll'n das?«, beschwert sich Roger.

»Lass mich«, bringt Mischa gerade noch raus.

»War doch deine Idee.« Roger lässt los. »Mann, du bist echt nur der Loser.« Mischa japst und stolpert ein paar Schritte rückwärts.

Janine zuckt die Achseln, als Roger sie anblickt. Beide gucken Mischa an, der, die Hände auf die Oberschenkel gestützt, gierig atmet. Ein aufgeschreckter Singvogel flüchtet mit Alarmgeschrei. Roger kaut auf seiner Unterlippe. »Ich zieh das jetzt durch«, verkündet er.

Mischa schaut auf. »Nein!«, keucht er, dreht sich um und läuft los. Roger ist schon bei ihm und tritt ihn heftig in die Wade. Mit einem Klagelaut rutscht Mischa über das Laub. Brombeerstacheln zerfetzen seine Haut. Roger fasst ihn bei der Schulter, dreht ihn um und würgt ihn erneut. Mischa boxt um sich und erwischt seinen Angreifer mit den Fingerknöcheln im Gesicht. Der brummt wütend und schleift ihn am Hals bis zu einem flachen Stein, an den er zuvor die Flasche gelehnt hat. Mischas Schädel schlägt hart auf. Janine faltet die Hände vor Mund und Nase.

»Hör auf, ey«, ächzt Mischa. Er zerkratzt erst Rogers Handrücken, dann die Unterarme. Er windet sich. Als der andere sich über ihn beugt, hebt Mischa den Kopf und beißt ihn in den Arm. Roger fährt zurück und gibt Mischas Hals frei. Die Flasche kippt auf den Waldboden. »Ey, Janine, hilf mir doch mal!« Janine wendet sich ab und zieht ihre Schuhe aus.

»Scheiße, halt still!«, flucht Roger und wirft sich auf Mischa. Er greift sich dessen Handgelenke, drückt sie zu Boden und kniet sich auf Mischas Oberarme. Mischa schreit. Janine streift ihre Strumpfhose ab, legt sie einmal zusammen und gibt sie weiter.

»Ey, Janine, ey, nein!« Mischa stemmt die Fersen in die lockere Erde und bäumt sich auf. Roger nimmt die Strumpfhose an beiden Enden, strafft sie und zieht sie über Mischas zerzauste Haare. »Ihr könnt das doch nicht machen!« Mischa presst seinen Hinterkopf auf den harten Untergrund. Roger versetzt seine Schienbeine weiter nach außen. »Ey, wir sind doch Freunde!« Mischa fängt an zu weinen. Mit einem Ruck reißt Roger die Strumpfhose in den Nacken des am Boden Liegenden, schlingt die Enden zu einem halben Knoten umeinander und schnürt Mischas Hals zu. »Nein, ey, bitte, ey, nein!«, krächzt Mischa. Roger wickelt sich das eine Ende um die Hand, das andere hält er Janine hin. Mischa schluchzt: »Bitte, lasst mich am Leben.«

Janine weint jetzt auch. Sie greift zu. Einen Fuß gegen den Stein gestemmt, zerrt sie mit beiden Händen. Roger hält dagegen, seine freie Hand legt er auf Mischas Mund. Mischa wirft den Kopf hin und her. Sein schmutziges, tränenüberströmtes Gesicht wird rot, dann violett. Die Augen weit aufgerissen, blind vor Entsetzen ringt Mischa vergeblich nach Luft. Er scharrt mit den Füßen und tritt ins Leere. Auf seiner Trainingshose breitet sich ein Fleck aus. Mischas Schwanz drückt gegen den nassen Stoff.

Roger hievt sich hoch. Mischa kriegt das Nylongewebe zu fassen und verkrallt sich in ihm. Janine und Roger ziehen jetzt beide an der Strumpfhose, so dass Mischa zwischen ihnen beinahe aufrecht sitzt.

»Warte. Hier, du kannst loslassen.«

»Ist er tot?«, flüstert Janine.

»Sicher.« Roger reibt sich mit dem Arm übers Gesicht und bückt sich nach der Flasche. »Mann!« Janine hockt neben Mischa und starrt vor sich hin. Unter den Bäumen dämmert es bereits. Sie löst die Strumpfhose und steckt sie in ihre Tasche. Mischas Kopf rollt auf die Seite. »Pass auf dein Kleid auf«, sagt Roger.

Es raschelt, als Mischa ein Bein unmerklich bewegt. Er stöhnt leise. Janine springt auf und beißt in ihre Faust. Roger verschluckt sich. Hustend schlägt er auf Mischas Schläfe ein. Janine weicht zurück. Sie fährt zusammen, als die Flasche auf dem Stein zerbricht. Roger betrachtet das scharfkantige Glasstück in seiner Hand. Dann arbeitet er es ohne hinzusehen in Mischas Hals.

Fahles Licht fällt vom Waldrand ein. Janine kotzt, an einen Baum gestützt. Mischa zuckt beim Sterben. Roger rupft ein paar Farne aus und schrubbt an sich herum. »Ey, komm weg hier. Bevor's dunkel wird.«

Kirsten Nutto

Schlaf Bea schlaf

Mario schwitzte. Herrgott, war das schwer, diese Dinger zu zerbröseln! Voller Widerwillen sah er auf den Rest des Häufchens Schlaftabletten, der neben der leeren Packung lag. Schließlich zuckte er die Achseln, löffelte vorsichtig das Pulver in eine Schale mit etwas Wasser und rührte so lange, bis sich alles aufgelöst hatte. Dann zog er die milchige Lösung mit einer Spritze auf, drückte die dünne Nadel vorsichtig durch den Korken und ließ die Mischung langsam in die Flasche tropfen. Mario wischte sich die Schweißperlen von der Oberlippe. Geschafft. Eine Trübung des Rotweins würde man zweifellos auf irgendwelche Schwebekörperchen zurückführen, den Bodensatz auf Weinkristalle. Wie er Bea kannte, würde sie die Flasche bis auf den letzten Tropfen austrinken, vor allem, wenn es ein so guter Wein wie dieser hier war. Mario musste lachen. Es hatte schon sein gutes, wenn man jahrelang mit jemandem zusammen war, den man durch und durch kannte. Er wusste auch, ebenso wie ihre Freunde, dass Bea Schlafstörungen hatte, wenn der Stress im Büro zu groß war und sie dann Tabletten nahm. Niemand würde also Verdacht schöpfen.

Seine Gedanken schweiften ab. Was war Bea doch für ein Aas. Hatte ihm die große Liebe vorgegaukelt, und er war auch noch darauf hereingefallen! Als sie vor einem halben Jahr Rainer kennen gelernt hatte und zu ihm gezogen war, besaß sie sogar die Frechheit zu behaupten, es hätte schon lange nicht mehr zwischen ihnen gestimmt. Dabei war alles so offensichtlich: Rainer sah besser aus, und er hatte mehr Kohle. Mario zuckte zusammen, als er wieder an ihre platten Sprüche dachte, mit denen sie sich verabschiedet hatte: »Wir können doch Freunde bleiben« und »Du wirst schon darüber hinwegkommen«. Dieses Miststück. Natürlich war er cool geblieben. Sie sollte nicht merken, wie sehr sie ihn getroffen hatte. Aber seine Gefühle hatten sich im Laufe der Zeit nicht abgeschwächt, im Gegenteil, sie gärten immer heftiger und bildeten eine gefährliche Mischung aus verletzter Eitelkeit, Wut, Enttäuschung und Eifersucht. Monatelang hatte er darüber nachgedacht, wie er sich rächen könnte. An Bea. Rainer war ihm ziemlich egal. Deswegen war er auch auf Rotwein gekommen, den Rainer nicht mochte.

Im Hausflur fiel eine Tür ins Schloss, und Mario schreckte aus seinen Gedanken auf. Sein Blick fiel auf die Flasche in seiner Hand. Der Weinpegel war nicht merklich gestiegen, jedenfalls fiel es nicht auf. Gut. Morgen war er bei Bea und Rainer zum Essen eingeladen. Das war auch so ein Ding: Einmal im Monat luden sie ihn ein, um zu demonstrieren, dass sie sich um ihn kümmerten.

Es sollte Fisch geben, er hatte sich bei Bea erkundigt, und dazu Weißwein. Sein Wein würde also erst mal ins Regal wandern.

Bea stand vor dem Spiegel und schminkte sich. »War doch ganz nett neulich mit Mario, oder?« Rainer zog sich gerade den Pulli über den Kopf, so dass seine Antwort etwas gedämpft klang. »Hmm. Hätte ich vor einem halben Jahr wirklich nicht gedacht, dass wir mal so gut miteinander auskommen. Aber er scheint sich wieder berappelt zu haben.«

»Ja, sieht ganz so aus. Gott sei Dank. Ich hatte ja schon ein schlechtes Gewissen, damals, aber es ging einfach nicht mehr. Du kennst die Geschichte ja. Vielleicht sollten wir beim nächsten Essen eine Freundin, die solo ist, einladen. Täte ihm bestimmt gut, mal wieder eine nette Frau kennen zu lernen.«

Rainer brummte zustimmend, dann ging er in den Flur und zog die Jacke an. »Beeil dich, wir sind schon spät dran.«

Bea ging noch schnell ins Wohnzimmer, zog eine der zahlreichen Weinflaschen aus dem Regal, steckte sie in einen Beutel und drückte ihn Rainer in die Hand. »Halt mal. Ich muss noch meinen Mantel anziehen.« Dann machte sie das Licht aus, zog die Tür zu und schloss ab. »Jetzt aber nichts wie los. Ich habe einen Bärenhunger. Und außerdem bin ich tierisch gespannt, wie Leverkusen heute Abend spielt.«

Als Bea und Rainer bei ihren Freunden klingelten, öffnete Jörg die Tür. »Hi! Da seid ihr ja endlich. Die anderen sind schon da, und das Spiel fängt gleich an. Macht's euch bequem, ihr kennt euch ja aus. Bier steht auf dem Balkon, und die Pommes sind auch gleich fertig.«

Während der Bundesliga-Saison traf sich die Clique regelmäßig bei Jörg und seiner Freundin, um sich gemeinsam die Spiele anzusehen. Dabei mampften sie traditionell Pommes rot-weiß und Currywurst, und Bier durfte natürlich auch nicht fehlen. Wie immer ging es recht laut und ausgelassen zu. Erst als die letzten Bierflaschen geleert waren, machten sich alle auf den Heimweg.

Nachdem Jörg die Tür hinter dem letzten Gast geschlossen hatte, gähnte er und wandte sich an seine Freundin. »Uff, geschafft. Ganz schön spät geworden.« Er brachte die Teller in die Küche und stellte sie auf der Arbeitsplatte ab. Dabei fiel sein Blick auf die Flasche Wein. »Ach ja richtig, Bea und Rainer haben Wein mitgebracht. Den hab ich ganz vergessen.« Seine Freundin warf einen Blick auf das Etikett und verzog das Gesicht. »Ausgerechnet einen Bordeaux. Die müssten doch langsam wissen, dass wir den nicht trinken.« Sie schüttelte den Kopf, dann kam ihr eine Idee. »Sag mal, am Freitag ist doch die Feier im Fußballverein, oder? Nimm einfach den Wein mit und stifte ihn für die Tombola. Oder hast du zufällig schon etwas anderes vor?« Jörg grinste und nahm sie in den Arm. »Ehrlich gesagt hab ich die Tombola völlig vergessen. Du bist ein Schatz! Was würde ich nur ohne dich machen?« Er küsste sie und löschte das Licht.

Als Jörg am Freitagabend im Vereinsheim eintraf, war die Feier schon in vollem Gange. Trainer Hampriel strahlte über beide Backen, als Jörg seinen Beitrag stiftete. »Super«, sagte er. »Schau mal, dieses Jahr sind endlich mal ein paar anständige Sachen für die Tombola zusammengekommen.« Dann verdrehte er die Augen. »Aber natürlich auch wieder die Blumenvasen, der Nippes und die Gartenzwerge vom letzten Jahr. Kein Mensch will das Zeug haben, deswegen landet es immer wieder hier.« Jörg grinste. »Ich weiß. Was glaubst du, warum ich mal so was Edles wie das hier mitgebracht habe?« Er klopfte Hampriel auf die Schulter. »Ich mach mal die Runde. Wir sehen uns noch.«

Um Mitternacht, als Geräusch- und Alkoholpegel ihren Höchststand erreicht hatten, wurden die Gewinner der Tombola verkündet. Dieses Mal zog Alfons das große Los. Als er, nicht mehr ganz sicher auf den Beinen, von der Bühne zurückkam, präsentierte er der Runde freudestrahlend seinen Gewinn. »Schaut, mal. Nicht schlecht, was? Is' zwar nix für mich, aber ich kenn da jemanden ...« Jörg, der am Tisch saß, konnte sich nach einem Blick auf die Flasche ein Grinsen nicht verkneifen, aber er sagte nichts.

Bea und Rainer hatten es sich auf dem Sofa bequem gemacht, um sich den »Tipp des Tages«-Film anzusehen. Zu faul zum Kochen, hatten sie sich Pizza kommen lassen, und Bea entkorkte eine Flasche Roten, während Rainer wie immer Bier vorzog. »Endlich haben wir mal einen Abend für uns«, sagte er seufzend. »Freunde sind ja schön und gut, aber manchmal will ich einfach nur meine Ruhe.« Bea kuschelte sich an ihn und knabberte an der Pizza. »Stimmt. Besonders wenn's im Büro so stressig war wie heute. Hoffentlich kann ich nachher schlafen. Ich hab vorsichtshalber schon mal 'ne Schlaftablette genommen.« Doch ihre Befürchtungen waren unbegründet. Noch bevor der Film zu Ende war, war sie eingeschlafen. Und zwar so fest, dass Rainer sie auf der Couch schlafen ließ, weil er sie nicht wach bekam. Kopfschüttelnd stellte er ihr den Wecker und ging allein ins Bett.

Mario lag auf seiner Couch und bemitleidete sich. Er hatte Geburtstag, was er am liebsten ignoriert hätte. Es war schon schlimm genug, dass man älter wurde, aber daran musste man ja nicht noch erinnert werden. Gleichzeitig ärgerte es ihn, dass sich nur wenige seiner Freunde die Mühe gemacht hatten, ihn anzurufen, um zu gratulieren. Schöne Freunde. Nicht mal Bea hatte sich gemeldet. Was soll's, dachte er. Sein Kopf dröhnte und seine Lider begannen schwer zu werden. Schon wieder zu viel gesoffen. Er musste langsam mal halblang machen, er trank viel zu viel. Na, wenigstens ein guter Vorsatz, den er an seinem Geburtstag fasste – aber umsetzen würde er ihn erst morgen. Entschlossen griff er zur Flasche und schenkte sich den letzten Rest Wein ein. Das war der einzige Lichtblick gewesen heute, dass sein Freund Alfons vorbeigeschaut und ihm diesen edlen Tropfen geschenkt hatte. Er wollte sich noch einmal das Etikett anschauen, doch es verschwamm vor seinen Augen.

Anke Cibach

Wie Pech und Schwefel

Im Leben kommt alles, wie es kommen soll, aber wer spinnt schon am roten Faden, wenn nicht wir selbst? Ich will mich der Verantwortung nicht entziehen, und erst jetzt habe ich genügend Zeit, die Vergangenheit noch einmal in Ruhe passieren zu lassen.

Unsere Freundschaft begann im zarten Alter von sechs Jahren mit einem Mordversuch. Helga haute mir im Sandkasten ihre Metallschaufel über den Kopf, um die Machtverhältnisse zwischen uns eindeutig zu klären. Als ich blutend um Hilfe schreien wollte, steckte sie mir Dreck in den Mund und setzte sich mit ihrem Hintern auf mein Gesicht. Das veranlasste ihren älteren Bruder Hanno, uns mit dem Wasserschlauch des Gärtners abzuspritzen und seine Schwester an den Haaren von mir wegzureißen. Helga versprach mir daraufhin ihre neue Micky-Maus-Sandform und ein schillerndes Glasperlenarmband, wenn ich erstens aufhören würde zu heulen und zweitens ihr helfen würde, ihren Bruder zu beseitigen. Ich schluckte tapfer meine Tränen und eine große Portion Sand herunter und streifte das Armband über. Ja, ich gebe es zu, ich war nicht nur einsam, sondern auch bestechlich.

Meine Eltern wohnten mit mir weit außerhalb der nächsten Kleinstadt im Pförtnerhaus eines parkähnlichen Anwesens, das Helgas Eltern gehörte. Während mein Vater sich um den Fuhrpark und die Pflege von Pool und Tennisplatz kümmerte, besorgte meine Mutter den Haushalt der Wagners und war froh, dass ihre einzige Tochter in Helga eine geeignete Spielgefährtin gefunden hatte.

»Du musst dich anpassen«, ermahnte sie mich oft. »Es sind unsere Brötchengeber, und die Arbeit liegt heutzutage nicht auf der Straße.«

Ganz verstand ich das nicht, aber anscheinend sollte ich mich nicht mit Helga streiten.

»Ilse, wenn du meine beste Freundin sein willst, musst du alles tun, was ich dir sage«, forderte Helga, »es wird sich für dich lohnen.«

Ich mochte ihren Bruder Hanno sehr, der ab und zu ein paar freundliche Worte für mich übrig hatte. Trotzdem stibitzte ich an jenem Tag auf Helgas Befehl hin ein Feuerzeug und zündete in einem unbeobachteten Moment die Briefmarkensammlung in Hannos Zimmer an. Der Raum brannte völlig aus, aber Helga war noch nicht zufrieden.

»Wer braucht schon einen Bruder, pass auf, das war erst der Anfang.« Es sollten noch viele Jahre vergehen, bis ich mich an diese Worte erinnern würde.

Helgas Eltern verkehrten im Jet-Set und waren selten zu Hause. Über unsere kindlichen Missetaten gingen sie achselzuckend hinweg. »Das wächst sich aus«, hörte ich sie einmal zu meinen Eltern sagen, »die beiden sind wie Pech und Schwefel.«

»Hauptsache, ihr haltet zusammen. Freundschaften sind sehr wichtig im Leben«, erklärte mir Herr Wagner und tätschelte zerstreut meinen Kopf. Helga stand verbissen lächelnd neben ihm, und am nächsten Tag fand ich mein geliebtes Stoffkaninchen mit abgerissenen Ohren und aufgeschlitztem Bauch im Pool. Helga entwickelte bald ein spezielles Wertesystem für mich. Brennesseln in die Betten legen brachte mir ihren Nachtisch ein, ein Beet zertrampeln drei Runden auf ihrem Kinderrad und in die Limonade von langweiligen Gästen pinkeln sogar ihr abgelegtes Balletttrikot. Wurde ich erwischt, hatte ich die Strafe klaglos und schweigend auf mich zu nehmen.

Als wir in die Schule kamen, ließ ich natürlich Helga bei mir abschreiben, weil mir das statt meiner eigenen, trockenen Käsebrote ihre mit Gürkchen und Pute belegten Sandwiches brachte. Aber später, bei Klassenarbeiten, forderte ich fünfzig Pfennige, für Mathe sogar eine Mark.

Aus heutiger Sicht behaupte ich, dass Helga über eine extrem geringe Frustrationstoleranz verfügte, wie es in schlauen, psychologischen Büchern steht. Wer sich ihr in den Weg stellte, wurde eliminiert. Das Werkzeug dazu war ich.

Unsere Klassenlehrerin hatte den Zustand von Helgas eselsohrigen Heften gerügt – auf unserem nächsten Klassenausflug stolperte sie (dank meiner diskreten Nachhilfe) unglücklich über eine Felskante und war seitdem berufsunfähig. Und als der etwas ruppige Sportlehrer meine Freundin im Affekt als »lahmen Mehlsack« bezeichnete, musste ich dem Direktor am nächsten Tag schluchzend mitteilen, dass eben dieser Lehrer mir »da unten ins Höschen gefasst hätte«. Wir bekamen einen neuen Sportlehrer, und ich die weißen Lackschuhe von Helga.

Mit fünfzehn probte ich den Aufstand. Ich hatte inzwischen eine Figur, die bei den Jungens toll ankam. Helga, mit mickriger Körbchengröße 70A, neidete mir natürlich meine 85D, aber diesmal war ein Tauschhandel nicht möglich. Ich »ging« mit Klaus, dem besten Sportler unserer Schule, während Helga mit dem pickeligen Günther vorlieb nehmen musste.

»Ich mache dir ein faires Angebot. Klaus gegen Günther und meinen Lederrock dazu.«

»Na ja«, zögerte ich, »Klaus und ich, wir lieben uns wirklich.«

»Also gut, den Lederrock, die passenden Stiefel und hundertfünfzig Mark von meinem Geburtstagsgeld.«

»Klaus wird da nicht mitspielen«, gab ich zu bedenken.

»Das lass nur meine Sorge sein.«

Klaus war ein Autonarr. Helga ließ mich den Wagenschlüssel zum Mercedes-Coupé ihres Vaters klauen und überredete Klaus zu nächtlichen Spritztouren, bei denen der Alkohol aus der elterlichen Hausbar auch die letzten Hemmungen beseitigte. Schon nach der zweiten Ausfahrt gestand sie mir triumphierend, endlich ihre Unschuld verloren zu haben. Der Neid nagte an mir, denn mit Pickelhering Günther hatte ich es bisher nur zu einer Radfahrt und einem Zungenkuss gebracht, bei dem ich mich fast an seinem Kaugummi verschluckt hätte. Das reichte mir nicht!

Ohne Kommentar legte ich Helga Geld, Rock und Stiefel zurück in ihr Zimmer. Dann zog ich Hotpants und ein Elastic-Shirt an, beide etwa zwei Nummern zu eng. Ich schlenderte zu Klaus auf den Tennisplatz. Mit glasigen Augen ließ er den Schläger fallen, und von da an waren wir wieder ein Paar. Helga tobte.

»Er gehört mir«, kreischte sie, »wir haben einen offiziellen Handel ohne Umtausch abgeschlossen.«

»Er will nur noch mich«, blieb ich hart. »Und ich will ihn.«

»Aber du willst doch auch meine allerbeste Freundin sein«, schmeichelte sie mir.

»Nicht mehr«, beteuerte ich mutig und dachte an eine Zukunft mit Klaus, weit weg von diesem Ort. Und weit weg von Tauschgeschäften, Erpressung und sinnlosen Mutproben.

Kurz darauf bezichtigte Helga Klaus nachträglich der Vergewaltigung, ich fand meine Lieblingskatze tot in der Regentonne, und die Bremse an meinem Rad versagte. Als meine Mutter dann einen Nervenzusammenbruch bekam, weil Helga sie fälschlicherweise des Diebstahls bezichtigt hatte, gab ich auf. Klaus verunglückte übrigens in diesem Jahr auf gerader Strecke mit seinem Wagen. Es war zu der Zeit, als ich mich auf Helgas Geheiß hin mit dem Lehrling aus der Autowerkstatt angefreundet hatte.

»Was zählen schon Männer, unsere Freundschaft sollte uns wichtiger sein«, meinte Helga vergnügt und sorgte dafür, dass wir uns in derselben Stadt an einem exklusiven Dolmetscherinstitut einschrieben. Ihre Eltern übernahmen auch für mich die Kosten. Mit der kleinen Auflage, mich dort um meine Freundin Helga zu kümmern.

»Ilse, nutz die Chance, die wir dir finanziell nicht bieten können«, riet meine Familie. Schweren Herzens stimmte ich zu und half Helga in den nächsten Jahren bei allen Seminararbeiten und Übungen. Genauer gesagt, saß ich nächtelang über den Texten, während sie sich in den Diskotheken vergnügte. Ein halbes Jahr vor dem Abschlussdiplom gerieten wir beide in Panik.

»Ilse, du musst mir die Diplomarbeit schreiben und die Fragen für die mündliche Prüfung besorgen«, forderte Helga und zückte ihr Scheckbuch, denn inzwischen ließ ich mir meine Gefälligkeiten sehr teuer bezahlen.

»Bei der mündlichen Prüfung ist nichts zu machen«, klärte ich sie auf. »Professor Blohm ist Prüfungsleiter. Er stellt immer ganz raffinierte Fragen, die er sich erst im letzten Moment spontan überlegt.«

»Dann musst du ihn rechtzeitig außer Gefecht setzen«, forderte sie ungerührt. »Du könntest zum Beispiel seine Frau oder Kinder entführen.«

»Er ist nicht verheiratet.«

»Lass dir was anderes einfallen, sonst stößt ihm vielleicht bald etwas zu ...«

Nein, nicht schon wieder. Das musste einmal ein Ende haben. Ich grübelte über Schlafmittel und Grippeerreger nach, plante verschlossene Türen mittels Sekundenkleber und eine Bombendrohung für den Prüfungstag, aber schließlich fiel mir nur eine einzige, zufriedenstellende Lösung ein, die ich mit zähen Bemühungen und ein wenig Glück noch rechtzeitig erreichen konnte. Mein Plan war erfolgreich, kurz vor dem Examen heiratete ich Professor Blohm und erhielt als Hochzeitsgeschenk diskret Helgas Blanko-Prüfungsurkunde.

Von nun an trennten sich unsere Wege für Jahre. Meine Ehe, auf einem unsoliden Fundament geschlossen, hielt nicht lange. Aber ich machte beruflich eine bescheidene Karriere und liebte meine Arbeit im Ausland sehr. Helga tingelte mit dem Geld ihrer Eltern durch die Welt, war drei Mal geschieden und zwei Mal verwitwet, während ich mich auf keine bindende Beziehung mehr einließ. Bis auf den Tag, als ich in unsere alte Heimat zurückkehrte, um den sechzigsten Geburtstag von Helgas Vater mitzufeiern. Helga sah aufgeschwemmt und verlebt aus. Neidisch betrachtete sie meine noch straffe Figur. Sie stellte mich den Gästen als »Ilse, meine einzige, wahre Freundin« vor. Aber ich hatte nur Augen für Hanno, ihren Bruder, den ich über zehn Jahre nicht mehr gesehen hatte. Der mir damals gegen Helga zur Seite gestanden hatte. Ich verliebte mich aufs Neue in ihn, und ihm ging es ähnlich mit mir. Ein Jahr lang ließen wir unsere Liebe behutsam wachsen, bis wir uns heimlich und in aller Stille auf einer kleinen Karibikinsel das Jawort gaben.

Nach unserer Rückkehr informierten wir Familie und Freunde und trafen uns zu einer Nachfeier in Hannos Elternhaus. Helga gratulierte mir mit starrem Gesichtsausdruck.

»Ich habe dich anscheinend unterschätzt«, sagte sie leise mit drohendem Unterton.

»Nun willst du also den ganzen Kuchen haben, aber das wird dir nicht gelingen, sieh dich vor. Ich erwarte, dass du dich sofort scheiden lässt, sonst …«

»Helga, lass uns endlich *richtige* Freundinnen sein«, bat ich versöhnlich.

»Unser altes Arrangement hat mir besser gefallen, wer braucht schon eine Schwägerin? Also, lässt du dich scheiden oder nicht?«, fragte sie lauernd. Das reichte, ich wandte mich wortlos ab.

Die Feier hatte ihren Höhepunkt erreicht, als Helga von ihr persönlich zubereitete, bunte Cocktails anbot.

»Und für dich, Brüderchen, eine ganz spezielle Mischung.« Sie drängte Hanno ein Stielglas mit milchiger Flüssigkeit auf. Bitte nicht trinken, bat ich stumm und schaute wie gelähmt aus einigen Metern Entfernung zu, als Hanno trank und dann sein Gesicht verzog.

»Zum Teufel, Helga, was hast du mir da gemixt? Schmeckt nach Pech und Schwefel.« Er lachte und fing wenig später an zu gähnen.

»Diesmal noch nicht, meine liebe Schwägerin«, flüsterte Helga mir zu und hakte sich freundschaftlich bei mir ein. Ich ließ mich willenlos in den Park ziehen. Was hatte Hanno da eben gesagt? Wie Pech und Schwefel?

»Nur ein harmloses Schlafmittel. Sozusagen als Warnung für später gedacht.«

Warnung? Arme Helga, sie hatte vergessen, wer von uns beiden die Fachfrau für die Eliminierung von unerwünschten Personen war! Auch in meiner Tasche steckte ein Schlafpulver. Vielleicht würden später die Bremsen an ihrem Wagen versagen, die Polizei ein Rauschgiftpäckchen im Kofferraum finden und ihr Haus durch Brandstiftung zerstört werden – natürlich nur als Vorgeschmack.

Es sei denn – nachdenklich ließ ich meinen Blick auf der angerosteten Schaufel im Sand ruhen. Es gab da eine nostalgische Erinnerung an unsere Kinderfreundschaft. Die Machtverhältnisse mussten neu geklärt werden.

Ingrid Schmitz

Mein Mann – Dein Mann

»Gut, ich habe ihn umgebracht, aber doch nicht absichtlich. Du weißt ja wie das ist, Anne. Es entwickelte sich wie von selbst.«

»Das weiß ich eben nicht. *Mir* würde so etwas nicht einmal im Traum einfallen. Ich dachte bisher immer, du wärst meine beste Freundin, aber anscheinend habe ich all die Jahre der Falschen vertraut. Pah, und ich erzähle dir auch noch meine intimsten Geheimnisse und Wünsche und du … du … was machst du? Du nutzt dein Wissen schamlos aus und bringst ihn einfach um!«

»Reg dich nicht auf. Er hat ja nicht leiden müssen. Aber ich musste ihn töten, nachdem was er mir angetan hat. Ich lasse mich nicht quälen! Außerdem habe ich extra darauf verzichtet ihn mit dem Messer abzustechen, weil ich weiß, dass du schmutzige Bettlaken nicht ausstehen kannst und dich Blut entsetzt. Na gut, ich gebe es zu, wohl eher, weil im Schlafzimmer naturgemäß keine Messer herumliegen. Auch dir zuliebe habe ich dann die feine englische Art gewählt und ihn mit deiner, auf dem Stuhl liegenden Strumpfhose erdrosselt. Ohnehin hatte ich nicht viel Zeit darüber nachzudenken, mir geschnappt, was in der Nähe lag. Es ging alles viel zu schnell. Als wir erst einmal im Bett lagen …«

»Das ist es ja – im Bett! In unserem Bett! Du und er … Wie konnte es überhaupt so weit kommen? Meinst du, es schmerzt nicht, so etwas über den eigenen Mann und die beste Freundin erfahren zu müssen? Bei jedem anderen Mann hätte ich mich für dich gefreut. Hätte gesagt: prima. Deine Abenteuer möchte ich erleben, deine Fantasie haben, aber so …«

»Na ja, es ergab sich so. Sicher, ich habe vorher ein paar Zärtlichkeiten zugelassen, und dann war es nur eine logische Konsequenz. Es wäre doch unglaubwürdig gewesen, wenn ich gesagt hätte, dass wir nach einer Flasche Champagner und sinnlichen Küssen nicht *mehr* gemacht hätten.«

»Hör auf! Du hast mir genug Einzelheiten geschildert …«

»Anne! Wir waren uns doch einig, dass keine auf die andere Rücksicht nehmen muss, wenn wir so etwas machen. Dass wir freie, tolerante Frauen sind, die kein Blatt vor den Mund nehmen wollen. Schließlich ist mir dein Mann nicht unsympathisch, und er sieht gut aus. Da kann die Fantasie schon mal mit einem durchgehen. Leider war es meine Dummheit, seinen Namen zu nennen. Ich hätte das nicht zulassen müssen. Es entwickelte sich von selbst. Dann hättest du auch nicht gemerkt, dass er es war, der mit mir … Und gerade weil du meine Freundin bist und ich dir bisher immer alles sagen … beichten konnte, habe ich dir gestanden, dass *ich* die Person war, die mit *deinem* Mann …«

»Ja, ist klar … du und ehrlich! Jetzt, nach dem fünften Glas Wein rückst du damit raus, erzählst mir die ganze Geschichte, aber erst, nachdem ich dich darauf angesprochen habe. Meinst du, ich kann mich noch irgendwo blicken lassen? Nach allem, was geschehen ist? Das hättest du gleich in die Zeitung setzen lassen können.«

»Die wollten die Geschichte nicht … – Mensch, sei doch nicht so humorlos.«

»Humorlos? Ich und humorlos? Mein Mann wird nun als Scheckbetrüger, Lebemann und Sadist dargestellt, der seine gerechte Strafe bekommen hat. Und das mit den Handschellen sollte unter uns bleiben. Ich habe dir gesagt, es war nur ein Experiment, mehr nicht!«

»Was glaubst du, wie viele Leute solche Spielchen treiben? Das bedeutet absolut nichts!«

»Ach, ja? Kennst du die mit Namen? Weißt du, wie die aussehen? Aha! Außerdem weiß alle Welt, das wir beide befreundet sind. Das heißt: waren. Es ist aus. Ich will nichts mehr mit dir zu tun haben.«

»Okay, okay, ich entschuldige mich dafür. Was soll ich noch tun, damit du mir glaubst, dass es eigentlich nur ein Scherz sein sollte.«

»Haa! Ein Scherz! Das ist ja lächerlich! Damit macht man keine Scherze!«

»Lass uns nicht streiten. Natürlich ist es jetzt zu spät – ich kann es nicht mehr rückgängig machen. Die Fahnen sind abgesegnet. Wenn ich gewusst hätte, wie nahe es dir gehen würde, ich hätte es nie so weit kommen lassen, glaube mir.«

»Sorry, es ist zu spät. Wir wollten alles gemeinsam schreiben, und du gehst plötzlich eigene Wege und schreibst einen derart miesen Krimi, in dem ausgerechnet *mein* Mann einen Triebtäter darstellt, den du auch noch mit *meiner* Strumpfhose erdrosselst. Das geht zu weit! Unser nächstes gemeinsame Projekt kannst du vergessen! Ich schreibe nie wieder etwas mit dir zusammen. Schon allein der Titel »Mein Mann – Dein Mann«, dass ich da nicht eher draufgekommen bin!«

Die Autorinnen

Barbara Ahrens

Geboren 1945 auf der Flucht ihrer Mutter aus Danzig, aufgewachsen in Hannover, lebte sie längere Zeit in Süddeutschland, unter anderem in München, Freiburg und Ulm. Seit 1995 lebt sie in Berlin, der Heimatstadt ihres Vaters. Sie begann erst mit siebenundvierzig Jahren zu schreiben. Auslöser waren zwei Sabbatjahre, die die Lehrerin und ehemalige Fremdsprachenkorrespondentin sich nicht zuletzt mit dem Putzen von Ferienwohnungen finanzierte. Langjährige Mitarbeit an autonomen Frauenprojekten (Café, Zeitung). 1995 Arbeitsstipendium vom Förderkreis des Schriftstellerverbandes (VS) Baden-Württemberg.
Veröffentlichungen: Sechs Kurzkrimis (1994 bis 2001).

Mischa Bach

Geboren 1966. Studium der Anglistik, Germanistik und Politik in Bonn und der Filmwissenschaften in Essen. 1993 Magister, danach Lehrtätigkeit im filmtheoretischen und drehbuchpraktischen Bereich. 1997 Promotion. Sie arbeitete für die Rheinzeitung Neuwied, die WAZ und für PRINZ Bochum. Von 1997 bis 1999 Online-Redakteurin beim Cityweb der WAZ. Zusammen mit Jörg Schade schrieb sie zwei Drehbücher für die ARD-Sendung »Polizeiruf« sowie die Drehbuchvorlage für Rainer Bärs TV-Film »Glashaus«. Darüber hinaus arbeitet sie als Übersetzerin für Englisch. 2001 Martha-Saalfeld-Preis für »Der Tod ist ein langer, trüber Fluss« (in Arbeit).
Veröffentlichungen: »Erzählperspektive beim Film« (Diss.), 1997; »Dead Men – Dead Narrators«, in: »Grenzüberschreitungen: Narratologie im Kontext«, 1999; »Vollmond«, in: »Mörderische Nachbarn«, 2001; »Stimmengewirr«, Romanauszug, in: »Flugwörter 8«, 10/2001.

Anke Cibach

Geboren 1949 in Hamburg. Sie lebt und arbeitet freiberuflich als Diplompsychologin und Autorin in Stade. Sie schätzt beim Schreiben schwarzen Humor und ist stets umgeben von liebenswerten, bissigen Haustieren und Mitmenschen. Sie ist Mitglied bei den »Sisters in Crime« und im »Syndikat«.
Veröffentlichungen: Herausgeberin der Kurzkrimi-Anthologien: »Alter schützt vor Morden nicht«, 2000; »Mord mit Biss«, 2001 und »Tierisch tot«, 2001; dreizehn Kurzkrimis und Sachbücher.

Carola Clasen

Geboren 1950. Nach dem Sprachenstudium arbeitete sie bis zu ihrer Heirat in Belgien, veröffentlichte später Kurzgeschichten im Rundfunk und schrieb 1998 ihren ersten Kriminalroman. Sie lebt in Hürth bei Köln und ist Mitglied im »Syndikat« und bei den »Sisters in Crime«.
Veröffentlichungen: »Atemnot«, Kriminalroman, 1998.

Ina Coelen

Geboren 1958, studierte Visuelle Kommunikation und arbeitet seit 1984 als selbstständige Grafikerin. Sie zeichnet Cartoons für eine regionale Zeitung, schreibt Kindertexte und Krimikurzgeschichten. Sie lebt mit ihrem Mann, zwei Kindern und drei Katzen in Krefeld und ist Mitglied bei den »Sisters in Crime« und im »Syndikat«.
Veröffentlichungen: Herausgeberin (mit Ingrid Schmitz) der Kurzkrimi-Anthologien: »Rheinleichen«, 2000 und »Teuflische Nachbarn«, 2001. Kurzgeschichten: »Der Alptraum« und »Eine fast perfekte Köchin«, in: »Rheinleichen«, 2000; »Alles für die Katz«, in: »Teuflische Nachbarn«, 2001; »Die Ziege frißt«, in: »Mord mit Biss«, 2001.

Sabine Dillner

Geboren 1948 im Ostseebad Boltenhagen, gelernte Buchhändlerin, lebt mit ihrem Ehemann, der jüngsten Tochter, einem Hund und drei Katzen in einem kleinen alten Cottage im Nordwesten Irlands, »in the middle of nowhere«. Seit 1998 hauptberuflich Autorin. Sie ist Mitglied im Verband deutscher Schriftsteller.

Veröffentlichungen (Auswahl): »Der schönste Sommer von allen«, Kinderbuch; 2000; »Morgen bringe ich sie um«, Kriminalroman (mit Timo Dillner), 2001; »Charlotte und der Weihnachtsschulz«, in der Anthologie: »Weihnachten ganz wunderbar«, 2001; »Das Hexilon«, Fantastischer Roman in drei Bänden für Leser ab zehn Jahren (mit Timo Dillner), erscheint 2002.

Eva Dörpinghaus

Geboren 1956 in Kempen am Niederrhein. Studium der Kommunikations- und Politikwissenschaften in München. Ausbildung zur Redakteurin an der Deutschen Journalistenschule in München. Seit 1980 tätig als selbstständige Journalistin und als Sachbuchautorin. Außerdem in wechselnden Rollen angestellt im Landratsamt Freising, nacheinander als Gleichstellungsbeauftragte, Koordinatorin der Verwaltungsreform und Agenda 21-Beauftragte. Lebt mit Mann und Sohn, Motorrad und Trommeln in Neufahrn bei München.

Karin Ebeling

Geboren 1965 in Hamburg, aufgewachsen im ländlichen Nordhessen, studierte Literaturwissenschaften und Philosophie in Hamburg, Freiburg, Berlin und Düsseldorf. Magister 1994. Sie arbeitet als Dokumentarin und gibt Literaturunterricht. Sie lebt in Mönchengladbach.
Veröffentlichungen: »Alles, alles geht vorbei«, Kriminalroman, 1999 (mit Sabine Pachali); »Zwei Punks«, in: »Rheinleichen«, 2000.

Monika Fischer

Geboren 1962, studierte Betriebswirtschaft. Sie lebt als freie Autorin in Berlin und schreibt in erster Linie Krimis für Zeitschriften (NEUE POST, FREIZEIT REVUE). Zur Zeit arbeitet sie an ihrem ersten Drehbuch. Sie ist Mitglied bei den »Sisters in Crime« und im »Syndikat«.

Gabriele Keiser

Geboren 1953 in Kaiserslautern. Bevor sie sich zum Zweiten Bildungsweg entschloss, lernte sie den Beruf der Apothekenhelferin. Danach schloss sich ein Studium der amerikanischen, englischen und deutschen Literaturwissenschaften in Heidelberg und Marburg an. Längere Aufenthalte im Ausland (Seattle, Lille, Wien). Sie ist auch als Rezensentin und Kulturjournalistin tätig und lebt mit ihrer Familie in Andernach am Rhein. Sie ist Mitglied bei den »Sisters in Crime« und im »Syndikat«.
Veröffentlichungen: »Mördergrube«, Kriminalroman, 1998. Etliche Kurzgeschichten in verschiedenen Anthologien.

Gisa Klönne

Geboren 1964, wuchs in Darmstadt auf. Nach dem Studium der Anglistik, Germanistik und Theater-, Film- und Fernsehwissenschaften arbeitete sie unter anderem in der EMMA-Redaktion und als Chefredakteurin eines Umweltmagazins. Als freie Journalistin berichtet sie heute über Frauen- und Gesellschaftsthemen, Reisen (besonders gern im hohen Norden) und Naturschutz und lehrt als Dozentin Schreiben fürs Internet. Sie lebt in Köln. Sie ist Sprecherin der »Sisters in Crime« der Regionalgruppe West und aktives Mitglied im »Journalistinnnenbund«.
Veröffentlichungen: »Nennen wir sie Kaissa – die Noajddes aus dem Norden«, Essay in: »Schamaninnen«, 2000; »Die Amsel«, in: »Rheinleichen«, 2000; »Die Pianistin«, in: »Teuflische Nachbarn«, 2001; diverse Beiträge in Sachbüchern.

Angelika Koch

Geboren 1959 in Westfalen. Studium der Soziologie, Philosophie, Allgemeinen Sprachwissenschaft und Germanistik in Münster. Sie war zehn Jahre lang freiberufliche Redakteurin in einem Lexikon-Verlag. 1987 Übersiedlung in die Eifel und dort Seminarleiterin und Verantwortliche für die Öffentlichkeitsarbeit eines Tagungshauses der Erwachsenenbildung. Seit 1994 arbeitet sie als Journalistin (Lokales, Kultur, Tourismus) und Werbetexterin, seit 1999 zusätzlich als Korrektorin bei einer regionalen Tageszeitung.
Veröffentlichungen: Kriminalromane: »Der Retter«, 1997; »Jemand wie Ginsterblum«, 1997; »Das Wasser«, 1998; »Die Liebe« (in Vorbereitung); zahlreiche Krimihörspiele für den SWR (»Fangschaltung«); diverse Krimikurzgeschichten.

Anneli von Könemann

Geboren 1961 in Wuppertal, seitdem quer durch Deutschland getingelt. Sie lebt heute mit drei Katzen, zwei Hunden und einem Mann mal hier, mal da. Seit 1992 verdingt sie sich als Literaturübersetzerin und bringt »nebenher« als Autorin unliebsame Zeitgenossen in Kurzkrimis um die Ecke oder leistet als Herausgeberin Beihilfe zur schnöden Tat. Ihren ersten Roman hat sie selbst verlegt.
Veröffentlichungen: Herausgeberin von: »Mordsweiber«, 1998 und »Heldendämmerung« (mit Tatjana Kruse), 2000. Kurzgeschichten: »Sport ist Mord«, in: »Der Mörder kennt die Satzung nicht«, 1996; »That's what friends are for«, in: »Der Bär schießt los«, 1998; »Tiere füttern verboten«, in: »Mordsweiber«, 1998; »Homo eifelensis«, in: »Jürgen würgen ...«, 1999; »Ordnung ist der halbe Tod«, in: »Mörderische Löwen«, 2000; »Sonntagsbraten«, in: »Mordsgewichte«, 2000.

Tatjana Kruse

Geboren 1960, lebt und arbeitet seit vielen Jahren in Stuttgart. Ihre mörderischen Gelüste tobt sie vorerst ausschließlich auf dem Papier aus. Seit 1995 veröffentlicht sie Kriminalgeschichten, von hardboiled bis skurril, aber immer mit viel schwarzem Humor. Sie ist Mitglied bei den »Sisters in Crime« und im »Syndikat«. 1996 erhielt sie für »Cool-Man schlägt zu« den »Marlowe« der Raymond-Chandler-Gesellschaft für den besten deutschen Kurzkrimi. Derzeit ist sie für den FrauenKrimiPreis 2001 nominiert.
Veröffentlichungen: »Cool-Man schlägt zu«, in: »Der Mörder kommt auf sanften Pfoten«, 1995; Mit-Herausgeberin der Anthologie »Mordsgewichte«, 2000. Autorin der Bücher: »Die Wuchtbrumme«, 2000 und »Achtung Wuchtbrumme«, 2001;

Michaela Küpper

Geboren 1965 im niederrheinischen Alpen und in Bonn aufgewachsen. In Marburg studierte sie Soziologie, Psychologie, Politik und Pädagogik. Sie arbeitet heute als Autorin, Redakteurin und Illustratorin und lebt in Königswinter am Rhein. Ihre Liebe zum Schreiben entdeckte sie bereits als Kind, und die Liebe zu Krimis war die logische Folge einer eher dramatisch geprägten Fantasie. Die Autorin gehört dem »Syndikat« und den »Sisters in Crime« an.

Veröffentlichungen: »Wintermorgenrot«, Roman, 1997; Kurzkrimis: »Frieden für Tante Frieda«, in: »Mord zwischen Messer und Gabel«, 1999; »Stille Lande«, in: »Alter schützt vor Morden nicht«, 2000; »Die letzte Fähre«, in: »Rheinleichen«, 2000; »Knock out«, in: Teuflische Nachbarn, 2001.

Monika Misko

Geboren 1947 in Münster. Sekretärinnen-Schule, mehrere Jahre Jobs als Sekretärin im In- und Ausland, ein Jahr Kibbuz-Aufenthalt in Israel. In der Mitte des Lebens entdeckte sie eine alte Leidenschaft neu, das Schreiben, und begann als freie Journalistin einer regionalen Tageszeitung in Bad Neuenahr. Über das Drehbuchschreiben kam sie später zur Prosa. Sie verfasst mit Vorliebe Kurzkrimis und Psychoromane, aber auch fantastische Geschichten und erotische Literatur. Sie ist Mitglied bei den »Sisters in Crime«.
Veröffentlichungen: »Blitztraum«, in: »bin feuer und flamme«, 2000; »Ein fast arabisches Märchen«, in: »Fantasie mit Schneegestöber«, 2000; »Die schöne Samanta«, in: »Rheinleichen«, 2000; »Doppelter Skorpion«, in: »Sternzeichen-Cocktails«, 2001; »Eine Mordsnachbarin«, in: »Teuflische Nachbarn«, 2001.

Renate Müller-Piper

Geboren in Braunschweig. Lehrerin, mit Schwerpunkten Deutsch und Kunsterziehung. Lebt seit 1959 in Haarmann-Town (Hannover). 1994 Fernstudium: Literarische Moderne (Uni Tübingen). Arbeitsgebiete: Kurzkrimis, Satiren, Erzählungen, Feuilletons, literarische Porträts. Journalistische Arbeit, Leitung von Kurzkrimiseminaren und Organisation zahlreicher Lesungen vielerorts. 1987 Preisträgerin des Kurzkrimiwettbewerbs vom Kulturrat Göttingen. Seit 1994 ist sie Mitglied im »Syndikat«, seit 1997 bei den »Sisters in Crime«.
Veröffentlichungen: Kriminalerzählungen: »Porsche extra« 1988; »Ausgeträumt«, 1990; »Beethoven fürs Brüderlein«, 1991; »Endstation Friedhof«, 1992; »Lebe wohl, Liebling!«, 1995; »Kopfüber. Kopfunter«, 1996; »Eine Frau, die man nicht vergißt«, 1996; »Lilos Liebster«, 1997; »Norberts Nixe«, 1997; »Mutter, Tochter, Sohn«, 1998; »Galgenfrist«, 2000; »Tinas Tod«, 2001; »Blut geleckt«, 2001; weitere Kurzkrimis und Erzählungen in diversen Zeitschriften. »Leben satt«, Satiren, 1990; »Behütet und betucht«, Neue Satiren, 1992.

Kirsten Nutto

Geboren 1966 in Freiburg im Breisgau. Übersetzerstudium in Heidelberg (Portugiesisch und Englisch), Abschluss als Diplomübersetzerin, Auslandsaufenthalte in Schottland, Portugal und Brasilien. 1992 Messehostess während der Weltausstellung (Expo 1992) in Sevilla, Spanien. Veranstaltete Museumsführungen und arbeitete bei einer Videofilm-Produktionsgesellschaft. Seit 1995 als freiberufliche Buchübersetzerin tätig, schreibt nebenher Kurzkrimis. Mitglied im VDÜ (Bundessparte Übersetzer im Verband deutscher Schriftsteller), bei den »Bücherfrauen« und »Sisters in Crime«.

Billie Rubin

Krimipseudonym der Münchner Autorin Ute Hacker. Sie ist gelernte Buchhändlerin, war mehrere Jahre in Buchhandel und Verlag tätig und arbeitet seit einigen Jahren in der Hightech-Branche. Schreibt deutsch und englisch. Freie Mitarbeiterin bei verschiedenen Online-Magazinen, gibt Kurse in Kreativem Schreiben.
Veröffentlichungen: Kurzgeschichten: »Die Tote im Englischen Garten«, in: »Mordsweiber«, 1998; »Der Hochzeitstag«, in: »Mord zwischen Messer und Gabel«, 1999; »New Kid on the Block«, in: »The Acorn«, 2000; »Der Insel-Columbo«, in: »Mordkompott«, 2000; »Tür an Tür mit Malice«, in: »Teuflische Nachbarn«, 2001; »Geschlossene Gesellschaft«, in: »Tatort Berg«, 2001; »Breissn jagn aufm Kocherlball«, in: »BISS«, 2001. Roman: »Schwabinger Schatten« erscheint Frühjahr 2002.

Ulrike Rudolph

Geboren 1955 in Duisburg, wuchs im Rheinland und an der Nordsee auf. Nach dem Studium (Deutsch, Englisch, Erziehungswissenschaften) in Hamburg war sie Lektorin in einem Kölner Fachverlag. Seit 1989 arbeitet sie freiberuflich als Autorin, Lektorin und Redakteurin. Sie publizierte zahlreiche Sachbücher und Beiträge für Zeitschriften sowie Internetfirmen. Seit 1999 Redaktion »Mordio«, Newsletter der »Sisters in Crime«. Mitglied im »Syndikat«.
Veröffentlichungen: »Vögelchen, flieg«, in: »Rheinleichen«, 2000; »Schwimmtraining – oder mens sana in corpore sano«, in: »Das Verbrechen lauert überall«, 2001, »Rosenkrieg«, in: »Teuflische Nachbarn«, 2001; »Rheinisches Brauchtum«, in: »Tierisch tot«, 2001.

Ingrid Schmitz

Geboren 1955 in Düsseldorf, arbeitete dort als Speditionskauffrau bei einer kanadischen Reederei und später im sowjetischen Außenhandel, bevor sie sich zu einer Karriere als Mutter und Hausfrau entschied und nach Krefeld an den Niederrhein zog. Von der tödlichen Stille auf dem Land inspiriert, schloss sie ein dreijähriges Studium über das Schreiben ab. Sie hat zahlreiche Kurzgeschichten veröffentlicht und betätigt sich auch als Herausgeberin von Kriminal-Anthologien. Für diverse Fachzeitschriften und Internet-Newsletters schreibt sie Fachartikel und Rezensionen. Sie ist schreibendes Mitglied bei den »Sisters in Crime« und im »Syndikat«.
Veröffentlichungen: Herausgeberin (mit Ina Coelen) der Kurzkrimi-Anthologien: »Rheinleichen«, 2000 und »Teuflische Nachbarn«, 2001. Kurzgeschichten: »Die Feuerläuferin« und »Rate mal, wo ich jetzt bin ...«, in: »Rheinleichen«, 2000; »In alter Tradition«, in: »Mord vor Ort II«, 2000; »Neid lass nach«, in: »Teuflische Nachbarn«, 2001; »Wein muss atmen«, in: »Wein und Leichen«, 2001; »Ein Schritt in die Ewigkeit«, in: »Tierische Morde«, 2001.

Gesine Schulz

Geboren in Niedersachsen, aufgewachsen im Ruhrgebiet, wo sie nach einigen Auslandsjahren heute wieder lebt und – anders als die Detektivin ihrer Kurzkrimis – mehr recherchiert als putzt. Sie ist Mitglied bei den »Sisters in Crime« und im »Syndikat«.
Veröffentlichungen: Kurzkrimis mit der Privatdetektivin und Putzfrau Karo Rutkowsky: »Dickmadam lacht«, in: »Mordsgewichte«, 2000; »Ausgebadet« und »Fieberhafte Suche«, in: »Rheinleichen«, 2000; »Süße Ruh'«, in: »Alter schützt vor Morden nicht«, 2000; »Karo hat Schwein«, in: »Teuflische Nachbarn«, 2001; »Requiem für einen Goldfisch«, in: »Mord mit Biss«, 2001.

Kirsti Senftleben

Geboren 1969, studierte Betriebswirtschaftslehre mit Fachrichtung Marketing und Werbung, bevor sie als Marketingassistentin in Unternehmen der Konsumgüterindustrie tätig war und sich hier unter anderem mit der Entwicklung von werblichen Maßnahmen auseinander setzte. Sie ist verheiratet und hat zwei Kinder. Sie ist Mitglied bei den »Sisters in Crime«, den »Bücherfrauen« und im »Syndikat«.

Neben Kurzgeschichten schreibt sie auch Kinderbücher und Romane. Veröffentlichungen: »Schlummschreckli«, Kindergeschichte, 2000; »Röhren, Röcheln, tot!«, Kurzkrimi, 2001; »Das Weihnachtslamm«, Weihnachtsgeschichte, 2001; »Weihnachtsträume«, Weihnachtsgeschichte, 2001.

Johanna Spreitler

Jahrgang 1949, geboren und aufgewachsen in München. Sie hat drei Kinder und ist seit 1977 Gymnasiallehrerin für Deutsch und Englisch. Sie schreibt seit Anfang der neunziger Jahre aus Vorliebe für einen spielerischen Umgang mit der Sprache. Aus arbeitsökonomischen Gründen bevorzugt sie die kurze Form: Kurzprosa und Lyrik mit erotischen oder fantastischen Elementen, wobei sich ihr Interesse zuweilen auch auf das Abgründige im Menschen richtet. Seit ein paar Jahren experimentiert sie mit der Großform des Romans. Sie ist Mitglied bei den »Sisters in Crime« und bei »Signatur e.V.«. Sie veröffentlicht in der lokalen Presse und hält Lesungen bei verschiedenen Gelegenheiten.

Petra Stangier

Geboren 1955 in Wuppertal, machte ihren Realschulabschluss in Bremen, bevor sie 1972 nach Osnabrück zog, Bankkauffrau wurde, heiratete und zwei Kinder bekam. Nach einem dreijährigen Ausflug nach Bad Segeberg zog sie mit ihrer Familie wieder ins Osnabrücker Land, arbeitete zunächst in einer Anwaltskanzlei, seitdem bei der Sparkasse. Sie schreibt seit 1995.

Sabine Thomas

Geboren in Olching bei München. Sie war u.a. Assistentin des Autors Wolfgang Koeppen, Fotografin, Redakteurin eines exklusiven Lifestyle-Magazins und TV-Moderatorin bei einem Musiksender, bevor ihre – selbstverständlich rein literarischen – Mordgelüste geweckt wurden. Sie ist freiberuflich im Medienbereich tätig und lebt in der Nähe von München. Ihr erster Krimi landete auf dem zweiten Platz beim »Walter-Serner-Kurzkrimipreis« des SFB, ihr erster Roman wurde mit dem Literaturförderpreis der Stadt München ausgezeichnet.
Veröffentlichungen (Auswahl): »Mörderische Hitze« erschien bereits in: »Mordsweiber«, 1998; »Beförderung ins Jenseits«, in: »Mordsgewichte«, 2000; »Es ist nie zu spät«, in: »Alter schützt vor Morden nicht«, 2000; »Mord im Loreley-Express«, in: »Rheinleichen«, 2000;»Yaizas Insel«, Roman, 2000.

Gabriele Valerius

ist das Pseudonym für Gabriele Flessenkemper. Sie ist freie Autorin und Journalistin für Film, Funk und Fernsehen in Köln.
Veröffentlichungen: Sach- und Kinderbücher sowie zahlreiche Kurzgeschichten. Zur Zeit arbeitet sie, neben Drehbuchaufträgen, an ihrem ersten Kriminalroman.

Patricia Vohwinkel

wurde in Duisburg geboren. Sie studierte manchmal Germanistik und Anglistik an der Uni Düsseldorf, öfter Sex, Drugs and Rock'n'Roll in diversen Proberäumen und eigentlich immer das Leben an vielen Orten dieser Welt. Außerdem genoss sie die verschiedensten Arbeitsverhältnisse als Interviewerin, Sperrmüllsammlerin, Übersetzerin, Texterin, Telefonverkäuferin und Lehrerin.
Veröffentlichungen: »Zufällig Elchtod«, 1999; »Atemlos Elchtod«, 2000.

Kirstin Warschau

Geboren 1965 in Kiel, Studium der Archivwissenschaften und der Pädagogik, Psychologie, Philosophie und Kunst. Tätigkeit als Diplomarchivarin. Sie schreibt seit 1999 Kurzgeschichten und Krimis und ist Mitglied bei den »Sisters in Crime«.

Annelie Werner

Geboren 1948 in Itzehoe, studierte in Hamburg und Göttingen Germanistik, Skandinavistik und Philosophie. Heute lebt sie in Stuttgart und arbeitet als Lektorin. Nebenbei gibt sie Kurse im Kreativen Schreiben, leitet Schreibwerkstätten in Stuttgart und Ludwigsburg und schreibt Kurzgeschichten, Drehbücher und Romane.

Renate Wirth

Geboren 1957 in Bottrop, ist leidenschaftliche Wahlniederrheinerin und lebt in Xanten. Sie führt ein Doppelleben als Heilpädagogin und Künstlerin, schreibt Kurzkrimis und Gedichte und malt.
Veröffentlichungen: »Eiszeit«, in: »Mord vor Ort II«, 2000; »Auf gute Nachbarschaft«, in: »Teuflische Nachbarn«, 2001.

KRIMINALGESCHICHTEN VOM RHEIN

RHEINLEICHEN

Kriminalgeschichten vom Rhein
Herausgegeben von Ina Coelen und Ingrid Schmitz
Broschur, 190 Seiten, ISBN 3-89705-182-6

Mit Texten von Mischa Bach, Martina Bick, Ina Coelen, Karin Ebeling, Gabriele Keiser, Gisa Klönne, Tatjana Kruse, Michaela Küpper, Gitta List, Monika Misko, Renate Müller-Piper, Gabi Neumayer, Belinda Rodik, Ulrike Rudolph, Ingrid Schmitz, Gesine Schulz, Sabine Thomas, Karin Tränkner

Sieht der Ast nicht aus wie ein Arm? Was liegt denn da im Wasser? Warum riecht es hier so nach Verwesung? Fragen, die man sich vielleicht auch schon einmal insgeheim bei einem Rheinspaziergang gestellt hat, die Schlagzeilen der Zeitung noch vor Augen: »Spaziergänger entdeckten Leiche am Rheinufer« oder »Angler machte grausigen Fund«.
Die Sisters in Crime sind der Sache nachgegangen, und sie sind einigen Rheinleichen begegnet. Sie haben sich die trügerische Flußidylle zwischen Koblenz und Köln näher angeschaut und ihrer Phantasie freien Lauf gelassen. Erleben Sie den Ort, an dem so einiges passiert. Kommen Sie mit ans Ufer – doch Vorsicht – Sie gehen über Leichen!

Diese Kurzkrimis ziehen einen mit ihrer bissigen Schadenfreude in den Bann.« Brigitte Young Miss

MORD VOR ORT

Kriminalgeschichten vom Niederrhein
von Kornelia Heise-Ernst, Thomas Hesse und Thomas Niermann
Broschur, 220 Seiten, ISBN 3-89705-143-5

Ein Horror-Arzt auf Rächertour, eine Leiche unterm Christbaum, ein Journalist auf kriminellen Abwegen, mörderische Tips von der netten Oma nebenan: Fun and Crime am Niederrhein. Kriminalgeschichten aus der Region, die es sich in sich haben, nicht Chicago noch L.A., dafür Wesel, Dinslaken, Wachtendonck. Es wird gemeuchelt und gemetzelt, daß es eine Lust ist. Schaurig, manchmal mordskomisch, brutal normal am Niederrhein.

»Böse und gemein sind die kleinen Geschichten über niederrheinische Mörder.« Bocholter-Borkenener Volksblatt

MORD VOR ORT 2

Kriminalgeschichten vom Niederrhein
Herausgegeben von Thomas Hesse und Thomas Niermann
Broschur, 256 Seiten, ISBN 3-89705-188-5

Das Böse ist immer und überall – natürlich erst recht am Niederrhein. Und natürlich spielen die mörderischen Geschichten in diesem Band wieder zwischen Mönchengladbach, Krefeld und Kleve, zwischen Elten, Wesel und Duisburg. Mal schaurig, mal mordskomisch – der Phantasie sind wie immer keine Grenzen gesetzt. »Fun and Crime am Niederrhein«. In der Region geht es heiß her. Die Krimi-Szene Niederrhein lebt – und der Leser erhält jede Menge Nervenkitzel.

»Impressionen von der übelsten Seite des Niederrheins.«
Rheinische Post